DONGSUH MYSTERY BOOKS 98

HOME SWEET HOMICIDE
# 스위트홈 살인사건
크레이그 라이스/백길선 옮김

동서문화사

옮긴이 백길선(白吉善)
서울대 문리대 영문과 졸업. 중앙고교 경복고교 영어교사·한국미스터리클럽총무 역임. 옮긴책 크리스티《오리엔트 특급 살인》등 다수.

DONGSUH MYSTERY BOOKS 98
스위트홈 살인사건
크레이그 라이스 지음/백길선 옮김
초판 발행/1977년 12월 1일
중판 발행/2003년 7월 1일
발행인 고정일/발행처 동서문화사
창업 1956. 12. 12. 등록 16-345(윤)
서울강남구신사동 540-22 ☎ 546-0331~6 (FAX) 545-0331
www.epascal.co.kr

*

이 책의 출판권은 동서문화사(동판)가 소유합니다.
의장권 제호권 편집권은 저작권 법에 의해 보호를 받는 출판물이므로
무단전재와 무단복제를 금합니다.

편찬·필름·제작 일체 「동판」 자본으로 이루어짐에 따라
출판권 소유권자 「동판」에서 제조출판판매 세무일체를 전담합니다.
사업자등록번호 211-90-02201
ISBN 89-497-0183-9 04840
ISBN 89-497-0081-6 (세트)

## 스위트홈 살인사건
차례

스위트홈 살인사건 …… 11

즐거움이 넘치는 쾌작 …… 381

이 책의 인물과 사건은 모두 가공과 상상으로 현실의 인물을 그린 것이 아니고, 또 그럴 의향도 없었다. 그러나 나의 아이들인 낸시, 아이리스, 데이비드에게는 진심으로 감사의 마음을 전한다. 세 아이가 없었다면 이런 이야기는 생각도 못했을 것이고, 이들의 끊임없는 도움과 협력이 없었다면 나는 도저히 끝까지 쓸 수 없었을 것이고, 마지막으로 이들이 허락해주지 않았다면 결코 발표할 수도 없었을 테니까.

크레이그 라이스

### 등장인물

아치 카스테어즈   10세 소년. 카스테어즈 집안의 막내
에이프릴 카스테어즈   12세 소녀. 카스테어즈 집안의 둘째딸
다이나 카스테어즈   14세. 카스테어즈 집안의 맏딸
마리안 카스테어즈   세 아이의 어머니. 미스터리소설 작가
폴리 워커   신인 여배우
플로라 샌포드   협박범. 변사체로 발견됨
월레스(월리) 샌포드   피살된 플로라의 남편
빌 스미스   고독한 독신 경감
오헤이어 형사부장   자식을 9명이나 기른 경사
루크   가게 '루크'의 주인
루퍼트 반 듀젠   에이프릴이 상상해낸 인물이나 실제로는 여배우
　　　　　　　 폴리 워커를 사랑하는 청년 클리브 갤러헌
칼튼 첼링턴 3세   장미를 가꾸는 은퇴한 찰스 챈들러 대령
헨리 홀부룩   샌포드 집안 고문변호사
피엘 데글랜쥐   물만 그리는 화가. 아만트 폰 헤네 또는 피터 데즈
　　　　　　　 먼트로도 불림
프랭키 라일리   공갈을 일삼는 깡패. 시체로 발견됨
베티 리모   전직 스트립걸로 유괴되었다가 시체로 발견됨
슬루키　　　　⎫
플래쉬라이트　⎬  아치의 친구들

## 스위트홈 살인사건

1

"바보 같은 소리 그만해." 아치 카스테어즈가 말했다. "아무리 엄마라도 12파운드나 되는 칠면조를 잃어버릴 리가 없어."

"어머나, 잃어버릴 수도 있어!" 누나인 다이나가 비웃었다. "그랜드 피아노를 잃어버렸던 일도 있었으니까."

아치는 거짓말이라는 듯이 비웃었다.

"정말로 잃어버렸었어." 에이프릴이 말참견을 했다. "이스트게이트 큰길에서 살다가 이사하던 날이었어. 엄마가 피아노 운송회사에 새집의 번지를 일러주는 것을 잊어버린데다가, 운송회사에서는 다른 짐들이 다 나가 버린 뒤에야 왔기 때문에 엄마가 회사로 전화할 때까지 그냥 차를 몰고 돌아다니고만 있었던 거야. 게다가 엄마는 운송회사의 이름과 장소를 적은 쪽지를 잃어버렸기 때문에 전화번호부에 나와 있는 피아노 운송회사를 차례로 모두 걸어본 뒤에야 겨우 찾아냈었단 말야."

이야기가 잠시 중단되었다.

"엄마는 정말로 정신이 없는 게 아니야." 이윽고 다이나가 말했다. 신중한 목소리였다. "다만, 너무 바쁜 거지."

카스테어즈 집안의 세 아이는 현관 옆 베란다 난간에 걸터앉아 오후의 햇살 아래 햇볕에 그을린 맨다리를 흔들거리고 있었다. 벽에 회칠을 한 낡고 큰 살림집 2층에서 전속력으로 치고 있는 타이프라이터 소리가 어렴풋하게 들려왔다. 클라크 캐멜론, 앤들소읍, J.J. 레인 등의 여러 가지 펜네임을 가지고 있는 마리안 카스테어즈는 또다시 새로운 미스터리소설을 완성해가고 있는 중이었다. 작품을 완성하고 나면 다음 하루는 휴식을 취하며 머리를 감고 아이들에게 무언가 사주곤 한다. 밖에서 맛있는 음식을 잔뜩 먹여주기도 하고, 시내에서 제일 좋은 극장에 데리고 가기도 한다. 그리고 나서 다음날 아침부터 또 다시, 새로운 미스터리소설을 쓰기 시작하는 것이다.

이러한 순서에 어린 카스테어즈 3남매는 익숙해져 있다. 사실 다이나는 아치가 아직 흔들바구니 속에서 자고 있을 무렵부터 이러해왔던 것을 잘 기억하고 있다.

포근하고 나른한 오후였다. 집 앞에는 나무들이 우거진 골짜기가 있어 부드러운 안개가 나부끼고 있었다. 나무 사이로 여기저기 지붕이 보이지만, 헤아릴 수 있을 정도이다. 조용하고 이웃과 떨어져 있기 때문에 이 집을 택했던 것이다. 가까이 있는 것은 오직 한 채──월레스 샌포드네의 핑크빛 이탈리아 풍 집이 2, 3백 미터 떨어진 곳에 있는데, 그 두 집 사이에는 빈터와 작은 나무숲과 높은 산울타리가 있었다.

"아치." 별안간 에이프릴이 흐릿한 말투로 불렀다. "설탕상자 속을 보고 와."

아치는 거칠게 항의했다. 그녀는 12살이고 자기는 10살밖에 안되었다는 이유만으로 시키는 대로 심부름해야 할 필요가 어디 있담. 설탕상자를 보러 가고 싶으면 자기가 가면 되잖아. 그는 씨부렁거린 끝에 이렇게 말을 맺었다.
"왜 내가 가야 하지?"
"내 명령이야." 에이프릴이 말했다.
"아치!" 다이나가 14살의 권위를 내세워 힘차게 말했다.
"대드는 버릇을 버려."
 아치는 쫑알거리면서 나갔다. 나이에 비해 몸집이 작은 아치는 시키는 말을 잘 듣지 않았으며, 머리카락은 다갈색인 데다가 순진하고 맹랑해 보이는 얼굴을 하고 있었다. 언제나 지저분하지만 목욕탕에서 갓 나온 5분 동안은 다르다. 지금은 한쪽 테니스화 끈이 풀어지고, 무언가에 걸려서 찢어진 자국이 코르덴 바지 무릎에 자그맣게 나 있다.
 다이나는 14살로, 에이프릴이 깔보듯이 말하는 '바른생활형'이다. 14살 치고는 키가 크며 균형이 잡혀 있다. 다갈색 머리카락은 부드럽고 숱이 많다. 역시 다갈색인 눈은 몹시 크고, 어여쁜 얼굴이 웃음과 누나다운 걱정으로 가득차 있다. 산뜻한, 붉은 스커트에 바둑판 무늬의 셔츠를 입고 초록색 짧은 양말을 신은 그 즈음의 유행 스타일에, 때묻은 콤비네이션 구두를 신고 있다.
 에이프릴은 몸집이 작아서 겉으로는 꽤 약해 보이는 소녀이다. 쭉 뻗은 머리카락은 금빛이고 눈은──이 아이도 눈이 컸는데──흐린 회색이었다. 자라서 굉장한 미인이 될지도 모르지만, 자칫하면 일하기 싫어하는 귀부인 타입이 될 듯한 것을 본인도 아마 알고 있는 모양이다. 흰 샤크스킨(상어가죽 비슷하게 짠 직물의 하나) 바지와 셔츠에 얼룩 하나 없고, 붉은 끈의 샌들을 신었으며, 머리에는 붉은 제라늄 한 송이를 핀으로 꽂고 있다.
 아치는 달리는 망아지 같은 발소리를 내며 돌아왔다. 큰소리로 떠들어대며 바깥 문에서 달려나와 난간 위로 뛰어올라왔다.
 "칠면조를 냉장고에 넣어두었어." 그는 큰소리로 말했다. "설탕상자에 있는 것을 어떻게 알았지?"
 "단순한 추리야." 에이프릴이 말했다. "오늘 아침 엄마가 식료품을 챙기고 난 뒤에 새 설탕봉지가 냉장고에 들어 있는 것을 보았기 때문이야."
 "머리가 좋군!" 다이나가 말했다. 그녀는 한숨을 쉬었다. "엄마가 재혼을 하면 좋겠어. 집안에는 남자의 손길이 필요해."
 "엄마가 가엾어." 에이프릴이 말했다. "일만 하고 있으니까. 세상에 혼자뿐인걸."
 "우리들이 있잖아." 아치가 말했다.
 "그런 소리 하는 게 아니야." 에이프릴이 거만한 투로 말했다. 그녀는 멍하니 골짜기 위를 건너다보았다. "엄마가 진짜 살인사건을 해결할 수 있을까?" 그녀는 말했다. "굉장한 선전이 되겠지. 그러면 그렇게 많은 책을 쓰지 않아도 될 거야."
 "엄마가 그 두 가지를 다 했으면 좋겠다!"
 나중에 에이프릴이 말했듯이, 확실히 하느님이 듣고 계셨던 게 틀림없었던 모양이다. 그들이 총소리를 들은 것은 바로 이 순간이었기 때문이다.
 총소리는 두 방이었는데 그 간격이 짧았으며, 샌포드네 집 쪽에서 들려왔다. 에이프릴이 다이나의 팔을 꽉 잡고 숨을 죽이며 귀를 곤두세웠다.
 "들어봐!"
 "샌포드 씨가 새를 쏘고 있는지도 몰라."
 다이나가 미심쩍은 듯이 말했다.
 "아직 돌아오지 않았어." 아치가 말했다.

한 대의 자동차가 무서운 속력으로 길을 지나쳤는데, 관목숲에 가려져 카스테어즈 3남매에게는 모습이 보이지 않았다. 아치는 난간에서 미끄러져 내려와 빈터 쪽으로 달려가려 했다. 다이나가 아치의 목덜미를 잡아당겼다. 차가 또 한 대 지나갔다. 그 뒤로는 아주 조용해져서 2층의 타이프라이터 소리가 들릴 뿐이었다.

"살인이야!" 에이프릴이 말했다. "엄마를 부르자!"

세 어린이는 서로 얼굴을 마주 보았다. 때마침 타이프라이터가 새삼 속도를 더했다.

"네가 부르러 갔다 와." 다이나가 말했다. "네가 생각해냈으니까."

에이프릴은 머리를 저었다.

"아치, 네가 갔다 와."

"싫어." 아치의 대답은 단호했다.

결국 셋이 나란히 쥐처럼 발소리를 죽이고 계단을 올라갔다. 다이나가 엄마의 방문을 6, 7센티미터쯤 열고 셋이 함께 들여다보았다.

어머니──지금은 J.J. 레인이다──는 얼굴도 들지 않았다. 생채기투성이인 갈색 책상 저쪽에 분명 있는 것 같은데, 아무튼 책상 위에는 종이며 원고며 노트며 참고서며 써버린 카본 종이며 빈 담뱃갑 등이 자그만치 15센티미터나 두껍게 수북이 쌓여 있었기 때문에 모습은 반밖에 보이지 않았다. 두 다리는 구두를 벗어 버린 채 작은 타이프라이터의 받침대를 휘감고 있었으며 그녀가 타이프라이터를 두드리는 데 따라 그 받침대까지도 덩달아 뛰고 있는 것 같았다. 까만 머리카락은 핀으로 아무렇게나 머리 꼭대기에 잡아매어져 있고 코 끝에는 까만 얼룩이 하나 묻어 있었다. 그리고 방안은 담배 연기로 가득 차 있었다.

"살인이고 뭐고 도저히 안 되겠어." 다이나가 소리를 죽여 말했다.

그녀는 가만히 문을 닫았다. 어린 카스테어즈 3남매는 발끝으로 조용히 계단을 내려왔다.

"좋아." 에이프릴이 자신감이 넘치는 투로 말했다. "우리들끼리 기초 조사를 해두자. 나는 엄마가 쓴 책을 모조리 읽었기 때문에 어떻게 하는 건지 알고 있어."

"경찰에 전화하는 편이 좋아." 다이나가 말했다.

에이프릴은 단호하게 머리를 저었다.

"우리들이 조사를 끝낼 때까지는 안 돼. J.J. 레인의 작품 속에 나오는 돈 드렉셀은 늘 이런 식으로 했어. 엄마에게 가르쳐 줄 중요한 단서가 발견될지도 모르니까."

잔디밭을 가로질러 달리기 시작하면서 에이프릴은 말했다.

"그리고 아치, 너는 조용하게 얌전히 있지 않으면 안 돼!"

아치는 발을 동동 구르며 큰소리로 외쳤다.

"그런 법이 어디 있어!"

"그럼, 집에 있어." 다이나가 말했다.

아치는 조용해져서 따라왔다.

샌포드네 집 어귀에서 세 아이는 발길을 멈췄다. 예쁘게 다듬은 산울타리 저쪽에 덩굴풀이 뒤얽힌 정원문이 있고, 그 너머로 잘 손질된 잔디밭이 보였으며, 데이지로 테두리를 두른 꽃밭도 있었다. 집 정면에는 화려한 빛깔의 원예용품이 있었는데, 에이프릴은 첫눈에 핑크빛 벽에는 어울리지 않는 색이라고 생각했다.

"만일 살인이 아니라면," 하고 다이나가 걱정스러운 목소리로 말했다. "틀림없이 샌포드 부인이 크게 화내실 거야. 언젠가도 잔디밭에 들어갔다가 쫓겨나지 않았어?"

"총소리가 들렸잖아." 에이프릴이 말했다. "새삼스럽게 무슨 소리야!" 그녀는 정원문을 빠져나갈 때까지 앞장서서 걷고 있었는데, 거기서 발길을 멈추었다. "차가 두 대였어." 에이프릴은 생각에 잠기면서 말했다. "두 대 모두 총소리가 난 뒤 찻길에서 나와 큰 길을 달려갔어. 어쩌면 벌써 누군가가 살인범의 정체를 알고 뒤쫓아 갔는지도 몰라." 그녀는 흘끗 아치 쪽을 보고 나서 덧붙여 말했다. "범인이 되돌아 올지도 몰라. 우리들이 본 줄 알고 우리 셋 모두 쏘아 버릴지도 몰라."

아치는 조그마한 목소리로 비명을 질렀다. 무서워하는 흉내치고는 약간 어색했다. 다이나는 눈살을 찌푸렸다.

"범인은 그런 짓하지 않을 거라고 생각해."

"다이나." 에이프릴이 말했다. "언니는 사람의 속마음을 몰라. 엄마도 늘 그렇게 말했어."

세 아이는 잔디밭을 가로질러 찻길로 나왔다. 시멘트 위에 자동차 바퀴 자국이 여러 모양으로 엇갈려 나 있었다.

"이것을 사진으로 찍어두지 않으면 안 돼." 에이프릴이 말했다.

"하지만 카메라가 없으니······."

잔디밭에도 뜰에도 사람 그림자는 없었다. 핑크빛 벽으로 감싼 집 안에서는 아무 소리도 나지 않았다. 잠시 동안 세 아이는 유리를 끼운 베란다 모퉁이에 서서 이제부터 어떻게 하면 좋을지에 대해 고민하였다. 이때 갑자기 길다란 회색 컨버터블이 차도로 들어왔기 때문에 세 어린이는 얼른 베란다 저쪽으로 모습을 감추었다.

그 차에서 내린 젊은 여자는 키가 크고 날씬하니 아름다웠다. 머리카락은 붉은빛이 도는 금발이었는데, 굽슬굽슬 물결치면서 어깨로 흘러내려와 있었다. 꽃무늬 드레스를 입었으며, 차양이 넓은 밀짚모자를 쓰고 있었다.

에이프릴이 갑자기 숨을 삼켰다.

"어머나!" 그녀는 작은 소리로 속삭였다. "저 여자는 여배우 폴리 워커야. 아주 미인인데!"

잠시 동안 젊은 여자는 차와 집 중간에 서서 머뭇거리고 있었다. 이윽고 용감하게 문까지 걸어가서 초인종을 눌렀다. 한참 기다렸다가 다시 몇 번이나 초인종을 누른 끝에 문을 열고 안으로 들어갔다.

세 아이는 베란다의 창 너머로 조심스럽게 안을 들여다보았는데, 희미하게나마 맞은편의 넓은 거실이 보였다. 폴리 워커는 현관문으로 들어가자마자 발을 멈추고 외마디 소리를 질렀다.

"저것 봐!" 에이프릴이 작은 소리로 속삭였다.

젊은 여자는 천천히 두세 걸음 방 안으로 들어가 몸을 앞으로 숙였기 때문에 한순간 세 아이의 시야에서 사라져 버렸다. 다시 몸을 일으킨 여자는 전화기 쪽으로 가더니 수화기를 들었다.

"경찰을 부르고 있어." 다이나가 속삭였다.

"괜찮아." 에이프릴이 작은 목소리로 대답했다. "단서는 경찰이 모두 찾아낼 거야. 그리고 엄마가 그것을 가지고 풀이하는 거지. 클라크 캐멜론의 작품에 나오는 빌 스미스는 그런 식으로 했거든."

"슈퍼맨은 그렇게 하지 않았어." 아치가 높이 울리는 목소리로 말했다. "슈퍼맨이라면……."

다이나가 손으로 그의 입을 막으며 날카롭게 나무랐다. "그만 해!" 그녀는 말했다. "J.J. 레인의 작품 속에서는 탐정이 여러 가지로 거짓 단서를 만들어 경찰을 혼란시키기도 했어."

"엄마도 틀림없이 그럴 거야." 에이프릴이 말했다. 그녀는 마치 예언을 하듯 덧붙였다. "만일 엄마가 그렇게 하지 않으면 우리들이 하지 뭐."

집 안의 폴리 워커는 수화기를 아래로 내려 놓은 다음에 잠시 방바닥 쪽으로 눈길을 주었다가 몸을 떨고는 서둘러서 밖으로 나왔다. 차도로 나온 그녀의 얼굴을 보니 창백하고 완전히 제정신이 아니었다.

차 있는 곳으로 곧장 달려 가서 잡아뜯듯이 모자를 벗어 앞 좌석에 내던지고는 그대로 발판에 걸터앉아 팔꿈치를 무릎에 얹고 두 손으로 얼굴과 머리카락을 쥐어뜯었다. 이윽고 그녀는 몸을 똑바로 일으켜 머리를 크게 한 번 흔들더니 핸드백에서 담배를 한 개비 꺼내 불을 붙여 물고 두어 모금 빠는 척하다가는 발꿈치로 밟아 꺼버렸다. 그리고 나서 그녀는 다시 두 손에 얼굴을 파묻었다.

다이나는 큰소리로 "어머나!" 하고 말했다. 그것은 아치가 넘어져 무릎이나 팔꿈치가 벗겨졌을 때, 또는 에이프릴이 산수 시험 문제를 틀리게 풀었을 때, 또는 월요일 아침 어머니 앞으로 온 편지에 수표는 들어 있지 않고 다시 써달라는 주문이 있을 때, 그녀가 잘하는 그런 말투였다.

그녀는 갑자기 거의 본능적이라고 해도 좋을 만한 기세로 달려 나가 발판 위에서 고민하고 있는 여자 옆에 앉아 그녀의 두 어깨 위로 팔을 돌리는 것이었다.

아치의 반응도 그와 비슷했으나 표현 방법이 달랐다. 잿빛 도는 커다란 푸른 눈에 눈물을 가득 담고 입술을 약간 떨면서 그는 아주 상냥한 말투로 말했다.

"울면 안 돼요!"

젊은 여배우는 새파랗게 질린 얼굴을 들었다.

"그가 그녀를 죽인 거야! 그가 그녀를 죽인 거야! 그녀는 죽어 있어. 아아, 왜 그런 짓을 했을까! 필요치도 않은데. 서툰 짓을 했어. 하지만 죽이고 말았어!"

여배우의 목소리는 조금 빨리 도는 음반처럼 울렸다.

"말하지 않는 편이 좋아요," 에이프릴이 말했다. "그런 말을 경찰이 들으면 어떻게 하겠어요. 잠자코 있는 거예요."

폴리 워커는 세 아이를 둘러보고 눈을 깜박거리며 어리둥절한 표정을 지었다.

"대체 너희들은 누구지?"

"우리들은 당신 편이에요." 다이나가 엄숙한 투로 말했다.

폴리 워커의 입 언저리에 희미한 웃음이 떠올랐다.

"집에 돌아가는 편이 좋을 거야. 어떤 사건이 일어났단다."

여배우가 말했다.

"우리도 알고 있어요." 아치가 말했다. "살인이 있었지요? 그래서 우리들이 온 거예요. 하지만……."

에이프릴이 아플 정도로 아치의 정강이를 찼다. 그는 조그만 외마디 소리를 지르더니 금방 조용해졌다.

"누가 죽었지요?" 다이나가 물었다.

"플로라 샌포드." 폴리 워커가 낮은 목소리로 말했다. 왼쪽 손으로 두 눈을 가리더니 그녀는 슬픈 듯이 소리를 질렀다.

"아, 월리, 월리는 바보야. 왜 그런 짓을……."

"정신차려요!" 에이프릴은 화난 듯이 말했다. "지금이라도 경찰이 오면 아주 재치 있는 대답을 하지 않으면 안 돼요. '왜 그런 짓을!' 하는 따위의 말을 해선 안 돼요. 첫째, 그런 말은 낡은 것이고 둘째, 그가 한 짓이 아니니까요."

폴리 워커는 얼굴을 번쩍 들고서 에이프릴을 뚫어지게 바라보며 "어머나!" 하고 말했다.

멀리서 경적 소리가 어렴풋이 들리더니 차츰 소리가 커지며 가까워지고 있었다. 여배우는 몸을 바로하고 흐트러진 머리를 쓸어올렸다.

"콤팩트로 코도 매만지는 게 좋을 거예요." 다이나가 야무지게 말했다. 그녀는 에이프릴의 얼굴을 보며 물었다. "범인은 누굴까?"

에이프릴이 어깨를 움츠리고 말했다.

"내가 알고 있을 리 없잖아."

맨 먼저 들이닥친 경찰차가 마지막 경적의 약한 신음 소리와 함께 찻길로 들어왔다. 폴리 워커는 일어섰다. 그녀는 작은 소리로 중얼거리듯 말했다.

"너희들은 집으로 돌아가는 게 좋아. 불유쾌한 일이 일어날지도 모르니까."

"우리는 아무렇지도 않아요." 에이프릴이 말했다.

경찰차는 회색 컨버터블 옆에 멎었고 4명의 사나이가 내렸는데, 모두 사복이었다. 그 가운데 두 사람은 집 쪽을 바라보며 선 채 명령을 기다리고 있었다. 다른 두 사람은 차 주위를 돌아 폴리 워커가 있는 곳으로 다가왔다. 한 사람은 멋있게 생긴 남자로서 보통 키에 약간 흰빛이 섞인 곧은 머리카락을 갖고 있었고 얼굴은 햇볕에 그을었으며, 눈은 맑고 푸른색이었다. 이 사람이 지휘자인 듯 싶었다. 또 한 사람은 몸집과 키가 크고 살집도 좋았으며 둥글고 붉은 얼굴과 윤기 있는 검은 머리카락의 소유자였는데, 의심스러운 듯이 줄곧 눈을 빛내고 있었다.

"시체는 어디 있습니까?" 키가 큰 사나이가 말했다.

폴리 워커는 약간 몸을 떨고 나서 집 쪽을 가리켰다. 그 사나이는 고개를 끄덕인 뒤 기다리고 있는 두 사람에게 신호를 보내고 앞장서서 걸어갔다.

흰 머리 섞인 남자가 말했다.

"당신은?"

"폴리 워커예요. 제가 경찰에 전화했어요. 그녀를 발견했기 때문에……." 그녀는 막힘없이 조용하게 말했는데, 입 가장자리의 피부가 핏기를 잃고 있었다.

경찰은 그녀의 이름을 수첩에 적은 뒤 주위를 둘러보며 말했다.

"이 어린이들은 그녀의 아이들입니까?"

"이웃에 살고 있습니다." 다이나가 차갑게 위엄을 담아서 말했다.
붉은 얼굴의 키가 큰 사나이가 집에서 나와 말했다.
"피해자는 죽었습니다. 사살입니다."
"샌포드 부인으로부터 차 마시러 오라는 초대를 받았어요." 폴리 워커가 말했다. "이리로 와서 아무리 초인종을 눌러도 대답이 없었어요. 그래서 무작정 안으로 들어가…… 발견했던 거예요. 그래서 경찰에 전화했지요."
"하녀는 외출하고 없습니다, 경감님." 키가 큰 사나이가 말했다.
"집에는 아무도 없습니다. 부랑자들의 짓인지도 모르겠군요."
"그럴지도 모르지." 경감은 말했다. 그러나 그의 말투로 보아 전혀 그렇게 생각하고 있지 않다는 것을 알 수 있었다. "검시관에게 연락해 주지 않겠나, 오헤이어? 그리고 피해자의 남편을 찾아야겠네."
"알겠습니다." 오헤이어가 말했다.
그는 집 안으로 다시 들어갔다.
"그건 그렇고, 워커 양." 경감은 신중히 여자를 바라보며 담배를 권한 뒤 불을 붙여 주었다. "무척 놀라셨겠군요. 성급히 물어보는 것이 죄송스럽습니다만……." 그는 빙긋 웃었다. 그러자 정말 안심해도 좋을 것 같은 정다운 표정으로 바뀌었다. "먼저 내 소개부터 드리지요. 나는 살인과의 스미스 경감입니다."
다이나가 갑자기 숨을 들이쉬고 말참견을 했다.
"어머나! 그럼 이름은?"
경감은 약간 귀찮다는 듯이 다이나 쪽을 보며 대답했다.
"빌."
그가 폴리 워커 쪽으로 고개를 돌릴 틈도 없이 다이나는 또다시 숨을 들이쉬었는데, 이번에는 아까보다 더 컸다.
"왜 그렇게 놀라지?" 경감이 물었다. "내 이름이 이상하니?"

"완전히 똑같아요!" 다이나가 소리쳤는데, 그 목소리는 흥분으로 들떠 있었다.

"내 이름이 스미스인 것이? 스미스라는 이름을 가진 사람은 몇백만이나 있단다."

"네, 알아요." 다이나가 말했다. "하지만 빌 스미스는!"

"그래, 빌 스미스라는 사람도 몇백만이 될지 몰라. 뭐가 완전히 똑같다는 거지?"

다이나는 기뻐서 펄쩍 뛰어올랐다.

"당신은 탐정이에요! 우리 엄마가 쓴……." 그녀는 입을 다물었다. "아니, 아무래도 괜찮아요."

경감은 씁쓰레한 얼굴로 다이나를 바라보았다.

"나는 말이야, 여기서 일을 하지 않으면 안 돼. 쓸데없는 이야기나 하고 있을 시간이 없어. 자, 돌아가거라, 집으로."

"미안하게 됐군요." 다이나는 미안해 하는 목소리로 말했다. "방해할 생각은 아니었어요, 스미스 씨. 당신은 부인이 있나요?"

"아니." 경감은 냉정하게 대답했다. 그는 두 번 세 번 입을 열었지만, 말이 나오지 않는 모양인지 그대로 다물었다. "자, 집으로 돌아가라니까. 어서. 빨리! 그렇지 않으면 정말로……."

카스테어즈네 집 세 아이는 한 명도 뒤로 물러서지 않았다.

오헤이어 경사가 돌아왔다.

"스벤슨이 이미 검시관에게 전화를 걸었답니다." 그는 보고했다.

"그리고 샌포드 씨는 조금 전에 사무실을 나간 듯합니다. 아마 곧 돌아오겠지요." 그는 경감으로부터 3명의 카스테어즈네 아이들에게로 눈길을 옮기며 말했다. "문제없습니다. 내가 맡지요. 나는 9명이나 되는 아이들을 길렀으니까요."

그는 성큼성큼 다가가서 위협하는 시늉을 해보였다.

"너희들은 뭘 하고 있는 거지?" 그는 큰소리를 질렀다.

"실례되는 말을 하시는군요." 에이프릴이 차갑게 말했다.

그녀는 150미터는 되고도 남을 몸을 똑바로 세우고 상대를 노려보았다.

"우리들은," 에이프릴은 거만하게 내뱉었다. "권총 소리를 들었기 때문에 이리로 온 거예요."

스미스 경감과 오헤이어 경사는 한참 동안 얼굴을 마주 보고 있을 뿐이었다. 이윽고 경감이 아주 부드러운 목소리로 말했다.

"정말 권총 소리였니? 자동차 백파이어 소리는 아니었니?"

에이프릴은 다만 콧소리를 내며 비웃을 뿐 아무런 대꾸도 하지 않았다.

"그 권총 소리를 들은 것이······." 오헤이어 경사는 될 수 있는 대로 아무렇지도 않은 투로 말했다. "몇 시였는지 모르겠니?"

"물론 알고 있어요." 에이프릴이 말했다. "그 바로 전에 저는 집에 들어가서 감자를 불에 얹을 시간이 되었나 하고 시계를 보았거든요. 그리고 우리는 권총 소리를 들었어요. 누군가가 피살된 거예요." 에이프릴의 목소리가 갑자기 높아지더니 외마디 소리로 바뀌었다. "피살된 거예요!"

그녀는 울부짖으며 풀 위로 웅크리듯이 넘어졌다. 다이나가 급히 땅바닥에 무릎을 꿇고 앉았다.

"에이프릴!"

폴리 워커가 발판에서 벌떡 일어나며 "빨리 의사를!" 하고 소리쳤다.

스미스 경감이 새파랗게 질린 얼굴로 말했다.

"이 아이는 어떻게 된 거지?"

다이나는 아직 외마디 소리를 지르고 있는 에이프릴이 슬쩍 꼬집는 것을 느꼈다. 그래서 변명처럼 위를 올려다보며 말했다.
"충격이에요. 에이프릴은 그리 튼튼하지 못해요."
"의사를!" 폴리 워커가 되풀이했다. "가엾게도……."
다이나가 몸을 나직이 굽히자 '집으로 가!' 하고 날카롭게 속삭이는 목소리가 들렸다. 다이나는 다시 위를 바라보았다.
"집으로 데리고 가겠어요. 저…… 발작을 일으키면 안 되니까요."
아치가 얼른 그 자리의 눈치를 알아차리고 덧붙였다.
"발작을 일으키면 물건들을 마구 부수거든요."
"내가 안고 가지." 빌 스미스가 자진하여 나섰다.
다이나는 에이프릴의 눈이 '안 돼!' 하고 신호 보내는 것을 눈치챘다.
"혼자 걸을 수 있을 거예요." 다이나가 말했다. "그러는 편이 몸에도 좋겠지요."
다이나는 에이프릴을 도와 일으켜 한쪽 팔로 붙잡았다. 에이프릴은 아직도 크게 울부짖고 있었다.
"집으로 데리고 가겠어요. 그러면 엄마가 어떻게든 진정시켜 줄 거예요."
"엄마!" 에이프릴이 흐느껴 울었다. "엄마한테 가고 싶어!"
"그게 좋겠다." 스미스 경감은 이마의 땀을 닦으며 말했다. "어머니에게 데리고 가." 그는 마치 방금 생각이 난 것처럼 다시 덧붙였다. "조금 뒤 잠깐 이야기하러 가마."
에이프릴의 울부짖는 소리가 멀어지자 경감은 동정어린 목소리로 말했다.
"가엾은 아이로군!"
오헤이어 경사가 차가운 눈으로 경감을 쳐다보았다.
"나는 아이들을 9명이나 돌보아왔습니다." 경사는 덧붙여 말했다.

"그러나 저런 엉터리 히스테리 같은 발작은 법정에서 말고는 한 번도 본 적이 없습니다."

샌포드네 집에서 보이지도 들리지도 않을 만큼 멀리 오자 에이프릴은 우는 것을 그만두고 한숨을 내쉬었다.

"잊지 않도록 해줘." 에이프릴은 말했다. "아동극 선생님을 따라갔던 일을 전부 취소해 버리고 싶으니까."

"너나 잊지 말고, 아까 이상한 흉내를 낸 설명이나 해봐."

다이나가 매섭게 말했다.

아치는 다만 눈을 크게 뜬 채 말이 없었다.

"멍청한 사람이야." 에이프릴이 말했다. "우리들은 중요한 증인이란 말이야. 범죄가 일어난 정확한 시간을 결정할 수 있거든. 하지만 아직 결정해 버리면 좋지 않아. 누군가에게 알리바이를 만들어 줄 필요가 생길지도 모르니까."

다이나는 "어머나!" 하고 말했다. 그리고 난 다음 "누구에게?" 하고 물었다.

"아직은 몰라." 에이프릴이 말했다. "그러니까 시간을 벌자는 거야."

"가르쳐줘, 가르쳐줘, 가르쳐줘!" 아치가 아우성쳤다. 몸이 달아 발을 동동 굴렀다. "무슨 말인지 나는 도무지 모르겠단 말야."

"곧 알게 돼." 에이프릴이 말했다.

세 아이는 현관문을 들어서자 1분쯤 그대로 선 채 얼굴을 마주보며 생각했다. 2층에서는 여전히 타이프라이터 소리가 한창이었다.

"어떻게든 우리들끼리 할 수 있을 것 같아." 에이프릴이 말했다.

신중한 빛이 다이나의 갈색 눈에 떠올랐다.

"오늘 밤의 저녁 식사는 내가 지을게." 다이나는 중얼거렸다. "엄마의 일을 쉽게 해서는 좋지 않으니까. 햄을 진저에일 소스로 찌고,

고구마 설탕조림과 흰 감자 으깬 것, 록포 소스를 친 샐러드와 콘 머핀을 따끈하고 맛있게 만들겠어."

"콘 머핀을 만들 줄도 모르면서!" 아치가 말했다.

"요리책에 있어." 다이나가 말했다. "나는 글을 읽을 수 있거든. 크림 파이도 만들겠어. 엄마가 맛있게 잡수실 거야." 다이나는 천천히 고개를 끄덕였다. "너희들도 부엌으로 오는 게 좋겠어. 의논할 게 있으니까." 그녀는 말을 맺었다. "다른 계획을 세우지 않으면 안 돼. 중대한 계획이야."

2

지금은 J.J. 레인이 되어 있는 마리안 카스테어즈는 식탁을 둘러보며 사랑하는 아이들의 수를 헤아렸다. 3명이 다 모여 있다. 행복한 한숨이 무심코 새어나왔다.

깨끗이 세탁된 레이스 달린 식탁보가 촛불을 밝힌 식탁에 깔려 있고, 한가운데에는 노랑 장미를 심은 화분이 놓여 있었다. 햄은 아주 맛있고 연했으며, 향료치는 방법도 잘 연구한 모양이었다. 고구마는 짙은 갈색 시럽 속에 떠 있고, 콘 머핀은 혀가 델 정도로 뜨거우며 민들레의 갓털처럼 가벼웠다. 샐러드도 참신한 솜씨로 섞였으며, 게다가 아주 성공한 것 같았다.

에이프릴이 식사 전에 셰리 주를 한 잔 2층으로 가지고 와서 귀엽게 말했다.

"엄마, 파란색 홈드레스를 입으니까 아주 아름다워 보이는데요. 엄마, 머리를 고쳐 드릴까요. 머리에 염색을 조금 하세요. 엄마의 생기 있는 얼굴을 보면 우리들은 얼마나 기쁜지 몰라요." 그리고 마지막으로 "엄마, 진홍색 장미를 한 송이 뒷머리에 꽂아드릴게요!" 하고 말했다.

이처럼 착한 아이들을 가진 사람이 있을까! 그녀는 황홀한 듯 세 아이를 바라보았다. 이렇게 착한 아이들, 이렇게 영리하고 이렇게 솜씨가 좋은 아이들! 마리안은 세 아이에게 방긋 웃어보이며, 비록 조금이기는 하지만——그리고 입에 올리지는 않았지만——의심을 품었던 것에 대해 미안한 생각이 들었다.

하지만 이 지나친 솜씨에는 어쩐지 미심쩍은 점이 없지도 않았다. 전에도 이런 일이 있었던 것이다. 그 과거의 경험에 비추어 볼 때 뭔가 새로운 계획이 곧 화제에 오르지 않을까 의심해 보지 않을 수 없었다. 그녀는 다시 한 번 한숨을 내쉬었는데, 이번에는 아까처럼 기쁜 한숨이 아니었다. 그러한 새 계획은 대개 훌륭히 이해가 가는 것이었지만 때로는 위험한 이야기도 있고, 비용이 드는 이야기도 있고, 일에 지장을 주는 이야기도 있으며, 또 이 세 가지가 다 포함된 이야기도 있었다.

"문트 제트 없트 어트?" 다이나가 에이프릴에게 말했다.

"물트 론트 이트 지트." 에이프릴이 기쁜 듯한 목소리로 대답했다.

"영어로 말해라." 마리안 카스테어즈가 어렵다는 듯한 얼굴을 지으며 말했다.

"이것도 영어에요." 아치가 소리쳤다. "태트 왕의 영어란 말이에요. 그 뜻을 가르쳐 드릴까요? 모두 첫글자의······."

"입트 다트 물트 어트."

에이프릴이 다급히 말하면서 식탁 밑으로 그를 찼다.

아치는 뭐라고 투덜거리더니 그만둬 버렸다.

식사가 끝나자 에이프릴이 거실로 커피를 날라왔고 아치는 담배와 성냥과 재떨이를 가지고 오는 등 애써 서비스하는 태도였으므로, 마리안 카스테어즈는 자기의 의혹이 옳았다는 결론을 내리지 않을 수 없었다. 하지만 누가 의심할 수 있겠는가, 이 천진스러우며 눈이 맑고 또렷한 에이프릴 같은 아이를!

"엄마, 피곤해 보이는군요." 다이나가 정답게 말했다. "발판을 가져 올까요?"

다이나는 대답을 기다리지 않고 발판을 가져 왔다.

"엄마는 일을 너무 많이 해요." 아치가 말했다.

"정말이에요." 에이프릴이 거들었다. "좀더 기분전환을 하지 않으면 안 돼요. 특히 일에 도움이 될 수 있는 기분전환을."

마리안은 긴장했다. 그녀는 넷이 함께 잠수 교육을 받았을 때의 일이 생각났다. 그때의 구실은 '분위기를 안다'는 것이었다. 하기야 J.J.레인의 작품 가운데 가장 인기를 얻은 것 하나가 거기서 얻은 경험을 살려 쓴 것이라는 점은 인정하지 않을 수 없다. 잠수복을 입은 수수께끼의 칼침 맞은 시체 발견이라는 줄거리였으니까. 하지만······.

"엄마." 에이프릴이 밝은 목소리로 불렀다. "어떤 여자가 자기 집 거실에서 피살된 지 1, 2분 지난 뒤 영화배우가 자동차로 찾아왔어요. 그 여자에게서 차마시러 오도록 초대를 받았다는 거예요. 총소리는 두 번 들렸는데 피해자는 한 방밖에 맞지 않았어요. 피해자의 남편은 현재 행방불명으로 알리바이가 없고, 그 남편도 영화배우도 만일 범인이 아니라고 한다면," 여기서 에이프릴은 더 이상 말을 이을 수가 없어 크게 숨을 돌린 다음 계속했다. "엄마는 누가 범인이라고 생각하세요?"

"아아니!" 마리안이 놀라며 말했다. "어디서 그런 시시한 소설을 읽었니?"

아치가 소리내어 웃으며 소파 위에서 발을 굴렀다.

"소설이 아니에요. 읽은 게 아니라 직접 본 거란 말이에요." 아치는 떠들어댔다.

"아치!" 다이나가 호되게 나무랐다. 그녀는 다시 어머니 쪽을 바라보며 말했다. "이웃집에서 일어난 사건이에요, 오늘 오후에."

마리안 카스테어즈의 눈이 갑자기 커졌다. 그리고 눈살을 찌푸렸다.

"무슨 엉터리 같은 소리를 하는 거냐. 나는 이제 그런 수단에는 넘어가지 않는다, 이번에는."

"정말이에요." 에이프릴이 말했다. "정말 있었던 일이에요. 저녁 신문에도 나 있어요." 그녀는 아치를 쳐다보았다. "아치, 신문 가져와봐. 부엌에 있어."

"언제나 나만 시키는군."

아치는 불평을 하면서도 일어나서 나갔다.

"샌포드 부인이!" 마리안이 말했다. "그 여자가 말이냐! 누가 죽였지?"

"바로 그 점이에요," 에이프릴이 말했다. "아직 아무도 몰라요. 경찰에서는 황당한 주장을 하고 있지만, 언제나처럼 아주 잘못된 거예요."

신문을 커피 테이블 위에 올려 놓고 넷이서 들여다보았다. 샌포드네 집의 사진, 그리고 플로라 샌포드와 행방불명인 월레스 샌포드의 사진이 나와 있었다. 폴리 워커의 멋있는 사진 밑에는 '영화 스타 시체를 발견'이라는 제목이 붙어 있었다.

"스타가 아니라, 보통 여배우인데." 마리안이 말했다.

"벌써 유명한 스타예요, 신문에서는."

에이프릴이 깜찍한 목소리로 말했다.

월레스 샌포드는 전에 없이 일찍 사무실을 나와 교외 전차를 타고 4시 47분에 내렸다고 한다. 그 뒤로 그를 본 사람은 아무도 없으며, 경찰에서는 그의 행방을 수사중이다. 폴리 워커가 시체를 발견하고 경찰에 전화한 것이 5시. 강도나 폭행의 흔적은 없었다.

"어째서 우리집 근처에서 이런 일이!" 마리안이 중얼거렸다.

어린 세 아이는 차츰 활기를 띠었다.

"멋있잖아?" 에이프릴이 다이나에게 말했다. "엄마가 이 사건의 수수께끼를 풀어 범인을 찾아낸다면 책에 대한 좋은 선전이 될 텐데!"

"수수께끼도 아무것도 아니야." 마리안이 말했다. 그녀는 신문을 접었다. "경찰은 아마 힘들이지 않고 샌포드 씨를 찾아낼 거다. 그런 일에는 뛰어나니까."

"하지만 엄마." 다이나가 말했다. "샌포드 씨의 짓이 아니예요."

마리안이 멍하니 그녀를 쳐다보았다.

"그럼, 누구지?"

"그것이 수수께끼예요." 에이프릴이 말했다. 그리고 나서 천천히 숨을 들이마시며 앞으로 다가왔다. "그런데 엄마, 살인사건이 일어나면 경찰은 틀림없이 누군가에게 혐의를 두겠지요? 가엾은 샌포드 씨 같은 사람에게 말이에요. 하지만 언제나 용의자가 범인으로 판명된 예는 없었어요. 진범은 경찰이 아니라 다른 사람이 발견하잖아요? 예를 들면 J.J. 레인의 작품에 나오는 돈 드렉셀 같은……"

순간 마리안 카스테어즈는 모든 것을 알아차렸다. 콘 머핀에서부터 테이블 위의 장미까지 그 숨겨진 뜻을 깨달았다. 적어도 그녀는 알았다고 생각했다.

"뭐라구?" 그녀는 엄격한 목소리로 분명하게 말했다. "샌포드 씨가 부인을 죽인 게 틀림없어. 그는 지금 도망치려 하고 있어. 하지만 무리는 아니라고 생각한다. 그 여자는 뱃속까지 못된 여자였으니까. 아무튼 이 사건은 경찰에 맡겨두면 되는 거야. 내가 나설 상황이 아니야." 그녀는 시계를 보며 말했다. "또 일을 시작해야겠구나."

"엄마." 다이나는 필사적이었다. "제발 좀 생각해 봐요. 더없이 좋은 기회잖아요?"

"나는 돈을 벌어서 집안을 이끌어나가야만 한단다, 다이나." 마리안 카스테어즈는 말했다. "더구나 이번 금요일에서부터 다음 금요일까지 한 권을 넘겨주어야 하는데, 아직 3분의 2밖에 쓰지 못했어. 그래서 남의 사건에 끼여들 시간이 없단다. 만일 시간이 있다 하더라도 나는 싫어."

다이나는 실망했지만, 지지는 않았다. 사정을 이야기해서 거절당하더라도 아직 한 가지 무기가 남아 있다. 에이프릴이 우는 수단이었다. 이 수단은 지금까지 한 번도 효과를 내지 못한 일이 없었던 것이다.

"엄마, 좋은 선전이 될 거예요. 책이 많이 팔리게 될 거예요. 그러면……."

그때 밖에서 초인종이 울렸다. 아치가 달려가 문을 열었다. 손님은 살인과의 빌 스미스 경감과 오헤이어 경사였다.

에이프릴은 얼른 어머니 쪽을 쳐다보았다. ──문제없어, 틀림없이 매혹될 거야. 검은 머리에 꽂은 핑크색 장미가 드문드문 섞인 흰 머리카락을 잘 감추어주었다. 화장은 아직 지워지지 않았으며 파란색 홈드레스도 아주 잘 어울렸다.

"실례합니다." 빌 스미스 경감이 말했다. "경찰입니다." 그는 자신과 오헤이어 경사의 이름을 밝혔다.

마리안 카스테어즈가 "그런데요?"라고 말하는 투에는 실례 정도가 아니라 아주 귀찮다는 뜻이 담겨 있는 듯했다. 들어오라고도 앉으라고도 하지 않았으며 시계마저 들여다보는 형편이었다. 다이나는 한숨을 쉬었다. 엄마가 일에 열을 올리기 시작했기 때문에 상황이 아주 나빠진 것이다. 그녀는 애써 상냥한 얼굴을 지으며 말했다.

"들어와서 앉으시지 않겠어요?" 스미스 경감은 고맙다고 인사를 하고는 앉았다. 그리고는 방 안을 찬찬히 둘러보았다.
"커피라도?" 에이프릴이 애매한 목소리로 물었다.
빌 스미스가 입을 열 틈도 없이 오헤이어 경사가 말했다.
"괜찮소, 공무중이니까."
빌 스미스는 잔기침을 하고 나서 말했다.
"오늘 오후 이웃에서 살인사건이 있었습니다. 내가 이 사건을 담당하게 되어서……."
"나는 전혀 모르고 있었어요. 방금 신문을 보고 알았답니다." 마리안이 말했다. "그러니까 나는 아무 도움도 드릴 수가 없어요. 오후 내내 일을 하고 있었기 때문에……." 그리고 그녀는 다시 한 번 다짐을 주었다. "지금도 역시 일을 하고 있는 중이지요."
"엄마는 미스터리소설을 쓰고 계신답니다." 다이나가 얼른 말했다.
"아주 굉장한 미스터리소설 말이에요."
"나는 그런 건 읽지 않습니다." 빌 스미스가 차갑게 말했다. "좋아하지 않기 때문이지요."
마리안 카스테어즈의 눈썹이 무섭게 약간 꿈틀했다.
"어머나, 미스터리소설이 마음에 안 드시나요?"
"작가는 범죄에 대해 아무것도 모르고 있으니까요." 경감이 말했다. "따라서 그런 책들은 일반 사람들에게 경찰에 대한 그릇된 생각을 심어주기도 하고……."
"그럴지도 모르겠군요!" 마리안이 쌀쌀맞게 말했다. "하지만 내가 만난 적이 있는 경찰관은 대개……."
아치가 커다랗게 재채기를 했다. 다이나가 빌 스미스에게 말했다.
"정말 커피 안 드시겠어요?"
그리고 에이프릴이 "하지만 이번 살인사건은" 하고 말했기 때문에 화제가 전혀 달라지고 말았다.

"이번 살인사건은 경찰에 맡겨 두면 된단다. 내가 나설 일이 아니야." 마리안이 말했다. "그럼, 나는 이만 실례하겠어요."

"댁의 아이들이 총소리를 들었습니다." 오헤이어 경사가 말했다.

"증인인 셈입니다."

"틀림없이, 기꺼이 증언할 거예요. 필요한 때에는." 마리안이 대답했다. "그뿐 아니라 쓸데없는 이야기까지 지껄여대겠지요."

스미스 경감은 또 한 번 헛기침을 하고, 그전의 상관이 자기에 대해 쓴 보고서에서 '남의 기분을 해치지 않는 좋은 점이 있음'이라고 칭찬했던 것을 생각하면서 상냥하게 미소를 지어 보였다.

"카스테어즈 부인." 그는 부드럽게 말했다. "대단히 죄송합니다만, 그런 이유에서니까 협력해 주시겠어요?"

"물론이지요." 마리안은 말했다. "증인으로 법정에 내보낼 때는 세 아이 모두 새 옷을 입힐 수도 있습니다. 그리고 그뿐이라면 나는 이만······."

"부인, 좀더 들어주십시오." 오헤이어 경사가 말했다. 남의 기분을 해치지 말라는 충고 같은 말 따위는 알지도 못하는 사나이다.

"댁의 아이들은 그 총소리가 난 시간을 결정할 수 있는 유일한 증인인 것 같습니다. 우리는 그 시간을 알고 싶습니다."

"바로 시계를 보고 났던 참이었어요." 에이프릴이 애원하듯 어머니 쪽을 바라보며 재빨리 끼여들었다. "감자를 얹을 시간이 되지 않았나 하고."

마리안 카스테어즈는 한숨을 쉬었다.

"좋아, 몇 시였는지 말씀드리고 어서 끝내버리자."

아치가 기대고 있던 의자에서 벌떡 일어났다.

"그건 말이야" 하고 그가 입을 열었다.

그순간 그는 커다랗게 소리를 지르며 팔을 문지르기 시작했다. 에이프릴이 꼬집은 것이었다.

"내트 가트 말트 하트 겠트 어트." 에이프릴이 말했다.

"좋트 아트" 하고 다이나가 말했다.

마리안 카스테어즈의 입술이 긴장되었다.

"영어로 말하거라!"

에이프릴은 고민하고 있는 듯, 약간 떨고 있는 것처럼 보였다. 에이프릴은 스미스 경감 쪽으로 다가갔는데, 그 귀여운 눈에 당장 눈물이 넘칠 것만 같았다.

"감자를 올려놓을 시간이 아닌가 하고 막 시계를 보고 났을 때였어요." 그녀는 되풀이해서 말했다. "4시 45분에 올려놓기로 되어 있거든요. 그런데 정각 4시 반이었기 때문에 나는 다시 베란다로 돌아갔어요."

빌 스미스 경감과 오헤이어 경사가 얼굴을 마주보았다. 좀 미덥지 못한 모양이었다.

"감자를 올려놓지는 않았잖아." 아치가 말했다. "감자를 올려놓은 건 다이나 누나였어."

"다이나가 감자 올릴 시간이 되지 않았느냐고 해서 내가 시계를 보러 갔었어." 에이프릴이 말했다.

다이나가 흘끗 노려 보았기 때문에 아치가 금방 입을 다물어 버렸다.

빌 스미스는 완전히 믿고 있다는 태도로 에이프릴에게 미소를 보냈다.

"이 점을 잘 생각해야 돼. 살인이란 무서운 범죄거든. 남자든 여자든 다른 사람의 목숨을 빼앗는 사람은 처벌하지 않으면 안 되는 거야. 알겠지?"

에이프릴도 아주 신뢰하고 있는 것처럼 끄덕여 보였다.

"이건 정말 중요한 일이야." 경감은 차츰 자신을 가지면서 말해 나갔다. "너희들이 권총 소리를 들은 시간을 알게 되면, 이 무서운 짓을 한 범인을 잡는 데 크게 도움이 될 거야. 그것이 정확하게 몇시였는지를 아는 일이 우리에게 얼마나 중요한지 알겠지? 물론 알고 있겠지, 넌 머리가 좋고 영리한 아이니까 말이야. 자, 이야기해 다오, 그건……."

"정각 4시 반이었어요." 에이프릴이 말했다. "바로 시계를 보고 난 참이었거든요. 감자가…… 아참, 그건 벌써 말했었지. 나를 못 믿으시겠다면 다이나에게 물어보세요. 내가 다시 베란다로 가서 아직 15분 전이니까 감자를 올려놓지 않아도 된다고 말했으니까요."

빌 스미스가 염려스러운 듯이 다이나를 바라보았다.

"맞아요." 다이나가 말했다. "기억하고 있어요. 에이프릴이 시계를 보러 들어갔었어요. 감자를……."

아치가 콧방귀를 울렸다.

"감자는 4시 45분이 아니라 5시에 얹었잖아."

"오늘은 빨랐어." 다이나가 말했다. "찌는 건 삶는 것보다 시간이 더 걸리니까."

"하지만 오늘 저녁에는 찐 감자가 없었잖아." 아치가 자랑스러운 모양이었다. "으깬 감자였잖아. 무슨 소릴 하고 있어!"

다이나가 한숨을 쉬었다.

"그건 총소리가 들렸기 때문에 무슨 일이 있었나 보러 갔다가 돌아와보니 이미 찔 시간이 없어서 그렇게 한 거야."

다이나는 둘째 손가락으로 아치의 어깨뼈 밑을 쿡쿡 찔렀다. 그전부터 알고 있던 신호였기 때문에 아치는 조용해졌다.

"결국 말하자면, 에이프릴이 시계를 본 때는 정각 4시 반이었고,

바로 그 뒤에 총소리가 들린 거예요." 다이나는 위엄을 갖추고 다시 말했다.

"내가 베란다로 돌아가는 도중에 들려 왔어요." 에이프릴이 덧붙여 말했다.

"틀림없겠지?" 빌 스미스가 맥빠진 목소리로 말했다.

어린 세 아이는 힘차게 고개를 끄덕이며 공동전선을 폈다.

"저, 경감님." 오헤이어 경사가 말했다. "제게 맡겨 주십시오. 나는 9명의 아이를 길러왔습니다."

그는 에이프릴 쪽으로 다가가서 위협하듯 그녀의 코 밑에다 손가락을 들이댔다.

"자, 바른 대로 말해야 돼." 아주 큰소리였다. "그렇지 않으면 후회하게 될 거야! 총소리를 들은 건 몇 시였지?"

"네, 4시 반이에요!" 에이프릴이 와락 울음을 터뜨리며 방을 가로질러가 마리안의 무릎에 얼굴을 묻었다. "엄마!" 에이프릴은 콧소리를 냈다. "나는 무서워요!"

"아이들에게 심하게 대하지 말아주세요!"

마리안이 성을 내며 말했다.

"왜 에이프릴을 울렸지요!"

아치가 소리쳤다. 그리고 느닷없이 경사의 발목을 찼다.

"부끄러운 생각도 안 들어요?" 다이나도 성이 나서 말했다. "당신 집에도 아이들이 있다고 말씀하신 것 같은데……."

오헤이어 경사의 얼굴은 삶지 않은 사탕무 같은 빛이 되었다. 그는 아무 말도 하지 못했다.

"자네는 차 안에서 기다리고 있게."

빌 스미스 경감이 야무지게 타일렀다.

오헤이어 경사는 성큼성큼 문 앞으로 걸어갔는데, 그 넓적한 얼굴이 붉다못해 자줏빛이 되어 있었다. 잠시 발을 멈추고 선 그는 둘째 손가락을 마리안 카스테어즈 쪽을 향해 약간 흔들었다.

"당신이 어머니이지요?" 그는 소리쳤다. "호되게 때려 줘야 합니다!"

그는 거칠게 문을 닫고 나갔다.

"아이를 놀라게 해서 죄송합니다." 빌 스미스가 사과했다. "신경이 대단히 날카로운 아이 같군요."

"신경질적이지는 않아요." 마리안은 에이프릴의 머리를 쓰다듬으면서 말했다. "하지만 이런 경우라면 누구나 다 놀랄 거예요. 그리고 아이들이 4시 반에 총소리를 들었다면, 4시 반에 들은 것이 틀림없어요. 우리 아이들이 경찰을 속이기라도 한다고 생각하시는 건가요?"

그녀의 눈이 조용히 경감의 눈으로 쏠렸다. 빌 스미스는 에이프릴이 거짓말쟁이라는 것을 뭔가 정중한 말로 표현할 수 없을까 고민하던 참이었으나 그만 단념하고 말았다. 에이프릴이 울면서 증인석에 서서 총소리를 들은 건 4시 반이었다고 증언하는 모습이 역력히 머리에 떠올랐던 것이다. 배심원의 반응도 머리에 떠올랐다.

"좋습니다. 4시 반입니다." 그는 무뚝뚝하게 말했다. "대단히 고맙습니다. 귀찮게 해드려서 미안하군요."

"도움이 되어서 기뻐요."

마리안 카스테어즈도 마찬가지로 냉랭한 목소리로 말하였다.

"이 문제는 더 의논할 필요가 없겠지요? 안녕히 가세요."

한순간 다이나는 조마조마했다. 그녀는 얼른 달려 가서 문을 열고 경감이 나가는 동안 손으로 누르고 있었다.

"벌써 돌아가세요?" 그녀는 밝은 목소리로 물었다. "하지만 잘 와주셨어요. 또 오세요. 빠른 시일 안에 또 와 주세요."

빌 스미스 경감은 멍하니 다이나의 얼굴을 쳐다보았다. 정신이 얼떨떨해서 생각이 잘 정리되지 않았다. 그리고 웬일인지 알 수 없었지만 돌아가기가 싫었다. 잠깐 경찰서에 들러서 보고를 마치면, 비용은 많이 들지만 쓸쓸한 호텔방으로 돌아가야 하는 것이다. 그래서 그런지 괜히 5, 6분만이라도 여기에 더 머물러 있고 싶었던 것이다.

"그럼……." 그는 말했다. "그럼, 잘 있어요." 그는 문지방에 발이 걸려 빨갛게 상기된 얼굴로 "그럼, 잘 있어요" 하고 다시 한 번 말하고 나서 나갔다.

에이프릴이 방긋 웃었다. 마리안은 그녀를 무릎에서 밀어내고 일어서며 말했다.

"어째서 나는 아이들을 좋게 생각했던 것일까!" 그녀는 화난 듯이 계단까지 크게 걸음을 옮겨 놓으며 "이런 사건에 끼여드는 게 아니야" 하고 다시 엄숙하게 말했다. "그리고 엄마는 끌어내지 말아줘." 그녀는 두어 걸음 계단을 올라가다 발을 멈췄다. "그건 그렇고…… 아까 무슨 말을 하고 있었지, 이상한 암호 같은 것으로?"

"에이프릴이 '내가 말하겠다'고 한 거예요." 아치는 두 누나가 못하게 말릴 겨를도 없이 자랑스럽게 밀고하고 말았다. "그러니까 다이나가 '좋아' 하고 말했어요. 그저 첫글자만…… 아얏!"

"너 이따 봐!" 에이프릴이 날카롭게 속삭였다.

마리안 카스테어즈는 콧소리로 대답을 했다.

"그런 줄 알았다. 나는 너희들 말을 믿지 않았어. 스미스처럼 머리가 둔한 사람이라면 믿었을지 모르지만. 아무튼 괜찮다. 이제 이것으로 끝내. 나는 플로라 샌포드를 누가 죽였든 흥미도 없을뿐더러, 경찰관들도 아주 싫어하니까."

그녀는 몸을 돌려 계단을 올라가 버렸다.

어린 카스테어즈 3남매는 60초 동안 긴장된 채 잠자코 있었다. 2층 방에서 타이프라이터 치는 소리가 빠르게 들리기 시작했다.

"하지만." 다이나가 생각에 잠기면서 말했다. "생각만은 훌륭했었어."

"'했었어'가 아니야." 에이프릴이 말했다. "지금도 훌륭해. 엄마가 샌포드 부인을 죽인 범인을 찾지 않겠다면 우리가 찾는 거야. 우리들이야말로 적임자일 거야. 엄마에게 응원을 청할 것까지도 없어. J.J. 레인의 작품을 참고로 하면 되거든."

"어머나, 그 일?" 다이나가 말했다. "난 그 사람 이야기를 말했었어."

다이나는 빌 스미스가 나간 문 쪽을 가리켰다.

아치가 좀 딱딱한 목소리로 "나는 그 사람이 좋아"라고 선언했다.

에이프릴이 말했다.

"조금도 걱정할 건 없어, 엄마와 빌 스미스 씨에 관한 한." 그녀는 천천히 숨을 들이마셨다. "최초의 말다툼과 대립은 애정의 첫걸음이거든."

"책에서 읽은 거지? 아치가 말했다.

에이프릴은 기쁜 듯이 생기가 돌았다.

"바로 그 책, 엄마 책이야."

3

휴일이 아닌 날의 카스테어즈네 집 아침 식사는 두 종류가 있었다. 어린 카스테어즈 3남매가 잠에서 깨어나면 마리안 카스테어즈가 벌써 부엌에서 바쁘게 일하는 모습이 보였다. 언제나 솜이 든 화려한 무늬가 프린트된 홈드레스를 입고 머리에 스카프를 두르고 있지만, 가끔 작업복인 바지를 입고 있을 때도 있었다. 또 어떤 날은 어린 3남매가 직접 아침 식사를 준비하는 때도 있었다. 그리고 학교에 가기 바로 전에 커피와 컵과 깨끗한 재떨이를 쟁반에 담아 졸린 눈으로 하품만 하고 있는 마리안에게 가지고 가는 것이었다.

어떤 날 아침이 될지, 그것은 미리 알 수 있었다. 세 아이 중 마지막 한 사람이 잠자리에 들 때, 타이프라이터가 아주 빠르게 두들겨지고 있으면 이튿날 아침은 다이나가 잠깨우는 탁상시계 소리를 멈추는 즉시 아래층으로 내려가 오트밀을 만들지 않으면 안 된다. 이날 아침도 그러했다. 에이프릴과 다이나는 어젯밤 여느 때보다 늦게까지 자지 않고 여러 가지로 상의하고 있었는데, 그때까지도 타이프라이터가 힘차게 소리내고 있었던 것이다.

이날 아침은 모든 일이 시작부터 꼬이는 것뿐이었다. 모두들 기분이 좋았다. 샌포드 살해사건 이야기에 골똘해 있었기 때문에 다이나는 탁상시계 맞춰두는 것을 잊어버려서 13분이나 늦게 일어났다. 아치는 일찍 눈을 떴는데도 두꺼운 종이로 전차 만드는 일에 정신이 팔려 부엌일은 절대로 돕지 못하겠다고 했다. 에이프릴은 30분이나 거울 앞에서 네 가지의 다른 모양으로 머리 매는 연습을 했다. 어린 3남매가 부엌에 모였을 때는 학교 버스가 지나가는 시간까지 30분밖에 남아 있지 않았으므로 큰일이었다.

"아치, 빵을 구워!" 하고 다이나가 말했다.

"아이 참!" 아치가 말했다. "글쎄, 나는 잘못 굽는단 말이야." 아치의 입에서 나오는 첫 번째 불평은 언제나 이런 것이었다. 하지만 그는 곧 토스터의 코드를 꽂았다.

"에이프릴!" 다이나가 말했다. "우유 좀 가져 오겠니."

"참, 뽐내고 있네!" 에이프릴이 말했다. 하지만 그녀는 우유를 가지고 왔다.

"자, 모두들 떠들면 안 돼." 다이나가 말했다. "엄마가 깨실테니까."

그러자 곧 조용해졌다. 다이나가 이런 식으로 말하기만 하면,

"아직 해둘 말이 있어." 다이나는 잠시 말을 끊었다. "학교를 쉬어서는 안 되는 거야. 그때 혼나봤지?"

에이프릴이 우울한 듯이 말했다.

"학교에서 돌아올 무렵에는 경찰이 모든 단서를 찾아내고 말 거야."

그러나 다이나는 들은 체도 하지 않았다. 그 문제에 대해서는 이미 이야기가 끝나 있었던 것이다.

"게다가 엄마에게 댈 핑계를 세 가지씩이나 생각해 낼 수는 없어. 첫째, 엄마는 주무시고 계시잖아. 둘째, 서커스가 시내에 와 있을 때 셋 다 치과병원에 간다고 했더니 선생님이 아주 이상한 말씀을 하시지 않았어? 그러니까 또 엄마가 선생님과 옥신각신하면 엄마 일이 늦어지게 될 거야."

"글쎄, 알았다니까." 에이프릴이 불평했다. "하지만 돌아오는 즉시……."

다이나가 못마땅한 표정을 지었다.

"나는 공부가 끝난 뒤 피트와 만나서 볼링치러 가기로 약속되어 있거든."

에이프릴은 쾅 하고 우유병을 아래로 내려 놓았다.

"그런 애와 한 약속이 엄마의 일보다 더 중요한 거라면……."

"조용히!" 아치가 재빨리 말했다.

"뭐가 조용히야!" 에이프릴이 말을 받았다. 그녀는 아치를 쥐어박았다. 아치는 외마디 소리를 지르며 "으스대는군!" 하고 도망쳤다.

에이프릴이 별안간 외쳤다.

"아얏! 머리를 당기면 안 돼!"

다이나는 에이프릴에게 덤벼들려 하고, 에이프릴은 아치에게 덤벼

들려고 했다. 에이프릴이 울부짖고, 아치가 쇳소리를 질렀다. 다이나는 동생들을 말리려고 큰소리를 질렀다. 오트밀을 넣은 종이 상자가 바닥으로 쿵 떨어지며 뒤집혔다. 이때 다이나가 나직이 말했다.
"잠깐, 조용히 해!"
금방 조용해졌다.
마리안 카스테어즈가 뺨을 빨갛게 해가지고 문 앞에 졸린 눈으로 서 있었다. 솜을 넣은 홈드레스에 화려한 색깔의 스카프를 두르고 서 있었다. 세 어린이는 그녀를 바라보았다. 그녀는 셋을 바라보고 나서 오트밀로 눈길을 옮겼다.
"엄마." 에이프릴이 얌전히 말했다. "만일 '둥지 안의 작은 새는 싸움을 하지 않는다'는 등의 말을 하면 우리는 모두 집을 나갈 거예요."
아치가 피식 웃었다. 다이나는 바닥에 떨어진 것들을 쓸어모으기 시작했다. 마리안 카스테어즈는 하품을 하며 빙긋 웃었다.
"내가 늦잠을 잔 모양이구나. 아침 식사는 뭘로 할 작정이지?"
"저걸 먹을 생각이었어요." 다이나는 쓸어모은 것들을 가리키며 말했다. "우리도 늦잠을 잤거든요."
"내버려 두어라." 마리안이 말했다. "별로 맛있어 보이는 오트밀도 아니니까. 묵은 짚 같은 맛일 거다. 그대신 내가 4분 안에 달걀을 삶아주마. 그리고 아침 신문 와 있지?"
5분 뒤 네 사람은 식탁에 앉아 아침 식사를 하기 시작했다. 마리안 카스테어즈는 신문을 펼쳤다.
"경찰이 샌포드 씨를 찾았나요?"
다이나가 아주 조심스럽게, 그러나 아무렇지도 않은 척하며 물었다.
마리안 카스테어즈는 머리를 가로저었다.

"아직 수사중이구나." 그녀는 한숨을 쉬었다. "그처럼 얌전한 월레스 샌포드 씨 같은 사람이 그런 일을 저지를 줄 누가 생각이나 했겠니?"

다이나는 어머니의 어깨 너머로 들여다보며 신문 제1면에 나와 있는 2단짜리 기사를 읽었다.

"엄마." 그녀는 말했다. "이상하잖아요. 샌포드 부인은 총을 한 방밖에 맞지 않았거든요. 그런데 경찰은 아직도 나머지 한 방을 찾아내지 못하고 있어요."

"또 한 방이라니?" 마리안이 말했다.

"우리는 두 방의 총소리를 들었어요."

에이프릴이 상기시켜주듯 말했다.

마리안은 커피를 내려 놓으며 얼굴을 들었다.

"그게 정말이니?"

어린 3남매는 일제히 고개를 끄덕였다.

"이상하구나." 마리안은 생각에 잠기면서 말했다.

아이들은 순식간에 그 기회를 이용했다.

"엄마." 다이나가 얼른 말했다. "엄마가 하면 경찰보다 훨씬 빨리 이 사건을 해결지을 수 있을 거예요." 그리고 그녀는 어젯밤 엄마가 경관에 대해 말한 것을 생각해 내고 덧붙였다. "경찰들은 모두 얼이 빠져 있거든요."

"아마 곧 해결되겠지." 마리안 카스테어즈는 생각에 잠기면서 말했다. "정말이지 어떤 사람이······." 그녀는 말을 끊고 엄격한 표정을 지으려고 애썼다. "나는 바빠. 그리고 너희들도 뛰어가지 않으면 학교 버스를 못 타겠구나."

어린 세 아이는 부엌의 시계를 쳐다보고는 곧 달려 나갔다. 맨 뒤에 처진 에이프릴은 다시 한 번 시계를 보고 급히 계산을 했다. 가까운 길로 뛰어가면 아직 60초쯤 여유가 있다. 그녀는 엄마에게 달라붙어 흐느끼기 시작했다.

"아니!" 마리안이 놀라며 물었다. "어떻게 된 거니, 에이프릴?"

"지금 생각했어요." 에이프릴은 울상을 지으며 말했다. "우리가 모두 커서 결혼하여 집을 떠나게 되면 엄마 혼자 얼마나 쓸쓸할까 하고요."

그녀는 얼른 엄마의 뺨에 정이 넘치는 키스를 하고 몸을 돌리더니 토끼처럼 언덕을 달려 내려갔다. 이렇게 해두면 학교에 가 있는 동안 빌 스미스 경감과 다시 만나게 되었을 때 선입관이 작용할 것이 틀림없었다.

마리안 카스테어즈는 천천히 부엌으로 들어갔다. 접시를 설거지통에 넣고 더운물을 부었다. 우유와 버터를 냉장고에 도로 넣었다. 어린 3남매가 시끄럽게 떠들어대면서 나가버리고 나자 집 안은 텅 비어 너무도 조용했다. 그녀는 쓸쓸해졌다. 믿을 수 없을 만큼 쓸쓸해져서 갑자기 모든 것이 싫어졌다. 에이프릴이 말한 그대로다. 모두 커서 결혼하여 집을 떠나 버리면 얼마나 쓸쓸할 것인가……

2층 타이프라이터에 꽂혀 있는 2백 45페이지의 마지막 줄에도 '클라크 캐멜론은 시체를 조사하고 있었는데, 이윽고 일어났다. "심장마비는 아닙니다" 하고 그는 천천히 말했다. 이 사람은 살해된 겁니다…… 다른 사람들과 마찬가지로'라고 타이핑되어 있다. 마리안 카스테어즈는 다음 줄 첫머리를 어떻게 할 것인가 벌써 결정지어 놓고 있었다. '창백한 얼굴의 딸은 놀라 숨을 들이켰다.'

이제 작업복인 바지로 갈아입지 않으면 안 될 시간이라는 것을 그녀는 잘 알고 있었다. 지금부터 《제7의 독살자》를 10페이지쯤 해치우지 않으면 안 되는 것이다.

그런데 그녀는 뜰로 나와 자갈 깐 좁은 길을 초조하게 거닐었다.

혼자 남겨지기에는 아직 여유가 있다. 아무리 짧게 잡아도 10년은 있다. 하지만 10년 같은 건 금방 지나가고 만다. 벌써 10년이 지나지 않았는가. 마리안은 에이프릴과 다이나가 콩껍질을 깔 때 쓰는 벤치에 앉아 생각해보았다. 맨 처음부터 차근차근 생각해 보았다. 지금까지 몇 번이나 생각해 본 일이었지만.

두 사람, 젤리 카스테어즈와 마리안이 처음 만난 것은 시카고의 어느 거리 모퉁이로, 발 아래에는 한 명의 갱이 기관총에 맞아 나동그라져 있었다. 그녀가 사건다운 사건을 다룰 수 있었던 것은 이때가 처음이었는데, 고용될 때 그녀는 25살이라고 엄숙히 맹세했지만 실은 겨우 19살이었던 것이다. 그녀는 겁쟁이였다. 젤리 카스테어즈는 키가 큰 곱슬머리 사나이로 주근깨가 난 얼굴에 곧잘 미소를 띠었으나 호남은 아니었다.

그는 이렇게 말했었다.

"어떻게 된 거지? 학교 신문과에서 배운 건 모두 잊어버렸어? 그런데 말이지……." 10분쯤 지나 그는 말을 이었다.

"내일 저녁에 함께 어디든 가지 않겠어?"

두 사람은 약속을 지키지 못했다. 창고 화재가 있었던 밤이었다. 두 사람은 그 뒤 1년쯤 만나지 못했는데, 미시시피 강 홍수 때 탁류에 휩싸인 작은 배 위에서 우연히 다시 만났던 것이다. 그가 구혼한 것은 바로 그때 그 작은 배 위에서였다. 두 사람은 뉴욕에서 치안판사가 지켜보는 가운데 결혼을 했다. 워커 시장이 찰스 린드버그를 환영한 날이었다. 젤리는 그녀를 호텔 입구까지 데려다주고는 그 길로 사진반 두 사람을 데리고 뛰어나가 버렸다. 다음날 그는 녹초가 되어 수염도 깎지 않은 채 나타나 불쑥 말했다.

"급히 준비해야겠어. 2시간 뒤에 파나마로 출발하는 거야."

다이나가 태어난 곳은 무더운 멕시코의 먼지투성이인 작은 도시로,

그곳에는 의사도 없었고 영어를 아는 사람은 마리안 외에 아무도 없었다. 게다가 그녀는 영어밖에 할줄 몰랐던 것이다. 젤리는 30마일쯤 떨어진 곳에서 일어난 혁명 소동을 취재하러 가 있었다. 그리고 에이프릴이 태어난 곳은 마드리드로, 알퐁소 왕이 피난을 떠난 날이었다. 마리안은 택시를 타고 핏발이 선 눈으로 젤리의 행방을 찾아다니고 있던 중 차 안에서 진통이 시작되었다. 다음 날 겨우 정신을 차려 보니 젤리는 '우리 할머니의 이름을 따서 마사라고 이름지어 달라'라는 쪽지를 남겨두고 이미 리스본으로 떠난 뒤였다. 그리하여 마리안은 실컷 울고 난 뒤 화가 나서 아기에게 에이프릴이라는 이름을 붙였던 것이다.

그리고 3주일 뒤, 그녀는 어린아이 둘을 데리고 젤리의 뒤를 쫓아 리스본으로 갔다. 그 뒤 파리와 베를린을 거쳐 마지막으로 빈에 갔는데, 가는 곳마다 두 기차쯤 뒤처져 버렸던 것이다. 빈에서는 젤리가 마중을 나와주었다. 두 팔에 가득 꽃을 안고 나와 서 있는 그를 보자 마리안은 금방 화가 풀려 버렸다.

1932년 첫 무렵 상해로 향해 가던 중국 화물선 안에서 아치가 태어났다. 일본 함대가 포격을 퍼붓던 날이었다. 그뒤부터 두 사람은 안정되게 한군데에 머물러 살기로 했다.

뉴욕 신문사에 젤리의 일자리가 있었다. 롱아일랜드에 있는 작은 집을 빌어 윌더라는 가정부를 고용하고 월부로 살림을 들여 놓았다. 맨 처음 한 달 동안은 천국 같았다. 그리고 다음 한 달은 유쾌했지만, 이윽고 마리안은 심심해지기 시작했다. 1주일 정도 '한가한 시간'을 읊으며 여기저기 다녔는데, 그러는 사이에 미스터리소설을 쓰게 되었다.

첫머리를 젤리에게 보여주고 싶었으나 그는 하우프트만 재판 보도를 맡고 있어서 집에 없었다. 다 마친 뒤 읽어달라고 보냈더니, 워싱턴 호텔로부터 '훌륭하다!'는 전보가 날아왔다. 그 뒤 출판사에서 온 편지를 그에게 보이고 싶었으나, 젤리는 플로리다 반도로 출장중이었다. 거기에서 심한 감기에 걸려 돌아오자 출판사 편지를 읽을 겨를도 없이 이번에는 더치 쉴츠 살해사건이 뉴저지 주 뉴욕에서 일어났다. 이틀 뒤 젤리는 병원에 입원했다. 의사가 폐렴이라고 했다.

  5일 동안 그는 살아 있었는데, 그 가운데 하루는 의식이 또렷했기 때문에 출판사에서 온 편지를 읽어주었다. 잘된 소설이란 칭찬과 함께 출판을 맡아주겠다는 내용이었다. 또 한 권 더 쓰지 않겠느냐고 권했다. 그는 크게 기뻐했다. 그의 기뻐하던 모습을 마리안은 늘 생각해 내곤 했다.

  그는 "잘되었군" 하고 말했으나 그 뒤로 다시 혼수상태에 빠지고 말았다.

  장례식에서 돌아와보니 계약서와 수표를 동봉한 편지가 우편함에 들어 있었다.

  그 뒤 2, 3년 동안은 정신없이 지냈기 때문에 잘 생각나지 않았다. 돈이 한푼도 없었기 때문에 젤리는 언제나 다음 주의 급료를 앞당겨 쓰고 있었던 것이다. 출판사에서 온 수표로 롱아일랜드의 밀린 집세를 치르고, 남은 돈으로 맨해튼에 있는 작은 아파트로 이사했다. 사정을 하여 월더도 함께 데리고 왔다. 젤리의 신문사에서 함께 일하지 않겠느냐고 권해왔으므로 마리안은 너무도 기뻐 그것을 받아들였다. 두 번째 미스터리소설은 야근이 없는 날 밤 집에서 썼는데, 월더가 휴가를 받아 집에 없는 밤에는 타이프를 치면서 한쪽 귀를 계속 곤두세워 어느 아이가 울지나 않나 주의를 기울여야 했다.

  이러한 추억들이 모두 먼 옛날 일처럼 느껴졌다. 그 뒤로는 기억이 희미하여 반은 잊어버리고 말았다. 아아, 특별한 일이 두세 가지 있었다. 월더가 결혼한다는 핑계를 꾸며대고 집을 나갔다. 그녀도 직장을 잃었다. 다이나가 홍역을 앓았다. 그리고 이리저리 이사를 다닌 끝에 이 집을 발견했던 것이다. 그뒤 타이프라이터를 치면서 보낸 날이 10년이 되었다.

어린 카스테어즈 3남매를 보면 그토록 고생한 보람이 있었다. 가족은 모두 함께 유쾌하게 지내왔던 것이다. 그러나 아이들이 성장한 것은 사실이었다. 머지않아 어른이 되어 그녀 곁을 떠나게 될 것이다. 그들은 그들대로의 인생을 살지 않으면 안 된다는 것을 그녀도 알고 있다. 그리고 중년이 된 그녀는 포터블 타이프라이터로 미스터리소설을 두들겨대며 혼자 쓸쓸히 어딘가의 한 호텔 방에서 살게 될 것이다.

마리안 카스테어즈는 벌떡 일어나며 "쓸데없는 생각을 다하는군!" 하고 자신을 타일렀다.

남자 친구가 있다면 얼마나 좋을까, 이제부터 거리의 미장원에 나간다면 얼마나 즐거울까 하고 생각했던 것이다. 머리를 다듬고, 마사지를 하고, 매니큐어를 칠하고, 새로 맞춘 드레스를 입고 있으면 누군가가 현관의 초인종을 울린다. 다시 한 번 20살이 될 수 있다면…… 그녀는 정원의 작은 길을 내려갔다.

"2백 46페이지를 잊으면 안 돼." 그녀는 자신에게 타일렀다. "어서 해야지."

다음 줄을 '창백한 얼굴의 딸이 놀라 숨을 들이켰다'라고 하면 서툴지 않을까? 아아, 물론. '경감은 창백해져서 한숨을 내쉬었다' 이쪽이 훨씬 좋겠군. 그래, 그렇게 해야 되겠어. 그녀는 소리내어 말하면서 걸었다. "경감은 창백해져서 한숨을 내쉬었다. '나로서는 알 수가 없군' 하고 그는 탄식했다. '물론 모르시겠지요' 하고 클라크 캐멜론은 차갑게 말했다. '경관이란 언제나 아무것도 모르거든요.'" 아니, 이 마지막 문장은 서툴다. 너무 길다. 맺음이 나쁘다. 그녀는 두세

개 생각하고 나서 중얼거려 보았다. "물론 모르겠지요, 경관은 모두 멍청하니까."

"말씀 좀 묻겠습니다." 덩굴 뒤에서 빌 스미스 경감이 나왔다. "경관이 어떻다고요?"

"경관은······." 깜짝 놀란 마리안은 2백 45페이지에서 현실로 돌아왔다. 그녀는 경감을 쏘아보았다. "뭘 하고 계시는 거지요, 우리 집 정원에서?"

"당신의 정원이 아닙니다." 그는 부드럽게 말했다. "당신이야말로 지금 경찰이 관리하고 있는 땅으로 침입해 들어오신 겁니다. 이곳은 살인이 난 집입니다. 생각나십니까?"

생각이 났다. 그녀는 솜을 넣은 장밋빛 홈드레스의 앞자락을 여몄다.

"미안합니다."

그녀는 발길을 돌려 큰걸음으로 작은 길을 돌아갔다.

"잠깐만." 빌 스미스가 말했다. "잠깐만, 카스테어즈 부인."

그녀는 상록수 울타리 모퉁이로 돌아 그대로 뒤돌아보지도 않고 걸었다.

이런 경우 클라크 캐멜론이라면 어떻게 했을까? 살인사건이 일어나고, 그리고 아주 불유쾌하지만 호남인 경감이 사건을 담당하고 있다. 만일 클라크 캐멜론이 여자였다면 물론······.

마리안 카스테어즈는 화난 듯이 코웃음치며 걸음을 재촉했다. 2백 45페이지로 돌아가야 해, 하고 그녀는 자신에게 타일렀다. '클라크 캐멜론은 시체를 조사하고 있었는데, 이윽고 일어났다.'

작은 길 옆의 관목숲에서 갑자기 부스럭 소리가 났다. 마리안 카스테어즈는 무심결에 몸을 움찔했다. 살인이 있었고, 살인범은 아직 체포되지 않은 것이다. 만일 그녀에게 어떤 일이 생긴다면 누가 어린 3

남매를 보살펴 줄 것인가? 그녀는 입을 열어 소리를 지르려고 했으나 도무지 소리가 나오지 않았다. 플로라 샌포드를 죽인 범인이 덤불 속에 숨어 있다가 들켰다고 생각했을지도 모른다. 여기서 권총을 맞든지 뭔가로 얻어맞는다면 앞으로 누가 다이나와 에이프릴과 아치를 보살펴 줄 것인가? 그녀는 오금이 저려 다리가 움직여지지 않았다.

"카스테어즈 부인." 목쉰 작은 목소리였다.

마리안은 뒤돌아보았다. 여위고 겁에 질린, 수염이 길게 자란 얼굴이 나뭇잎 사이로 나와 그녀를 보고 있었다. 일찍이 단정하고 사나이답고 다른 사람들에게 호감을 주던 얼굴이었는데, 지금은 진흙투성이가 되어 긁힌 상처에서 피가 번져나오고 있었다.

"제발." 목쉰 작은 소리가 말했다. "경관을 부르지 말아 주십시오, 부인. 내가 아내를 죽였다고 믿고 계시지는 않겠지요?"

월레스 샌포드였다. 경찰이 찾고 있는 사나이다. 살인범이다. 그녀가 쇳소리를 지르기만 하면 곧 경찰이 달려와 체포할 것이다. 그리고 신문은 크게 써댈 것이다. '미스터리소설 작가의 큰 수확'——책도 많이 팔릴 것이다. 하지만——"믿어주십시오." 월레스 샌포드는 필사적이었다. "믿어주십시오, 카스테어즈 부인."

작은 길 모퉁이 근처에서 자갈을 밟는 발소리가 들렸다. 무거운 발소리가 다가오고 있었다.

"덤불 속으로 해서 저쪽으로 도망쳐요!" 마리안 카스테어즈가 속삭였다. "어서요! 내가 막아드리겠어요."

월레스 샌포드는 재빨리 모습을 감췄다. 덤불 속의 바스락 소리가 멀리 사라졌다. 발자국 소리가 가까워졌다. 이때 마리안 카스테어즈는 큰소리로 날카롭게 부르짖었다.

곧 빌 스미스 경감이 달려 왔다. 그는 그녀의 팔을 잡고 말했다.

"왜 그러십니까, 부인?"

"쥐가……." 마리안은 숨을 헐떡였다. "저기 길 위를……."

그는 "아아" 하고 말했다. 갑자기 안도의 빛이 목소리에 나타났다.

"나는 또……." 그는 어물어물했다. "저, 카스테어즈 부인……." 그는 아직 팔을 잡은 채로였다. "드릴 말씀이 있습니다. 언제고…… 저녁이나 점심을…… 아니, 영화라도 같이……."

마리안은 상대의 얼굴을 쳐다보았다. 그리고 그녀는 말했다.

"고맙습니다만, 안 되겠어요. 그리고 내 팔을 놓으세요."

스미스 경감은 그녀의 얼굴을 보았다. 그리고 말했다.

"미안합니다."

그는 얼굴이 굳어져서 왔던 길을 되돌아갔다.

마리안 카스테어즈는 집으로 달려가서 2층 자기 방으로 뛰어올라갔다. 최근 10년 동안 처음 있는 일이지만, 울음이 터져나올 것 같은 기분이 들었던 것이다.

월레스 샌포드 지명수배 중, 범인일지도 모르는 사나이, 경찰에 넘겨야 했던 것이다. 그러나 그 얼굴 표정을 보고는 도저히…….

그리고 그녀는 초대를 받았다. 남자에게서 초대를 받은 것이다. 이런 일은, 실로 몇년 만인지 모른다.

그녀는 거울 앞의 긴의자에 앉아 거칠게 숨을 몰아쉬며 거울 속을 들여다보았다. 장미 무늬의 홈드레스, 화려한 빛깔의 스카프, 핑크빛 뺨, 반짝이는 눈.

"어머나!" 그녀는 거울에게 말했다. "나도 아직 예쁘군!" 그러나 그녀는 얼른 작업복인 바지로 손을 뻗으며 말했다. "바보같이!"

이윽고 그녀는 2백 45페이지로 돌아갔다. 제2절 세 번째 줄. 클라크 캐멜론 운운한 바로 다음 '이 사람은 살해된 겁니다…… 다른 사람들과 마찬가지로.'

그녀는 천천히 타이프를 치기 시작했다. '미남 경감은 한숨을 쉬었다.' 이런, 틀렸군. 경감이 한숨을 쉴 턱이 있겠는가? '"당신은 잘못 보았소, 캐멜론 씨." 미남 경감이 말했다.' 이것도 틀렸어. 클라크 캐멜론이 틀려서야 되겠는가? 그녀는 그 줄도 지워버렸다. 줄을 바꾸는 편이 좋을지도 모르겠다.

'미남 경감은 언제……'

"이런," 마리안 카스테어즈는 말했다. "이런…… 바보처럼!"

그녀는 그 줄을 전부 X표시로 쳐서 지우고 다시 시작했다. 맹렬하게 힘을 넣는 방법이다.

"경관은 모두 멍청해."

4

"애들아, 아이들은 오면 안 돼!" 오헤이어 경사가 말했다.

"저리로 가거라, 어서!"

"뻔뻔스럽군요," 에이프릴이 차갑게 말했다. "가택침입에 관한 법률이나 알고 있는지 모르겠어요."

아치가 모두에게 들리게끔 소리내어 웃었다.

얼굴이 빨개진 오헤이어 경사는 60센티미터쯤 물러서더니 카스테어즈네 잔디밭에서 나와 샌포드네 잔디밭으로 들어가면서 아까보다 더 큰소리로 되풀이했다.

"저리로 가, 어서!"

"왜요?" 다이나가 조용히 말했다. "여기는 우리집이란 말예요."

"집이란 것은 건물을 말한단다." 경사가 말했다. "저 집말이야. 자, 돌아가."

"정원도 집의 일부에요," 에이프릴이 말했다.

"어디나 다 집이에요!"

아치는 몇 번이나 덤벼들면서 화난 목소리로 말했다.

"더구나 여기는 우리 집 정원인걸요." 다이나가 덧붙여 설명했다.

"내 말은……." 오헤이어 경사는 말문이 막혔다. "내 말은 거기 산울타리에 가까이 다가와서는 안 된다는 거야."

"우리는 바로 그 산울타리가 좋은데요." 에이프릴이 다시 말했다.

아치는 2미터쯤 뒤로 물러나 있었는데, 고무줄 총을 들어 바로 그 산울타리를 향해 한 방 쏘았다. 경사가 껑충 뛰어오르며 비명을 질렀다.

"돌아가라면 돌아가!"

그는 호통을 쳤다. 얼굴이 자줏빛이 되었다.

"그럼, 좋아요." 다이나가 말했다. "그렇게까지 나오신다면……."

어린 카스테어즈 3남매는 정원문에서 집 쪽을 향해 천천히 걷기 시작했는데 뒤도 돌아보지 않았다.

"저 사람은 앞으로 우리한테 심술을 부릴 거야."

다이나가 시무룩해져서 말했다.

"아니야, 그럴 리 없어." 에이프릴은 아주 태평스럽게 어디서 바람이 부느냐는 투로 말했다. "우리가 그 사람에게 심술을 부리는 거야."

잠시 에이프릴은 아무렇지도 않은 걸음걸이로 잔디밭을 걷고 있었는데, 이 위엄을 잃지 않은 퇴각을 오헤이어 경사가 충분히 인식했다고 느낀 순간 재빨리 말했다.

"자, 어서 뒷문으로 가."

채소밭으로 통하는 문에서 제복을 입은 젊은 경관이 지루한 표정으로 보초를 서고 있었다. 그가 머리를 흔들면서 말했다.

"안 돼, 안 돼, 오면 안 돼!"

다이나는 차갑게 상대를 가만히 지켜보며 말했다.

"샌포드 부인의 무밭 풀을 매주기로 약속했어요."

"돌아가." 경관은 화가 나서 말했다. "샌포드 부인에게는 무밭이 어찌되든 상관없단 말이야. 샌포드 부인은 살해되었어. 알았니?"

"그래요?" 에이프릴은 한쪽 눈썹을 치켜 올리며 되물었다. "무슨 소리지요?" 그녀는 약간 언짢은 표정을 지었다. "살해되다니요! 정말 악취미시군요." 그녀는 또 한쪽 눈썹을 치켜 올려 다이나와 아치에게 신호를 보낸 다음 말했다. "그럼, 가자."

젊은 경관은 한참 동안 세 아이의 뒷모습을 바라보고 있었는데, 그 혈색 좋은 얼굴은 여우에게 홀린 듯한 표정이 되었다.

"모든 곳을 잘 지키고 있군." 다이나가 실망했다. "뒷문까지도 말이야."

세 어린이는 우뚝 서서 이 어려움을 뚫고 나갈 수단을 연구했다.

"어떻게든지 들어가서 수사를 해야 돼." 에이프릴이 말했다.

"수사라니, 뭘 말이야?" 아치가 설명을 요구했다. "으응, 뭘 말이야?"

"아치." 에이프릴이 점잖게 말했다. "여기는 범죄 현장이야. 범죄가 있으면 탐정은 현장수사를 하거든. 그러니까 우리도 수사를 하지 않으면 안 되는 거야."

"그런데, 아치." 다이나가 덧붙였다. "경관이 사방을 다 지키고 있어, 알겠니?"

아치는 사방을 둘러보며 다이나의 말을 확인했다.

"알았어." 그는 대답했다. "그럼, 바깥 찻길로 가면 되잖아. 바보들이로군. 바보!"

에이프릴과 다이나는 얼굴을 마주 보았다.

"그래, 그리로 가보자."

"야아이, 야아이, 야아이, 야아이!" 아치가 소리쳤다.

"조용히 해, 점잖게." 에이프릴은 기쁜 모양이었다. "우물쭈물하면 언덕 위에서 짜부(형사라는 뜻의 은어)가 쫓아온단 말이야."

그녀는 서둘러 앞장서서 찻길 쪽으로 달리기 시작했다. 아치가 소리지르며 뒤를 쫓아갔다. 바깥문으로 꺾여지는 곳에서 간신히 에이프릴을 뒤따랐다.

"에이프릴!" 아치가 소리쳤다. "나 좀 봐, 나 좀 보라니까! 짜부가 뭐야?"

에이프릴은 걸음을 멈추고 어이없는 표정을 지었다.

"짜부라는 것은 똘마니의 반대지. 너도 영화를 본 적이 있지?" 에이프릴은 태도를 꾸며 보이며 흉내를 내었다. "이 좋은 술을 천천히 홀짝홀짝 마실 거냐!"

이때 다이나도 뒤쫓아 와 덧붙였다.

"짜부란 외국말 사투리인데, 새끼고양이라는 뜻이야." 에이프릴은 휘파람을 불며 "이리 와, 이리 와, 짜부, 짜부!" 하고 말했다.

"체!" 아치가 화를 내며 말했다. "누가 속을 줄 알구!"

"입 다물어!" 에이프릴이 말했다. "넌 너무 여러 가지를 알려고 해."

아치는 찻길의 경계돌 위에 털썩 주저앉았다. 자기가 내뱉는 입김이 유황불이었으면 좋을 텐데 하고 생각하며 입김을 내뿜었다. 그는 말했다.

"여자들이란…… 정말 보기 싫어!" 그는 발꿈치로 돌을 차던지면서 뭔가 가장 천한 말을 찾고 있는 모양이었다. 이윽고 분노가 폭발해서 튀어나온 말은 "에잇 제기랄! 제기랄!"이었다.

"그런 말 하면 못써!" 다이나가 말했다. "둘 다 조용히 해."

"그리고 따라오는 거야." 에이프릴이 말했다.

그녀는 앞장서서 찻길로 걸어 갔다. 제복이고 사복 입은 경관이고 한 사람도 보이지 않았다.

"함정일지도 몰라." 에이프릴이 장난스럽게 다이나에게 속삭였다. "수국을 심은 속으로 숨어 들어가는 것이 좋겠어. 조용히 걷는 거야."

나무 심은 곳으로 가보니, 전에 본 회색 컨버터블이 집 앞에 멈춰 있고, 낯익은 두 사람이 그 옆에 서 있는 것이 보였다. 세 아이는 얼른 몸을 엎드렸다. 발소리를 죽이고 살그머니 다가갔다. 다이나가 에이프릴의 팔을 꼬집었다. 그리고 나서 속삭였다.

"엄마가 엿들으면 못쓴다고 늘 말했는데, 괜찮을까?"

"엿듣는 게 아니야." 에이프릴이 낮은 소리로 대답했다. "이건 탐정하고 있는 거야. 그것과는 전혀 달라. 그리고 가시덤불을 조심해."

셋은 살금살금 기어가 컨버터블에서 2미터쯤 되는 곳에 이르자 풀숲 속으로 숨었다.

폴리 워커는 차 옆에 서 있었다. 목 둘레를 화려하게 수놓은 흰색 마직 드레스를 입고 있었다. 차양이 넓은 빨간 밀짚모자는 수의 색깔과 같은 것이었다. 붉은 기운이 도는 굽슬굽슬한 금발 머리가 흰 드레스의 어깨 위에 늘어져 있었다. 퍽 젊어 보였으나 몹시 겁먹은 표정이었다. 빌 스미스는 한쪽 발을 발판 위에 올려 놓고 한쪽 팔꿈치는 창틀에 대고 있었다. 그는 냉정하고 엄격한 태도를 보이려고 애쓰고 있었으나 아무래도 동정과 난처한 빛을 숨길 수가 없었다.

세 아이가 이야기를 들을 수 있는 거리까지 다가갔을 때 "정말이에요" 하고 말하는 폴리 워커의 목소리가 들렸다. "그가 어디에 있는지 전혀 짐작도 가지 않아요. 마지막으로 만났던 것은……." 그녀는 조금 당황하는 표정으로 소리를 삼켰다.

"마지막으로 만난 것이 언제였지요?"

빌 스미스 경감이 부드럽게 물었다.

에이프릴과 다이나는 그의 말투와 태도가 마음에 들었다. 클라크 캐멜론 같았다. 다이나가 속삭였다.

"엄마에게 보여 주었으면 좋겠어."

"그저께였어요."

폴리 워커의 귀여운 입이 열렸으나 도로 오므라들었다. 이번엔 굳게 닫힌 것이다. 그녀는 조심스레 숨을 쉬었다. 다이나는 그녀가 머릿속으로 열까지 세고 있지 않나 싶었다.

"왜 오라고 하셨지요? 어째서 당신은 이런 쓸데없는 질문만 하시는 거지요?"

"그건," 빌 스미스가 말했다. "어제 당신이 월레스 샌포드와 한 번도 만난 일이 없다고 말했기 때문입니다. 당신은 단지 차 초대를 한 샌포드 부인만을 안다고 말했었지요." 그는 발판에서 발을 내리고 똑바로 섰다. "그런데 당신은 방금 그와 그저께 만났다고 인정……." 그는 중간에서 말을 끊었다. "샌포드 부인을 처음 만난 것은 언제였습니까?"

폴리 워커는 얼굴이 새파랗게 질려서 나무판자처럼 우두커니 서 있었다.

"그건……." 폴리 워커의 턱이 갑자기 굳어졌다. "그건 당신이 걱정하시지 않아도 되는 일이에요."

에이프릴이 다이나의 손을 꼬집었다.

"지금 한 말이 《이상한 만남》에 나왔었던 걸 기억해?"

빌 스미스 경감은 자세를 바로 했다. 그는 몹시 따분한 표정이었다.

"사실은 워커 양, 당신은 샌포드 부인과 생전에 한 번도 만난 일이 없는 게 아닙니까? 당신은 올 1월 16일에 칵테일 파티에서 월레스 샌포드 씨에게 소개되었던 게 아닙니까? 그리고 그 뒤로 그와 몇 번이나 만났지요. 그 사실을 안 샌포드 부인이……."

"어머나, 그렇지 않아요!" 폴리 워커가 말했다. "전혀 틀려요. 아니예요, 사실과 전혀 달라요." 그녀는 입술을 깨물며 어깨를 꼿꼿이 했다. "이렇게 터무니없는 트집을 잡는다면 대답하지 않겠어요. 이런 곳에서 부당한 신문을 받을 생각은 없어요. 좀더 질문하고 싶은 일이 있으시면 내 변호사에게 물어주세요."

그녀는 컨버터블의 문을 열었다.

에이프릴은 하마터면 소리를 지를 뻔했다. 다이나가 속삭였다. "지금 한 말은 영화에 나오는 것과 똑같지? 비듀 극장에서 보았잖아?"

그러자 에이프릴이 "쉬!" 하고 말했다.

폴리 워커는 거칠게 문을 닫더니 엔진의 시동을 걸었다.

"잠깐만, 워커 양……." 빌 스미스가 문 끝을 잡고 말했다.

"나를 체포하시려는 건가요?" 폴리 워커는 차갑게 쏘아붙였다. "그렇지 않다면 그냥 가게 해주세요. 오늘 오후에 두세 명 죽일 약속이 되어 있는데, 벌써 예정보다 상당히 늦어졌으니까요."

그녀는 차를 뒤로 뺐다. 그 바람에 나뭇잎이 사방으로 흩어졌다. 스미스 경감은 잠시 동안 차의 뒷모습을 바라보고 있었다. 그는 몸을 돌려 천천히 샌포드네 집 쪽으로 걸어갔다.

"아까 그 대사는 정말 적절한 것이었어." 에이프릴이 몹시 들떠서 작은 목소리로 말했다. "그 남자는 얼이 빠져 있어!"

"장래 의붓아버지가 될 사람을 그런 식으로 말하는 게 아니야." 다이나가 타일렀다. "자, 얼른 가자. 신호기 있는 곳에서 그녀를 뒤따를 수 있을지도 몰라. 어서 빨리!"

세 아이들은 풀숲을 빠져 나오자, 찻길을 따라 토끼처럼 달렸다. 훨씬 앞쪽의 회색 컨버터블이 길모퉁이 근처에서 한 대의 스테이션 왜건을 앞질러 보내려고 속도를 늦추었다.

모퉁이에 와서 보니 신호 때문에 멈추어 있었다. 셋은 더욱 걸음을 재촉했다.

"아무래도 안 되겠어." 에이프릴은 헉헉거리며 말했다. "신호가……."

신호가 바뀌었다. 그러나 차는 움직이지 않았다. 차바퀴 하나를 제 멋대로 경계선 돌에 딱 붙인 채 멈춰 서 있는 것이다. 신호가 또 바뀌었다. 그래도 차는 움직이지 않았다.

"혹시 저 사람에게 무슨 일이 생기면 큰일인데." 에이프릴이 말했다. 그녀는 말을 마치고 차를 바라보았다. "진짜 목격자는 그녀 한 사람뿐이니까 여러 가지로 질문하지 않으면……."

하얀 드레스를 입은 폴리 워커는 핸들을 잡은 채 똑바로 조용히 앉아 있었다. 마치 눈이라도 뭉쳐 놓은 듯이.

"무슨 질문?" 다이나가 캐물었다. "저 여자는 영화배우야. 변호사도 고용하고 있어. 경찰 신문에도 대답하지 않겠다고 하는데, 우리가 어떻게…… 어머나, 에이프릴!"

눈을 뭉쳐 놓은 모습이 갑자기 허물어졌다. 하얀 어깨가 흔들거리기 시작한 것이다.

다이나는 앞으로 달려 나갔다. 순간 본능적으로 폴리 워커의 양쪽 어깨를 끌어안았다. 폴리 워커는 다이나의 가슴에 얼굴을 묻고 소리내어 울기 시작했다. 전혀 영화배우 같지 않고 겁에 질린 불쌍한 소녀 같았다. 다이나는 가볍게 머리를 쓰다듬어 주었다. 자주 있는 일은 아니지만, 아치가 인생의 슬픔을 못 견뎌할 때 쓰다듬어 주듯이. 다이나는 낮은 목소리로 말했다.

"울지 말아요. 우리들이 있잖아요."

"아." 폴리 워커가 울음을 터뜨렸다. "아, 클리브…… 클리브…… 나는 절대로!" 그녀는 목이 메었다. 그녀는 《이상한 만남》에서처럼 얌전하게 울지 않았다. 얼굴이 붉어져 머리를 흩뜨리고 눈물을 줄줄 흘리며 코막힌 소리로 보기 싫게 큰소리를 질렀다. "월리!" 그녀는 흐느껴 울었다.

"그가 한 건 아냐. 그럴 필요는 없었던 거야. 그는 알지도 못했어. 그는 정말 싫어. 하지만 그가 한 건 아냐! 아, 그 바보 같은 사람들!"

"괜찮아요, 괜찮아." 다이나는 까닭도 잘 모르면서 상냥하게 위로했다.

폴리 워커는 몸을 반듯이 일으키고 대시보드에 손을 뻗어 손수건을 집어 코를 풀었다.

"그런데 나는 믿고 있었던 거야." 그녀는 숨을 헐떡였다.

에이프릴이 발판으로 뛰어올랐다.

"이야기해 줘요, 클리브가 누구지요?"

"클리브는 나의…… 그러니까 전……." 그녀는 눈물로 얼룩진 얼굴을 들어 두 아이를 바라보았다. 눈이 젖어 있었다. "어머나! 나의 작은 친구들 아냐!"

"바로 그 친구들이에요." 다이나가 엄숙한 목소리로 말했다.

"이상한 때에만 만나는구나." 폴리 워커는 중얼거렸다.

그녀는 손수건으로 가볍게 얼굴을 두들겼다.

"그리고 이상한 질문만 하지요." 에이프릴이 차갑게 말했다. "그 지도도 다시 칠하지 않으면 안 되겠는데요."

폴리 워커는 본능적으로 콤팩트를 꺼냈다. 그녀는 잠시 콧등을 두들겼다.

"너희들은 정말 착한 아이들이야. 만일 내가…… 즉 뭔가……."

에이프릴은 비판적인 눈으로 상대를 지켜 보았다.

"분이 얼룩졌어요. 얼굴을 씻지 않으면 안 되겠는데요. 자, 우리한테 이야기해 줘요. 샌포드 씨는 당신의……." 에이프릴은 적당한 말을 찾았다. "마음 속의 사람?"

폴리 워커는 한순간 이 말의 뜻을 알아듣지 못한 것 같았다. 다음 순간 그녀는 콤팩트를 무릎 위에 떨어뜨리고 웃기 시작했다.

"어머나!" 그녀는 말했다. "아니야, 그렇지 않아. 물론 틀리고말고, 대체……."

"그럼, 왜 그가 자기 부인을 죽인 거지요?"

에이프릴이 캐묻기를 늦추지 않았다.

"그건……." 폴리 워커가 말했다. "그건 그 편지……." 그녀는 말을 멈추고 두 아이를 지켜 보았다. "너희들은 대체 무슨 소리를 하는 거지?"

"참고삼아 말해 두지만." 에이프릴이 말했다. "그가 부인을 죽였을 리 없다는 것을 우리는 알고 있거든요. 그 사람은 4시 47분에 전차에서 내렸어요. 그런데 우리는 4시 반에 총소리를 들었거든요."

폴리 워커는 멍하니 입을 벌린 채 두 아이를 뚫어지게 쳐다보았다.

"그래요." 다이나가 설명을 덧붙였다. "에이프릴이 시계를 보러가서……."

"감자 이야기를 되풀이하는 건 그만둬, 다이나." 에이프릴이 얼른 말했다. 그녀는 폴리 워커를 향해 말했다. "그러니까 걱정할 필요가 없어요. 전혀 걱정할 필요가 없어요."

"하지만 그럴 리 없어." 폴리 워커는 힘없이 말했다. "5시 15분 전에 나는…… 난……."

"워커 양." 다이나가 몹시 위엄을 내세우면서 말했다. "당신은 우리들을 거짓말쟁이로 만들 생각인가요? 단 15분 정도의 일로?"

폴리 워커는 두 아이를 보면서 웃었다.

"천만에!" 회색 컨버터블이 그녀의 발 아래에서 폭음을 냈다.

"아기들은 그만 집으로 돌아가요. 그리고 남의 걱정은 하지 않아도 될 거야."

 컨버터블은 언덕을 달려 갔다. 에이프릴과 다이나는 잠시 그 뒤를 바라보고 있었다.

 "뻔뻔스럽게!" 이윽고 다이나가 말했다. "우리보고 아기들이라니, 자기는 아직 20살도 안 된 주제에……."

 에이프릴이 한숨을 쉬었다.

 "클리브라는 사람이 누구이든 그녀에게 걸맞는 사람이면 좋겠어." 그녀는 꿈꾸는 기분으로 말했다.

 둘은 천천히 언덕을 다시 올라가기 시작했다.

 "어쩌면," 에이프릴이 생각에 잠기며 말했다. "우리는 아주 중요한 사실을 알게 된 것 같아. 그런데 그것이 어디에 해당되는지를 모르고 있는 거야. 마치 엄마의 책 속에서 클라크 캐멜론이 파슬리를 계속 산더미처럼 많이 사는 사람을 보고 그가 나중에 살인범이라는 걸 알게 되지만, 그 당시에 몰랐던 것처럼 말이야. 클라크 캐멜론은 단순히 뭔가 이상하다고만……."

 "조용히 해." 다이나가 초조해 하며 말했다. "지금 생각하고 있는 중이야."

 "미안해." 에이프릴이 말했다.

 둘은 언덕을 스무 걸음쯤 올라갔다. 이때 급히 다이나가 말했다.

 "에이프릴, 아치는 어디 있지?"

 에이프릴이 다이나를 보았다. 그녀는 숨을 삼켰다. 그리고 우물거리며 말했다.

 "저기에 있었는데, 저 돌 위에 걸터앉아……."

 둘은 언덕을 달려 올라가 샌포드네 집으로 가보았다. 그러나 아치의 그림자도 보이지 않았다.

 "집에 가 버렸나 봐."

에이프릴이 말했지만, 자신도 반신반의하는 듯했다.

다이나가 큰소리로 불렀다.

"아치! 아치!" 두세 번 되풀이 불러보았지만 대답이 없었다. 그녀는 새파래졌다. "에이프릴, 설마…… 무슨 일이 생긴 건 아니겠지?"

"설마!" 에이프릴이 말했다.

샌포드네 집 쪽을 바라보니 정문 돌계단에 사복경관이 한 사람 지키고 있었다. 그녀는 얌전히 그에게로 다가갔다.

"혹시 얼굴에 때가 묻은 작은 남자아이를 보지 못하셨어요? 머리를 짧게 자르고, 재킷 소매에 구멍이 나 있고, 테니스화 끈이 풀려져 있는데……."

사복경관은 정답게 대답했다.

"아아, 그녀석. 보았지. 저리로 갔어." 그는 엄지손가락을 들어 가리켰다. "언덕 위쪽으로. 2, 3분 전에 루크네 가게로 아이스크림을 먹으러 갔어, 오헤이어 경사와 함께."

다이나는 화가 나서 얼굴이 빨개졌고, 에이프릴은 새파래졌다. 둘 다 한 마디도 하지 않았다.

"왜?" 사복경관이 다정하게 말했다. "그애 어머니가 찾고 있나 보지?"

"아니에요." 다이나가 말했다. "우리들의……." 그리고 그녀는 낮은 소리로 한 마디 중얼거렸다.

그러나 다행히도 사복경관은 그것을 흘려 들었던 것이다. 그 한 마디는 '유다(예수를 판 유다. 배신자라는 뜻)!'였다.

5

"고문 따위는 낡은 방법이야. 심리학을 이용해야 돼"라는 것이 오헤이어 경사가 자랑으로 삼고 있는 신조였다. "자백시키는 데에는 이 이상 좋은 방법이 없어."

아치가 찻길을 내려온 지점에 골이 잔뜩 나서 혼자 있는 것을 보았을 때, 그는 잠시 심리학을 써보려고 생각했던 것이다. 아무튼 9명의 아이를 거느린 경험이 있지 않은가 하고 그는 자신에게 타일렀다. 이런 일은 문제없이 할 수 있을 것이다.

"어떻게 된 거냐?" 그는 다정하게 말했다. "누나들은 어디 갔지?"

"알 게 뭐예요." 아치는 얼굴도 들지 않고 볼멘소리로 말했다.

"저런, 저런!" 경사는 놀란 시늉을 하며 말했다. "그처럼 착한 아가씨들을 그런 식으로 말하면 쓰나."

"착한 아가씨들이라고요!" 아치가 소리쳤다. "에잇, 제기랄!" 그는 얼굴을 들었다.

"아니." 경사가 말했다. "뭘 말이냐?"

"계집애들은 정말 싫어요!" 아치는 이때 적절한 말을 찾기 위해 머리를 썼다. "나, 나는 정말 여자들이 미워요!"

"저런!" 경사는 잠시 말을 끊었다가 아무렇지도 않은 투로 다시 이었다. "그렇지만 어디 갈 때 누나들에게 미리 말하지 않으면 안 되겠지?"

"누나한테 말한다구요!" 아치는 약이 올랐다. "그런 멍청이들은 아무것도 몰라요."

"그렇다면, 실은 말이야……." 오헤이어 경사가 말했다. "루크네 가게로 가서 아이스크림 소다를 마실까 하는데, 너도 같이 가지 않으련?"

아치는 "네!" 하고 곧 대답하려다가 그만두고 그 대신 "글쎄요……" 하고 말끝을 흐려버렸다.

그는 앉은 채 잠시 생각했다. 오헤이어 경사는 적이다. 그러나 한편 그는 루크네 가게에 가서 아이스크림 소다를 마시는 것에 대해서도 생각해 보았다. 루크네 가게의 아이스크림 소다는 휘핑크림과 초콜릿을 넣지 않고도 25센트나 한다. 초콜릿에 휘핑크림을 넣으면……

아치는 일어나서 두 손을 호주머니에 찔러넣었다.

"가요, 같이 가주지요!"

루크네 가게로 가는 동안 오헤이어 경사의 이야기를 듣고 있노라니 경관에 대한 인식이 조금씩 달라졌다. 혼자서 은행 강도를 9명이나 사로잡은 이야기. 몸에 쇠붙이 하나 없이 문이며 창문마다 기관총이 밖으로 향해져 있는 갱단의 소굴로 쳐들어간 이야기. 그리고 동물원의 사자 두 마리가 도망쳤을 때의 이야기……

"물론." 오헤이어 경사가 말했다. "그런 일은 경찰관의 일상 임무 가운데 하나란다. 게다가 그리 큰 사자도 아니었으니까."

그가 말하는 태도는 매우 겸손했다. 아치는 차츰 멍하니 입을 벌리기 시작했다. 마침내 아치가 물었다.

"그럼, 살인범을 체포한 일도 있나요?"

"있다마다." 오헤이어 경사가 말했다. "거의 매일이지. 일과처럼 말이야." 그는 약간 지루한 듯한 목소리를 냈다. "그보다 독화살을 가지고 서커스단에서 도망쳐나온 야만인과 마주쳤을 때의 이야기를 해줄까?"

아치가 말했다.

"야아, 정말 마주쳤나요?" 그는 눈에 존경의 빛을 담아 오헤이어 경사를 쳐다보았다. "이야기해 줘요, 이야기해 줘요."

"그럼, 이야기하지." 경사는 약속했다. "조금 기다려라."

그는 소다수 판매점 정면의 조금 둥근 의자에 앉아 루크에게 말했다.
"휘핑크림을 친 곱빼기 초콜릿 소다를 여기 있는 내 친한 친구에게 갖다주게. 나는 커피."
"멋진데!" 아치가 말했다.
그는 문득 마음이 찔리기 시작했다. 휘핑크림을 넣은 곱빼기 초콜릿 소다는 다이나가 무척 좋아하는데, 그녀는 지금 여기에 없는 것이다. 그러나 아치는 다이나에게 화를 내고 있는 자신을 생각해냈다.
"아까 말한 대로," 오헤이어 경사는 커피를 저으면서 말을 계속했다. "남자들끼리는 서로 이야기가 통한단 말이야. 그런데 여자아이들이란……."
"그래요." 아치는 맞장구쳤다. "여자아이들은 아무것도 몰라요."
아치는 크림 소다를 한 모금 빨아들였다. 생각한 것만큼 맛있지는 않았다.
"자, 말해 줘요. 독화살 이야기."
"아, 그 이야기 말이냐?" 오헤이어 경사가 말했다. "이런 거야. 온 몸에 독화살을 맞은 사나이가 넘어져 있었어. 물론 나는 구급상자를 가지고 있었지. 그런데 너는 내가 그 사람에게 어떻게 했을 거라고 생각하니?"
아치는 입에서 빨대를 떼고 말했다.
"해…… 해독제를 마시게 했나요?"
"바로 맞았어." 오헤이어 경사는 기분좋게 말했다. "정말 남자끼리라야 이야기가 잘 통해. 안 그래, 친구?"
"맞아요." 아치는 빨대를 움직이면서 말했다.
"친한 친구끼리는 서로 비밀을 갖지 않는 법이야."
아치는 빨대를 입에서 떼지 않은 채 고개를 끄덕이는 재미있는 묘기를 해보였다.

"따라서," 경사는 마침내 문제없다고 느끼면서 말했다. "친한 친구끼리는 서로 이야기를 털어놓는 거야. 안 그래?"

아치는 보글보글거리는 불유쾌한 소리를 내며 남은 크림을 빨아마셨다. 그는 빨대를 입에서 떼고 말했다.

"그럼?"

"아치, 좀 물어보고 싶은 이야기가 있는데 말이야." 오헤이어 경사가 말했다. "그건 저, 잠깐만, 하나 더 먹겠니?"

아치는 빈 컵 속을 들여다보았다. 그는 자기의 양심과 가만히 의논하고 있었다. 그의 양심은 아까부터 그의 귀에 대고 '배신자!'라고 계속 속삭이고 있었던 것이다. 그러나 여자아이들은 정말 싫었다. 오헤이어 경사는 훌륭한 사나이로, 영웅이며 또한 친한 친구이다. 게다가 휘핑크림을 넣은 곱빼기 초콜릿 소다는……

"너희들이 권총 소리를 들은 건 몇 시였지?"

경사가 조용히 물었다.

아치는 시간을 벌기 위해 시치미를 떼며 "네?" 하고 되물었다.

오헤이어 경사는 흘끗 아치를 바라보고 양심과 투쟁하고 있음을 알아차리자 새로운 방향으로 나아갔다.

"솔직히 말해서 권총 소리가 언제 났는지 너희들은 모르고 있지?"

"모른다고요?" 아치는 발끈하며 대답했다. "알고 있어요."

"하지만 너의 여동생은 모르는 모양이던데. 틀린 시간을 말했거든."

아치는 '여동생'이라는 말에 약간 우쭐해졌다. 경사가 다시 말했다.

"그러므로 나는 내기를 해도 좋지만, 너도 역시 모를 거라고 생각했는데?"

"하지만 알고 있어요." 아치가 분개하며 말했다.

지금이야말로 에이프릴과 다이나의 일을 폭로하여 새 친구 앞에 용

68 스위트홈 살인사건

기를 보여줄 더없이 좋은 기회이다. 이제 배신자라고 계속 속삭이고 있던 양심은 그의 머리 깊숙한 구석으로 물러나고 말았던 것이다.

"알고 있고말고요."

"그래?" 경사는 반쯤 의심하는 것 같은 목소리를 냈다. "그럼, 언제였지?"

"그건……" 하며 아치는 이야기를 멈추고 남은 마지막 한 방울을 빨대로 빨아올렸다.

경사는 아치와 창문 사이에 앉아 있었기 때문에 경사의 커다란 팔꿈치 너머로 큰길이 보였다. 바깥 큰길 위에 다이나와 에이프릴이 서서 열심히 신호를 보내고 있었다. 계집애들! 계집애 같은 건 상대하지 않을 거야! 그런데 이때 에이프릴이 집안의 공동전선을 의미하는 신호를 보냈고, 다이나는 아치가 식사 때 수백 수천 번 받아보아서 알고 있는 '이야기하지 말라'는 의미의 신호를 보냈던 것이다. 소다수 컵 속의 빨대가 듣기 싫은 소리를 냈다. 아치는 둥근 의자에서 미끄러져 내려왔다. 그는 말했다.

"그건 정확히 4시 반이었어요. 왜냐하면 에이프릴이 집 안으로 들어가 다이나가 감자를 올려놓을 시간이 되었나 시계를 보고 났을 때였으니까요. 안녕, 그만 가야겠어요."

"4시 반?" 경사는 반은 자신에게 말하듯 불쾌한 소리를 냈.

"어이, 친한 친구, 잠깐 기다려. 한 컵 더 어때?"

"그만 됐어요." 아치는 말했다. "이제 배가 불룩해졌거든요."

다이나와 에이프릴은 루크네 가게 옆골목에서 기다리고 있었다. 다이나가 아치의 팔을 붙잡았다. 에이프릴이 날카롭게 속삭였.

"무얼 물었어?"

"아파!" 아치는 소리쳤다. 그는 몸부림치면서 팔을 빼냈다. "권총 소리를 들은 것이 몇 시였느냐고 물었어. 그래서 이야기해 주었지."

"아치!" 에이프릴이 말했다.

"4시 반이었다고 말해 주었어. 감자를 올려놓을 시간이 되었나 안 되었나 에이프릴이 보러갔었기 때문이라고 말했단 말이야."

다이나와 에이프릴은 얼굴을 마주 보았다.

"어쩌면, 아치!" 에이프릴이 말하며 그를 안았다. "참 놀랐어!"

다이나도 반대쪽 볼에 키스를 했다. 아치는 비명을 지르며 빠져 나갔다.

"이봐!" 아치는 말했다. "이런 짓 하지 마! 난 이제 어른이야. 친한 친구 가운데 경관이 있단 말이야."

에이프릴은 루크네 가게 쪽을 바라보았다. 그녀의 눈이 노여움으로 가늘어졌다.

"스파이야." 그녀는 다이나를 쳐다보며 말했다. "언니하고 아치는 집으로 가. 내가 그를 혼내줄 테니까."

다이나가 말했다.

"잘되면 좋을 텐데……."

아치가 분연히 항의했다. 다이나는 그를 타이르며 말했다.

"어서 가자. 경관처럼 보이는 너의 친구는 스파이야. 너도 알고 있으면서 그러니."

"응." 아치는 말했다. 그도 알고 있었던 것이다. "아아, 돌아가자. 하마터면 걸려들 뻔했군."

에이프릴과 다이나는 방긋 웃었다.

"아치." 다이나가 정색한 얼굴로 말했다. "콤팩트 사려고 모아둔 돈 찾다 네가 갖고 싶어하던 물총 사줄게. 자, 집으로 가자." 그녀는 에이프릴을 보고 말했다. "단단히 혼내주어야 해. 하지만 늦기 전에 돌아와서 저녁에 채소 씻는 걸 도와줘."

에이프릴이 몸을 조금 흔들면서 말했다.
"이런 때 채소 씻는 이야기 같은 건 하지 말아줘."
에이프릴은 다이나와 아치의 모습이 확실히 보이지 않을 때까지 기다렸다. 그리고 나서 머리를 쓰다듬어 올리고 블라우스의 칼라를 바로 한 다음 태연한 얼굴로 루크네 가게로 들어갔다. 오헤이어 경사는 조금 전까지 커피가 들어 있던 빈 컵을 바라보며 의기소침한 모습으로 앉아 있었다. 에이프릴은 그에게 해 주려고 했던 여러 가지 말에 대해 생각했다. 아무것도 의심하지 않는 어린아이를 이용하려 드는 나쁜 사람에 대해 말해 주려던 것, 그것은 다이나와 아치도 찬성했을 게 틀림없는 말이었다. 그런데 의기소침해 있는 경사를 보자 더 좋은 생각이 떠올랐다. 더구나 아치가 어느 정도 지껄였는지 그녀는 아직 모르고 있는 것이다.

그녀는 오헤이어 경사 옆에 있는 둥근 의자에 앉아, 쓸쓸한 말투로 루크에게 말했다.
"크림 소다를 먹고 싶지만, 5센트밖에 없으니까 코카콜라로 주세요."
"코카콜라는 떨어지고 없는데." 루크가 말했다.
에이프릴은 슬픈 듯이 한숨을 쉬었다.
"좋트 아트 요트. 그럼, 루트 비어."
"안에 가서 찾아오지." 루크가 말했다. "루트 비어가 1개쯤 있었을 텐데."
에이프릴은 약 5초쯤 가만히 앉아 있었다. 그리고는 무심코 옆으로 머리를 돌리다 문득 기쁜 듯이 놀란 얼굴을 지었다.
"어머나, 오헤이어 경사님, 뜻밖에도 여기서 뵙게 되었군요!"
오헤이어 경사는 그녀를 보며 무릎 위에 엎어놓고 엉덩이를 두들겨 주고 싶은 충동을 간신히 참았다. 순간 심리학을 생각해낸 것이다.

그는 밝은 얼굴을 지으며 말했다.

"아니, 아니, 여기에 웬일이지?"

루크가 돌아와서 말했다.

"모처럼의 부탁이지만, 루트 비어도 없는데."

"저런, 하는 수 없지요, 뭐." 에이프릴은 섭섭한 듯이 말했다. "그럼, 물이나 한 컵 주세요."

"저……." 오헤이어 경사가 갑자기 생각난 것처럼 말했다. "크림 소다를 마시지 않겠니? 내가 사주지."

에이프릴의 눈이 크게 뜨여졌다. 그녀는 깜짝 놀란 듯 기쁜 얼굴이 되었다.

"어머나, 오헤이어 총경님, 정말 미안해요."

"이 아가씨에게 곱빼기 초콜릿 소다를 갖다 줘요." 경사는 신이 났다. "휘핑크림을 쳐서 말이오. 크림도 곱빼기로." 그는 다시 에이프릴 쪽을 보며 말했다. "나는 총경이 아니라 경사지."

"어머나!" 에이프릴이 말했다. "하지만 총경님처럼 보이는데요." 그녀는 커다랗게 뜬 꿈꾸는 듯 천진난만한 눈으로 그를 쳐다보았다.

"아마 여러 번 살인사건 같은 걸 해결하셨겠지요?"

"글쎄." 오헤이어 경사는 겸손하게 말했다. "두세 번은 있지……."

그는 에이프릴 카스테어즈의 첫인상이 잘못되었던 게 아닌가 하는 생각이 들었다. 정말 착하고 예의바른 소녀이다. 게다가 영리하고.

"그 이야기를 듣고 싶어요." 에이프릴이 숨을 몰아쉬며 말했다.

그는 9명의 은행 강도 이야기와, 갱의 소굴 이야기와, 동물원의 사자 이야기와, 독화살 이야기를 들려 주었다. 에이프릴은 그를 바라보고 감격한 듯한 표정을 지으며 크림 소다를 한 컵 다 먹고 난 다음 또 한 컵을 반쯤 비웠다. 그러더니 갑자기 그녀의 눈에 눈물이 괴어

왔다.

"저 말이에요, 총경님…… 아니, 오헤이어 경사님, 한 가지 의논할 일이 있어요."

"어서 말해 봐." 오헤이어가 말했다. "대답해 줄 테니까, 언제든지."

"저……." 그녀는 숨을 몰아쉬었다. "실은 이번 살인사건에 대해 조금 알고 있어요. 하지만 누구에게도 이야기할 결심이 서지 않아요."

오헤이어 경사는 긴장했다.

"어째서지?"

"왜냐하면……." 그녀는 코를 훌쩍이며 손수건을 찾기 시작했다. "엄마 때문이에요. 나는 태어난 뒤 지금까지 한 번도 엄마의 명령을 어긴 적이 없어요. 사람들은──즉 남자든 여자든──자기 어머니의 명령에 따르지 않아도 좋다고 생각지는 않겠지요? 비록 그것이 무슨 일이든지 말이에요."

"글쎄……." 오헤이어 경사는 말했다.

"그래서," 에이프릴은 말했다. "그래서 의논 드리고 싶은 거예요."

그녀는 좁고 자그마한 홀을 둘러보고 아무도 듣지 않는다는 것을 확인했다. 루크는 밖에서 잡지를 갖다놓지 않은 일 때문에 손님과 다투고 있었다. 회색 옷을 입은 사나이가 한 사람 자리에서 졸고 있었다. 꽃을 꽂은 모자를 쓴 노부인이 가게 구석 선반에 있는 조제약 상표를 읽고 있었다.

"이런 거예요." 에이프릴은 말했다. "살인사건에 대해 경찰에 도움이 될 만한 이야기를 알고 있는 사람은 아무리 부모가 그런 일에 관여하지 말라고 시키더라도 경찰에 이야기해야만 되겠지요?"

"그건 조금 어려운 문제인걸." 오헤이어 경사는 천천히 말했다. 물론 자신이 하고 싶은 대답은 정해져 있었다. "부모의 의견을 어기는 것은 곤란하지만 그렇다고 살인범이 예사로 돌아다니는 것을 보고 있을 수도 없고 말이야."

에이프릴은 몸을 조금 떨었다.

"네, 그래요! 하지만 아시겠지요…… 사실 나는 가서는 안 될 곳에 가서 엿듣고 말았던 거예요. 그런 곳에 간 것을 남들이 알면 정말 난처해질 거예요. 그때 마침 핸더슨——아치가 기르고 있는 거북이——이 달아나 뒤쫓아갔기 때문이에요. 엿들을 생각은 전혀 없었어요. 정말이에요. 그런데 듣고 만 거예요. 그 여자는 몹시 겁을 집어먹고 있었고, 남자는 아주 큰소리로 말하고 있었으므로……."

"뭐라고?" 오헤이어 경사는 애써 흥분된 빛을 소리에 담지 않으려고 하면서 말했다. "누가 겁을 먹고 있었지?"

"샌포드 부인이었어요. 그가 협박을 했기 때문에……." 에이프릴은 이야기를 끊었다가 다시 말했다. "나는 이 소다를 마저 마시고 얼른 돌아가야 해요. 채소를 씻지 않으면 안되니까요."

"시간은 충분히 있어." 오헤이어 경사는 안심시키려는 듯이 말했다. "그것을 다 마시고 나서 하나 더 들어. 내가 사줄 테니까."

"어머나, 고마워요." 에이프릴은 명랑한 목소리로 말했다.

그녀는 소다수를 한 컵 이상 마시면 배탈이 난다는 것을 생각해냈다. 그러나 지금은 특별한 경우다. 그녀는 두 모금에 소다수를 다 마셔 버렸다. 다시 소다수가 나왔다. 곱빼기로 아주 진한 것이었다. 에이프릴은 한 입 마시고 나머지를 싫은 눈으로 보았다.

"보통 때 같으면 잊어버리고 말았겠지만……." 그녀는 말했다.

"그가 죽인다고 협박하지 않겠어요? 물론 진심으로 말하고 있는 줄은 몰랐어요. 어머나, 하지만 안 돼요, 이야기해서는 안 돼요. 엄마가 이웃집 사건에 관여하면 안 된다고 우리들에게 말했으니까요."

"얘야……." 오헤이어 경사가 말했다. "나는 네 편이야. 그러니까 내게 살짝 말해 주어도 괜찮아. 내가 말하는 뜻을 알겠지? 즉 나는 절대로 너에게서 들었다고 사람들한테 말하지 않을 테니까 말이야." 그는 마음에 걸리는 듯이 말했다. "그 소다수 맛이 어때?"

"네?" 에이프릴이 말했다. "아주 좋아요."

그녀는 억지로 조금 마시고 나서 '이건 훌륭한 목적을 위해서니까' 하고 자신에게 말했다.

"계속해 봐." 경사가 조용히 말했다. "내게라면 상관 없으니까."

"이런 거예요." 에이프릴이 말했다. "헨더슨──거북이 말이에요──이 줄을 물어뜯고 도망쳐 버려서 우리는 그걸 찾으러 나갔어요. 샌포드 씨 집에는 조그만 서머 하우스가 있는데, 담쟁이덩굴이 가득 덮여 있지요. 헨더슨이 그리로 가지나 않았나 싶어 나는 찾으러 갔어요. 그런데 그 안에서 말소리가 들려 왔기 때문에 나는 조용히 멈춰 서 있었지요. 언제나 정원으로 들어가면 샌포드 부인이 화를 내기 때문에 나는 조용해 멈춰 서 있었지요. 들키지 않으려고 그랬던 거예요. 정말 나는 엿들으려고 하지는 않았어요."

그녀는 커다란 눈을 눈물로 글썽이며 경사를 보았다.

"믿어주시겠지요?"

"물론, 물론이지." 오헤이어 경사가 말했다. "에이프릴은 남의 이야기를 엿듣는 그런 사람이 아니야."

"네, 고마워요." 에이프릴이 말했다. 그녀는 눈을 아래로 떨구고 낮은 목소리로 말했다. "하지만 이것을 다른 사람들에게 이야기하면 나쁠지도 몰라요. 그는 협박하고 있었고, 그리고 나는 남에게 화를 끼치고 싶지 않으니까요!" 그녀는 경사에게 힘없는 미소를 보냈다.

"이 이야기는 그만두는 편이 좋을지도 모르겠어요."

"내 말 들어." 경사는 열심히 말했다. "만일 그 사람이 죄를 범하지 않았다면, 그 증거를 내세워 풀어주고 싶은 생각은 없니? 그런데 경찰이 사실을 완전히 알지 못하는 한, 어떻게 그 사람이 증거를 내세울 수 있겠니?"

"그렇군요." 에이프릴이 말했다. "그런 식으로 생각하면……."

오헤이어 경사는 됐다 하고 느껴졌으나, 어디까지나 태연한 목소리로 말을 이었다. "그 사람의 이름이 뭐지? 아니면 모르니?"

"물론 알고 있어요." 에이프릴이 말했다. 그녀는 뭔가 이름을 하나 얼른 생각해 내려고 애썼다. 머리에 떠오른 것은 자기들이 아주 어렸을 때 엄마가 써주었던 여러 가지 이야기 속에 나오는 한 사람의 이름이었다. 퍼시플레지 애슈버터발——이런 건 안돼. 그녀는 얼른 말했다. "이런 거예요. 두 사람은 뭔가 편지 이야기를 하고 있었어요. 만 달러 같은 건 가지고 있지 않다고 그가 말했어요. 그녀——샌포드 부인——는 웃으며 가진 게 없으면 후회할 거라고 말했어요. 그는……." 에이프릴은 생각해 내려고 애쓰는 것처럼 이맛살을 찌푸렸다. "…… 아, 그래요. 그는 자기 마음이 가라앉기 전에 쓴 편지 같은 것에 만 달러를 치를 정도라면 그녀를 죽여 버리고 말겠다고 했어요."

에이프릴은 극적인 효과를 내려고 갑자기 말을 끊고, 경사를 쳐다보며 낮은 목소리로 속삭였다.

"무서웠어요. 지금도 오싹해져요. 꿈에 보일지도 몰라요."

"괜찮아, 괜찮아." 오헤이어 경사는 위로했다. "무서워하지 않아도 돼."

눈물이 그녀의 얼굴을 타고 흘러내리기 시작했다. 그녀는 8살 정도로 보였으며, 아주 연약해 보이는 소녀였다.

"오헤이어 총경님." 그녀는 떨리는 목소리로 속삭였다. "죽여 버린다고 그랬어요. 정말 진심으로 하는 말 같았어요. 그러자 샌포드 부인은 웃으면서 4시까지 현금 만 달러를 그리로 가져오라고 했어요. 그러니까 이번에는 남자가 웃으며, 그렇다면 4시에 만 달러가 아니라 권총을 가지고 오겠다고 했어요." 에이프릴은 컵을 밀어붙이고 떨리는 목소리로 낮게 말했다. "정말 오싹했어요."

"괜찮아, 괜찮아." 오헤이어 경사는 진심으로 위로했다. "괜찮으니까 내게 전부 이야기해 봐. 그러면…… 자, 다 말해 버려." 그는 목소리를 낮추었다. "심리학자가 말했지만, 그런 건 말해 버리면 다음은 틀림없이 마음이 편안해지는 거야."

"그래요?" 에이프릴이 말했다. "무엇이든 다 잘 아시는군요." 그녀는 크게 뜬 눈에 약간 눈물을 글썽이며 그를 지켜보았다. "틀림없이 아이들이 있으시죠?"

"9명이나 길러왔어." 경사는 되도록 자랑스럽지 않은 투로 말했다. "모두 잘 자랐지. 크림 소다를 마저 마셔, 영양 보충이 될 테니까. 그리고 이야기해 줘. 그 남자의 얼굴을 보았니? 어떤 인상이었는지 알고 있어?"

에이프릴은 머리를 가로저었다. 그리고 소다수에 손을 내밀었다.

"얼굴은 못 보았어요. 목소리만 들었을 뿐, 엿듣지 않았으면 이름도 몰랐을 거예요."

"아아!" 경사가 말했다. "그럼 이름을 알고 있단 말이지?"

에이프릴이 고개를 끄덕였다.

"그녀가 말했어요…… 이건 그녀의 말 그대로예요, 오헤이어 총경님, 그녀는……."

갑자기 에이프릴은 말을 끊었다. 그 이름을 생각해 내지 않으면 안

77

된다. 퍼시플레지는 엄마의 원고라면 마지막 20페이지를 남기고 모두 읽고 있었다. 좋은 이름이 있었다. 그리고 아주 걸맞는 대사도 두 줄쯤 있었다. 에이프릴은 생기가 나서 오헤이어의 걱정이 되는 듯한 얼굴에 미소를 던졌다.

"그녀는 말했어요…… '루퍼트'라고, '당신 같은 사람은 권총에 손을 대는 것도 무서워할 걸요. 나를 향해 총을 쏜다는 건 말도 안 되는 이야기예요'라고요."

"루퍼트……." 경사는 앵무새 흉내를 내듯 말했다. 그는 그 이름을 적었다. "그랬더니 뭐라고 했지?"

"그는," 에이프릴은 '엄마의 문장을 잘 생각해 내지 않는 한 안 되겠는데' 하고 생각했다. "그는 '당신은 나를 겁쟁이로 생각하고 있지만, 내가 배짱이 있다는 것을 보여 주겠어!'라고 말했어요." 이제는 어떻게 해서든지 성(姓)을 만들어내지 않으면 안 된다. "그러자 그녀가 말했어요, '조용히, 누가 와요.' 그리고 조금 지나서 그녀가 다시 말했어요, '어머나, 윌리, 이분은 반 듀젠 씨예요.'"

"반 듀젠이라고 했단 말이지?" 오헤이어 경사가 중얼거렸다. 그는 그것도 적었다. "루퍼트 반 듀젠." 그리고 나서 에이프릴에게 미소를 던졌다. "자, 계속해요."

"저, 그뿐이에요." 에이프릴이 천진스러운 목소리로 말했다. "그 사람, 즉 반 듀젠 씨가 '안녕하십니까?' 하자 샌포드 씨도 '저리로 가셔서 한 잔 하시지 않겠습니까?' 했어요. 그리고 모두 가버려서 나에게는 더 이상 아무 소리도 들리지 않았어요."

그녀는 경사에게 미소 지었다. "그러나 그렇게까지 했는데도 결국 헨더슨을 찾은 것은 아치였어요. 세탁물 광주리 속에 있었대요."

"헨더슨?" 경사는 얼른 알아들을 수가 없었다.

"거북이 말이에요." 에이프릴이 생각나게 해주었다. "아치의 거북이, 아까 말했잖아요, 줄을 물어뜯고 도망쳤다고. 우리는 그것을 찾고 있었고, 그 때문에 나는 이런 이야기를 듣게 되었던 거예요."

"아, 그래, 그랬었지." 경사가 말하며 수첩을 턱 닫더니 호주머니에 넣었다. "생각났어, 헨더슨. 찾았다니 다행이로군. 그런데 곱빼기 초콜릿 소다를 한 잔 더 하지 않겠어?"

에이프릴은 몸이 떨리는 것을 억지로 감추며 말했다.

"이제 됐어요, 총경님." 그녀는 일어났다. "이제 돌아가서 채소를 씻어야 해요." 그녀의 얼굴에 한 가닥 걱정의 그림자가 비쳤다. "내가 이야기한 것을 아무에게도 말하지 않는다고 약속해 줘요, 네? 만일 엄마가 알게 되면……."

그 말투에 너무도 힘을 주었기 때문에 졸고 있던 회색 옷을 입은 남자까지도 자리를 고쳐 앉으며 그녀를 쳐다보았다.

"엄마가 알면 정말 큰일나요" 하는 에이프릴의 얼굴이 너무도 창백하여 걱정스러워 보였다.

"약속하지." 경사가 말했다.

"아아!" 에이프릴이 말했다. "고마워요, 오헤이어 총경님."

그녀는 위엄을 갖추고 극적으로 퇴장했다.

그녀가 가버리자 그는 수첩을 꺼내어 다시 들여다보았다. 이 아이는 착하고 머리가 좋은 소녀다. 9명이나 아이들을 길러왔으니까 잘못 판단할 리는 없다. 그리고 자기를 오헤이어 총경님이라고 불러주었다. 아니——경우에 따라서는——언젠가…….

예를 들면 빌 스미스 경감이 서툰 짓을 해서 일을 망치기 전에 이 루퍼트 반 듀젠을 자기가 발견해 낸다면. 그는 수첩을 도로 닫아 호주머니에 넣고 성큼성큼 가게를 나왔다.

그가 나가고 15초쯤 지나자 회색 옷차림의 남자가 자리에서 벌떡 일어났다. 이제는 전혀 졸린 것 같지 않았다.

"루크, 5센트 동전을 한 웅큼 주지 않겠소?"

그는 벽에 걸린 전화기에 5센트 동전을 몇 개 집어넣었다. 이윽고 연결이 되었다.

"프랭크 플리먼인데," 그는 흥분한 목소리로 말했다. "사회부 데스크를 대줘! 여보시오, 조? 저 말일세······."

5분이 지나도록 그는 아직 전화로 기사를 보내고 있었다. 이윽고 한 웅큼의 5센트 동전이 거의 없어지고 말았다.

"'믿을 만한 증인'일세. 알겠나? 그렇지, 그리고 반 듀젠일세, 루퍼트 반 듀젠. 부탁하네. 똑똑히 들어주게. 하루라는 루와 퍼렁다는 퍼, 트집이라는 트······ 알겠나? 루퍼트 반······ 저 말이야, 두 듀 하는 듀. 그런 식으로 말하면 나는 사직하겠네. 루퍼트 반 듀젠, 그렇지, 됐네. '특별히 이름은 밝히지 않지만 믿을 만한 증인의 말'이라고 써야 하네."

6

"참 딱한 아이로구나, 정말." 다이나가 말했다. "아주 한가로웠던 모양이지." 감자를 벗기고 있다가 얼굴을 들고 그녀는 다시 말했다.

"에이프릴, 대체 어떻게 된 거니?"

에이프릴의 얼굴은 흙빛이었다.

"이따 말할 게." 그녀는 정신없이 나갔다.

5분쯤 지나자 다시 돌아왔다. 얼굴은 창백했으나 흙빛은 어느 정도 가셔져 있었다.

"크림 소다는 한 잔밖에 못 마시겠어." 그녀는 설명했다.

"그리고 휘핑크림은 정말 싫어, 초콜릿을 마시면 언제나 가슴이 메스꺼워. 그것을 세 잔이나 마셨기 때문에······."

다이나는 손에 들고 있던 감자를 떨어뜨리며 그녀를 흘겨 보았다.

"정말 놀랍군. 그렇게 주문 안해도 좋았을 텐데."

"루크네 가게에서 팔고 있는 것 가운데서 가장 비싼 거야."

에이프릴이 성난 말투로 말했다. "그 바보 같은 오헤이어한테 5센트짜리 루트 비어 값만 치르고 돌아가게 하는 손해되는 짓을 내가 할 것 같아?"

다이나는 속이 상했다. 휘핑크림에 초콜릿이라면 그녀가 가장 좋아하는 것이었다.

"알았어, 순교자님." 다이나는 차갑게 말하고 덧붙였다.

"당근을 씻어 줘. 그리고 이번에는……."

"오헤이어에 관한 한," 에이프릴이 말했다. "이제 그런 기회는 절대로 없을 거야."

한숨을 내쉬며 수세미를 손에 들고 에이프릴은 당근을 씻기 시작했다.

"나는……." 말하려다가 에이프릴은 입을 다물었다.

다이나와 아치에게 완전히 공상으로 만들어낸 어느 불행한 청년 루퍼트 반 듀젠에 대해 털어놓는 것은 현명한 일이 아닐지도 모른다. 오헤이어 경사가 둘에게 질문할 때 갈팡질팡할지도 모르기 때문이다.

집 안에서 그녀뿐인 것이다.

"뭐라고?" 상추를 씻고 있던 아치가 얼굴을 들며 물었다.

"나는 나." 에이프릴이 천연덕스럽게 말했다. "그리고 너는 너. 우리들은 우리들. 그들은 그들. 24시간은 하루, 365일은 1년, 수세미 좀 빌려서 해라, 이 느림보야!"

"뭐라구……." 아치가 화를 냈다. "이 수다쟁이야!" 그는 기분을 바꿨으나 여전히 불평스럽게 말했다. "좋아, 수세미를 빌렸다, 이 멍청이야!"

"멍청이님이라고 하는 거야." 에이프릴이 말했다.

"아이, 시끄러워!" 다이나가 말했다. "엄마가 2층에서 일하고 계셔." 그녀는 난로에 감자를 올려놓았다. "내 말 좀 들어봐. 벌써 24시간이야. 그 이상 되었어. 그런데 조금도 진전이 없잖아."

"접근하지 않았기 때문이야."

에이프릴이 수도꼭지 밑에서 당근을 씻으며 말했다.

"무엇에 접근하지 않았다는 거지?" 아치가 캐물었다.

다이나는 감자 냄비 뚜껑을 소리내어 덮었다.

"잘 들어봐. 어제 샌포드 부인이 피살되었잖니. 그래서 우리가 그 살인범을 찾아내기로 했어. 그러니까 너희들은 노는 걸 그만두고, 그리고……."

이때 갑자기 옆집에서 날카로운 비명 소리가 들렸다. 에이프릴과 다이나는 얼굴을 마주 보는 순간 새파래졌다. 아치가 문 쪽으로 뛰어가려고 했다. 에이프릴이 목덜미를 잡아 도로 끌어들였다.

"또 다시 살인이 일어난다면……." 에이프릴이 숨을 몰아쉬었다.

"이번에야말로 범인을 현장에서 잡을 수 있을 거야."

"잠깐!" 다이나가 말했다. "엄마가……."

2층의 타이프라이터 소리는 여전히 계속되고 있었다.

"나중에 이야기하면 돼." 에이프릴이 말했다.

"가자!" 아치가 큰소리로 말했다.

세 아이는 채소밭 떨기나무 덤불로 달려 갔다. 갑자기 에이프릴이 다이나의 팔을 잡았다.

제2의 살인은 아니었던 것이다. 산울타리를 통해 보인 것은 길 아래쪽에 살고 있는 칼튼 첼링턴 3세라는 사람의 부인이었는데, 보랏빛 시폰 드레스에 차양이 넓은 보라색 모자를 쓰고 있었다. 그녀는 손목을 잡은 젊은 경관의 손을 뿌리치려고 하면서 살찐 턱에서부터 가늘게 모양을 다듬은 눈썹까지 빨갛게 되어 몸부림치고 있는 것이었다.

부인은 간신히 자유로워진 손으로 모자를 고쳐 쓰면서, 본래대로 태연한 태도를 지으려고 애쓰고 있었다.

"나는 침입하려고 그런 게 아니에요." 그녀는 가쁜 숨을 몰아쉬며 말했다. "나는 가든파티에 갔다오다가 그저 가까운 길로 가려고 했던 것뿐이에요."

"당신은 분명히 이 집에 들어오려고 했었습니다."

젊은 경관이 말했다.

그녀는 웃었으나, 그다지 잘 웃어지지 않았다.

"어이가 없군!"

"틀림없습니다. 당신은 틀림없이 저 부엌 창문을 통해 들어오려고 했단 말이오."

칼튼 첼링턴 3세 부인은 간신히 모자를 반듯하게 고치고 숨을 내쉬었다.

"젊은 분." 그녀는 말했다. "당신한테 솔직히 말하겠는데, 나는 사실 저 부엌 창문으로 해서 들어가려고 했지요."

경관은 꼼짝도 않고 말했다.

"그렇지요. 그러는 걸 내가 끌어냈으니까요."

"사람이란 누구나 버릇이 있잖아요?" 그녀는 속을 털어놓는 투로 말했다. "내게도 버릇이 있어요. 불행하게도 그것은 수집벽이랍니다. 그래서 깔개 조각이든가, 의자 덮개의 단추 하나라도 있을까 해서. 맹세합니다만……."

"강도질이군요." 경관이 말했다.

"돈이 될만한 물건이 아니었어요." 칼튼 첼링턴 3세 부인은 말했다. "단순히 기념품이지요." 그녀는 자세를 바로잡아 153미터의 키가 되었다. "젊은 분, 나는 첼링턴 소장의 가족이에요. 칼튼 첼링턴 3세의 부인이란 말이에요."

건물 바로 옆에서 뭔가 옥신각신하는 소리가 들렸기 때문에 따끔하게 말해 주려던 젊은 경관은 그만두었다. 그는 급히 옥신각신 다투는 현장으로 달려 갔다. 칼튼 첼링턴 3세 부인은 잠시 뒤를 돌아보더니 느닷없이 토끼처럼 문쪽으로 달려 갔다.
　"저 뚱보 여자가!" 에이프릴이 말했다.
　"나는 저 부인을 좋아해." 다이나가 말했다. "아주 좋아. 오트밀 비스킷을 만들어 주었잖아? 뚱보일지는 모르지만, 마음씨는 착한 사람이야. 그리고 어딘지 걱정이 있는 듯한 사람……."
　"잠깐!" 아치가 낮은 목소리로 말하며 손가락으로 가리켰다.
　어린 3남매는 덤불을 뚫고 옥신각신하는 쪽으로 나아갔다. 재빨리 그러나 될 수 있는 한 발소리를 죽이며 다가갔다. 샌포드네 집 정면 현관에서 굉장한 시비가 벌어지고 있었다. 빌 스미스 경감도 있고 아까의 그 젊은 경관도 있었으며, 사복경관도 한 사람 있었다. 그들을 상대하고 있는 사람은 몸집이 작고 유순해 보이는 60살이 넘었을 듯한 노인으로 하늘색 옷을 단정하게 입고 있었다. 그는 놀랐는지 백발의 얼굴이 굳어 있었다. 손에는 서류가방을 들고 있었다.
　"그러나 나는 당연히 들어갈 권리가 있어요." 그 남자가 말했다.
　"권리가 있단 말입니다. 나는 홀부룩이오, 헨리 홀부룩."
　"왜 집 안으로 들어가려고 하지요?" 빌 스미스 경감이 캐물었다.
　"그것은……." 작은 남자는 숨을 몰아쉬었다. "나는 홀부룩입니다. 나는 현재…… 아니, 과거라고 해야겠군요. 샌포드 부인의…… 고 샌포드 부인의 변호사였습니다. 고문 변호사의 의무로……."
　"자물쇠를 비틀어 열겠다는 말씀입니까?" 빌 스미스가 말했다.
　"이유가 당치도 않은데요."
　"하지만……." 변호사는 말을 중간에서 그만두었다.
　"홀부룩 씨, 당신도 변호사라면 경찰의 허가없이 여기에 출입할 수 없다는 것쯤 알고 계시겠지요?"

이때 헨리 홀부룩의 얼굴이 전보다 더 파래졌다. 그는 머뭇거리며 대답했다.

"의뢰인에 대한 의무로서…… 죽은 의뢰인의……."

"안심하십시오, 홀부룩 씨." 빌 스미스는 약간 부드러운 말투로 말했다. "지금으로서는 당신 의뢰인의 재산은 아주 안전합니다. 경관들이 보기 좋으라고 이렇게 서 있는 건 아니니까요."

"언제나 이런 겁니까?" 홀부룩은 말을 우물거렸다. "살인이 있기만 하면?"

"이런 상황 아래에서는, 말씀하신 대로입니다." 빌 스미스는 친절하게 덧붙였다. "그러나 집 안을 둘러보시고 싶으신 것뿐이라면…… 물론 경관 한 사람을 딸려서……."

"아니……." 홀부룩은 숨을 삼켰다. "그럴 필요는 없다고 생각합니다, 전혀. 모든 것이 빠짐없이 잘 관리되어 있으리라고 나는 믿습니다. 아니 시끄럽게 해서 정말 미안합니다."

발꿈치를 돌리자 그는 자기 자동차 쪽으로 향해 찻길을 걸어갔다.

에이프릴이 속삭였다.

"어쩐지 좀 이상한데."

다이나가 에이프릴의 팔을 붙잡았다.

"저기 봐, 피엘이야, 피엘 데글랜쥐 씨. 화가라고 하는 사람이야."

다이나는 손가락질하며 말했다.

키가 작고 몸집이 통통하며 흰 수염이 난 사람이 찻길 반대쪽의 좁은 길을 조용히 조심스럽게 올라오고 있었다.

그는 가끔 걸음을 멈추고 주위를 둘러보았다. 코르덴 바지에 줄무늬 셔츠를 입고 베레모를 쓴 모습이었다. 입에는 불을 붙이지 않은 파이프를 물고 있었다. 갑자기 모습이 덤불 속으로 사라졌다. 아이들은 숨을 죽이며 보고 있었다. 5분, 10분. 그는 끝내 모습을 드러내지 않았다.

아치가 속삭였다. 이것은 바로 에이프릴이 말하는 울 속삭임, 즉 반쯤 속삭이고 반쯤 우는 소리였다.

"그만 집으로 가."

다이나가 그의 손을 잡고 꼭 쥐어주었다. 에이프릴이 중얼거렸다.

"무서워하면 안 돼."

그러나 어딘지 모르게 기분 나쁜 광경이었다. 핑크색 집——저 집에서 바로 어제 살인이 있었던 것이다. 경관이 완전히 둘러싸고 있다. 그런데 세 사람, 그것도 서로 아는 사이가 아닌 것 같은 세 사람이 숨어 들어가려고 하는 것이었다.

커다란 플라타너스의 그림자가 집 위를 내리덮기 시작했다. 마치 커다란 손으로 가리듯.

"에이프릴!" 다이나가 말했다. "이제 정말 채소를 씻지 않으면 안 되겠어."

"그렇지." 에이프릴이 곧 동의했다. "당근은 좀처럼 익지 않으니까."

세 아이는 길을 따라 생쥐처럼 정신없이 자기 집 찻길로 달려갔다. 아무도 입을 열지 않는 동안 당근이 삶아지고 상추가 깨끗이 씻겨져 냉장고 안에 넣어졌다. 아치는 뭐라고 투덜댔지만, 테이블 위에 그릇을 차려 놓기 시작했다.

"저 말이야." 다이나가 마침내 꿈꾸는 것 같은 얼굴로 말하기 시작했다. "나는 지금 샌포드 부인의 일을 생각하고 있었어. 그리고 어째서 그 사람들이 그 집으로 들어가려고 했는지도, 뭔가 찾고 싶었던 걸 거야. 첼링턴 부인은 결코 기념품 수집광이 아니고, 변호사라는 홀부룩 씨도 정당한 이유가 있었다면 자물쇠를 비틀어 열려고 할 필요는 없지 않았겠니?"

"그래서?" 에이프릴은 어느 쪽도 아닌 대답을 했다. 그녀도 같은 생각을 하고 있었던 것이다.

"그리고 데글랜쥐 씨. 그 사람은 대체 무슨 볼일이 있었던 걸까?"

"그림을 그리고 싶었는지도 몰라."

다이나가 코웃음쳤다.

"그 사람은 집이나 나무 그림은 그리지 않아. 엄마가 그렇게 말했어. 물밖에 그리지 않는대."

아치가 버터를 가지러 부엌에 와 있었다.

"물을 그린다고? 물을 그린다는 이야기는 처음 듣는다!"

"그러나 데글랜쥐 씨는 물을 그려." 에이프릴이 말했다.

"엄마와 어디선가 만났을 때, 자기는 그림을 그린다고 말했대. 엄마가 어떤 그림을 그리느냐고 물으니까 '물을 그립니다'라고 하더래."

"웃기지 마." 아치가 말했다. 그는 코웃음치며 버터를 가지러 식당으로 갔다.

"아까 내가 설명하려고 했는데." 다이나가 다시 말했다.

"누구나 모두 그 집으로 들어가려고 하는 데에는 뭔가 까닭이 있을 거야." 그녀는 말을 중단하고 얼굴을 찡그렸다.

"집 안에 뭔가를 숨겨 두었는데, 모두 그것을 찾고 싶어하는 걸 거야. 에이프릴…… 네 생각으로는……."

아치가 또 부엌으로 들어와서 큰소리를 쳤기 때문에 다이나는 입을 다물고 말았다.

"그건." 아치는 소리쳤다. "물을 그린다고 하는 게 아니라, 물로 그린다고 하는 거야."

에이프릴과 다이나는 기가 찬 듯이 아치의 머리 너머로 서로의 얼굴을 마주 보았다.

"아치." 에이프릴이 말했다. "데글랜쥐 씨는 물로 그리지 않고 기름으로 그린단다. 유화를 그리는 거야."

아치의 둥근 얼굴이 조금 못마땅한 듯 붉은 기를 띠었다.

"아무리 내가 어리지만……."

"잘 들어, 아치." 다이나가 얼른 힘을 주어 말했다. "너는 잠자코 좀 있어. 데글랜쥐 씨는 그림을 그려. 유화 물감으로 말이야. 알았니?"

"응, 응, 응!" 아치는 애가 타서 대답했다.

"그래서, 물을 그리는 거야. 바닷가로 나가서 거기에 앉아 그림을 그리지. 해안이며 배며 사람 같은 건 그리지 않아."

"하늘도 안 그려?" 아치는 믿기지 않는다는 목소리로 물었다.

"물만 그려." 다이나가 단언했다.

아치가 웃음을 터뜨렸다.

"그럼, 왜 바닷가까지 가는 거지?" 그는 비웃었다. "집 안에서 양동이 속을 들여다보면 되잖아?"

아치는 나이프와 포크를 가지고 다시 식당 쪽으로 가버렸다.

다이나는 천천히 숨을 몰아쉬었다.

"아까 이야기한 거지만," 하고 그녀는 또 입을 다물었다.

"뭐 말이야?" 에이프릴이 물었다. "얼른 말해 봐."

"내 생각에는 샌포드 부인이 협박을 한 것 같아."

1분쯤 에이프릴에게서는 대답이 나오지 않았다. 이윽고 그녀는 될 수 있는 한 아무렇지도 않다는 투로 말했다.

"있을 수 있는 이야기지."

"어머나!" 다이나는 깜짝 놀라며 말했다. "너도 그렇게 생각하고 있었니?"

에이프릴은 고백하기로 했다. 그녀는 옛날부터 다이나에게만은 아무것도 숨기지 못하는 성질이었다. 그래서 생일이나 크리스마스 선물 이야기까지 지껄여 버리는 것이었다.
"실은 말이야, 다이나, 오늘 오후에······."
다이나도 잠자코 듣고만 있지는 못했다.
"내가 무슨 생각을 하는지 아니, 에이프릴?" 다이나가 말을 가로챘다. "파티를 열지 않으면 안 된다고 생각하고 있어."
에이프릴은 깜짝 놀라 그녀를 쳐다보았다. 벌어진 입이 다물어지지 않았다.
"이런 때 파티를 열다니!"
다이나는 꿈꾸는 듯한 눈빛으로 고개를 끄덕였다.
"내일 저녁, 금요일 저녁에 말이야. 엄마가 승낙하도록 만드는 건 너에게 부탁하겠어. 10명쯤 부르기로 하자. 네가 반을 맡고, 내가 반을 맡는 거야."
"하지만 다이나, 파티 같은 건······."
아치가 부엌으로 달려 왔다.
"나도 넣어줘, 응, 나도 넣어줘."
"좋아." 다이나가 말했다. "그리고 '골목대장들'을 불러도 좋아."
아치는 기뻐서 껑충 뛰며 "야아!" 하고 소리쳤다.
에이프릴은 몸을 떨었다. '골목대장들'이란 10명인가 12명쯤 되는 남자아이들로 9살에서 12살 정도인데, 퍽 시끄럽고 지저분하여 근처에서는 감당하지 못하는 녀석들이다.
"다이나, 머리가 어떻게 된 거 아니야?"
"보물찾기를 하는 거야." 다이나가 말했다. "그것이 바로 목표야. 보물을 이 근처 여러 곳에 숨겨 두고 사방으로 찾고 있을 때 그 집 안으로 숨어 들어가는 거야."

"알았어." 에이프릴은 기쁜 듯이 말했다. "그러니까 골목대장들이 ……."

"늘 하는 식으로 움직여만 준다면 경관들은 그애들로도 벅차서 우리들에게까지 신경 쓰지 못하겠지. 부를 아이들에 대해서는 저녁 식사가 끝난 다음에 상의하자. 그리고 아까 무슨 이야기를 하려고 했지?"

"아 참, 그랬었지. 저 말이야, 다이나." 에이프릴은 입술을 오므렸다. "오늘 오후에 말이야……."

"아니!" 마리안 카스테어즈의 따뜻한 목소리가 문 쪽에서 들려왔다. "벌써 저녁 준비를 시작한 거니! 시간이 그렇게 된 줄도 모르고 있었구나."

아직 작업복인 바지 차림으로, 머리가 약간 흐트러지고 이마에 검은 것이 묻어 있었다.

다이나는 포크로 감자를 찔렀다.

"거의 다 익었어요. 칠면조는 어떻게 하지요?"

"칠면조?" 마리안 카스테어즈의 얼굴이 희어졌다가 다시 발그스름해졌다. "저…… 아직 냉장고에 넣어둔 채로 있다. 2시쯤부터 구우려고 생각했는데 다른 일을 생각하느라고 그만 잊어버렸구나. 그건 너무 늦어서 안 되겠네."

모두 부엌의 시계를 보았다. 6시 25분 전이었다.

"됐어요." 다이나가 작은 목소리로 말했다. "정어리 통조림이 3개나 찬장에 있어요. 우리는 정어리면 그만이니까요."

그녀는 감자에 버터를 바르기 시작했다.

"내일 해주마." 마리안이 말했다. 미안한 듯한 표정이었다.

"오늘은 좀 바빴거든. 나는 요리를 아주 좋아하니까."

"엄마는 참 요리 솜씨가 좋아." 아치가 말했다.

"엄마." 에이프릴이 아주 진지한 표정으로 말했다. "다시 결혼하면 좋겠어요. 그러면 요리 만드는 일에 전념할 수 있잖아요?"

"결혼?" 마리안은 보기 좋을 만큼 얼굴을 붉혔다. "누가 나 같은 사람과 결혼하려 하겠니?"

그때 바깥 초인종이 울렸다. 마리안 카스테어즈는 정신 없이 2층으로 도망쳐 올라갔다.

그러더니 중간쯤에서 돌아보며 "다이나, 네가 나가 보렴. 나도 곧 내려올 테니까" 하고 말했다.

마리안은 5분 만에 내려왔다. 파란색 홈드레스를 입고, 머리는 완전히 새로 고쳐 손질을 했다. 예쁘게 매만져져 있는 머리에 마지막으로 생각이 났는지 연분홍 장미꽃까지 꽂혀 있었다. 에이프릴은 휘파람을 불었다.

"어머나, 멋있어!"

"누구였지?" 마리안이 거실을 내려다보며 말했다.

"신문배달하는 아이였어요." 다이나가 말했다. "대금은 치렀어요, 엄마가 25센트 빌린 것으로." 그녀는 신문을 테이블 위에 펼쳐 놓았다.

"어머나!" 마리안 카스테어즈가 말했다. 그리고 아주 아무렇지도 않은 투로 덧붙였다. "샌포드 살인사건의 새로운 기사가 나와 있구나."

"정말!" 다이나가 외쳤다. "잠깐, 에이프릴!"

"어디" 하고 아치가 다이나의 팔 밑으로 뚫고 들어갔다.

네 사람은 서로 겹쳐 읽었다.

제1면 기사의 제목과 글귀를 보고 에이프릴은 깜짝 놀라고 말았다.

본지 특종. 루퍼트 반 듀젠. 특별히 이름은 밝히지 않지만 믿을 만한 증인의 말.

에이프릴은 1분쯤 자기가 기절하는 게 아닐까 의심했을 정도였다. 그렇다, 아까 그 크림 소다 때문임에 틀림없다.

"샌포드 부인이!" 마리안이 놀라 소리쳤다. "믿어지지 않는구나." 그리고 나서 고개를 갸웃거리며 덧붙였다. "이상한데⋯⋯ 루퍼트 반 듀젠⋯⋯ 어디선지 들은 듯한 이름이야. 대체 어디서 만났던 사람인지 모르겠구나."

"곧 경찰에 체포될 거예요, 그런 이름의 사람이라면."

아치가 자신 있다는 듯이 말했다.

"에이프릴." 다이나가 천천히 말했다. "우리가 생각한 대로 역시 샌포드 부인은 협박을 했던 거야."

그러나 간신히 입을 열 수 있게 된 에이프릴의 입에서는 다만 한 마디가 흘러나왔을 뿐이었다.

"미안, 당근이 타고 있는 것 같아."

7

"모두 도시락을 가져 오게 해야겠어." 다이나가 말했다.

"우리가 코카콜라를 대접하고."

그녀는 전화번호부를 뒤적이기 시작했다.

"무얼 가지고 사지?" 에이프릴이 물었다. "언니는 모르지만, 나는 20센트밖에 없어. 키티에게 15센트 빌려줬거든."

다이나가 짜증스러운 얼굴을 했다.

"나는 벌써 다음 주일 용돈을 엄마에게서 당겨 쓰고 말았어."

"사실 엄마가 코카콜라 값을 치르도 좋지 않아? 결국 모두 엄마를 위해서 해드리는 거니까."

"우리들 때문이기도 해." 다이나가 말했다. "집안 전체를 위해서 야." 그녀는 잠시 생각하고 있었다. "어쩌면 루크가 외상으로 줄지도 몰라, 코카콜라가 몇 병 있으면 될까?"

"글쎄, 외상으로 줄지 모르겠어." 에이프릴이 말했다.

"으음…… 12명이니까, 우리는 넣지 말고…… 30병은 필요하겠는데. 1달러 50센트야. 병값인 보증금을 빼고 말이야. 그리고 또 골목대장들이 오잖아."

"어머나, 큰일이구나." 다이나가 말했다. "어떻게 하면 좋을지 모르겠어. 엄마에게 부탁하기는 싫어. 모처럼 그렇게 기분 좋게 승낙해 주셨는데. 1달러 50센트에다 골목대장들 대접비…… 적어도 10명은 올 것이고, 1사람이 2병씩은 마실 거야. 그럼, 1달러 25센트가 필요해. 모두 합해 2달러 75센트가 되겠군. 이렇게 많으면 루크도 외상을 주지 않을 거야. 더구나 지금도 25센트를 달아놓고 있으니까."

에이프릴은 한숨을 쉬고 생각에 잠기면서 1분 정도 앉아 있었다.

"할 수 없어. 아치에게 빌리기로 해. 그애는 언제나 돈을 가지고 있거든." 그리고 나서 그녀는 덧붙였다. "아치는 인색한이니까."

아치가 고양이 젠킨즈를 뒤쫓아 복도를 달려 왔다. 먹다 남은 정어리를 물고 간 것이다. 아치는 자기 이름을 듣자, 순간 발길을 멈추고 젠킨즈에게 정어리를 줘 버리기로 결심했다.

"에이프릴!" 하고 그는 캐물었다. "인색한이 뭐지?"

"인색한이란 구두쇠란 말이야. 자, 참견하지 말고 그만……."

다이나가 말했다.

에이프릴이 다이나를 꼬집으며 얼른 말했다.

"인색한이란 말이야, 부자인데다 머리가 좋고 태도도 근사하고 발도 빠르며, 누구에게나 다 싸워 이기는 사람이야. 슈퍼맨 같은 사람."

"멋있는데!" 아치가 말했다. "내가 인색한이란 말이야?"

"물론이지." 에이프릴이 말했다.

"앉아, 아치. 할 이야기가 있어." 다이나가 말했다.

"내가 말하지." 에이프릴이 다시 다이나를 꼬집으며 가로막았다.

"저 말이야, 아치, 골목대장들을 파티에 초대하지 못할지도 모르겠어."

"안 돼, 초대해야 돼."

"실은 이렇게 된 거란다……."

5분 정도 흥정한 끝에 교섭이 이루어졌다. 2달러 75센트의 단기 대출이 체결된 것이다. 아치는 이번 파티 때 쓰는 것만이 아니라, 이번 주 1주일 분의 빈 병 값을 독차지한다는 조건이었다. 그 밖에 골목대장들을 불러도 좋다고 합의했다.

다이나는 돈을 계산했다. 25센트짜리가 5개, 10센트짜리가 11개, 5센트짜리가 6개, 1센트짜리가 10개였다. 그것을 지갑에 넣으며 그녀가 말했다.

"그러면 이것으로 됐으니, 자, 모두에게 전화를 걸자."

"내가 부를 사람은 조, 웬디, 루, 짐, 바니."

에이프릴이 선언했다.

"바니?" 다이나가 업신여기는 듯한 목소리를 냈다. "그 꼴도 보기 싫은 애!" 그녀는 다시금 싫은 얼굴을 지었다. "나는 에디에게 오라고 하겠어. 에디는 맥을 데리고 올 거야. 그리고 윌리도."

"윌리는 나쁜 애야." 에이프릴이 말했다.

"그애가?" 다이나는 어이없다는 말투였다. "농담하는 거니? 그 애는 다만 머리가 조금 나빠서 이것저것 일러주어야 하는 것뿐이야. 아무튼 그애와 조엘라는 아주 뜨거운 사이니까 조엘라도 불러야겠어."

"어째서?" 에이프릴이 말했다. "그렇게 싫은 애를……."

"내 말 들어봐." 다이나가 말했다. "모두들 춤추고 싶다고 할 텐데, 레코드를 많이 빌릴 수 있는 건 그애뿐이야." 그녀는 두 사람씩 손가락으로 계산하기 시작했다. "에디와 맥, 윌리와 조엘라."

"자기의 그이를 잊으면 안 돼." 에이프릴이 말했다.

"그야 물론. 에디, 맥, 윌리, 조엘라, 그리고 피트, 다이나."

다이나는 비판적인 눈길을 동생에게 던졌다. "너는 언제나 너를 좋아하는 남자애들과 아무도 좋아하지 않는 멍청한 여자애들만 부르는구나."

"나는 바보가 아니거든." 에이프릴은 쌀쌀맞게 대답했다. "그리고 나는 누군가를 좋아하는 아이도 아니야. 나는 남과 경쟁하고 싶지 않아."

"난 말이야." 다이나가 말했다. 그녀는 전화로 손을 뻗었다. "나는 자유경쟁주의자야."

"피트부터 걸면 안 돼." 에이프릴이 말했다. "그러면 다른 아이에게 걸기도 전에 모두 잠들어 버리고 말 테니까."

마지막 통화가 끝난 것은 2시간 뒤였다. 그동안 저쪽에서 걸어오기도 하고, 또 이쪽에서 걸기도 하는 등 중요한 상의가 오고갔다.

"그럼, 맥, 네가 에디에게 전화해. 그리고 나서 이리로 연락해 줘." "조의 어머니가 내일 저녁에는 보낼 수 없다고 하시거든, 러셀에게 물어보는 게 어 때?" "저 말이야, 보물찾기를 하는 거야, 웬디. 헌 옷을 입고 와줘."

다음에는 아치가 골목대장들에게 거느라고 30분 정도 전화를 점령했다. 조로부터 온다는 연락을 받았을 때에는 이미 러셀을 초대하기로 정한 뒤였다. 여기서 러셀의 파트너인 여자를 찾는 어려운 문제가 생기고 말았다. 그런데 이때 루로부터 올 수 없다는 전화가 걸려 왔기 때문에 그 문제는 해결되었다.

"바니, 다른 아이들은 햄버거를 가지고 오니까 넌 쿠키를 1봉지 가져 오지 않겠어?"

"조엘라, 너하고 윌리가 레코드를 좀 가져올 수 없겠니?"

마침내 모든 준비가 끝났다. 피트에게 거는 전화까지 끝났는데 그것은 "여보세요, 피트? 나 다이나야. 저, 내일 저녁 같이 볼링에 가기로 되어 있었잖아? 그런데 말이야……" 하는 식으로 시작되어 에이프릴이 재보니 꼭 22분이나 걸렸다.

다이나가 하품을 했다.

"너는 어떤지 모르지만, 나는 과자를 먹고 싶어졌어."

"나도." 에이프릴이 말했다. "아치는 어디 있을까?"

아치는 거실 한복판에 배를 깔고 누워서 최근에 나온 만화와 씨름하고 있었다. 그는 머리를 흔들며 말했다.

"나는 벌써 먹었어."

부엌에서는 따뜻하고 향기로운 냄새가 났다. 다이나는 어머니가 그저께 만든 과자를 꺼냈다. 3겹으로 되어 있는 과자에는 진한 메이플 슈거의 팻지(초콜릿, 버터 우유, 설탕 등으로 만든 연하고 무른 사탕)가 하얗게 굳어져 있었다. 에이프릴이 고양이 젠킨즈와 거북이 헨더슨을 돌아보니, 모두들 배불리 먹고 기분 좋게 잠자리에 들어가 자고 있었다.

다이나는 과자를 크게 한쪽 자르려다가 코를 벌름거리더니 손을 멈추었다. 그녀는 둘러보았다.

"뭔가 끓고 있는데. 에이프릴, 너 오븐을 켜놓은 채 두었니?"

"아니." 에이프릴이 곧 대답했다.

"누군가가 오븐을 켜 놓았어." 다이나가 말했다. "나는 아니야."

그때 마리안이 부엌으로 들어왔다.

"국물을 두르는 게 좋겠구나."

마리안은 낡은 빨간 코르덴 바지를 입고 있었다. 전에 아치와 함께 장난감 화학 실험 세트를 만지작거릴 때 튄 초산 자국이 묻어 있었다. 지친 얼굴은 조금 더러워져 화장기가 하나도 없었다. 검은 머리는 틀어올려져 있었으며 손가락 끝은 카본 종이 물감이 묻어 검푸르게 되었다.

"늘 뱃속이 비어 있군 그래." 마리안은 과자를 바라보면서 말했다. "이제 뚱보가 될 거다. 너희 둘 다 태평이니까 칠면조는 보아주지 않았겠지?"

"칠면조라니요, 엄마?" 에이프릴이 급히 물었다.

마리안 카스테어즈는 오븐 뚜껑을 열고 철판을 꺼냈다.

"너희들한테 말할 생각이었는데, 깜박 잊고 말았구나."

뚜껑을 열자 칠면조가 말끔하게 갈색으로 다 익어 있었다. 아주 좋은 냄새가 났다.

"오늘 밤 안으로 요리를 만들어 놓으려고 생각했었지. 내일도 바쁘면 못할 것 같아서."

에이프릴과 다이나가 흘끗 얼굴을 마주 보았다. 그런데 어머니가 그것을 보고 말았다.

"만일," 하고 그녀는 날카로운 말투로 덧붙였다. "내가 내일이면 잊어버리겠지 생각하는 녀석이 있다면 정말 나빠."

그녀는 위협하듯 요리에 쓰는 포크를 두 아이 쪽으로 휘저었다.

"나는 바보가 아니니까." 그녀는 둘을 타일렀다.

"다만 나는 여러 가지 일을 줄곧 생각하고 있지 않으면 안 되는 거야. 너희들을 포함해서 말이야." 그녀는 포크를 내려 놓았다. "그래서 생각해 봤는데, 내일 저녁 파티 말이야······."

에이프릴과 다이나는 한순간 가슴이 섬뜩했다. 엄마가 생각을 바꾸

있는지도 모른다. 지금 이렇게 모두에게 전화까지 해두었는데.
 "모두 도시락을 가지고 온다고 했지?" 어머니는 말했다. "하지만 코카콜라를 조금 사두는 편이 좋을 거야. 캔디와 땅콩 같은 것도."
 그녀는 작업복인 바지 주머니를 이리저리 뒤지며 여러 가지를 꺼냈다. 메모지 다발, 안전핀 4개, 꾸깃꾸깃한 빈 담뱃갑, 종이성냥 6개, 식료품가게의 청구서, 단추 한 줌, 에이프릴의 수학선생에게서 온 편지와 종이 클립 갑, 마지막으로 조그맣게 접은 1달러짜리 3장이 나왔다.
 "자, 이거면 되겠니?"
 다이나가 침을 삼켰다.
 "하지만 엄마……."
 에이프릴도 침을 삼키면서 "아니예요, 엄마, 주시지 않아도 돼요" 하고 말했다.
 "괜찮아." 그녀는 다이나의 스웨터 주머니에 돈을 찔러 넣었다.
 "내가 대접하는 거야." 그리고 시험삼아 포크로 칠면조를 찔러보았다. "됐구나."
 그녀는 오븐을 껐다.
 되었다. 썩 잘 되었다. 어머니는 자랑스러운 듯이 바라보았다. 에이프릴은 좀 먹고 싶은 눈치였다. 다이나가 과자덩어리를 도로 접시에 내려 놓으며 중얼거렸다.
 "실은 나 과자 먹고 싶지 않아."
 어머니가 한숨을 지었다.
 "오늘 만든 것은 맛이 없었니? 식으면 맛이 반으로 줄어드니까."
 아치가 거실에서 달려 왔다.
 "뭐야, 좋은 냄새가 나는데!"
 고양이 젠킨즈가 잠자리에서 머리를 들고 희미하게 "야옹" 하고 쓸쓸한 듯이 울었다.
"가만 있거라, 이 거짓말쟁이!" 어머니가 젠킨즈에게 말했다.
"배도 고프지 않으면서."
"하지만 우리는 배가 고파요." 다이나가 말했다.
"그럼." 어머니는 천천히 생각하면서 말했다. "샌드위치를 하나만……."

순간 부엌은 활기를 띠었다.

다이나가 빵을 가지고 오자 에이프릴은 버터를 꺼내고, 어머니는 고기 써는 칼을 손에 들었다. 아치는 냉장고에서 우유를 꺼내왔다. 젠킨즈도 떼를 써서 바삭바삭한 껍질을 조금 얻었다.

"내게는 버터 우유를 다오." 어머니가 말했다.
"버터 우유 하나!" 다이나가 소리쳤다.
에이프릴이 흉내를 냈다.
"버터 우유 하나!"
"버터 우유 하나 곧 돼요!"
아치가 냉장고 쪽으로 달려 가면서 기쁜 듯이 대답했다.
어머니는 칠면조 고기를 두껍게 썰면서 즐거운 듯이 노래를 부르기 시작했는데, 곡조가 전혀 맞지 않았다.

명령이 내린다, 장소는
버지니아 주 몬로 역,
피트, 몹시 시간에 늦었구나.

어린 카스테어즈 3남매가 합창을 했는데, 더욱 곡조가 엉터리였다.

84형이 아니라, 97형이라네……

젠킨즈가 귀찮은 듯 크게 야옹거렸다. 헨더슨은 들어갈 수 있는 데까지 자기의 집 속으로 파고들었다.

"엄마, 나 좀 봐요." 다이나가 말했다. "늘 그 노래를 부르면서 아치를 재워주셨잖아요."

"너도 이 노래로 재워주었단다." 어머니가 말했다. "그리고 에이프릴도. 나는 이 노래밖에 모르거든."

그녀는 두꺼운 칠면조 고기를 빵 속에 넣으면서 다시 노래를 계속해 불렀다.

그래서 뚱뚱하고 비곗살 덩어리 화부 아저씨께 좀더 석탄을 넣으라고 말했지.

그녀는 노래를 그치고 버터 나이프를 아치 쪽으로 돌렸다.
"그 다음 2줄을 알고 있으면 10센트 주마."
"알고 있어요!" 아치가 말했다. "하지만 먼저 10센트를 보여주지 않으면……."
어머니는 버터 나이프를 놓고 호주머니를 뒤지기 시작했다.
"괜찮아요, 엄마." 다이나가 말했다. "빌려 드릴게요."
그녀는 주머니에서 10센트짜리를 꺼내 어머니에게 건넸다.
아치는 숨을 깊이 들이마시고 버터 우유병을 아래로 내려 놓으며 소리 높여 노래했다.

저 높고 검은 산에 가기까지는 97형도 속력을 낸다.

"자, 불렀으니까 10센트 줘요!"
"자, 던진다!" 어머니가 말했다.

그녀는 10센트짜리에 비누를 칠하여 위로 던졌다. 그것은 천장에 달라붙고 말았다.

아치는 "에이, 체!" 하고 투덜거렸다.

"잠깐만 기다려, 아치" 다이나가 말했다. "곧 떨어질 거야."

"아치, 이런 구절을 알고 있니?" 에이프릴이 말했다.

부숴진 차를 보았더니 넘어져 있었지.
절기판(節氣瓣)에 손을 얹고……

"알고 있어!" 아치가 문제없다는 투로 말했다. "처음은 이런거야."

기차는 언덕을 내렸다, 속력은 시속 90마일

"시속 60마일이야" 하고 다이나가 말했다.

"90이야!"

"60이야!"

"아무리 그래도……"

"조용히!" 마리안 카스테어즈가 상냥하게 말하면서 샌드위치 접시를 식탁에 놓았다. "내렸다가 아니라 내려왔다지" 하고 그녀는 커피를 불에 얹으며 큰소리로 노래불렀다.

기차는 언덕을 내려왔다, 속력은 분속 90마일.
기적이 요란하게 울렸다,
부서진 차를 보았더니 넘어져 있었지.
절기판에 손을 얹고……

"분속 90마일이 아니예요!" 아치가 항의했다. "시속 90마일이에요."

"60이야!" 하고 다이나가 말했다.

제각기 샌드위치를 한쪽씩 먹어치우고, 우유를 1쿼터씩 마시고, 4절쯤 노래를 부른 뒤 가사에 대한 타협이 끝나자 다이나는 아까 먹던 과자를 다시 꺼냈다. 아치가 한입 크게 베어물고는 맛있다면서 엄마의 코끝에 키스를 하여 작은 사탕덩어리가 달라붙었다.

"하지만 나는요, 엄마, 맨 마지막 1절은 끝까지 알고 있어요."

그는 과자를 입에 문 채 노래를 불렀다.

그러니까 세상 부인들, 알아두시라……

에이프릴이 두 음절에서부터 합창하고 어머니도 끼여들었다.

지금부터 알아두시라
지나치게 꾸짖어선 안 되는 거예요……

뒷문을 두들기는 거친 소리가 났다.

정말 사랑스러운 남편이라면……

문을 두들기는 소리가 다시 한번, 이번에는 더 힘차게 들렸다.

"괜찮아." 마리안이 말했다. "내가 가마."

그녀는 일어나서 문 쪽으로 걸어갔다. 아이들은 마지막 한 줄을 마저 불렀다.

가고 나면 그뿐, 안 돌아올지도 몰라요.

"조용히!" 다이나가 속삭였다.
순간 부엌이 조용해지고, 어린 카스테어즈 3남매는 고개를 돌려 문을 쳐다보았다.
빌 스미스 경감이었는데, 제복의 경관을 한 사람 데리고 왔다.
어린 3남매는 아무도 입을 열지 않았다. 맨 처음에는 깜짝 놀라서 입이 열리지 않았던 것인데, 그 다음에는 흥이 깨져서 말할 기분이 나지 않았던 것이다. 빌 스미스 경감은 여전히 단정한 얼굴로 빈틈이 없어 보였으며, 좀 지나치게 말쑥했다.
어머니는 초산으로 더러워진 낡은 빨간 코르덴 바지차림에 손가락 끝은 카본 종이로 시커멓게 되었고 얼굴은 화장이 지워져 있었다. 그리고 코끝에는 아직도 사탕덩어리가 붙은 채였다.
"부엌문으로 실례합니다." 빌 스미스가 말했다. "여기에 불이 켜져 있기에…… 부랑자가 오지는 않았습니까?"
"부랑자요?" 어머니는 쌀쌀맞게 되물었다. "아니오, 지금까지는."
에이프릴은 다이나의 얼굴 표정을 눈치채고 속삭였다.
"아무렇지도 않아. 우리는 어머니가 경관과 결혼해 주었으면 하고 진심으로 생각한 건 아니었으니까."
"시끄럽게 해드려 죄송합니다." 빌 스미스는 자세를 고쳤다. "길 아래에 사는 해리스 부인으로부터 부엌 밖에 놓아둔 식료품을 도둑맞았다는 신고가 있었지요. 그리고……."
그는 말을 끊고 제복 경관 쪽을 돌아보았다.
"첼링턴 부인입니다." 경관이 가르쳐 주었다.
"첼링턴 부인으로부터 어젯밤 닭장에서 누가 자고 있었다는 보고가 있었던 것으로 보아 이 근처에 부랑자가 있는 것이 확실합니다."
마리안 카스테어즈가 갑자기 당황했다.
"당신은 살인과 담당 경감이신 줄 알고 있는데요?"
"그렇습니다." 빌 스미스는 대답했다. "그러니까 이런 보고가 마음에 걸리는 겁니다."
"저……." 마리안은 도중에 말을 그만두었다.
마리안은 알고 있는 사실을 이야기하지 않으면 안 될 것이다.
수척하니 면도도 하지 않은 그 겁에 질린 얼굴을 본 것은 바로 오늘 아침의 일이었다. "제발 경관을 부르지 말아주십시오"라고 말하던 목소리, 낮은 소리. 도저히 말할 마음이 생기지 않았다. 도저히 월레스 샌포드가 부인을 죽였다고는 믿어지지 않았기 때문이었다.
"네?" 빌 스미스가 말했다.
"저……." 그녀는 힘없이 애교스러운 웃음을 띠며 늘어진 머리를 핀으로 꽂으려 해보았다. "일부러 오셨는데, 아무것도 알려 드릴 게 없군요, 부랑자는 오지 않았어요. 누가 근처에 숨어 있다면 제일 먼저 이리로 왔을 거예요. 우리 집 냉장고는 밖에 붙어 있고, 자물쇠로 잠그지도 않았으니까요."
늘어진 머리를 핀으로 걷어올리는 것은 단념해 버렸지만, 웃는 얼굴에는 진심 어린 표정이 담겨 있었다.
"경감님, 해리스 부인과 첼링턴 부인 같은 분들은 약간 히스테릭해져 있다고 생각지 않나요? 근처에서 살인이 일어났기 때문에……."
빌 스미스는 미소 정도가 아니라 얼굴 가득히 웃음을 띠었다.
"바로 말씀하셨습니다." 그는 말했다. 그리고 경관 쪽을 바라보며 계속했다. "그럼, 일단 순시를 했으나 아무것도 보지 못했다고 보고해 주게." 그는 몸을 돌렸다. "정말 고맙습니다" 하고 말한 순간 코를 벌름거렸다. "좋은 냄새가 나는데요."
 다이나는 지푸라기에라도 매달릴 생각이었다. 그녀는 벌떡 일어나며 말했다.
 "시장하시지요? 저녁 전이시지요?"
 "아니, 샌드위치를 한쪽 먹었습니다." 빌 스미스가 대답했다.
 "샌드위치 한쪽!"
 에이프릴이 말도 안 된다는 듯이 목소리를 높였다.
 이상하게, 그리고 다행히도 빌 스미스의 얼굴이 빨개졌다. 그는 말했다.
 "아니, 그만 가봐야겠습니다."
 "그러면," 다이나가 소리쳤다.
 "굶어 죽어요!" 에이프릴이 더 크게 소리쳤다.
 "아주 맛있는 칠면조예요!" 아치도 맞장구쳤다.
 이렇게 되면 빌 스미스 경감도 달아날 길이 없다. 총공격이 행해진 것이다. 정신을 차리고 보니 그는 부엌 식탁에 앉아 있는 형편이 되어 있었다. 마리안이 칠면조를 썰었다. 에이프릴과 다이나는 얼른 나이프와 포크와 스푼과 접시와 컵과 받침 접시를 늘어놓았다. 아치는 커피를 거르기 시작했다. 에이프릴은 빵에 버터를 발랐다. 다이나는 과자를 크게 썰었다.
 빌 스미스는 싱글벙글했다.
 "메이플 팻지로군요!" 그는 말했다. "어머니가 옛날에 이걸 잘 만들어 주셨었지요. 벌써 몇 해나 못 먹어봤는데……."
 다이나가 어머니를 의자에 앉히고, 에이프릴이 커피를 따랐다.
 빌 스미스는 칠면조 샌드위치를 한입 먹더니 "아아, 기막힌데!" 하고 말했다.
 젠킨즈가 또 눈을 뜨고 가냘프게 불평을 했다. 빌 스미스가 귀 뒤

쪽을 쓰다듬어주고 나서 칠면조 껍질 조각을 주었다.

"고양이를 좋아하시나요?" 어머니가 말했다.

이것을 계기로 어린 3남매는 용케 모습을 감추었다. 다만 아치만은 문 앞에서 발을 멈추고 큰소리로 말했다.

"엄마가 만든 과자를 먹어보세요. 엄마는 이 세상에서 첫째가는 요리사거든요."

에이프릴이 아치의 목덜미를 잡고 2층으로 끌고갔다.

"너무 편들다간 도로 망친다는 걸 알고 있니?"

그리고 나서 아치를 자도록 하는 편이 좋은가 더 있도록 하는 편이 좋은가 하는 문제로 매일 밤 으레 있는 싸움이 일어났다. 언제나 그렇듯이 아치가 졌다. 기도하는 법을 잊어버린 척하여 5분을 더 버티고, 이 닦는 것을 잊었다고 하면서 또 2분을 벌었다. 그 다음에는 밤인사하는 것을 늦추고 늦추어서 또 10분을 벌었다. 그러나 결국 잠자리에 들고 말았다.

다이나와 에이프릴은 둘이서 쓰고 있는 방의 문을 닫았다.

"아치에게 돈을 돌려주는 것이 좋겠어." 다이나가 말했다

"혹시……." 에이프릴이 말했다. "하지만 엄마가 코카콜라와 다른 것들을 사라고 돈 주셨다는 걸 모르니까."

"그건 횡령이 되는 거야." 다이나가 엄격히 말했다.

"할 수 없잖아. 일요일은 '어머니날'이야. 엄마에게 아주 멋진 선물을 했으면 좋겠지? 그리고 지금 돌려 줘도 이자는 아무래도 치러야 하거든. 돌려 주고 나서 나중에 엄마에게 선물해 드리겠다고 빌리면 또다시 이자를 물게 되는 거야. 그러니까 우리 이렇게 해……." 그녀는 생각에 잠기면서 말했다. "엄마에게 드리는 선물에 2달러 75센트가 든다고 하면, 아치는……."

"3달러로 해." 다이나가 말했다. "코카콜라 값에서 25센트를 떼어

두면 되잖아. 그리고 아치에게 1달러 50센트를 돌려주지 않으면⋯
⋯."

"그럼, 정말 훌륭한 것을 살 수 있어." 에이프릴이 말했다.

"캔디는 안돼. 엄마의 안색이 나빠지니까. 꽃도 안 돼. 첼링턴 부인의 화단에서 큰 꽃다발을 얻을 수 있을 테니까. 어머니날 선물이라고 하면 제일 좋은 장미를 한아름이라도 줄 거야."

"들어봐!" 다이나가 말했다. 그녀는 에이프릴의 팔을 잡았다.

밖에서 조용히 바스락거리는 소리가 났다. 에이프릴은 전등을 끄고 창 쪽으로 달려가서 밖을 내다보았다. 수국 한 그루가 살아 있는 것처럼 움직였다. 그리고 검은 그림자가 재빨리 나무 뒤에서 뛰어나와 낡은 서머 하우스 쪽으로 달려갔다.

"부랑자다!" 다이나가 말했다.

"살인범이야!" 에이프릴이 말했다.

"어떻게 알지?"

"살인범은 반드시 범죄 현장으로 돌아오게 되어 있거든. 책에 그렇게 씌여 있어."

"농담 하지마!" 다이나가 말했다. "에이프릴, 저것 봐!"

"부엌 뒤쪽으로 갔어."

에이프릴이 말했다. 그리고 나서 다이나의 손을 꼭 잡았다.

다이나가 말했다.

"큰소리를 내는 게 좋겠지. 빌 스미스 경감과 엄마를 부르는 게 좋을 거야."

둘은 복도로 나와 계단을 내려갔다. 다 내려온 곳에서 다이나가 발을 멈추더니 에이프릴을 붙들고 속삭였다.

"잠깐!"

부엌에서 웃음 소리가 들렸다. 사이좋게 웃고 있는 것이다. 그리고 나서 빌 스미스 경감의 목소리가 들렸다.

"글쎄요, 하나쯤 더 먹을 수 있을지도 모르지만…… 아주 작게 잘라주십시오."

뒤이어 어머니의 목소리가 들렸다.

"커피는 어때요? 지금 데웠는데요."

에이프릴과 다이나는 얼굴을 마주 본 채 가만히 있었다.

이윽고 다이나가 거실을 살금살금 가로질러 현관 쪽으로 가서 따라오라고 에이프릴에게 손짓했다. 둘은 소리없이 문을 빠져 나갔다.

"에이프릴, 너 무섭잖니?" 다이나가 속삭였다.

에이프릴은 간신히 침을 삼키고 나서 대답했다.

"으응."

"나도."

다이나는 이 부딪치는 소리가 나지 않나 싶어 제정신이 아니었다.

"그러니까 둘이서 해버리는 거야."

### 8

"아치가 화낼 거야." 에이프릴이 속삭였다. "깨워서 데리고 올 걸 그랬지?"

"하지만 내일 학교에 가야 하잖아." 다이나가 속삭였.

"게다가 그애는 시끄럽기 때문에 밖에 나갈 때는 언제나 들키거든."

둘은 가만히 서서 귀를 기울이고 있었다. 아무데서도 소리 하나 들리지 않았다. 산울타리는 달빛을 받으며 살랑거리지도 않았다. 둘은 집 벽에 붙어 조용히 기어갔다.

"만일 정말 살인범이라면 어떻게 하지?" 에이프릴이 중얼거렸다.

"네가 붙들고 있어." 다이나가 대답했다. "내가 엄마를 불러올 동안. 그러면 엄마가 경찰을 불러서 공을 세우게 되는 거야."

아직 아무 소리도 들리지 않았다. 두 사람은 벽 쪽의 그늘진 곳에 2분쯤 손을 꼭 마주 잡고 서 있었다. 부엌 창문에서 비쳐나오는 빛은 잔디밭에 커다란 직사각형의 밝은 금빛을 던지고 있었다. 그때 갑자기 무슨 소리가 들렸다. 늘 듣던 소리, 귀에 익은 소리인 만큼 한결 더 무서웠다. 부엌문의 돌쩌귀가 삐걱거리는 소리였다. 문을 연 것은 누구인지 모르지만, 소리를 내지 않으려고 매우 조심하고 있었다.

삐걱대는 아주 희미한 소리가 두 번, 그리고 세 번째에는 아주 작은 소리로 들렸다. 한 번은 여는 소리, 그 다음에는 닫는 소리, 쾅 하고 닫히지 않도록 조심스럽게 손으로 눌러 닫는 소리였다.

에이프릴과 다이나는 동시에 마음 속으로 가만히 생각했다. '무서워하고 있는 것을 눈치채게 해서는 안 된다.'

부엌문 뒷계단을 조용히 내려 오고 있는 것은 그림자인지도 모른다. 1쿼터짜리 우유병을 들고 있는 것이 달 그림자에 번쩍 하고 빛났다. 만일 그림자라면 우유병을 가지고 있을 리가 없다. 그 그림자 같은 것은 재빠르게 잔디밭을 가로질러 갔다. 떨기나무 덤불이 약간 바스락거리더니 마침내 조용해졌다.

두 소녀는 집 벽을 따라 발소리를 죽이고 나아가서 아치와 함께 돌격대 놀이를 할 때 쓰던 비밀 통로를 따라 나무 심은 곳을 빠져 나갔다.

"만일 무슨 일이 생긴다면······." 다이나가 다짐을 하듯 작은 목소리로 말했다. "사람 살리라고 큰소리지르면 돼!"

"나는 무섭지 않아." 에이프릴은 거짓말을 했다.

둘은 수국을 심은 뒤로 나가는 좁은 길을 꼬불꼬불 돌아갔다. 이제 2미터쯤 남았다.

갑자기 에이프릴이 다이나의 팔을 붙잡으며 "문트 제트 없트 어트" 하고 속삭였다.

"그 사람이다!"

수국 덤불 뒤에 숨은 사나이는 굶어 죽기 직전에 다다른 모습으로 우유를 벌컥벌컥 마시고 있었다. 에이프릴과 다이나는 좁은 길의 남은 1미터 정도를 살금살금 걸어갔다.

사나이가 얼굴을 들었다. 눈이 공포에 떨고 있었다.

"걱정하지 않아도 돼요." 다이나가 안심시키려고 속삭였다. "이르지 않을 테니까요."

그는 우유병을 꽉 잡더니 뒷걸음질치기 시작했다. 에이프릴이 말했다.

"어머나, 샌포드 씨 같은 분이! 그것도 1병에 14센트나 하는 우유를…… 경찰에 전화를 걸어야……."

월레스 샌포드는 잠시 두 아이를 노려 보았다. 그리고는 우유병을 쥐고 있던 손을 늦추었다. 그러면서 얼굴에 반쯤 미소를 지어보였다.

"우유를 다 마셔요." 다이나가 작은 목소리로 말했다. "속이 비어 있겠지요. 기운이 날 거예요."

그가 히스테리를 일으킬지도 모르는 아슬아슬한 지경에 있다는 것을 두 아이는 본능적으로 깨달았다. 그리고 또한 어떻게 행동해야 좋을지를 알아차렸던 것이다.

"경찰에 넘겨 버릴까?" 다이나가 에이프릴에게 말했다.

"그냥 둬. 우리는 이 사람을 좋아하니까, 착한 사람이야."

"다정한 얼굴을 하고 있어." 다이나가 말했다. "살인범은 다정한 얼굴을 하고 있지 않을 거야."

"친절을 가장하고 있지 않는 한 말이지." 에이프릴이 말했다. "저것 봐, 이분은 벌레도 함부로 죽이지 못할 거야."

"난 알고 있어. 배가 고파서 그런 거야."

다이나는 몹시 당황하고 있는 사나이를 애처로운 눈초리로 바라보았다. 이윽고 그녀는 엄하게 명령했다.
"우유를 마셔요!"
"먹을 것은 얻을 수 있었겠지만," 에이프릴이 말했다.
"도트 대트 체트 어디에 숨어 있는 걸까?"
월레스 샌포드는 빈 우유병을 떨리는 손으로 땅 위에 놓았다.
"나는 아내를 죽이지 않았어."
"물론 그러시겠지요." 다이나가 말했다. "그건 우리도 알고 있어요. 그래서 우리는 당신이 죽이지 않았다는 증거를 대려 하고 있어요."
그는 두 아이를 뚫어지게 쳐다보았다.
"오늘 아침 신문을 훔쳐 읽었지. 권총 소리가 4시 반에 들렸다고 경찰에 말한 것은 분명 너희들이었지? 하지만 4시 반이 아니었어. 내가 전차를 내린 것이 4시 47분이었으니까. 그리고 나도 그 총소리를 들었어."
"총소리를 들었다고 경찰에 말하면 안돼!" 다이나가 속삭였다. "우리들이 이상한 질문을 당하게 되어 곤란해지니까요."
"하지만 너희들은 왜 4시 반이라고 경찰에게 말했지?"
월레스 샌포드가 물었다.
"그건 말이에요……." 에이프릴이 말했다. "당신이 부인을 죽이지 않았다고 생각했기 때문이에요. 당신은 그럴 사람이 아니거든요."
그는 신음하며 두 손으로 얼굴을 가렸다.
"하느님만이 아실 뿐이야." 그는 중얼거렸다. "죽이고 싶기는 했지만……."
다이나와 에이프릴은 한순간 재치 있게 잠자코 있었다.
이윽고 에이프릴이 말했다.

"그런데 왜 여기에 숨어 있지요? 왜 도망치지 않는 거예요?"
"여기를 떠날 수가 없어. 저 집에 들어가지 않으면 안 돼."
그는 왼손을 주먹 쥐고 둘째손가락의 두 번째 마디를 깨물었다.
"아내의 집, 내 집이 아니야. 아내가 산 집이지."
그는 상대가 옆집 소녀들이라는 것을 잊고 만 모양이다.
다이나와 에이프릴도 그것을 알아차렸다. 에이프릴이 가볍게 팔꿈치로 다이나를 찌르면서 말했다.
"그래서 당신은 기어코 폴리 워커와 결혼하시겠다는 거겠지요?"
"결혼? 그 처녀와? 천만에! 나는 한 번도······."
다이나가 에이프릴을 쿡 찌르며 속삭였다.
"둑이 터졌어."
에이프릴은 고개를 끄덕였다. 그것은 둘이 서로 잘 알고 있는 표정이었다. 아치도 역시 뭔가 고백하고 싶은데 첫시작이 잘 안될 때 어떻게 하다가 계기가 만들어지면 그 순간 있는 대로 모조리 지껄이고 마는 것이었다.
"나는 그녀와 만났지." 그는 숨이 찼다. "좋아하게 됐어. 그녀에게 달콤한 소리를 했는지도 몰라. 몇 번인가 점심을 같이 먹었지, 좋지 않은 일이었지만. 그래도 나는 많은 훌륭한 사람을 알고 있는 것으로 그녀가 생각하게 만들었어. 물론 나는 그런 사람들을 알지 못하지만, 플로라의 힘이 없었다면——플로라의 힘이 아니었다면——나는 단순히 토지회사 영업사원 그대로였을 거야. 그런데 나는 토지회사의 지배인이 됐어. 굉장한 차이지. 이제 나는 플로라의 토지도 관리하게 되겠지, 사형을 받지 않는다면. 아아, 이 주의 법률에는 사형이 없어. 죽이고 싶다는 생각은 했지만. 누구라도 그런 생각을 했을 거야! 하지만 죽이지는 않았어. 그러니까 징역은 곤란해. 나는 죄가 없으니까. 나는 아내를 죽이지 않았어. 하지만 무죄를 주장할 수가 없어. 그리고 폴리가 이런 사건에 말려드는 것은 너무 가엾어. 이런 무서운 사건에. 그녀도 플로라를 죽이지는 않았으니까. 그것은 확실해. 자신이 있어."

"흥분하면 안 돼요, 샌포드 씨." 다이나가 말했다.

"믿어다오." 윌레스 샌포드는 말했다. "믿어주지 않는다면…… 폴리가 집으로 찾아가려 하고 있는 것을 알았지. 이유도 알고 있었어. 나는 겁이 났어. 저, 그러니까 이렇게 된 거란다. 나는 사무실을 일찍 나와 전차를 탔지. 이곳 역에 도착한 것이 4시 47분이었다. 나는 빈터를 지나 가까운 길로 왔어. 그녀를 앞지르려고…… 아내가 왜 폴리를 만나고 싶어하는지 그 이유를 알고 있었거든. 만나게 되면 우선……." 그는 말을 끊고 숨을 돌린 뒤 말을 이었다. "이윽고 집 옆까지 왔는데, 그때 권총 소리가 났어. 두 발이었지. 그러자 차 한 대가 찻길을 내려 오더군. 그리고 나서 또 한 대. 나는 집 안으로 달려갔지. 아내는 방바닥에 쓰러져 있었어. 총을 맞고." 그는 번쩍 얼굴을 쳐들고 중얼거렸다. "나는 가엾다는 생각은 들지 않았어. 아내는 나쁜 사람이었으니까…… 다른 사람들은 상상도 못할 만큼 정말 나쁜 사람이었어."

에이프릴과 다이나는 또 손을 마주 잡았다.

"나는 도망쳤어." 윌레스 샌포드는 낮은 목소리로 말했다. "우선 혐의를 받게 되는 것은 나라고 생각했기 때문이야. 경찰은 지금 나를 찾고 있어. 나는 숨었지, 그러나 이제 지쳐 버렸어. 아아, 싫증이 나 버렸어!" 그는 여윈 얼굴을 두 손에 묻었다. "우유와 먹을 것과 신문을 훔치는 일이. 나는 자수하는 게 좋을지도 몰라. 하지만 경찰은…… 즉 내게는 증거를 대려고 해도……."

"침착하지 않으면 안 돼요." 다이나가 조용히 다정하게 말했다.

"하룻밤 푸욱 잠을 자면 돼요."

"하룻밤 푸욱 자는 거예요." 에이프릴도 말했다. "그리고 안전한 곳으로 달아나세요, 얼른. 될 수 있는 대로 여기서 먼 곳으로 달아나는 게 좋아요. 기차도 있고 버스도 있어요. 무전여행으로 다른 사람의 자동차에 편승해서 갈 수도 있어요." 그녀는 월레스 샌포드가 새파래져 있는 것을 보고 얼른 덧붙였다. "만일 뭔가 내가 틀린 말을 하거든 발로 차도 좋아요."

"정말이에요." 다이나가 말했다. "여기서 아주 먼 곳으로 달아나는 게 좋아요. 그편이 안전해요."

"안전……." 그는 중얼거렸다. "안전하다고…… 그럴지도 모르지. 그러나 나는 도망갈 수 없어. 버티는 데까지 버티고 있어야 해. 저 집에 들어가지 않으면 안 되는 거야. 아내는 증거품을 집 안에 감춰 버렸어. 내가 찾아내지 못하면 경찰이 찾아내고 말 거야."

"어디에 있는지 가르쳐 주세요." 에이프릴이 말했다. "내가 찾아내겠어요."

월레스는 그녀를 뚫어지게 쳐다보았다.

"알고 있다면, 플로라가 어디에 숨겼는지 알고만 있다면, 내가 진작 찾아내어 찢어 버렸다면, 나는 그런 여자와 결혼 같은 건 하지 않았을 거야."

"그녀의 매력에 끌려 결혼했던 게 아닌가요?"

에이프릴이 물었다.

다이나가 에이프릴을 쿡 찔렀다.

"입 다물어!"

"그리고 폴리가 있어." 사나이는 번민하는 듯이 괴로운 목소리로 말했다. "나는 그녀의 힘이 되어줄 생각으로 있었는데, 이런 궁지에 빠지고 말았으니…… 만일 내가 도망쳐 버리면 경찰은 그녀를 플로라를 죽인 용의자로 체포하겠지. 더구나……." 그는 두 손으로 얼굴을 신경질적으로 문질렀다.

"그녀는 플로라를 죽이지 않았어. 나는 알고 있어. 틀림없어." 그는 숨을 들이마시고 낮은 소리로 말했다. "아아, 졸려!"

두 아이가 서서 보고 있노라니 그는 두 팔로 머리를 감싸안고 얼굴을 한 쪽 팔꿈치에 밀어붙인 채 꼼짝도 하지 않았다.

"졸린 모양이야." 다이나가 조용히 말했다. "하지만 이런 데서 자면 안 돼. 이렇게 젖은 풀 위에서……."

"엄마를 부르는 게 좋을지도 모르겠어." 에이프릴이 말했다. "그리고 엄마에게 발견하게 만드는 거야. 결국 이분은 경찰이 찾고 있는 사람이니까. 엄마의 공이 될 거야."

"너 미쳤니?" 다이나가 소리쳤다.

에이프릴은 월레스 샌포드의 반쯤 잠든 창백한 얼굴을 바라보았다. "그저 잠깐 그렇게 생각해 본 것뿐이었어. 괜찮아. 하지만 어디다 숨겨줄 생각이지?"

그것은 큰 문제였다. 사람을 하나 숨긴다는 일은 여간 큰일이 아니다. 더욱이 반쯤 히스테리를 일으키고 있는 수배중인 사람인 경우에는. 이런 사람을 어머니 몰래 집 안에 숨긴다는 것은 무척이나 힘든 일이다. 지하실은 내일 매그놀리어가 세탁을 하러 오기 때문에 안 된다. 그리고 차고에는 아치의 올챙이 통이 놓여 있어서 냄새가 좀 고약하다.

"숨길 장소가 없는데." 마침내 다이나는 단념했다. "이대로 두는 게 좋겠어. 하지만 틀림없이 감기 들텐데……."

덤불이 갑자기 바스락거렸다. 에이프릴과 다이나는 머리카락이 곤두서는 느낌이었다. 월레스 샌포드는 얼굴이 새파래지며 고개를 들었다.

"내 놀이방은 어떨까?" 갑자기 작은 목소리가 물었다. "침대도 있고 비밀 터널도 있어. 그 터널에는 작년 언제였던가 5학년 학생이 모두 숨었을 때도 그 귀찮은 학교 지도부원들이 끝내……."

"어머나, 아치!" 다이나가 말했다. "너는 자고 있지 않았니?"

"난 자지 않았어." 아치가 말하면서 작은 파자마 차림으로 떨기나무 덤불 속에서 나왔다. "일어나 있었고 아까부터 모두 들었어. 놀이방에는 지붕도 제대로 되어 있고 침대도 만들어져 있으며 '살쾡이'와 내가 판 비밀 터널도 있으니까, 꼭 숨어야 할 사람이라면 안성맞춤이야. 큰 터널이야. 5학년 학생이 모두 숨은 일도 있었거든."

"5학년 남자아이들뿐이었잖아." 에이프릴이 멸시하는 소리로 말했다. "그러니까 겨우 15명이야. 게다가 그건 살쾡이하고 네가 판 게 아니야. 전에 누군가가 기초만 만들고 집짓는 일을 그만둔 자리지. 너는 다만 그 옆에 놀이방을 만들고 벽에다 구멍을 뚫은 것 뿐이야. 비밀 터널이 들으면 기가 차겠다!"

"그래도, 5학년이 숨을 수 있었던 넓이니까 이 사람도 문제없이 숨을 수 있어."

"창고에서 담요를 좀 꺼내오자." 다이나가 생각에 잠기면서 말했다. "그리고 냉장고에 먹을 것도 얼마쯤 있어. 내일 아침 학교에 가기 전에 커피를 갖다주면 돼." 그녀는 아치를 노려보며 못마땅한 듯이 말했다. "그런데 너까지 왜 자지 않고 나왔니?"

"뭐야? 쳇!" 아치는 분개했다. "누나들이 한밤중에 밖으로 나가는데 내가 보고도 어떻게 모른 척할 수 있어? 보디가드 노릇을 해주었는데 이제 와서!"

창고 자물쇠가 걸려 있었기 때문에 아치가 창문으로 기어들어가서 담요를 꺼내오고, 또 어제 저녁에 먹다 남은 음식을 넣어둔 곳에서 소리나지 않게 꺼내오는 데는 굉장히 힘이 들었다. 또한 월레스 샌포드가 선 채로 잠들어 버리는 통에 야단법석을 떨기는 했으나 어찌되었든 모두 무사히 헤쳐왔다. 그리하여 15분 뒤 월레스 샌포드는 먹다 남은 햄을 다 먹어치운 다음 비밀 터널 입구로 안내되자 담요에 둘둘 말려 포근히 침대 위에서 잠들었던 것이다.

이제 남은 일은 어머니의 눈에 띄지 않게, 어머니에게 들리지 않게 집 안으로 들어가는 문제뿐이었다. 그 일을 아치는 아주 간단히 해치워 버렸다. 구두를 벗어 소리나지 않게 물받이통을 150센티미터쯤 타고 올라가서 등나무 시렁 위를 살살 기어 베란다 지붕에 이르자 자기 방 창문으로 미끄러져 들어갔다.

에이프릴이 그 흉내를 내려고 하자 다이나가 끌어내리며 속삭였다.
"어린애 같은 짓은 그만둬. 더구나 새 레이온 바지를 입고 있으면서."

에이프릴은 항의하지 않았다. 그녀는 다이나의 뒤에 바싹 붙어 소리도 내지 않고 집 안으로 따라 들어갔다.

두 소녀는 계단 중간에서 발길을 멈추었다. 어머니 방에서 타이프라이터 소리가 나지 않았다. 그대신 부엌에는 아직 등불이 켜져 있었다. 그리고 소리가 들려 왔다, 웃음 소리가.

"아니, '언덕을 내렸다'입니다……."
"내려왔다예요." 어머니의 목소리였다.
"네, 괜찮겠지요, '기차는 언덕을 내려왔다, 시속 90마일…….'"
"60마일." 어머니의 목소리가 말했다.
"당신과 따지는 일에는 두 손 다 들었습니다, 카스테어즈 부인."
빌 스미스가 말했다.

이때 공교롭게도 에이프릴이 재채기를 하고 말았다.

단순한 재채기가 아니었다. 말하자면 작은 규모의 이변이었던 것이다. 재채기를 하는 순간 계단 위의 발판이 시원치 않아 몸을 가누지 못하고 창문 커튼을 잡았는데, 그것이 벗겨지고 말았기 때문에 무사할 수가 없었다. 그 바람에 계단에 놓아두었던 청동 물대야가 뒤집어져 요란한 소리를 내며 밑으로 굴러떨어졌다.

"누구야!" 어머니가 부엌에서 소리쳤다.

다이나는 민첩하게 움직였다. 두 다리를 크게 벌려 껑충껑충 위까지 올라가서 에이프릴의 실내복과 슬리퍼를 던져 주었다. 에이프릴도 재빨랐다. 구두와 양말을 벗자 실내복을 걸치고 슬리퍼를 신은 뒤 머리를 마구 흩뜨렸다.

"누구지? 시끄럽게……."

에이프릴은 실내복 앞을 여미고 연분홍색 뺨과 졸리는 듯한 눈을 하고 천연덕스럽게 부엌문을 밀치고 뛰어들었다. 어머니와 빌 스미스는 테이블을 마주 보고 앉아 있었다. 칠면조는 초라한 잔해를 남기고 과자도 거의 남아 있지 않았다.

"아니!" 어머니는 놀라 일어섰다. "어떻게 된 거냐, 에이프릴?"

"무서운 꿈!" 에이프릴이 콧소리를 냈다.

어머니가 도로 앉았기 때문에 에이프릴은 어머니의 무릎 위로 기어올라가 6살 정도로 보이게끔 했다.

"가엾게도……." 빌 스미스가 말했다.

그는 어머니의 의자 뒤를 돌아와서 에이프릴의 입에 과자와 사탕덩어리를 넣어주기 시작했다. 그녀는 그것을 받아 대부분을 용케도 호주머니에 넣었는데, 이따가 다이나와 반씩 나눠 먹을 생각이었던 것이다.

"신경질적인 아이로군요." 빌 스미스가 어머니에게 말했다.

에이프릴이 어렴풋이 또 한 번 콧소리를 냈다.

"착한 아이야, 착한 아이." 빌 스미스는 달래듯이 말했다.

"신경질적인 아이는 아니예요." 어머니는 노여워하며 말했다. "이제 철들 나이가 된 걸요." 그런데 아래를 보는 순간 에이프릴의 실내복 밑으로 블라우스의 끝이 삐죽 나와 있는 것을 발견했다. "게다가……."

꼭 좋은 때에 바깥 초인종이 울렸다. 어머니는 에이프릴을 무릎에서 밀어내고 일어나 "잠깐 실례하겠어요" 하고는 나갔다. 빌 스미스 경감도 따라갔다.

에이프릴은 사태의 변화를 이용하여 위험에서 벗어난 토끼처럼 계단 중턱까지 뛰어올라가 귀를 기울였다.

"갑자기 찾아와서 죄송합니다." 기분 좋은 남자 목소리가 들렸다. "이웃집 사건 담당경관을 뵙고 싶은데, 여기에 와 계실지도 모른다고 하기에……."

"네." 어머니의 목소리가 들렸다. "들어오시겠어요?"

그러자 "내가 빌 스미스인데, 당신은?" 하는 경감의 목소리가 들렸다.

에이프릴은 난간 기둥 사이로 엿보았다. 잘생긴 젊은이였다. 키가 크고 보기 좋게 그을린 얼굴로, 사람들이 따를 것 같은 푸른 눈과 물결치는 다갈색 머리를 가진 사나이였다.

젊은이가 말했다.

"방금 신문을 보았는데, 나를 찾고 있다고 하기에……."

"그래요?" 빌 스미스가 말했다.

젊은이는 말했다.

"내가 루퍼트 반 듀젠입니다. 시시한 내용의 편지가 샌포드 부인——지금은 죽은——의 손에 들어가 협박당한 것도 인정합니다. 또 그녀와 만났을 때의 상황이 신문에 나와 있는, 믿을 만한 증인이라는 사람이 말한 그대로라는 것도 인정합니다. 그러나 그녀가 살해된 시각에 나는 여기서 적어도 20마일이나 떨어진 이발소에서 머리를 깎고 있었습니다. 그 점은 적어도 6명이 증명할 수 있습니다."

빌 스미스는 사나이를 노려 보았다. 이윽고 그는 말했다.

"그 알리바이를 증명하기 위해 본서까지 동행해 주시겠습니까?"

"하고말고요." 젊은이가 대답했다. "도움이 된다면 무엇이든 기꺼이 하겠습니다."

"이만 실례하겠습니다." 빌 스미스가 말했다. "그리고 정말 잘 먹었습니다, 카스테어즈 부인."

"천만에요." 어머니가 말했다.

두 사나이는 나갔다. 에이프릴은 정신없이 2층으로 뛰어올라 방으로 굴러들어가자 얼른 문을 닫았다.

"어떻게 된 거니?" 다이나가 일기장에서 얼굴을 들면서 말했다. "마치 유령이라도 본 것 같구나."

"응, 보았어!" 에이프릴은 몸을 떨었다. "이 세상에 있을 수 없는 사람이 정말로 나타난 거야!"

9

"내가 경찰에 들어온 것은 조언하기 위해서가 아니었습니다." 오헤이어 경사는 위신을 손상당해 분하다는 듯 말했다. "나는 도로시 딕스(1951년에 죽은 미국의 신문 기자)가 될 작정은 아니었습니다. 그러나 당신이 같은 동료로서 너무 서툰 일을 하시는 걸 보면 일러드리고 싶어집니다. 같은 동료로서 말입니다. 비공식적으로요. 반 듀젠을 또 놓쳐 버렸다는 것은 서툴렀기 때문입니다."

빌 스미스 경감은 한숨을 내쉬고, 샌포드 집 현관 계단 맨 아래에 걸터앉아 담배에 불을 붙였다.

"샌포드 부인이 피살된 시각에 그는 큰 거리의 이발관에 있었네, 로스앤젤레스 상업지대에 있는 이발소에. 12명 정도의 사람들이―

—이발사를 포함해서——그를 거기서 보았지. 설마 자네는 그가 의자에서 일어나 17마일을 여행해서 샌포드 부인을 죽이고 다시 17마일을 되돌아가 앉아 있었는데도 아무도 그가 없는 것을 눈치채지 못했다는 말은 아니겠지? 자네는 아무래도 만화 로케트에 너무 정신이 팔려 있는 모양일세."

"그 목격자들은 얼굴이 온통 비누거품투성이인 그를 보았을 뿐일텐데요." 오헤이어 경사가 차갑게 말했다.

"머리를 깎고 있었네, 면도가 아니라."

"좋습니다, 좋습니다." 오헤이어는 동감의 뜻을 나타냈다. "알리바이가 있었군요. 그러나 여기에는 아주 못마땅한 데가 있습니다. 그는 샌포드 부인을 위협하고 있었던 겁니다. 그 영리한 여자아이가 그걸 듣고 있다가 나에게 말해 주었습니다. 그 역시 사실을 인정하고 있습니다. 그런데도 당신은 단지 알리바이가 있다고 해서 그를 돌려보내 버렸습니다. 이번 살인과 아무 관계도 없다면 무엇 때문에 여기까지 출두했겠습니까?"

"정직하고 올바른 사람으로서 경찰에 협력하기 위해서였지."

빌 스미스의 말투는 지친 듯했다.

오헤이어 경사가 또 뭐라고 한 마디 했다. 그것은 대단히 실례되는 말이었다.

"그럼, 좋네." 빌 스미스가 말했다. "그가 샌포드 부인을 죽였다고 하세. 그러나 그것은 완전범죄야. 완전한 알리바이가 있으니까 말일세. 그러니까 보고서만 제출하고 그 다음 걱정은 그만두세." 그는 쓸쓸한 듯이 덧붙였다. "이젠 적당히 보고서를 쓰지 않으면 안되겠군."

오헤이어 경사는 곁눈으로 가만히 그를 보았다.

"당신은 하룻밤 푸욱 자는 편이 좋을지도 모르겠군요."

빌 스미스는 한숨만 내쉴 뿐, 아무 말도 하지 않았다. 이틀이나 걸려 수사를 했는데도, 샌포드 살인사건은 처음 손댈 때로부터 조금도 진전이 없는 것이다. 그는 애매하지만 지금까지 모은 사실들을 다시 한 번 머릿속에서 정리해 보았다. 이로써 벌써 200번째였다. 부자이며 방자한 플로라 샌포드라는 부인이 살해되었다. 남편이 있는데, 자신이 알고 있는 것을 종합해 보건대 그는 용모가 단정하고 의지가 약한 사나이로 아내보다 2살인가 3살 나이가 적다. 남편은 폴리 워커라는 이름의 예쁜 말단 여배우와 놀아났다. 아주 예쁜 아가씨이긴 하지만, 상당히 성질이 날카로워서 한 번 마음먹으면 끝까지 고집을 꺾지 않는 젊은 여성이다.

샌포드 부인과 폴리 워커는 살인이 일어난 날까지 한 번도 만난 일이 없었다. 그러나 두 사람은 그날 만나기로 되어 있었다. 그것은 플로라 샌포드가 먼저 말을 꺼낸 것인지도 모른다. 아무튼 결국 두 사람은 만나지 못했다. 폴리 워커가 도착했을 때 플로라 샌포드는 이미 살해되어 있었기 때문이다. 아니, 가만 있자! 두 사람은 전에 만난 일이 있었던 게 틀림없다. 폴리 워커는 겁먹은 목소리로 전화에 대고 "……큰일났어요. 샌포드 부인이 살해되었어요" 하고 말했었다.

빌 스미스 경감은 자신도 모르게 입 밖으로 내어 말했다.

"방바닥에 죽어 있는 여자가 어떻게 샌포드 부인인 줄 알았을까? 만일 전에 한 번도 만난 적이 없었다면?"

오헤이어 경사가 걱정스러운 듯이 그를 바라보았다.

"순수하게 친구로서 말씀드리겠는데 말입니다, 아까도 말했듯이 하룻밤 푸욱 주무시는 편이 좋겠습니다. 내일 아침에 다시 철저하게 수사를 해봅시다. 만일 그 여자가 협박 재료가 될 만한 편지를 쥐고 있었다면 신탁회사 금고에 맡겨 두었을 게 틀림없으니까요. 이름도 존 스미스 부인이라든가 뭐라고 적당히 꾸며서……."

빌 스미스 경감은 대답하지 않았다. 다시 담배를 한 대 붙여 물고,

주위의 숲 사이를 뚫어져라 내다보았다. 이치에 맞지 않는 이야기가 너무 많다. 월레스 샌포드의 실종…… 어째서 그는 자취를 감추었을까? 대체로 볼 때 비난할 수 없는 알리바이가 있는데도? 그 권총이 발사되었을 때 그는 교외선 전차를 타고 있었던 것이다. 그러나 정말 행방을 감춘 것일까? 아니면 어딘가로 납치된 것일까. 혹시 살해된 것은 아닐까?

살인이 있은 뒤에 어째서 그런 기묘한 사람들이 샌포드네 집으로 숨어들려고 했을까? 칼튼 첼링턴 3세 부인——단순한 기물 수집광으로는 보이지 않는다. 그 마음약해 보이는 자그마한 몸집의 변호사 홀부룩——변호사쯤 되는 사람이라면 살인이 일어난 집의 자물쇠를 비틀고 들어가면 안된다는 상식 정도는 알고 있을 것이다. 아무리 피해자가 자신의 의뢰인이라 하더라도. 그리고 떨기나무 수풀로 몰래 들어 오려 하는 것을 붙든 그 사나이——그는 피엘 데글랜쥐라고 이름을 대며, 자신은 프랑스 화가라고 주장했다. 그 사나이의 말투는 빌 스미스가 만나본 다른 프랑스 인과 달랐다. 그리고 루퍼트 반 듀젠이라는 사나이——대체 이 사람들은 이번 범죄와 어떤 관계가 있는 것일까?

총소리는 두 발 들렸다. 플로라 샌포드가 한 발을 맞고 죽었다. 그렇다면 또 한 발은 어디로 간 것일까? 범죄가 행해진 거실에 탄흔이 있었던 것만은 확실하다. 구석구석 철저하게 수색해 보았으니까. 또 한 사람이 피살되어 그쪽 시체는 운반되어 나간 것일까? 범죄 현장에서 자동차가 2대 달려 갔다. 총소리도 2발. 2대의 자동차. 한 구의 시체. 동기가 있는 사람은 모두 완전한 알리바이를 가지고 있다. 아무튼 그 집에 공갈 협박의 재료가 숨겨져 있을 것이므로 수색해 보지 않으면 안 된다.

"기분이 어떻습니까?" 오헤이어 경사가 걱정스러운 듯이 물었다.

"갈피를 못 잡겠네." 빌 스미스가 중얼거렸다.

그는 담배를 버리고 일어섰다. 숲 저쪽에 옆집이 보였다. 그 집의 부엌은 따뜻하고 기분이 좋았다. 철도 노래는 그가 아주 좋아하는 것이었다. 칠면조 샌드위치와 메이플 슈거 과자, 그리고 마리안은——아니, 카스테어즈 부인은——훌륭한 어머니일 뿐만 아니라 아주 머리가 좋은 여자로, 더구나 미인인데다 요리 솜씨도 매우 뛰어나다. 그는 샌포드 집 안뜰 끝까지 걸어갔다. 등불이 켜진 창 너머로 타이프라이터 앞에 앉아 있는 그녀의 모습이 보였다. 정신없이 일하고 있다. 얼마나 가엾은 일인가 하고 그는 생각했다. 저런 매력 있는 여성이 저렇게까지 정신없이 일하지 않으면 안된다는 것은. 이 넓은 세상에 단지 혼자서 그처럼 훌륭하고 머리 좋은 아이들을 기르고 있다는 것은 얼마나 가엾은 일인가. 더구나 여자 혼자서!

문득 정신을 차려보니, 카스테어즈 집에 등불이 환히 빛나고 있었다. 현관과 바깥 찻길에까지 등불이 켜져 있었다.

누가 아픈지도 모른다…… 아이들일까? 아니, 그렇지 않을 것이다. 그렇다면 마리안 카스테어즈 부인이 타이프에 정신을 쏟고 있을 리가 없다. 그녀는 병상에 붙어 앉아 따뜻하게 보살펴줄 것이다. 그럼, 대체 누구일까?

"저……" 오헤이어 경사가 말했다. "돌아가실 겁니까, 아니면 수색하실 겁니까?"

빌 스미스는 얼떨떨해 하면서 현실 세계로 돌아왔다.

"아, 좋네." 그는 불쾌하게 말했다. "돌아가서 수색해보세."

오헤이어 경사는 잠시 동안 신중히 상대를 지켜보고 있었다.

"경감님께서는 정말 혼란스러운가보군요."

갑자기 카스테어즈 집에서 날카로운 아이들의 목소리가 높게 울렸다. 계속해서 두 번, 세 번, 아까보다 높은 쇳소리가 울렸다.

"무슨 일일까!" 빌 스미스 경감은 숨을 삼켰다.

그가 계단을 내려와 잔디밭을 반쯤 가로질렀을 때 오헤이어 경사가 쫓아와 말렸다.

그 동안에도 쇳소리는 몇 번이나 울렸다. 아주 어린 여자아이의 외침 소리였다. 날카로운 소리가 말했다.

"에디, 그러지 마!"

찰리 제임스의 레코드 곡이 한층 높이 울렸다. 그러자 글자 그대로 큰 광란이 일어나고 있었다.

빌 스미스는 잔디밭 위를 달리는 걸 그만두고 숨을 내쉬었다.

"오헤이어! 호각을 불게!"

"왜 그러십니까……." 오헤이어는 경감의 팔꿈치를 잡으면서 달래 듯 말했다. "저건 저집 아이들이 파티를 열고 있는 겁니다. 나는 아이들을 9명이나 길러보았기 때문에 잘 알고 있습니다."

빌 스미스는 숨을 내쉬면서 "오오!" 하고 말했다. 다음 순간 그는 다시 "오오!" 하고 소리쳤다. 그것은 사람의 그림자가 어뢰와 같이 빠른 속도로 떨기나무 덤불에서 발사되었다고 생각되는 순간 그의 등에 명중했기 때문인데, 그 바람에 그는 잔디밭에 벌렁 넘어지고 말았다.

"미안해요." 파란색 동골로스(마로 만든 옷감) 바지에 떨어진 재킷을 입은 작은 남자아이가 말했다. 굉장히 더러운 얼굴 위에 붉은 분필로 화장까지 하고 있었다. "나는 골목대장의 한 사람이에요. 그럼, 안녕!"

어린 목소리가 날카롭게 소리치더니 아이는 덤불 속을 달려 돌아갔다.

"이리 와, 슬루키. 그리고 가만히 있는 거야. 코카콜라를 훔쳐야 돼!"

빌 스미스 경감은 간신히 일어나 먼지를 털었다.

"역시 호각을 부는 편이 좋을지도 모르겠는걸."

그가 창문을 올려다보니, 마리안은 여전히 무서운 기세로 타이프에 여념이 없었다.

"잘도 참아내는군." 그는 중얼거렸다.

"길들어 있는 겁니다." 오헤이어 경사가 말했다. "우리집의 시끄러운 소동을 한 번 들어보신다면…… 정말 굉장하답니다." 그는 큰 걸음으로 샌포드 집 정원 끝으로 돌아가 큰소리로 외쳤다. "시끄러워!" 금방 조용해졌다. "저것 보라구요!" 하고 그는 만족했다. "아이들은 아이들이라서 말입니다. 만일 당신에게 아이들이 9명이나……."

"무슨 소리!" 빌 스미스가 말했다.

그러나 그는 진심으로 그렇게 생각하는 것 같지는 않았다. 그로서도 인정하고 있지만, 지금까지 몇 번이나 오헤이어 경사를 부럽게 생각했던 것이다. 고등학교 마지막 해에 알게 된 그 예쁜 검은 머리의 소녀와 결혼했더라면, 자기도——그녀의 이름은 베티 루였다. 부드럽고 따뜻한 남부 사투리를 쓰는 아이였다. 말할 나위 없이 나긋나긋한 타입의 그녀와 그는 사랑에 빠졌었다. 졸업하던 해 여름 그가 호프너 다방에서 일하고 있을 때, 여름철이 끝나도 계속 호프너 영감이 고용해 준다면 두 사람은 결혼하기로 약속했었던 것이다.

그런데 그해 8월에 아버지가 돌아가시고 말았다. 은행 강도에게 맞은 상처가 악화되어 닷새 동안 병원에 입원해 있던 끝에 돌아가신 것이다. 그 5일 동안에 아버지는 빌을 경찰학교에 넣는 수속을 마쳤다. 그리고 숨을 거두기 전에 하신 말씀은 "어머니를 부탁한다. 그리고 훌륭한 경관이 되어라"였다.

빌은 경찰학교에 들어갔다. 베티 루는 기다리겠다고 약속했다. 그러나 3주일째가 되자 그녀는 포틀랜드에서 온 자동차 판매원과 결혼하고 말았다.

빌은 어머니가 살아 있는 동안 잘 모셨다. 그리고 모범 경관이 되었다. 한걸음 한걸음 말단 순경에서부터 승진해 갔다. 지금은 살인과 근무의 경감이다. 아버지가 살아 계셨다면 무척 기뻐하셨을 텐데. 그는 결혼하지 않았다. 시간이 없었고, 돈이 없었으며, 베티를 닮은 여자를 만나지 못했다. 부드러운 남부 사투리를 쓰는 나긋나긋한 타입의 여자도 없었거니와 매력도 적었기 때문이다.

그러는 동안 그는 마음 편한 호텔에 방을 하나 빌려 손에 익은 서비스를 받으며, 가까운 식당에서 식사를 하는 독신 생활이 더 편하다는 결론에 이르고 말았던 것이다.

물론 요즈음에는 거기에 대해 회의를 느끼기 시작하고 있지만.

살기에는 마음 편한 호텔이었다. 서비스도 훌륭하고, 정든 하녀——매주 정해진 액수의 팁을 지불하고 있지만 얼굴을 본 일도 없고 이름도 모른다——가 옷의 손질에서부터 재떨이 청소까지 해준다. 그리고 식당도 훌륭했다. 이제 식당의 하녀는 메뉴판 같은 건 가지고 오지 않고 자기가 알아서 저녁신문과 정해진 식사를 가져다준다. 그렇지만 하녀의 얼굴을 제대로 본 기억조차 없다.

다만 식당에서는 메이플 슈거의 과자를 팔고 있지 않다. 그리고 마음 편한 호텔 방은 너무 지나치게 조용하다.

그러나 베티 루는 아이를 9명이나 낳는 것에 찬성하지 않았을 게 틀림없다. 사실 생각해 보면 하나를 낳는 것에도 찬성하지 않았을 게 틀림없다. 더구나 그녀는 아무리 공부를 해봐야 미스터리소설을 써낼 수 있는 머리가 아니다.

'구식 97형 기관차의 전복'을 노래할 수도 없을 것이다. 코끝에 뭔가 묻어 있어도 아름답게 보일 만한 기량을 가진 사람은 흔치 않을 것이다.

"결혼해 주지 않아서 정말 다행이야."

빌 스미스 경감의 생각은 마침내 입 밖으로 튀어나오고 말았다.

"뭐라구요?" 오헤이어 경사가 말했다.

"잠깐 생각해 봤는데," 빌 스미스가 말했다. 그는 깊숙이 숨을 빨아들였다. "생각해 봤는데, 저 집을 수색하지 않으면 안 되겠네. 그러나 그보다……"

그는 말을 끝까지 입 밖에 내지 않았다.

그 무렵 다이나와 에이프릴은 어려운 문제로 골머리를 앓고 있었다. 파티는 순조롭게 진행되고 있었다. 코카콜라는 냉장고 안에서 점점 차가워져가고, 아이들은 모두 도시락을 가지고 왔다. 핫도그, 감자 칩스, 팝콘, 쿠키 등. 그리고 기대하지도 않았는데 굉장히 큰 모카 초콜릿 케익이 부엌 식탁 위에 나타났고, 이런 단서가 붙어 있었다. '모두가 정말로 배고파지면 먹어요…… 엄마.'

조엘라는 레코드를 가지고 왔다. 에디와 맥은 싸움을 하지 않았다, 적어도 지금까지는. 그리고 골목대장들도 문제를 일으키지 않았다, 아직까지는.

그리고 보물찾기도 순조로웠다. 웬디가 해시계 구석 밑의 첫 번째 열쇠를 발견했다. 피트가 금붕어 못 속에서 두 번째 열쇠가 밀봉되어 있는 것을 찾아냈다. 그리하여 마침내 열을 올려 모두들 찾기 시작했다. 이윽고 계획대로 모두 샌포드 집 뜰 안으로 몰려들게 되었던 것이다.

두 자매는 자기들이 더없이 날씬해 보이는 점에는 자신이 있었다. 다이나는 바둑판 무늬 스커트에 스웨터를 입고 파란색과 흰색이 배합된 구두를 신었으며, 에이프릴은 연푸른빛 모슬린 천의 옷을 입고 머리에 꽃을 꽂고 있었다. 아치까지 얼굴을 씻고 머리를 빗질했으며 제일 좋은 반바지를 입고 있었다.

아무튼 파티는 아주 성공적이었다. 어머니의 방해물도 되지 않았던 것이다. 한 번 다이나와 에이프릴은 살금살금 2층으로 보러 갔다. 어머니는 얼굴이 창백한 채 정신없이 타이프를 치고 있었다. 지금 책의 마지막 장에 들어가 있어 아래층의 큰 소동 같은 건 귀에 들어오지도 않는 모양이었다.

하지만 코카콜라를 훔치겠다는 골목대장들의 계획이 아슬아슬한 때에 발각되어, 힘세고 믿을 만한 아이가 2명 뒷문에 배치되어 지키게 되었다. 레코드도 아직 1장밖에 깨지지 않았다. 유희실의 크레이프지로 만든 장식도 아직 찢어지지 않았다. 하나에서 열까지 엄격한 통제 아래 무사히 진행되고 있었다.

그런데——"모두들 어떤 식으로 따돌리면 좋지?" 에이프릴이 다이나에게 속삭였다. "빨리 수색하지 않으면 안 되는데."

"모르겠어." 다이나가 언짢은 목소리로 말했다. "피트가 줄곧 내 뒤를 쫓아다니고 있거든."

"그애만 없으면 언니는 아무 문제가 없는데." 에이프릴이 말했다.

"차라리 이유를 말해 버릴까? 그리고 도와달라고 부탁하는 게 어때?"

"그런 애는 안 돼!" 에이프릴이 외쳤다. "도대체 생각을 하면서 말하는 거야? 아니면 모두 잊어버린 거야?"

"하지만 에이프릴." 다이나가 변명했다. "어떻게든 하지 않으면 안되잖아. 다만……"

"어디 있어, 다이나?" 피트의 목소리가 바로 옆에서 들렸다.

에이프릴이 신음 소리를 냈다.

"여기야" 하고 말하는 다이나의 목소리에는 체념의 빛이 깃들었다.

피트는 수국 뒤에서 나왔다. 동골로스 바지에 오키형 셔츠를 입은 모습이었다. 나이는 16, 키는 155센티미터, 위태로울 정도로 후리후리했다.

"에이프릴." 그는 말했다. "조가 찾고 있던데."

"내버려 둬." 에이프릴이 새침하게 말했다.

갑자기 좋은 생각이 다이나에게 떠올랐다.

"피트, 부탁이 있는데, 들어주겠어?"

"물론." 피트는 황홀한 목소리로 말했다. "무엇이든지."

"종이 냅킨을 산다는 것을 깜박 잊어 버렸어. 자전거를 타고 루크네 가게로 달려가서 10센트어치만 사다줄래?"

"아, 좋고말고." 피트가 말했다.

다이나는 블라우스 주머니를 뒤졌다

"에이프릴, 10센트 가지고 있니?"

에이프릴은 머리를 저으면서 "아치!" 하고 불렀다.

아치는 뜰 계단을 단숨에 두 단씩 올라왔다.

"10센트짜리 가지고 있니?"

"응." 아치가 말했다. "무엇에 쓰려구?"

"무엇에 쓰든 빌려줘." 에이프릴이 점잖게 말했다. 의미깊은 신호가 보내졌다.

아치가 에이프릴에게 10센트짜리를 건네주자 그녀는 그것을 다이나에게 건네고, 다이나가 피트에게 주었다. 피트는 곧 갔다오겠다면서 자전거 있는 데로 쏜살같이 달려갔다.

"모두해서 2달러 85센트를 빌려준 거야." 아치가 말했다.

"갚을 게." 다이나가 말했다.

"그럼 어서 일을 시작해야지." 그녀는 한숨을 내쉬었다.

세 사람은 잔디밭을 가로질러서 샌포드 집 경계까지 왔다.

샌포드 집 연못에 띄워 놓은 우유병 속의 보물찾기를 발견한 아이들이 환성을 올렸다. 기뻐하고 있는 것은 조엘라였다. 제복을 입은 경관이 바깥 현관에서 그곳으로 와서 외쳤다.
"애들은 이런 데 오는 게 아니야!"
에디가 샌포드 집 나무 한 그루에서 내려와 기쁜 듯이 소리쳤다. 새집에 숨겨둔 단서를 발견한 것이다. 집 안에 배치되어 있던 제복경관이 샌포드 집 뒤쪽 계단을 내려와서 달려갔다. 바로 그때 바니가 채소밭 쪽을 향해 샌포드 집 대지 위를 달려갔다.
"아주 형편이 좋은데. 이제 집 안은 텅 비게 되었어."
다이나가 말했다. "하지만……." 그녀는 현관에 있는 빌 스미스 경감과 오헤이어 경사를 가리켰다. "저 두 사람은 어떻게 해야 좋을지 모르겠어."
"고르고 골라서 하필이면 오늘 밤에 올 게 뭐람!" 에이프릴이 중얼거렸다. 그녀는 아치를 돌아보았다. "아치, 너하고 골목대장들이 어떻게든지 저 두 사람을 쫓아내지 않으면 안 되겠어."
"그래, 그래, 그래!" 아치가 힘주어 말했다. "어떻게든 해낼게. 어떻게든지 하지 않으면 안 되잖아? 그런데 어떻게 하면 좋지?"
"뭔가 생각해 내면 되잖아. 누구네 집에 불을 지른다든가, 뭐……."
"나 참!" 아치가 말했다. 그는 얼른 계단을 뛰어올라가면서 소리쳤다. "어이, 슬루키! 핀헤드! 모두 이리 와봐!"
"어떻게든 해치울 거야." 에이프릴이 자신 있게 말했다.
"골목대장들을 나는 잘 알고 있어."
에이프릴은 정원을 지나서 샌포드 집 뜰 안으로 들어갔다. 다이나가 바로 뒤에서 따라갔다.
제복을 입은 두 사람의 경관만으로는 다룰 수가 없어 오헤이어 경사까지 가담했다. 그러나 웬디를 장미 화단에서 쫓아내기가 바쁘게 조엘라가 해시계 옆에 나타나고, 이번에는 윌리가 아보카도 나무 밑에 모습을 보였다. 두 순경과 오헤이어 경사만으로는 벅찼다. 그러나 빌 스미스 경감은 샌포드 집 바깥 입구에 선 채 움직이지 않았다.

"저애들을 아주 바쁘게 만들 수 있는 보물들이 숨겨져 있겠지?"

다이나가 속삭였다.

에이프릴이 고개를 끄덕였다.

"응, 뜰 안이 가득 차도록. 우리도 보물찾기에 들어가자."

보물찾기 소동으로 한층 더 시끄러워진 틈을 타서 두 아이는 샌포트 집 떨기나무 덤불을 빠져나갔다. 빈 우유병이 한 무더기 놓여 있는 곳으로 나갔다. 월레스 샌포드가 남긴 물건임에 틀림없다. 토끼집이 하나 있었다. 아치가 3주일 전에 잃어버린 탐험 나이프, 맥의 손수건, 그리고 깨진 코카콜라 병도 눈에 띄었다. 에이프릴의 파란 모슬린 스커트가 걸려서 조금 찢어졌으며, 다이나는 낮게 드리워진 나뭇가지에 코끝을 긁혔다.

15분 뒤 에이프릴이 말했다.

"이런 바깥을 아무리 찾아봐야 헛일이야, 뭔가 밖에 숨겨두었다면, 오늘 보물을 숨길 때 발견되었을 거야. 저 집 안으로 들어가지 않으면 안 돼."

"그래." 다이나가 말했다. "하지만 어떻게 들어가지?"

갑자기 그녀는 에이프릴의 손목을 잡고 말했다. "들어봐!"

자동차가 사이렌 소리를 울리며 길을 달려갔다. 또 한 대, 먼 곳에서 세 번째 자동차의 사이렌 소리가 들리기 시작했다.

"또 살인이야!"

에이프릴이 가쁜 숨을 몰아쉬었다.

"저건 경찰차의 사이렌 소리가 아니야." 다이나가 말했다.

"저건 어머나, 에이프릴, 저길 봐!"

길모퉁이 끝쪽에서 빨갛게 불빛이 비치며 뭉게뭉게 큰 연기가 오르고 있었다. 그 순간 숲 저쪽에서도 불길이 보였다.

"어머나, 큰일났군!" 에이프릴이 비명을 올렸다.

"어떻게 하지…… 아치가 정말로 해버린 거야!"

### 10

다이나는 길을 향해 언덕을 달려 내려가기 시작했다. 에이프릴이 팔을 붙잡았다.

"움직이면 안 돼! 이 기회를 이용하지 않으면 안 된단 말이야."

새포드네 집 안은 텅 비고 남은 것은 에이프릴과 다이나뿐이었다. 모두 불난 곳으로 가버린 것이다. 두 제복 경관과 오헤이어 경사와 빌 스미스 경감도 그곳으로 달려갔다.

"뒷문에는 자물쇠가 채워져 있지 않아." 에이프릴이 말했다.

"아치!" 다이나가 안달을 했다. "아치가 정말 그랬다면 어떡하지! 만일 누가 알게 된다면……."

"알지 못하도록 하면 돼." 에이프릴이 말했다. "자, 빨리!"

둘은 뒷문 쪽으로 잔디밭 가장자리를 달렸다. 부엌문은 자물쇠가 채워져 있지 않을 뿐만 아니라 활짝 열려 있었다. 부엌에는 전등이 환히 켜져 있고, 식탁 위에는 《탐정실화(探偵實話)》가 펼쳐진 채였으며, 그 제복 경관이 햄 샌드위치를 만들려고 했던 흔적이 뚜렷했다.

부엌 말고는 깜깜했다. 무섭도록 깜깜했다. 둘은 식기실을 지나 식당으로 숨어들어가, 거기서 거실로 들어갔다. 거실 바닥에는 종이가 가득 깔려 있고, 검은 분필로 굵은 표시가 잔뜩 그려져 있었다. 긴 타원형이 한쪽 구석에 그려져 있었다.

에이프릴이 몸을 부르르 떨었다.

"바로 저기였어." 그녀가 중얼거렸다.

"무서워하면 안 돼." 다이나가 말했다.

"무서워한다고? 내가?" 고맙게도 이가 딱딱 부딪치는 소리는 그쳤다. "손전등 가지고 왔어?"

다이나는 고개를 끄덕였다.

"하지만 어쩔 수 없을 때 말고는 쓰지 않을 작정이야. 들킬 테니까." 그녀는 말을 끊었다. "이런 일을 해봐야 전혀 헛일일지도 모르겠어. 경찰에서 집 안을 철저히 수색했을 테니까."

에이프릴이 코웃음쳤다. 그녀는 비웃듯이 말했다.

"경관은 남자들이잖아. 그러니까 여자가 숨기는 곳을 짐작해 낼 리가 없어. 잘 생각해봐. 엄마라면 어디에 숨길 것 같아? 생일 선물이라든가, 교장선생님에게서 온 통지서라든가, 우리가 읽어서 나쁘다고 생각되는 책 같은 것을?"

"글쎄……." 다이나가 생각에 잠기면서 말했다. "목욕실 세탁물 봉지 밑이든가, 모자상자든가, 침대 매트리스 밑이든가, 화장품 상자 거울 속이든가, 식당의 카펫 밑이든가, 할아버지 초상화 뒤든가, 낡은 야회복을 넣어두는 상자 속이든가, 2층 책장의 낡은 백과사전 뒤겠지. 아니면 계단 위의 벽걸이 뒤일지도 몰라."

"그것 봐, 우리는 알고 있잖아." 에이프릴은 자신 있게 말했다.

"경관이 그런 곳을 찾아봤을 거라고 생각해?"

두 아이는 계단을 가만히 올라가서 사방을 천천히 둘러보았다. 경관이 수색한 흔적은 있었다. 지금은 죽은 플로라 샌포드의 화장대와 장롱 서랍 등이 텅 비어 있었다. 벽에 붙인 작은 금고도 비어 있었다.

"만일 여기에 뭔가 있었다면 벌써 찾아냈을 거야."

다이나가 말했다.

"하지만 찾는 데까지는 찾아봐야 해." 에이프릴이 말했다.

에이프릴은 카펫을 들추어 보았다.

"샌포드 부인은 꽤 짙은 화장을 한 모양이야." 다이나가 화장대를 뒤지면서 말했다. "이 병과 이것들을 좀 봐."

"화장하는 비결을 알려고 온 건 아니잖아."

에이프릴이 사진을 한 장 움직이면서 말했다.

또 사이렌 소리를 울리며 자동차가 지나갔다. 길을 내려온 곳에 있는 집에서 새어나오는 불빛이 반사되어 플로라 샌포드의 화장실 벽이 밝게 빛났다. 다이나는 슬픈 듯한 눈길을 창문 쪽으로 던졌다.

"정말 큰 불이 난 모양이야."

"불난 게 보고 싶으면 가봐." 에이프릴이 차갑게 말했다. 그러더니 갑자기 그녀는 매트리스 조사를 그만두고 일어섰다. "다이나, 불…… 만일 엄마가……."

두 아이는 창으로 달려가서 밖을 내다보았다. 뜰 쪽으로 불 켜진 창문이 보이고, 타이프라이터 위에 구부린 마리안의 모습이 보였다. 두 아이는 겨우 안심하며 한숨을 내쉬었다.

"아무튼 엄마는 그전에 지진이 있었을 때도 계속 일을 쉬지 않았으니까." 다이나가 말했다. "기억하고 있어? 창유리가 두세 장 깨지고 아래층 문이 휘어지고, 길 아래쪽의 집이 한 채 무너졌었지. 굉장한 소리였어."

"그때 우리는 무척 무서웠었지." 에이프릴도 기억했다. 그녀는 소리를 죽여 웃기 시작했다. "우리가 엄마는 무사한지 어떤지 보려고 2층으로 뛰어올라갔더니 엄마는 복도로 나와서 '시끄럽구나! 문을 쾅 소리내어 닫은 게 누구지?'라고 했었어."

다이나도 웃음을 터뜨렸다. 그러나 점점 진지한 얼굴로 바뀌었다.

"에이프릴, 만일 아치가 붙들리면 어떻게 하지?"

"문제없어." 에이프릴이 말했다. "자, 우물쭈물하면 안 돼. 어서 찾아, 찾아야 해."

화장실에서도, 플로라 샌포드의 침실에서도, 손님들이 쓰는 방에서도 아무것도 발견되지 않았다.

10분 뒤 에이프릴이 말했다.

"우리도 바보로군. 뭔가 나쁜 물건을 이 집에 숨겼다면, 자기 방 같은 데 숨기지는 않았을 거야. 남편 방에 숨기지 않겠어? 무슨 일이 있을 경우 그에게 죄가 가게끔 말이야. 샌포드 부인은 그런 여자니까."

둘은 월레스 샌포드의 방으로 들어갔다. 장미 무늬의 벽지를 바른 밝은 손님방이었으며, 회색과 파란색 커튼을 치고 거울이 몇 개나 놓여 있는 플로라 샌포드의 침실과는 전혀 달랐다. 흔히 볼 수 있는 작은 방으로, 값싼 단풍나무 침대와 발이 가느다란 무명 커튼이 쳐져 있을 뿐이었다.

"샌포드 씨가 고를 만한 물건들은 아닌데." 다이나가 비평했다.

"바보로군." 에이프릴이 말했다. "그 여자가 고른 거야. 그 여자의 돈이잖아. 생각 안 나?"

둘은 계속 수색해 나갔다. 갑자기 다이나가 말했다.

"여기 온 김에…… 샌포드 씨에게 깨끗한 셔츠와 양말을 갖다주는 게 어때? 내 블라우스 속에 숨겨 가지고 가서 나중에 살며시 주면 돼."

"그럼 면도기도 함께 부탁해." 에이프릴이 말했다. "그리고 내일 비누를 조금 갖다 주어야지."

5분이 지난 뒤 에이프릴은 화장대 거울 뒤에 커다란 마닐라지 봉투가 숨겨져 있는 것을 발견했다. 낮은 휘파람 소리를 내며 그녀는 속을 뒤져 보았다. 창으로 빛이 가지 않도록 조심스럽게 가리면서 다이나가 손전등을 켰다. 작은 수첩이 있었다. 신문을 오려낸 조각도 있었다. 편지 같은 게 있었다. 에이프릴이 얼른 살펴보니 아는 이름이 곳곳에 씌어 있었다. 첼링턴, 홀부룩, 샌포드.

"다이나, 이거야!"

다이나는 읽어보면서 갑자기 숨을 삼켰다.

"큰일이야! 에이프릴, 이 오린 쪽지…… 카스테어즈라고 씌어 있어." 그녀는 잘 읽어 보았다. "그래, 마리안 카스테어즈야."

"설마!" 에이프릴이 신음 소리를 냈다. 그녀도 들여다 보았다. 그리고 새파랗게 질려서 다이나를 쳐다보았다. "집에 가져 가서 나중에 찬찬히 읽어봐야겠어."

그녀는 서류와 쪽지를 본래대로 넣고 봉투 뚜껑을 닫았다. 다이나는 꽉 다문 잇새로 말했다.

"그렇지만 어찌되었든, 엄마가…… 했을 리는 없어. 그 권총 소리가 들렸을 때, 엄마는 타이프를 치고……."

그녀는 갑자기 말을 그치고 에이프릴을 쳐다보았다.

둘 다 같은 생각을 하고 있었던 것이다. 둘은 어머니의 한 책, 클라크 캐멜론이 나오는 작품을 생각하고 있었다. 그 책에서 살인범은 완전한 알리바이를 가지고 있었다. 하숙집 아주머니도, 그 밖의 예닐곱 사람들도 범행이 일어난 시각에 그가 타이프 치는 소리를 듣고 있었던 것이다. 그러나 나중에 그가 자기 타이프 소리를 녹음한 테이프를 한꺼번에 레코드가 10장 걸리는 자동식 전축에 걸어두었다는 사실이 밝혀졌던 것이다.

"어림도 없는 소리." 에이프릴이 말했다. "우리 집에 녹음기 같은 건 없어. 우리 집 전축은 한 번에 판이 하나밖에 걸리지 않아. 게다가 도중에 한 번쯤 다시 감아내지 않으면 안 되는 거야."

"그리고 그 소리를 듣고 바로 2층에 올라가 보았었는데, 엄마는 태연히 방에서 타이핑을 하고 계셨어."
에이프릴이 분명히 말했다.
"더구나, 엄마는 협박당할만한 일을 할 리가 없어." 그녀는 봉투를 보며 다시 말했다. "이걸 어떻게 가지고 나가야 할지 모르겠어. 도중에 누구와 마주칠지도 모르니까."
"네가 숨겨서 가지고 나가."
"이 드레스 속에?" 에이프릴이 말했다. "내가 요술쟁이 줄 알아?"
"좋아." 다이나가 말했다.
다이나는 봉투를 집어 블라우스 속에 밀어넣었다.
"그 위에 월레스 샌포드 씨의 셔츠와 양말과 면도기와……."
에이프릴이 반쯤 놀리는 듯한 눈초리로 그녀의 모습을 보며 말했다.
"아직도 짚방석 두엇쯤은 더 들어가겠는데. 만일 정말로 넣으려고 한다면 말이야."
"아, 조용히 해!" 다이나가 날카롭게 말했다. "자, 이리로 나가자. 난 걱정스러워. 어떻게 하지? 아치가 무사한지 어떤지 알아봐야해. 그리고 우리는 그애들을 내버려둔 채 나와 버렸잖아……." 그녀는 손전등을 껐다. "자, 에이프릴!"
두 아이는 2층 복도를 가만히 걸어갔다. 창 너머로 아직도 빨갛게 타고 있는 것이 보였다.
"정말 무서운 화재야." 에이프릴이 못마땅한 듯 말했다.
"그런데 전혀 가보지도 않았어."
"훌륭한 목적 때문이지." 다이나가 생각을 일깨웠다. 그리고는 "쉿!" 하고 속삭였다.
아래층에서 어렴풋한 소리가 들린 것이다. 누군가가 조용히 조심스럽게 걷고 있었다. 그리고 바깥 현관에서 누군가가 자물쇠 비트는 소리가 났다. 순간 작은 폭음이 들리며 창유리 깨지는 소리가 났다. 다이나와 에이프릴은 2층 복도로 돌아가 창문에서 밖을 내다보았다.

잔디밭을 가로질러 집에서 도망쳐가는 사나이의 모습이 보였다. 그는 반쯤 지나간 곳에 멈춰서서 한 번 돌아보더니 다시 달리기 시작했다. 달빛에 얼굴이 분명히 보였다. 유령같은 사나이, 루퍼트 반 듀젠이었다. 에이프릴은 갑자기 숨을 죽였다.

"저게 누구지?" 다이나가 속삭였다.

"용의자야, 틀림없어." 에이프릴도 역시 속삭였다. 지금은 그다지 겁나지 않았다.

두 아이는 선 채 1분쯤 귀를 기울이고 있었다. 아래층으로부터 바스락 소리가 또 들리기 시작했다. 누군가가 어둠 속에서 무엇을 찾고 있는 것이다. 가끔 손전등의 희미한 불빛이 보였다.

다이나가 말했다.

"숨을까?"

에이프릴은 머리를 저었다.

"장소가 없어. 급하면 지붕으로 나가 홈통을 타고 내려가는 방법밖에 없어. 홈통이 있다면 말이야."

계단 아래에서 뭔가가 움직였다. 두 소녀는 난간 너머로 지켜보면서 꼼짝하지 않았다. 검은 그림자가 갑자기 멈추더니 방향을 돌려 한순간 움직이지 않았다. 창으로 들어오는 달빛과 화재 불빛에 비쳐 얼굴이 보였다. 거무스름하고 여윈 얼굴, 차양 없는 모자를 쓰고 있었다. 손에 뭔가 달빛에 번쩍이는 물건을 들고 있으면서도 잔뜩 겁에 질린 얼굴이었다. 다이나는 에이프릴의 손을 잡고 난간에서 뒤로 물러났다. 거기에는 창이 없고, 밖은 지붕이었다.

그때 총소리가 들렸다. 총소리임에는 틀림없었으나 기묘하게도 작은 소리였다. 그리고 아무 소리도 나지 않았다.
 두 소녀는 난간으로 뛰어돌아왔다. 계단 밑 가까운 방바닥 위에 그림자 같은 것이 보였다. 그 그림자에서 조금 떨어진 곳에 차양 없는 모자가 뒹굴고 있고, 번쩍번쩍하는 권총이 카펫 위에 떨어져 있었다. 아래층 어디에선가 조용히 문이 닫혔다.
 "이리로 나가야 해." 다이나가 목쉰 소리로 말했다. "홈통이 없으면 뛰어내리는 거야."
 홈통보다 더 좋은 등덩굴이 얽힌 대나무 울타리가 있었다. 두 아이는 반쯤 잡고 반쯤 미끄러지며 새끼고양이처럼 재빠르게 내려 왔다. 집모퉁이를 돌아 그늘진 어둠 속으로 도망쳐 들어가자 안도의 한숨을 내쉬었다.
 "그것…… 떨어뜨리면…… 안 돼!" 에이프릴이 말했다.
 "걱정마, 잘 가지고 있으니까." 다이나가 숨을 몰아쉬며 대답했다.
 샌포드 집 뒤쪽 베란다 있는 곳까지 도망치자 두 아이는 걸음을 멈추었다. 여기라면 이제 안전하기 때문에 괜찮았다.
 어머니는 아직도 창 옆에서 타이프를 치고 있었다. 샌포드 집 잔디밭은 달빛을 받아 하얗게 보였다. 하늘로 치솟던 빨간 불길도 상당히 약해져 있었다.
 "잠깐!" 에이프릴이 속삭이며 다이나의 팔을 잡았다.
 "왜!" 다이나가 쏘아붙였다. "어서 달아나야 해."
 "안 돼, 지금 살인이 일어났어. 우리는 총소리를 들었잖아. 목격한 거나 마찬가지야. 엄마가 쓴 책 속의 남자가 말했었지. '사람을 죽이고 범행 자취를 없애기 위해서는 아무래도 제2의 살인을 해야만 한다'고. 다이나, 살인범은 저 집 안에 있어, 바로 지금."
 다이나가 말했다.
 "이 모퉁이를 가만히 돌아가면 일광욕실 창문에서 바라볼 수 있을 거야. 하지만 조심해야 돼. 이 봉투가 곤란한데…… 볕에 그을어 따끔따끔한 곳에 자꾸 부딪치잖아. 어째서 그런 모슬린 드레스 같은 걸 입고 있는 거지?"

"조용히 해!" 에이프릴이 말했다.

두 소녀는 집모퉁이를 가만히 돌아 소리내지 않고 일광욕실 창문 있는 곳까지 숨어서 다가갔다. 달빛과 길에서부터 비치는 빛이 합쳐져 샌포드 집 거실은 대낮처럼 환했다. 일광욕실도 거실도 복도도 모두 보였다. 꼬부라진 계단도 층계참도 보였다. 그런데 계단을 내려온 곳에 있던 길게 뻗은 그림자도, 바닥에 굴러 있던 차양 없는 모자도, 카펫 위에서 번쩍번쩍 빛나던 권총도 없었다. 아무것도, 단 하나도 없는 것이었다.

"다이나," 에이프릴이 말했다. "어서 도망쳐, 얼른!" 그녀는 숨이 찼다. "꿈을 꾼 것인지도 몰라."

"무슨 소리야!" 다이나가 쏘아붙이듯 말했다. 아주 날카로운 말투였다. "그 사람이 살해되지 않았다는 것뿐이야. 우리가 대나무 울타리를 내려 오는 동안에 일어나서 나가 버린 거야."

그녀의 말을 뒷받침하듯 틀림없이 샌포드 집 뒤쪽 옆골목에 세워져 있던 자동차 한 대가 엔진의 시동을 걸고 곧 달려갔다.

"저것 봐!" 다이나는 우쭐했다. "제발 어서 집으로 가서 이 서류를 감추고 여러 아이들과 합류하자."

두 소녀는 인기척 없는 잔디밭 가를 빙 돌아서 정원문을 나왔다. 주위에는 사람 그림자 하나 보이지 않고, 화재가 일어난 곳으로부터 흥분된 이야기 소리가 들려 왔다. 그리고 여전히 굉장히 빠른 타이프 소리가 2층에서 들려 오고 있었다.

"모두 돌아갈 때까지 세탁물 자루 속에 넣어두자." 다이나가 말했다. "돌아가거든……."

"잠깐만!" 에이프릴이 속삭였다.

빌 스미스 경감과 오헤이어 경사가 정원 계단을 올라오고 있었다. 두 사람은 멈춰서서 두 소녀를 쳐다보았다. 빌 스미스가 이야기 도중에 입을 다물었기 때문에 "지키는 사람을 하나도 남기지 않고 온 것은 실수였어"라는 말이 허공에 떠버리고 말았다.

에이프릴은 어느 책에선가 읽은 적이 있는 최상의 방어수단을 생각해 내고, 공격을 하기로 결정했다. 그녀는 정말 성난 것 같은 목소리로 말했다.

"어디로 가실 작정이지요, 남의 집 뒤뜰을 마구 지나다니며?"

"질러가는 중이야." 오헤이어가 숨을 헐떡이며 말했다. 계단을 뛰어오르는 일에는 익숙하지 못한 모양이었다.

다이나가 곧 이야기에 끼여들었다.

"화재는 어떻게 됐나요? 어디였지요? 원인은 무엇이었어요?"

"뭐, 괜찮아." 오헤이어가 말했다. 그는 발을 멈추고 이마를 닦으며 잠시라도 쉴 구실이 생겨서 좋아하는 것 같았다. "메이플 드라이브의 빈 집에다 누군가가 불을 질렀지."

"어머나!" 에이프릴이 말했다. "법을 위반했군요" 하며 '아아, 아치, 어떻게 그런 짓을!' 하고 그녀는 마음속으로 생각했다.

"불을 지른 사람을 잡으면 어떻게 하지요?" 다이나가 물었다.

"앨카트라즈 섬의 감옥에서 29년을 살게 되지." 오헤이어가 말했다. 겨우 숨찬 것이 멎은 듯 그는 덧붙였다. "문제없어, 꼭 붙잡을 테니까."

"어머나!" 다이나가 소리쳤다. 그리고 나서 또 "어머나!" 하고 말했다.

빌 스미스 경감의 말쑥한 회색 양복에는 티끌과 먼지가 묻어 있었다. 머리에는 마른 잎새가 붙었던 흔적이 보이고, 한쪽 볼이 지렁이처럼 부르터 있었다. 몹시 화가 나 있는 모양이었다.

그는 다이나의 블라우스가 그 속에 들어 있는 마닐라지 봉투로 불룩해져 있는 것에 눈길을 보내며 말했다.

"대체……."

에이프릴은 깜짝 놀란 듯 빌 스미스의 모습을 걱정스럽게 바라보며 물었다.

"그런데 아저씨는 어떻게 되신 거지요?"

"너희 동생의 작은 친구들이 나를 넘어지게 한 거란다." 빌 스미스가 말했다. "일부러."

"걱정 안하시는 게 좋아요." 에이프릴이 말했다. "우리도 줄곧 그렇게 해오고 있으니까요." 어떻게든 얼버무리지 않으면 빌 스미스와 오헤이어 경사가 중요한 증거물을 다이나가 블라우스 속에 감추고 있는 것을 발견하고 말 것 같아서 그녀는 되풀이해 말했다. "줄곧 말이에요."

"하지만 물구나무 서서 귀를 팔딱팔딱할 때에만 말예요."

"특히 한 주 건너 목요일마다요." 다이나가 곧 말을 이었다.

"하지만 둥글게 꼬부라지는 모퉁이에서는 달라요."

에이프릴이 덧붙여 말했다.

"네, 물론 달라요. 단지 비가 올 때뿐이거든요."

"하지만 이제 걱정없어요." 에이프릴의 혀에 속력이 더해졌다.

"게다가 비에 젖으면 자주색이 되고……."

"아니, 그렇게 되지 않아. 사팔뜨기 눈으로 보면 문제없어."

다이나도 속력을 냈다.

"글쎄, 하지만 그런 짓 하면 해가 지고 말 거야."

"다음 2주일 동안 계속 토요일이면 문제없어."

"잠깐만!" 오헤이어 경사가 말했다.

빌 스미스는 뭐가 뭔지 알 수가 없었다.

에이프릴이 다이나를 팔꿈치로 쿡 찔렀다. 두 사람은 현관 계단을 반쯤 뒷걸음질치면서 올라갔다.

"우리들의 정신은 멀쩡해요." 에이프릴이 천진스러운 목소리로 말했다. 그리고 둘째손가락을 아랫입술에 대고는 "비 비 비 비 비 비 비 비 비 비!" 하고 소리쳤다.

오헤이어 경사는 소리내어 웃었다. 참을 수가 없었던 것이다.

"상관하지 마십시오, 경감님. 나는 아이를 9명이나 길러봤기 때문에 잘……"

빌 스미스는 몹시 마음에 걸렸다. 그는 달빛에 비친 잔디밭 직사각형 가운데로 들어가 다이아나와 에이프릴을 흘겨보며 말했다.

"어머니는 어디에 계시지?"

"일하고 계세요." 에이프릴이 차갑게 잔뜩 위엄을 갖추어 말했다. "그러니까 면회는 사절이에요."

빌 스미스는 "저……" 하며 한 마디 더 하려 했으나 곧 삼켜 버리고 말았다.

"달트 아트 나트!" 에이프릴이 속삭였다.

다이나는 남은 계단을 뛰어올라갔는데, 떨어뜨리지 않도록 마닐라지 봉투와 월레스 샌포드의 깨끗한 셔츠와 양말을 한 손으로 누르고 있었다. 에이프릴은 난간에 기대서서 빌 스미스를 바라보며 차갑게 말했다.

"실례되는 소리는 그만하세요." 그녀는 두세 걸음 더 올라가서 말을 이었다. "특히 우리 엄마에 대해서는요. 아저씨는 싫겠지만, 우리들은 엄마를 너무너무 좋아해요."

빌 스미스는 목덜미에서 마른 잎을 두세 개 떼어내며 말했다.

"나도 너희들 엄마를 좋아한단다. 훌륭한 머리를 가진 좋은 여자야. 하지만 아이들 길들이는 법을 전혀 몰라."

"그만, 그만두십시오." 오헤이어 경사가 끼여들었다. "경감님도 아이를 9명만 길러보십시오, 반드시……."

기회를 놓칠세라 에이프릴은 난간에 기대면서 걱정스러운 듯이 말했다.

"저, 오헤이어 총경님, 그 살인범이 일부러 불을 질러 경관을 끌어낸 다음 샌포드 집을 수색했으리라고 생각하지 않으세요? 정말로요?"

빌 스미스와 오헤이어 경사는 흘끗 얼굴을 마주 보았다. 순간 두 사람은 정원문을 지나 부리나케 달려 가고 있었다.

다이나가 조심스러운 발걸음으로 계단을 내려 왔다. 이제 완전히 침착해져 있었다.

"이제 걱정없어. 빨랫자루에 넣어 버렸어." 다이나는 소리죽여 웃더니 진지한 얼굴이 되었다. "셔츠와 양말은 내일 아침 식사와 함께 샌포드 씨에게 보내주면 돼."

"면도기도 함께." 에이프릴이 말했다. "그리고 비누와 거울도. 그건 내일 이야기, 이건 오늘 이야기. 자, 모두들 모이게 하자. 파티를 계속하는 거야. 알고 있겠지?"

다이나가 말했다. "그 두 사람을 어떻게 쫓았지?"

"아주 간단했어. 집을 한 채 태운 거야."

"쓸데없는 소리 마!" 다이나가 말했다. "아치를 찾아야 해. 체포되었을지도 몰라."

에이프릴도 생각이 거기에 미치자 얼굴이 새파래졌다. 다이나와 나란히 계단을 내려가면서 그녀는 말했다.

"알리바이를 만들어주면 돼. 화재가 일어나기까지 줄곧 우리와 같이 있었다고 말이야."

"불지르고 있을 때 체포됐을지도 몰라." 다이나가 말했다. "저 오헤이어 경사인가 하는 사람이 누가 일부러 불을 질렀다고 하지 않았잖아?"

"누구라고는 말하지 않았어." 에이프릴은 숨이 찼다. "만일 아치가 이미 체포되었다 하더라도 우리가 어떻게든 손쓸 수 있을 거야."

"물론 손을 써야지." 다이나도 숨이 찼다. "우리 동생인데." 그녀는 덧붙였다. "빈 집을 골라 한 게 다행이었어."

계단 아래로 내려오자 불난 곳이 한눈에 보였다. 붉은 연기, 이따금 오르는 불꽃, 소방차 다섯 대. 그것을 새까맣게 둘러싸고 있는 구경꾼. 두 아이는 한길을 내려가기 시작했다.

"어어이!" 아치였다. "부르러 돌아온 거야. 빨리 오지 않으면 불이 꺼지고 말아. 모처럼의 구경거리가 끝나버리는 거야." 그는 달려왔다. "빨리, 빨리, 빨리!"

"아치!" 다이나가 말했다. "왜 그런 짓을 했지?"

아치는 그녀를 보자 갑자기 겁먹은 눈으로 거의 울상이 되었다.

"하지만……."

"누가 보지는 않았어?" 다이나가 다그쳐 물었다.

"응." 아치가 당황한 태도로 대답했다. "여럿이서 했어."

에이프릴이 팔꿈치로 쿡 찔렀다. 아치로부터 어떤 것을 알아내려면 무엇이고 직접 물어서는 안 된다. 그녀는 조용히 말했다.

"아치, 불이 났을 때 너는 어디에 있었지?"

"쳇!" 아치는 기분이 상했다. "그 경관들을 집에서 끌어내라고 했잖아. 그래서 나와 골목대장들이 풀 속으로 들어가서 풀을 마주 매기 시작했어. 다 매고 나면 구니가 소리치게 되어 있었어. 그러면 두 경관이 달려 오다 걸려서 넘어지겠지. 그런데 소방차가 오니까 모두 나 혼자 두고 가버린 거야. 그 빌 스미스는 잡아맨 풀에 걸려 넘어졌지만 말이야. 그런데 오헤이어 경사가 저쪽 길로 가는 것이 보였어. 그래서 나도 가도 되겠지 생각한 거야. 화재 같은 건 매일 나는 게 아니잖아?"

"어머나!" 다이나가 에이프릴에게 말했다. "이애가 지른 게 아니었어!"

"후유!" 에이프릴이 크게 가슴을 쓸어내렸다.

"지르지 않았다니, 뭘?" 아치가 물었다.

"저 집에 불을 지르지 않았다는 말이야." 다이나가 대답했다.

아치는 두 소녀를 노려 보았다.

"뭐? 내가? 바보 같은 소리 그만둬. 그건 법률위반이잖아. 그런 짓을 하면 방화죄가 돼!"

에이프릴이 아치의 볼에 입을 맞추고 다이나가 끌어안았다. 아치는 몸을 비틀어 빠져 나오면서 말했다.

"자, 서둘지 않으면 지붕이 타서 내려앉는 걸 보지 못하고 말거야."

세 아이는 부리나케 언덕을 달려 내려갔다. 소방대는 폭포수처럼 물을 뿌리고 있었다. 최근 5년 동안 '셋집'이라는 간판이 계속 붙어 있던 집이었다. 떨기나무와 가까운 옆집에 물을 뿌리는 소방대원도 있었다. 어린 카스테어즈 3남매가 현장으로 달려가자 곧 날카로운 호각이 울리고 소방대원들이 뒤로 물러났다. 다음 순간 지붕이 타서 떨어지며 쿵 하는 소리가 울리고 불꽃이 공중으로 솟아올랐다. 연기가 커다란 풍선처럼 뭉쳐 하늘로 올랐다. 소방대원은 호스를 가지고 얼른 되돌아왔다.

"이봐, 내가 말했었지?" 아치가 말했다.

"말했었지? 말했었지?"

"그래, 말했어." 에이프릴이 대답했다.

"입트 다트 물트 어트."

"쳇!" 아치는 이렇게 말하자마자 구경꾼 쪽으로 달려가 버렸다.

"어어이, 슬루키! 구니! 대장!"

"골목대장들이야!" 다이나가 경멸하듯 말했다. "모처럼의 화재도 구경 못하다니. 글쎄, 벌써 거의 다 꺼져 버렸잖아. 그리고 모두 어디로 갔을까?"

연기빛이 변하고 불길이 약해져갔다. 겨우 약한 불꽃이 가끔 날 뿐이었다. 소방차 한 대는 일을 마치자 엔진 소리만 높고 좋은 약하게 울리며 돌아가고 말았다. 구경꾼들도 돌아가기 시작했다. 아이들이 구경꾼들에게서 떨어져 다이나와 에이프릴 쪽으로 왔다.

"어디에 있었지?" 조엘라가 말했다.

"전부 다 보았어?" 바니가 말했다.

"에이프릴, 사방으로 찾아다녔어." 조가 말했다.

"어디서 길을 헤매고 있었지, 다이나?" 피트가 말했다.

"지붕이 타서 떨어지는 것 보았어?" 에디가 말했다.

맥은 다이나를 끌어안으며 말했다.

"아, 멋있었어! 정말 볼 만한 화재였어!"

"마음에 들었다니 기쁘군." 다이나는 정중하게 말했다. "우리는 언제나 할 수 있는 한의 일을 해서 손님들을 기쁘게 해준단다. 이 다음에 파티를 열 때는 지뢰나 뭐 다른 것을 폭파시키겠어."

맥이 까르르 웃으며 앞장서서 걸어가고 있는 에디 쪽으로 달려갔다. 바니가 소리쳤다.

"자, 모두들 어서 위로 올라가 춤추자!"

"배가 고픈데!" 골목대장 하나가 소리쳤다.

소방서장의 빨간색 로드스타가 보도에 붙여서 세워져 있었다. 서장이 서서 부하인 소방대원과 이야기하는 곁을 다이나와 에이프릴이 지나가게 되었다.

"……의심할 여지가 없습니다." 소방대원이 말했다. "석유가 온통 뿌려져 있었지요. 일종의 시계 장치로 발화시킨 걸 겁니다. 바로……."

"다이나!" 피트가 불렀다.

"곧 갈게." 다이나가 대답했다.

"에이프릴!" 조가 불렀다.

"지금 가." 에이프릴이 대답했다. 그러나 그녀는 다이나를 붙들었다. "다이나, 저 불을 지른 것은 아치의 골목대장들이 아니었어."

"그야 물론이지." 다이나가 말했다. "아치는 거짓말쟁이지만, 그토록 진실된 얼굴로 거짓말을 할 수는 없어."

"하지만 그 불로 경관이 샌포드 집을 비우고 나가게 된 거야."

"부탁이야, 에이프릴!" 다이나가 말했다. "나는 태어난 지 열흘째부터 줄곧 눈을 뜨고 있었어. 그것이 어떻다는 거지!"

"단지……." 에이프릴은 길게 숨을 들이마셨다. "오늘 밤 샌포드 씨 집에서 무슨 일이 일어나도록 계획한 사람이 있었어. 우리가 아니고 누군가가. 우리는 그 일부를 본 거야. 나가지 않은 게 잘된 것인지도 몰라. 아무튼 그 불은 분명히 누군가가 일부러 질렀어."

"아치는 아니야!" 다이나가 말했다.

"물론 아치는 아니야." 에이프릴도 말했다. "대체 누구였을까?"

앞쪽에서 누군가가 불렀다.

"다이나! 에이프릴!"

"내트 버트 려트 두트 어트." 다이나가 말했다. "우리들로서는 가능한 일을 한 거야. 어서 가서 먹고 놀자. 그리고 조엘라가 가져다 준 멋있는 레코드도 있잖아. 빨리 가자! 결국 오늘 밤은 우리들이 주역이니까."

11

 새벽 2시쯤이었다. 에이프릴이 몸을 움직여 반쯤 눈을 뜨고 침대 위에서 일어나며, 주의깊게 "다이나! 다이나!" 하고 불렀다.
 "다이나, 사이렌이 울렸어."
 다이나는 한쪽 팔을 세우고 눈을 깜박깜박하며 귀를 모았다. 밖은 고요했다. 다만 플라타너스 나무에서 흉내쟁이 새가 소리내어 울고 있을 뿐이었다.
 "신음 소리를 들은 걸 거야." 다이나가 말했다. "어서 자."
 "자고 있었어." 에이프릴이 베개에 얼굴을 묻으며 중얼거렸다.
 다이나는 1분쯤 귀를 기울여 보았다. 정말 몇 대의 자동차가 길을 달려가고 있는 모양이었다. 그동안…… 그래 사이렌 소리가 들렸다. 그다지 큰소리는 아니었으며, 게다가 아주 멀리서 들렸다. 그녀는 "에이프릴" 하고 속삭이려다가 그만두었다. 그렇게 생각되었기 때문인지도 모르는 것이다.
 침실 문이 조용히 열리며 작은 파자마 차림의 그림자가 살금살금 들어왔다.
 "저 말이야." 아치가 속삭였다. "사이렌 소리가 들렸어."
 다이나가 침대 위에 일어나 앉아 한숨을 쉬며 말했다.
 "나와 에이프릴도 들었어. 하지만 불 구경은 오늘 밤 한 번 했으니까 이제 그만두겠어."
 "그렇지만 소방차 사이렌 소리가 아니었어." 에이프릴이 말했는데, 베개에 얼굴을 묻고 있었기 때문에 이상하게 코막힌 소리였다.
 "경찰차의 사이렌이야."
 "아마 경찰 오토바이가 속도위반 차라도 뒤쫓고 있는 거겠지" 하고 다이나가 말했다. 그러나 그다지 자신 있는 말투는 아니었다.
 "상당히 가까워졌어." 에이프릴이 말했다.

"살인인가 봐. 가보자!" 아치가 말했다.

"아아, 제발 좀!" 다이나가 못마땅한 소리로 말했다. 그리고 나서 그녀는 생각하면서 덧붙였다. "글쎄…… 옷을 갈아입고 보고 오는 게 좋을지도 모르겠군."

빠른 걸음걸이의 또렷한 발소리가 복도에 들리더니 어머니가 문간에 나타났다. 아직 작업복차림 그대로였다.

"왜 아직 자지 않지?" 어머니가 말했다.

"자고 있었어요." 다이나가 말했다.

"그런데 잠이 깨버린 거예요." 에이프릴이 덧붙였다.

"사이렌 소리가 들렸어요." 아치가 말했다. "어딘가에서 살인이 있었나 봐요."

"바보 같은 소리!" 어머니는 힘있는 목소리로 말했다. "너희들은 좋지 않은 영화만 보고 있는 모양이구나. 자, 그만 자거라." 그녀는 아치에게 장난스럽게 쏘아붙이듯 말했다. "자, 그만 자거라, 어서 가서."

아치는 복도 저쪽으로 멀어져갔다.

"그리고 너희들 인디언도!" 어머니는 말했다. "그만들 자."

그녀는 문을 힘주어 닫았다. 조금 지나자 다이나가 낮은 소리로 말했다.

"아, 하는 수 없지!"

다이나는 1분인가 2분쯤 일어나 앉아서 여전히 귀를 기울였다. 그렇다, 분명히 사이렌 소리였다. 무엇일까? 만일 샌포드를 발견한 것이라면 훨씬 가까운 곳에서 사이렌 소리가 울렸을 것이다. 또 다른 살인이 일어난 것은 아닐까? 샌포드 집에서 여러 가지 일을 목격한 뒤로 다이나는 무슨 일이든 일어날 수 있다고 믿게끔 된 것이다. 그녀는 그로부터 5, 6초쯤 귀를 기울이고 있다가 속삭였다.

"에이프릴!" 벌써 잠들어 버린 모양이다. 다이나는 중얼거렸다.
"아무래도 좋아."
그리고 그녀 자신도 곧 잠이 들고 말았다.
그 다음에 눈을 뜬 것은 베이컨 튀기는 냄새가 났기 때문이었다. 동시에 에이프릴도 눈을 떴다. 서로 두 눈을 마주 보았다. 다이나는 시계를 보았다. 10시 반이었다.
"어머나, 에이프릴!" 다이나는 깜짝 놀랐다. "엄마는 어젯밤 늦게까지 일하셨어! 커피를 끓여 갖다드리지 않으면 안 돼!"
침대에서 뛰어나와 서둘러 세수를 하고 실내복을 두른 뒤 계단을 달려 내려갔다. 아치가 둘을 뒤쫓아오다 앞질러 갔는데, 역시 실내복 차림에 얼굴은 씻었으나 머리가 조금 부스스했다. 마지막 계단을 3개나 한꺼번에 뛰어내리며 그는 외쳤다.
"야아, 이상한 냄새가 나는데!"
어머니는 부엌에서 힘차게 '구식 97형 기관차의 전복'을 휘파람으로 불고 있었다. 베이컨은 프라이팬 안에서 엷은 갈색으로 맛있게 익어 있었고, 팬케이크는 철판 위에서 부풀어 오르고 있었다. 퍼컬레이터는 북북 소리를 내며 울고, 코코아는 냄비에서 데워지고 있었다. 식탁 준비는 다 되었다. 헨더슨은 얌전히 뒤뜰에 매어져 민들레꽃을 먹고 있었으며, 젠킨즈는 빈 접시 위에서 혓바닥을 날름거리고 있었다.
"아이, 엄마!" 다이나가 외쳤다. "우리들이……."
"그래." 어머니가 말했다. "지금 깨우려고 생각하고 있었단다."
그녀는 작업복인 바지차림으로 지친 듯한 얼굴을 하고 있었다.
"엄마, 뭣 때문에 이렇게 일찍 일어나셨어요?"
에이프릴이 따져 물었다.
"아직 안 잔 거란다." 어머니는 따뜻하게 데운 팬케이크를 큰 접시에 옮기며 말했다. 그리고 아무것도 아니라는 듯한 말투로 덧붙였다.
"책이 다 끝났어."
"어머나, 엄마!" 다이나가 소리쳤다. "훌륭해요!"
"굉장해요!" 에이프릴도 외쳤다.
"우리 엄마 대단한데!" 아치도 거들었다.
"귀찮으니까 끌어안는 건 그만둬라." 어머니는 성난 시늉을 해보였다. "코코아를 뒤집어 엎겠구나. 그리고 신문과 버터와 메이플 시럽을 가지고 오렴. 그리고 재떨이도, 자, 어서!"
꼭 60초만에 아침 식사가 차려졌다.
4개째의 팬케이크를 반쯤 먹으면서 에이프릴이 비판적인 눈길을 하고는 말을 꺼냈다.
"미장원에 가서 머리를 하고 오는 게 좋겠어요, 엄마. 그 머리 모양은 꼭 회오리바람 속에서 나온 것 같아요."
"일요일에 벌써 미장원 예약을 했단다." 어머니가 말했다.
"매니큐어도 하세요." 다이나가 분명하게 말했다.
"그러지. 이왕이면 마사지도 하고 오려고 생각중이란다."
"미인이 되겠다!"
아치가 살짝 베이컨 껍데기를 젠킨즈에게 던져주고, 자기는 3개째의 팬케이크로 손을 뻗었다.
이윽고 어머니는 언제나 하는 아침 식사 뒤의 정해진 일과로 들어갔다. 마지막 커피를 한 잔 앞에 놓고 담배에 불을 붙이고는 신문을 펼쳐든 것이었다. 펴는 순간 어머니는 하품을 했다.
"졸린데."
그녀는 일어나 계단 쪽으로 갔다. 어린 3남매도 일어났다. 어머니는 커피 테이블 위의 커다란 갈색 종이꾸러미를 가리키며 말했다.
"운송회사 사람이 오거든 저것을 건네주렴. 그럼, 쉬어라." 계단 중간에서 멈춰서며 어머니는 말했다. "어젯밤 파티는 성공적이 아닌 것 같아서 안됐구나."

다이나는 눈을 깜박였고, 에이프릴은 "네?" 하고 말했다.

"글쎄, 너무 조용했기 때문에 그다지 즐겁지 않았나 싶어서 말이야."

"아주 잘되었어요, 엄마." 다이나가 말했다.

"그래? 그럼, 이따가……." 어머니는 계단을 올라갔다.

세 아이는 얼굴을 마주 보았다.

"엄마는 귀머거리가 되었나 봐." 다이나가 무거운 말투로 말했다.

"그렇지 않으면 어제 저녁 너무 바빴던 걸 거야."

그녀는 한숨을 쉬고 고개를 저었다. "자, 식사하자. 샌포드 씨에게 식사를 갖다주고, 접시를 씻고, 거리로 나가 어머니날 선물을 사지 않으면 안 돼."

에이프릴이 말했다.

"그보다 먼저 신문이 우리들의 화재사건에 대해서 뭐라고 쓰고 있는지 보고 싶어." 그녀는 테이블 위에 신문을 펼쳐서 한 번 보는 순간 "잠깐, 다이나!" 하고 소리쳤다.

제1면에 화재에 대한 것은 아무것도 나와 있지 않았다. 나중에 잘 보니 17페이지에 조그맣게 나와 있었다. 그 대신 훨씬 더 흥미진진한 이야기가 실려 있었다.

"그 사람이야!" 다이나가 말했다.

샌포드 집 안은 어둡고, 권총을 손에 든 사나이는 계단 훨씬 아래에 있었다. 그러나 이 차양 없는 모자를 쓴 거무스름하고 여윈 얼굴은 틀림없이 그 사나이였다.

"나도 봐!" 아치가 요구했다. 그 순간 아치는 깜짝 놀라며 소리쳤다. "나도 이 사람을 알고 있어! 그저께 여기에 왔었거든."

"여기에?" 다이나가 놀랐다. "무슨 일로 왔지?"

"첼링턴 부인의 집을 물으러 왔던 거야." 아치가 말했다. "그래서 가르쳐 주었더니 돈을 주었어."

"어머나, 아치, 왜 우리들한테 말하지 않았지?"

에이프릴이 말했다.

"그건……." 아치는 변명 비슷한 소리를 했다. "살해될 줄 몰랐거든."

"아치, 너한테 아직 일러두지 않았는지 모르지만," 에이프릴이 차갑게 말했다. "우리한테는 뭐든지 말해야 돼."

"내가 말 안해 줬어?" 아치는 골이 나서 소리쳤다. "다 말해 줬잖아!"

"예를 들면?" 에이프릴이 다그쳐 물었다.

"쳇!" 아치가 투덜거렸다. "뭣 때문에 다 말해!"

"조용히 해, 둘 다." 다이나가 끼어들었다. "이걸 읽고 나서 이야기하자."

"나도, 나도." 아치가 말했다.

젊은 갱으로 잔돈 뜯어내기 상습자인 프랭키 라일리가 온몸에 벌집처럼 총알을 맞은 시체가 되어 오늘 밤 연못의…….

"그 사이렌 소리는 진짜였군그래." 에이프릴이 말했다. "다이나, 이 연못이라는 건 저 해리슨 씨 집에 있는 걸 거야. 여기서 세 구획 밖에 떨어져 있지 않아. 해리슨 씨는 본디 거기서 집오리를 기르고 있었지."

"보러 가자." 아치가 말했다. "지금 당장!"

"너는 법석을 떨기 때문에 안 돼." 다이나가 말했다. 힘없는 말투였다. 그녀는 불평스러운 표정을 지었다. "벌집처럼이라고? 무슨 소리야! 총소리는 한 방이었는데."
"서두르면 안 돼." 에이프릴이 말했다.
그녀는 제1단의 반쯤 읽은 근처에서 한 대목을 가리켰다.

……경찰에도 암흑가에도 얼굴이 잘 알려져 있는 라일리는 납치 살해된 것으로 보인다. 경찰의사 윌리엄 서클 베리 박사의 검시 결과, 총의 상처는 한 군데를 제외하고는 모두 죽고 난 지 몇 시간 뒤에 가해진 것으로 밝혀졌다. 마치 범행에 가담한 사람이 여러 명인 것처럼 꾸민 듯한…….

"물론!" 에이프릴이 말했다. "바로 이 말대로야. 이 사나이는 샌포드 집 안에서 살해되었어. 거기서 운반해 내어 연못에 버린 거야."
"조용히 해. 지금 읽고 있는 중이잖아." 다이나가 말했다.

살인의 발견은 피터 윌리엄슨 부인이 총소리에 놀라 잠에서 깨어나 근처 사람들이 부인이 기르는 고양이를 쏘고 있다고 경찰에 신고했기 때문인데…….

"그 여자야, 맞아!" 다이나가 소리내어 웃으며 말했다.
"그래, 나도 그 고양이를 알고 있어." 아치가 말했다. "젠킨즈가 지난 주일에 사정없이 물어주었지. 젠킨즈는 힘이 세니까."
"조용히 해." 이번에는 에이프릴이 기사를 읽었다.

최근 라일리는 강도죄로 복역 중이었다. 전에 그는 베티 리모 납치 살인사건에 관련되어 조사를 받았으나 증거 불충분으로 석방되어…….

"잠깐 기다려." 에이프릴이 말했다. "《범죄실화》에서 그걸 읽은 적이 있어. 2달쯤 전에 읽었던 사건이지. 이 사나이의 사진이 나와 있었어. 그래서 본 적이 있는 얼굴로 여겨졌던 거야!" 그녀는 얼른 숨을 들이마셨다. "베티는 가수…… 아니 스트립걸이었어. 아무튼 뛰어난 스타였는데 바로 극장 앞에서 납치되었지. 그리고 곧 편지가 와서 보니 그녀의 손으로 씌어진 것이었는데 거기에는 몸값을 치르면 금요일 정오에 극장으로 돌아가게 된다고 씌어 있었지. 다만……."

"천천히 말해 봐." 다이나가 말했다. "퓨즈가 끊어지겠어."

"그래서 그 돈을 치렀어." 에이프릴은 꿈쩍도 하지 않았다. "만 오천 달러. 그리고 나서 그녀는 금요일 정오에 극장으로 돌아온 거야…… 관에 들어 있는 채로. 그리고 관 위에는 '우리들의 얼굴을 보았기 때문에 안됐지만 살려둘 수 없다'라고 쓴 종이 쪽지가 붙어 있었지. 그런데 경찰은 끝내 납치범을 검거할 수 없었어. 그 뒤에도 수사는 계속되고 있었는데, 다 읽기 전에 엄마가 압수해 버려서 여기저기 찾아다녔지만 벌써 다 팔리고 없었던 거야."

"엄마가 압수했어?" 다이나가 말했다. "왜?"

"몰라." 에이프릴이 말했다. "읽으면 나쁜 책이라고 하시면서 가지고 가버렸어."

"그래? 이상하구나. 엄마는 언제나 우리가 읽고 싶어하는 책은 무엇이든 읽게 해주는데."

아치가 말했다.

"만화책은 무엇이든 읽게 해주시지."

"나도 이상하다고 생각했었어." 에이프릴이 말했다. "전에는 《범죄실화》를 읽고 있어도 아무 소리 하지 않으셨거든. 뿐만 아니라 엄마도 내 책을 빌려다 읽곤 하셨어."

"엄마는 늘 내 만화책을 읽고 계셔." 아치가 또 끼어들었다. "내 오즈의 책을 전부 빌려 가서 읽으셨지."

"아치!" 다이나가 말했다. "너는 꽤 시끄럽게 구는구나."

아치는 콧소리를 냈다. "내가 하고 싶은 말은," 그는 화가 나는지 소리쳤다. "정말 치사한 짓이야!"

"아치!" 에이프릴이 소리쳤다. "무슨 말을 하는 거지? 엄마는 너의 책이든 만화든 빌리고 싶으면 가져가도 좋은 거야. 그리고 우리들 잡지를 거두어가도 괜찮아……"

아치는 발을 동동 굴렀다.

"아냐, 아냐, 아니야! 그런 말을 하고 있는 게 아니야. 납치범 이야기란 말이야. 여자의 몸값을 받아놓고 곱게 돌려보내지 않는다는 건 정말 치사한 짓이고, 게다가 방법도 서툴렀어. 생각해 보란 말이야…… 만일 다음에 다른 사람을 납치했다고 생각해 봐. 납치당한 사람은 그 여자가 무사히 돌아오지 못한다고 생각하지 않겠어? 그러므로 이래저래 살해될 건 뻔하니까 몸값을 치르는 건 손해라고 생각하게 되겠지. 그러면 돈을 못 벌잖아. 그는 장사하는 방법을 모르는 거야!"

"아치!" 에이프릴이 아주 진지하게 말했다. "너는 머리가 참 좋구나."

"그럼, 그럼, 그럼." 아치가 말했다. "틀림없이 샌포드 씨는 가엾게도 말라죽게 되고 말 거야."

다이나와 에이프릴은 얼굴을 마주 보았다. 다이나가 말했다.

"이제 그만됐어. 에이프릴, 2층에 가서 그 면도기와 속옷들을 가지고 오렴. 나는 곧 팬케이크를 구울 테니."

"다이나." 에이프릴이 말했다. "샌포드 집에서 발견한 것을 읽지 않으면 안 돼. 어젯밤엔 파티가 끝난 뒤 늦어서 읽지 못했지만……
지금부터 곧 읽는 것이 좋을 거야, 틀림없이. 어떻게 했지? 읽고 싶
은 생각 없어?"

"물론 읽고 싶어." 다이나가 말했다. "하지만 잠시 뒤로 미뤄. 큰
일났는데! 이 2시간 동안에 하지 않으면 안 될 일이 900만 가지나
되니까 말이야. 그건 900만하고 첫 번째에 할 일이야. 자, 에이프릴,
서둘러!"

에이프릴은 오른손을 이마에 대고 회교도 식의 인사를 했다.

"네에, 마님."

에이프릴은 2층으로 뛰어올라가다 어머니가 벌써 잠들었을지도 모
르므로 발소리를 죽였다.

"무슨 이야기야, 900만 가지나 된다는 건?" 아치가 캐물었다.

"뭐가 900만 가지지? 하나하나 센 거야?"

"네가 잠트 자트 코트 있지 않으면 네 머리에서 머리카락을 900만
개 뽑겠다는 거야!" 다이나가 말했다. "빨리 빨래 양동이에 더운물
을 담아가지고 와!"

"네, 마님." 아치가 익살을 부렸다. 그는 문간으로 갔다. "내 머리
카락이 900만 개나 된다는 걸 어떻게 알았지?"

"한 번 세어보렴." 다이나가 말했다. "만일 내가 틀렸으면 가르쳐
줘."

그녀는 비누와 새 수건을 꺼냈다. 에이프릴이 셔츠와 양말과 면도
기를 가지고 왔을 때 아치도 양동이에 더운물을 담아왔다. 다이나는
수건을 아치의 목에 감아주고 비누와 면도기를 겨드랑이에 끼도록 하
고 양동이를 들려주었다.

"이걸 샌포드 씨가 있는 놀이방으로 가지고 가는 거야!"

"쳇!" 아치는 골이 난 흉내를 냈다. "무엇이든 나만 시킨단 말이

야!"

아치는 양동이를 꽉 움켜잡고 나갔다.

다이나는 베이컨을 튀기고 팬케이크를 많이 만들었다. 에이프릴은 커피를 데워서 보온병에 넣었다. 쟁반에 담아 뒤뜰 잔디밭 위로 걸어가면 눈에 띌지도 모르기 때문에 팬케이크와 베이컨과 버터를 담은 접시와 시럽 병을 헌 종이 상자에 넣었다. 나이프와 포크는 벌써 놀이방에 가 있었다.

"엄마 담배 상자에서 담배를 한 갑 더 가지고 와."

다이나가 지휘했다.

"알트 앗트 어트." 에이프릴이 말했다. "하지만 담배가 빨리 줄어드는 걸 엄마가 반드시 눈치채실 거야. 우리가 니코틴 중독이라고 오해받아도 괜찮아?"

"가지고 오라니까." 다이나가 말했다. 목소리도 덜 좋게 들렸지만, 기분도 언짢은 모양이었다.

"네, 마님." 에이프릴이 얌전히 말하고 담배를 가지고 왔다.

"그리고 신문도 가지고 와."

다이나는 종이 상자를 집어 들면서 말했다.

"엄마가 일어나서 보고 싶다고 하면?"

"거리에 나가 한 부 더 사다드리면 돼. 자, 어서!" 다이나가 말했다.

"네, 사이몬 리글리 나리(《톰 아저씨네 오두막》에 나오는 잔인한 노예 상인 이름)." 에이프릴은 신문을 겨드랑이에 끼워주면서 말했다. "혹시 듣지 않으시렵니까, 일부러 대학에 가서 사이몬 디글리를 얻으려고 한 바보의 이야기를(디글리는 학위라는 뜻. 앞의 사이몬 리글리에 빗댄 서툰 재담임)?"

"수다스러운 동생을 둔 언니의 이야기를 알고 있니?" 다이나가 말했다. "모른다고? 만약 그 이야기를 읽을 만큼 오래 산다면 내겐 행운이 오겠지." 그녀는 신중하게 걸으면서 말했다. "이 상자는 도무지 균형이 잡히지 않는군."

"우리 언니는, 언밸런스 형!" 에이프릴이 말했다.

가서 보니 월레스 샌포드는 면도를 하고, 몸을 씻고, 깨끗한 셔츠를 입고 있었다. 그는 침대가에 걸터앉아 깨끗한 양말을 갈아신은 뒤 구두끈을 매고 있는 참이었다. 두 아이가 놀이방으로 들어가자 그는 얼굴을 들고 잠깐 미소를 보냈다. 얼굴은 창백했지만, 딸기나무 덤불에 숨어서 훔친 우유를 마시고 있을 때의 그 겁에 질리고 지칠 대로 지친 히스테리컬한 모습은 이제 보이지 않았다.

다이나는 종이 상자를 아래로 내려 놓고 안의 것을 꺼내며 말했다.

"아침 식사, 어때요?"

"커피까지 끓여왔어요." 보온병을 내려 놓으면서 에이프릴이 덧붙였다. "이 호텔의 서비스는 대단하지요? 글쎄, 종업원이 신문과 함께 담배까지 가지고 오니까요."

"무척 시장하신 모양인데……." 다이나가 말했다. "거북하시다면 드시는 동안 우리는 저쪽을 보고 있을게요."

"너무 배가 고프니까." 월레스 샌포드는 맨 위에 있는 팬케이크에 버터를 바르면서 말했다. "먹고 있는 걸 남이 보아도 괜찮아."

그가 마지막 팬케이크를 들었을 때 에이프릴이 보온병에 손을 뻗으며 말했다.

"커피 더 드릴까요?"

"응, 조금만 더 줘. 묻을 바엔 관 속에 장미를 넣어서!" 월레스 샌포드가 말했다. 그리고는 껄껄 웃었다.

"기꺼이 묻어드리겠어요." 다이나가 매섭게 말했다. "그런 서툰 재담을 그만두시지 않는다면."

월레스 샌포드는 두 손에 얼굴을 묻었다.

"나는 자수하겠다. 나는 지명수배를 받고 있어. 경찰에 자수해야겠어. 이제 더 이상 참을 수가 없어!"

"뭐가 불만이지요? 직접 예를 들어 말해 줘요." 에이프릴이 물었다. "식사인가요, 서비스인가요?"

그는 얼굴을 들었다.

"기…… 기다리고 있는 것이. 마치 범죄자처럼 숨어 있는 것이. 감옥에 들어간다고 해서 무슨 일이 있겠어? 나는 아무 짓도 하지 않았으니까 오래 가둬둘 수 없을 거야. 내가 무죄라는 것은 조사해 보면 금방 알테니까. 아마 누구인지 모르지만, 진짜 범인을 찾아내어 나를 석방해 줄 게 틀림없어."

"그리고 죄없는 사람을 체포했다는 이유로 고소하는 방법도 있지요." 에이프릴은 말했다. "나쁜 생각은 아니지만," 그녀는 말을 끊고 생각에 잠기면서 다이나를 돌아보았다. "그렇지, 지금 이야기도 일리가 있어. 자수시키는 편이 좋을지도 몰라."

"뭐라고? 이렇게 고생하며 숨어 있었는데?" 다이나가 말했다.

"턱수염을 기르고 남미로 가면 좋을 텐데……"

아치가 끼여들었다.

"조용히 해!" 에이프릴이 말했다. "나는 지금 생각 중이야." 그녀는 눈썹을 찡그렸다. "자수하도록 하자. 경찰은 샌포드 씨가 죽인 거라고 생각하고 있어. 그러므로 체포되면 우선 안심하게 되겠지. 우리는 누구에게도 방해받지 않고 계속 수사를 진행하여 진짜 범인을 찾아내는 거야."

다이나가 천천히 말했다.

"하지만 진범을 찾아내지 못하게 되면? 그러면 샌포드 씨는 어떻게 되지?"

"조금은 모험을 해보지 않으면 안 돼." 에이프릴이 말했다. "게다가 완전한 알리바이도 있잖아. 우리가 권총 소리를 들었을 때 샌포드 씨는 전차에 타고 있었어."

"그렇지만," 다이나가 말했다. "조금은 위험해."

"어떤 일이 있어도 자수하겠어." 월레스 샌포드가 말했다. "반드시."

"글쎄…… 그렇게 되면……." 다이나가 입을 열었다. 그러다가 갑자기 뭔가 생각해낸 모양이었다. "안 돼, 안 돼! 샌포드 씨, 내일까지만 기다려요. 아니, 오늘 밤까지만이라도, 그렇게 해주시겠어요?"

월레스 샌포드는 그녀를 노려보았다.

"왜?"

"꼭 그렇게 해야 해요." 다이나가 말했다. "괜찮으니까 우리를 믿어요. 우리에게도 다 생각이 있어요. 우리가 돌아올 때까지만 가만히 여기에 숨어 있어야 해요."

"그렇지만……." 그는 불만인 것 같았다. "너희들은 아직 어린애들이야. 그런데 무슨 일을 해낼 수 있겠니?"

"확인해 두고 싶은 거예요." 다이나가 분명히 말했다 "당신이 자수했을 때 경찰이 이상한 동기를 꾸며내어 당신에게 뒤집어 씌울지도 모르니까요. 동기…… 알겠어요? 당신에게는 알리바이가 있고, 동기는 없어요…… 그렇게 되면 반드시 석방될 거예요."

"하지만 확인시킬 수 있겠니?" 월레스 샌포드가 말했다. "어떤 식으로?"

"걱정 말아요." 다이나는 자신만만했다. "틀림없이 해낼 테니까."

마침내 그는 세 아이가 돌아올 때까지 숨어 있겠다고 약속했다. 다이나가 말했다.

"점심때에는 샌드위치와 커피를 보온병에 넣어서 아치에게 들려 보내겠어요. 그리고 뭔가 읽을 것도. 자, 그러니 나가면 안 돼요."
세 아이는 집으로 돌아왔다. 다이나는 남은 칠면조 고기를 넣어서 샌드위치를 만든 다음 보온병에 커피를 가득 채웠고, 에이프릴은 잡지를 한아름 모아왔다. 아치는 그것을 모두 놀이방으로 가져 가고, 두 여자아이는 아침 접시를 모았다.

아치가 돌아오자 다이나가 걱정스러운 듯이 물었다.

"아무 일 없었니?"

아치는 고개를 끄덕였다.

"담배를 피우면서 신문을 읽고 있어."

"문제없겠지." 다이나가 말했다. "우선……." 그녀는 퍼컬레이터를 씻고 있던 손을 갑자기 멈추며 덧붙였다. "하지만 큰일났구나…… 만일 그가 정말로 했다면?"

과자 상자 속을 노리고 있던 아치가 말했다.

"누가 뭘?"

"밀가루 항아리에 둔 도넛을 12개 훔친 거 말이야!"

에이프릴이 말했다.

"나는 안했어!" 아치는 버럭 성을 냈다. "그리고 밀가루 항아리가 아니라 감자 상자였어. 게다가 12개는커녕 겨우 2개밖에 없었어. 또 하나는 뜯어먹던 거였고."

"둘 다 그만둬." 다이나가 말했다. "만일 정말로 샌포드 씨가 부인을 죽였다면 어떻게 하지?"

"그럴 리가 없어." 아치가 말했다. "알리바이가 있잖아? 에이프릴이 들어가서 감자를 올려놓을 시간인가 아닌가 보려고……."

"아치!" 다이나가 말했다.

아치는 입을 다물었다.

"정말이야, 다이나." 에이프릴이 말했다. "자신이 죽이지 않았다고 하는 이상, 죽였을 리 없어. 더구나……."

"글쎄, 하지만 만일 그가 했다고 하는 것이 알려지면 어떻게 하지? 큰일이야. 우리는 종범(從犯)이 되고 말테니까."

"슬루키의 아버지가 팔고 있는 것 같은?"

아치가 눈을 두리번거리며 말했다.

"뭐라구?" 에이프릴이 말했다.

"자동차 부속품 말이야."

아치는 감정이 상한 듯한 목소리로 말했다.

"아, 제발 좀!" 다이나가 화를 내며 말했다. "아치, 휴지통을 가지고 가서 비워와."

"쳇!" 아치가 투덜거렸다. 그는 휴지통을 들었다. "뭐든지 내가 안 하면 안 된단 말이야!" 그는 스크린 문을 쾅 소리내어 닫고 나갔다.

다이나는 뒤돌아보며 말했다.

"정말이야, 나는 조금씩 겁이 나기 시작했어."

"왜?" 에이프릴의 그 말투는 아주 천연덕스러웠다.

"정말 큰일이야." 다이나가 말했다. "우리는 그를 계속 숨겨두고 있었잖아. 그가 정말로 부인을 죽였다면…… 그리고 어젯밤 그 사나이도 샌포드 씨가 죽인 것이라면……."

"그렇지 않아." 아치가 말했다. 그는 돌아와서 빈 휴지통을 바닥에 집어 던졌다. "파티 때는 굴 속에 들어가 있으라고 했잖아. 더구나 경관이 오면 안 된다 싶어 골목대장을 2, 3명 굴 옆에 세워두었었어." 아치는 메이플 설탕 병에 손가락을 넣었다 꺼내어 핥았다. "그들이 지키고 있었으니까 샌포드 씨는 밖에 나올 수가 없었어." 그는 또 손가락을 넣었다. "게다가 그들에게도 경관이 오기 때문이라고는 말하지 않았거든."

"병에 손대면 안 돼!" 다이나가 말했다. "하지만 몰래 빠져나가지 않았다고 어떻게 장담할 수 있겠어?"

"골목대장 중에 제일 힘센 아이 둘이 있었거든." 아치는 힘주어 말했다. "윔리와 플래쉬라이트였단 말이야. 머리가 상당히 나쁘군."

"머리가 조금 나쁠 뿐이야, 아치." 에이프릴이 말했다. "신경 쓸 것 없어. 결국은 이제부터 어떻게 하느냐가 문제야. 거리로 나가 어머니날 선물을 사고 접시를 씻고 빨래를 하느냐, 아니면 어젯밤 발견한 물건을 조사하느냐······."

다이나는 별로 귀에 들어오지 않는 모양인지 떨떠름한 표정을 지으며 말했다.

"어제 그 사나이가 정말로 샌포드 씨 집에서 살해됐다고 생각해?"

그녀는 에이프릴과 얼굴을 마주 보며 잠시 조용히 있었다. 이윽고 두 사람은 창문 쪽으로 걸어가서 넓은 잔디밭 너머를 바라보았다. 샌포드 집은 아주 평화롭고 조용했다. 경관 한 사람이 뒤꼍에서 잡지를 무릎에 펴 놓고 앉아 있을 뿐이었다.

"그걸 읽는 편이 좋을 것 같아. 그토록 애써서 얻은 거니까."

다이나는 고개를 저었다.

"이쪽이 더 급해. 지금 같아선 그건 별로 문제가 될 것 같지도 않아." 그녀는 젠킨즈를 상대하고 있는 아치 쪽을 보았다. "샌포드 씨 집 뒷문에 순경이 한 사람 있는데, 그에게 이야기를 걸어주지 않겠니, 아치? 그 동안에 우리는 들키지 않도록 대나무 울타리를 올라갈 테니까."

아치는 작별이 아쉬운 듯이 젠킨즈를 한 번 쓰다듬고 나서 창문으로 갔다.

"다른 순경은 없어?"

"우리가 알고 있는 한은 없어." 다이나가 말했다.

"저 집 안으로 들어가려는 거야?"

"응." 에이프릴이 말했다.

아치는 잠시 잠자코 있었다.

"그럼, 접시를 닦아 정돈하지 않아도 되겠지?"

"안해도 괜찮아." 에이프릴이 얼른 대답했다.

"좋트 아트!" 아치가 말했다. "그럼, 뒷문으로 들어가는 게 좋아. 그 순경을 거기서 끌어낼 테니까." 그는 문 앞에 멈춰서서 덧붙였다.

"알았지, 난 접시 안 닦을 테야."

그는 뒷문 베란다 모퉁이를 돌아 모습을 감췄다.

"어떻게 되겠지." 에이프릴이 중얼거렸다.

두 여자아이는 나가서 정원문에 이어진 산울타리 있는 곳까지 몰래 다가갔다. 맞은편이 바로 샌포드 씨네 집 뒷문이었다.

순간 날카롭게 부르짖는 소리가 났다. 뒷문에 있던 순경이 잡지를 떨어뜨리고 벌떡 일어나더니 밖으로 달려갔다. 작은 그림자가 잔디밭을 가로질러 달리는 것이 보였다. 순경은 큰 손을 벌려 아치를 끌어안았다. 뭔가 이야기하고 있었으나, 에이프릴과 다이나에게는 손짓만 보일 뿐이었다. 그동안 순경은 샌포드 씨네 집 정원을 가로질러서 잔디밭을 지나 집 주위에 산울타리를 만들고 있는 떨기나무 덤불 쪽으로 달려 갔다. 한편 아치는 계속 떠들어대고 손가락질을 하면서 앞장서고 있다.

에이프릴과 다이나는 채소밭 가를 따라 급히 달려서 뒷문 계단을 올라갔다. 뒷베란다에는 사람 그림자 하나 없었다. 《탐정실화》 한 권이 펼쳐진 채로 넘칠 것 같은 재떨이 옆에 떨어져 있었다.

두 아이는 안으로 들어갔다. 집 안은 텅 비어 있었으며 지나칠 정도로 조용했다. 두 사람은 거실로 숨어들어갔는데, 거기에는 2층으로 올라가는 계단이 있었다. 낮의 햇빛 속에서 보니 기분 좋고, 볕이 잘 들어 쾌적한 방이었다. 값비싸고 훌륭한 가구, 보기 좋은 카펫, 멋있는 액자에 든 판화가 소파 위에 걸려 있었고, 유화 한 장——아마 가족의 초상화일 것이다——이 난로 위에 걸려 있었다. 방 분위기로 볼 때 하나의 살인 또는 두 건의 살인이 일어난 것 같은 흔적은 전혀 느껴지지 않았다.

에이프릴은 몸을 떨었다. 또 한걸음 발을 들여놓는 순간 유화의 초상이 찡긋 윙크를 했던 것이다.

"다이나!"

"쉿!" 다이나가 낮은 소리로 말했다. "어떻게 된 거야?"

"아무것도 아니야." 에이프릴이 말했다. "정말 아무것도 아니야. 애셔버터블이 줄넘기 하고 있는 게 보인 것 같은 느낌이 들었어."

다른 때라면 다이나도 아마 웃었을 것이다. 애셔버터블은 어떤 집의 전설이었던 것이다. 그러나 지금 그녀는 화난 듯한 목소리로 말했다.

"그렇게 수다떠는 게 아니야."

에이프릴은 또 한 발 들여 놓았다. 자기 팔을 보니 심한 소름이 끼쳐 당근처럼 도톨도톨한 것이 돋아 강판에 갈 수도 있을 것 같았다. 또 한걸음——초상이 또 윙크했다.

다이나가 속삭였다.

"딸국질이 나오면 물을 한 잔 마시고 오면 돼." 그녀는 계단 밑에서 발을 멈추고 에이프릴의 손을 잡아주며 말했다. "여기는 어딘지 이상해."

"이상해?" 에이프릴은 몸을 떨었다. "맞았어." 그녀는 다이나의 시선을 쫓다가 갑자기 굳어졌다. "어쩐지 정말 이상한데. 저기서 그 사나이가 넘어지는 걸 보았어…… 넘어지는 것을 보았던 거야."

"꿈이 아니었다면." 다이나가 말했다. "아무 흔적도 없는데……

여기서 사람이…… 살해……." 그녀는 마른 침을 삼켰다.

"에이프릴, 어딘가 다른 곳에서 살해되어 연못에 던져졌을 거야. 그 사나이는 이 사건과 아무 관계가 없을지도 몰라."

"하지만 계단 밑에는 지금 있는 저 작은 카펫이 없었어. 파란색 소파 앞에 있었던 거야."

다이나는 한순간 잠잠히 서 있었다.

"글쎄?" 그녀는 천천히 말했다. "그럼, 누군가가 옮긴 모양이지. 왜 그랬을까?"

"집에서 우리가 카펫을 옮기는 것과 같은 이유겠지." 에이프릴은 냉정하게 말했다. "뭔가를 그 위에 엎지르거나 했을 때, 작은 카펫을 조금 옮겨서 숨기잖아? 확실히 우리는 지난 밤에 살인하는 소리를 들었어. 저 장미 무늬의 작은 카펫을 쳐들어봐……."

"됐어." 다이나가 얼른 말했다. 그녀의 얼굴이 약간 흑빛이 되었다. "그 점만 알면 되는 거야. 여기서 나가자."

"잠깐 기다려!" 에이프릴이 말했다. "저 초상화를 좀 봐. 하버드 아저씨든가, 누구든가…… 저 난로 위의……."

다이나는 투덜거리면서도 그림을 보았다. 하버드 아저씨는 심술궂은 얼굴에 수염을 기른 사람으로, 머리는 정치가처럼 깎고 프록코트를 입고 있었다. 어쩐지 얼굴 모습이 이상했다.

"이상한데……." 다이나가 말했다. "한쪽 눈은 파랗고 한쪽 눈은 노란색이야. 설마 화가가……." 그녀는 에이프릴을 해가 비치고 있는 쪽으로 80센티미터쯤 끌고갔다. 다이나는 숨을 삼켰다. "에이프릴, 저 그림이 내게 윙크를 했어!"

"정말이야." 에이프릴이 기분 나쁜 목소리로 말했다. "내게도 윙크했어. 아마 햇빛 때문이겠지."

다이나가 떨리는 목소리로 말했다.

"에이프릴…… 어쩌면…….."
"권총은 2발이 쏘아졌던 거야." 에이프릴이 말했다. "그런데 죽은 사람은 하나밖에 없었어." 그녀는 하버드 아저씨를 쳐다보았다. 그는 한순간 정답게 보였다. 그녀는 숨을 깊숙이 들이마시고 하버드 아저씨에게 미소를 보냈다. "그런데 지금……." 그녀는 결론을 내렸다. "우리들은 또 한 사람을 발견한 거야!"

### 12

"글쎄." 에이프릴은 흥분해서 말했다. "잘 봐, 다이나, 누구든 하버드 아저씨의 눈을 쏜 사람은 저쪽에 서 있었던 게 틀림없어. 그렇잖으면 방향 각도가 맞지 않으니까……."
"용케 명중시켰는데."
다이나는 초상을 쳐다보았다. 에이프릴이 반대 의견을 내세웠다.
"서툴기 때문에 빗맞은 거야. 나보고 설명하라면 이렇게 말하겠어. 가엾은 하버드 아저씨의 초상을 봐. 언니라면 저것을 향해 쏠 기분이 나겠어?"
다이나는 웃음을 참으면서 머리를 저었다.
"글쎄, 누군지 모르지만 저것을 쏜 사람은 다른 것을 겨누고 있었던 거야…… 다른 사람을. 아마 한 번도 권총을 쥔 적이 없는 사나이 또는 여자겠지."
"잠깐!" 다이나가 말했다. 그녀는 바닥 위에 분필로 그린 타원형을 보고 눈을 감았다.
"왜 그래?" 에이프릴이 걱정스레 물었다. "다이나, 기분이 나빠졌어?"
"조트 용트 헤트!" 다이나가 재빠르게 말했다. "나는 지금 생각 중이란 말이야."

그녀는 눈을 떴다. "엄마의 책 속에, 너도 알잖아, 기하든가 뭔가를 잘 아는 남자가 살인범을 알아맞춘 이야기, 총알이 날아온……."

"2학년 수학에 실패한 건 안타까운 일이었어." 에이프릴이 말했다. "그렇지 않았으면 언니도 계산기를 사용해서 샌포드 부인의 살인범을 알아낼는지 모르는데."

"시끄러워." 다이나가 말했다. "총알은 2발이었어. 샌포드 부인은 저쪽에 서 있었던 거야. 넘어진 모습으로 생각해 볼 때 총알은 저쪽에서 날아온 게 틀림없어."

그녀는 방 맨 끝쪽에 있는 파란 소파를 가리켰다.

"그리고 또 한 발은 식당에서 쏜 거야."

"어째서?"

"몰라. 지금 생각하고 있는 중이야. 범인은 처음 한 발이 맞지 않았기 때문에 다시 한 번 쏘았을지도 몰라."

"그때는 마치 연속적인 것처럼 들렸어." 에이프릴이 주의를 주었다. "더구나 파란색 소파에서 식당까지는 상당히 먼 거리야. 그리고 식당 문에서 파란색 소파까지도 같은 거리고. 물론 스키를 신고 있었다면……."

다이나는 에이프릴을 노려 보았다.

"두 사람이야. 두 사람이 있었어."

"총소리는 두 발 들렸어." 에이프릴이 말했다. "자동차가 나간 것도 두 대고, 쏜 것도 두 사람. 다만 그중 한 사람은 빗맞고 말았어." 그녀는 눈을 가늘게 뜨면서 신중하게 방 안을 둘러보았다. "문제는 어느 쪽이냐……."

"모르겠는데……." 다이나는 납득이 안 간다는 듯이 말했다.

"그래? 1학년 수학도 낙제야. 들어봐, 두 번 쏘았으니까 총알은 두 발이야. 한 발은 샌포드 부인에게 맞고, 또 한 발은 하버드 아저씨의 초상화 눈에 맞은 거야. 그 두 발은 각각 다른 권총에서 쏘아진 것일 거야. 하기야 슈퍼맨처럼 먼저 파란색 소파 있는 곳에서 쏘고 다음에 식당에서 쏘았든가, 또는 그 반대로 단번에 뛰어들어 한 거라면 별문제지만. 그러니까 알 수 있잖아? 필요한 것은 두 발의 탄환과, 두 개의 권총과, 두 개의 쏜 각도와 그리고 지문인 거야."

"그 어느 것도 우리는 쥐고 있지 않아." 다이나가 우울한 듯이 말했다. "그리고 만일 모두 발견했다 하더라도 누가 그 권총의 주인인지 알지 못하고, 어디에서 있었는지, 누구의 지문인지 알지 못해. 집에 가서 접시나 씻자."

"실망하게 만들지 마!" 에이프릴이 말했다. 그녀는 생각에 잠기면서 하버드 아저씨의 왼쪽 눈을 쳐다보았다. "의자 위에 서면……."

그때 발소리가 들렸다. 찻길을 달려오는 발소리였다. 두 소녀는 얼굴을 마주 본 뒤 숨을 장소가 없을까 둘러보았다.

"계단!" 에이프릴이 속삭였다.

두 아이는 달려 올라가 층계참에 서서 귀를 기울였다.

"만일의 경우에는," 다이나가 안심이 되도록 속삭였다. "대나무 울타리 쪽으로 달아나면 돼."

에이프릴이 가로막았다.

"쉿!"

제복경관이 서둘러서 달려왔다. 아치가 바로 뒤에 따라왔다. 전화를 집어들자 다이얼을 돌려 본서를 불렀다. 아주 젊은 순경으로 볼이 밝은 핑크색이었으며, 눈 밑 언저리가 몹시 흥분해 있었다.

"산울타리가 모두 쓰러져 있는 것을 잊지 말고 알려야 해요." 아치는 다이나와 에이프릴이 어디에 숨어 있을까 두리번거리며 말했다.

"그리고……."

"여기는 매커패티인데……." 젊은 순경은 필사적으로 말했다. "빨리 연결해 주시오, 교환원!"

아치가 말을 이었다.

"……그리고 핏자국이 잔뜩 있는 것도, 나무 줄기에 꽂혀 있는 단도도요……."

매커패티는 "잠깐 기다려 주세요"라고 수화기에 말하고는 "단도?" 하며 아치 쪽을 보았다.

"나무 줄기에 꽂혀 있는 단도요." 아치가 되풀이했다. "그 사나이가 넘어진 게 틀림없는 곳이에요."

그는 작게 보였으며, 겁내는 기색으로 얼굴색도 파랬다.

"못 보셨어요?"

"응. 하지만……."

바로 그때 상대방이 나왔다. 약간 숨을 헐떡이며 젊은 순경은 살인이 있었던 게 틀림없는 현장을 발견했다고 보고했다. 샌포드 부인 사건 현장에서 멀지 않고, 자동차를 탄다면 프랭키 라일리의 시체가 발견된 연못에도 쉽게 갈 수 있을 거라는 등등…….

그가 전화를 걸고 있는 동안 에이프릴은 간신히 아치의 시선을 자기들이 숨어 있는 계단으로 끌어들였다.

'그 사람을 밖으로 데리고 나가라!'는 의미의 신호를 하자, 아치가 회신을 했다. 아랫입술에 손가락을 3개 대는 것은 "알트 앗트 어트, 보고있어!"라는 뜻이었다.

매커패티가 전화를 끊었다. 에이프릴은 한 발자국 물러났다. 아치가 천진스러운 눈초리로 말하는 목소리가 들렸다.

"왜 시체에 대해서는 말하지 않았지요?"

"뭐라고?" 순경이 되물었다. "무슨 시체?"

"저기 있는 거 말이에요." 아치가 애매한 방향을 가리키면서 말했다. "덤불 속에 있었어요, 내가 가르쳐준 곳……." 그는 숨을 들이마시고 덧붙여 말했다. "벌집처럼 총알을 맞아 있었어요."

매커패티는 아치의 머리를 물끄러미 바라보았다. 그는 다시 수화기를 들고 경찰차를 불렀다. 그리고 곧 부엌에서 뛰어나가 아치가 가리키는 쪽으로 잔디밭을 가로질러 달려갔다.

"다이나, 부엌칼을 갖다줘." 에이프릴이 말했다. 그녀는 벌써 의자를 하버드 아저씨의 초상화 쪽으로 끌어가기 시작하고 있었다. "좋은 일은 서두르랬어."

다이나는 부엌으로 달려가서 칼이 든 서랍을 덜덜 떨리는 손으로 휘저어 손에 잡히는 것을 하나 가지고 돌아왔다. 에이프릴은 의자에 올라가 하버드 아저씨의 초상화 눈에서 총알을 떼내려 하고 있는 참이었다.

에이프릴은 흘끗 칼을 보았다.

"이왕이면 대장장이도 함께 데리고 왔더라면 좋았을 텐데."

"아니……." 다이나는 꾹 참았다. "무슨 말을 하는 거니, 빨리 하지 않고."

"서둘러도 헛일이야. 이런 수술은 때로 몇 시간씩 걸리거든."

에이프릴은 총알을 빼내자 블라우스 주머니에 집어넣어 구겨진 크리넥스와 같이 살도록 했다. 그리고 초상화를 흘기는 눈초리로 바라보았다.

"한쪽 눈이 없으니 아주 바보 같은데. 그리고 뭔가 경찰이 걱정할 자료를 만들어주지 않으면……."

조금 시든 제라늄 화분이 서재 테이블에 놓여 있었다. 에이프릴은 하나를 골라 그것을 예쁘게 하버드 아저씨의 왼쪽 눈에 꽂았다. 그리고 다이나 쪽을 향해 그 칼의 지문을 없애 두자고 제의하며 덧붙여 말했다.

"하지만…… 하지만 경찰은 어떻게든지 하지 않으면 급료를 타기 곤란하니까……."

다이나는 가만히 바라보고 있다가 "어머나, 아니…… 아아, 됐어!" 하고 소리쳤다.

다이나가 부엌칼의 지문을 닦고 있는 동안 에이프릴은 2층으로 달려가서 루즈를 가지고 왔다.

"손으로 만지면 안 돼." 에이프릴이 말했다. "헝겊으로 잡아, 그래, 그런 식으로."

그녀는 칼날에다 붉은 글씨로 커다랗게 '경고!'라고 썼다. 그리고는 신중하게 헝겊으로 들어서 그것을 난로 선반 위에 올려 놓고 칼날 끝을 제라늄 쪽으로 향하게 했다.

"자, 나가, 얼른!"

뒷문을 나오자 그들은 재빠른 동작으로 채소밭을 빠져 나갔다. 샌포드 집 정면의 덤불 속을 걷는 무거운 발소리가 들렸다. 멀리서 희미하게 사이렌 소리가 울렸다. 두 아이는 자기 집 뜰 안으로 들어가는 즉시 에이프릴이 손가락을 입에 대고 코요테(북미 서부 대초원의 이리)가 멀리서 울부짖는 흉내를 냈다. 순간 아치가 계단을 달려 올라와서 두 사람과 합류했다.

"아치, 골목대장을 서너 명 불러 줘, 얼른, 급해!"

"전화로?"

"아니, 비상 소집!"

"좋트 아트!"

아치는 손가락 2개를 입에 넣고 몇 번이나 휘파람을 불었다. 길게 짧게, 길게 짧게, 금방 대답하는 휘파람 소리가 들려 왔다.

"모두 올 거야." 아치가 보고했다.

사이렌 소리는 점점 커져왔다. 그러나 골목대장들 쪽이 경찰차보다 먼저 도착했다. 적어도 대부분은. 에이프릴은 밖을 보았다. 때묻은 동골로스, 찢어진 저지 바지, 더부룩한 머리. 여러 모로 어딘지 모르게 닮아 있어서 누구라 할 것 없이 아치와 비슷했다. 그녀는 모두에게 명령을 내렸다.

이해가 빠른 녀석들이다. 그들과 어린 카스테어즈 3남매는 집 뒤쪽으로 돌아가고 있었는데, 그것은 집 앞에서 사이렌 소리가 그치며 경찰차가 멈추는 것과 거의 동시에 이루어졌다.

다이나는 가루비누와 더운물을 빨래통에 부었다. 에이프릴은 접시를 테이블에서 개수대로 가지고 와 행주를 집어 들었다. 아치와 골목대장들은 뒤뜰에서 돌차기를 시작했다.

3분도 채 안 되었을 무렵, 무거운 발소리와 성난 목소리가 집 옆길에서 들렸다.

"보라고!" 빌 스미스의 성난 목소리였다. "그건 내가 이상한 장치에 발이 걸려 넘어졌던 곳이야!"

"그러나 산울타리가 전부 쓰러져……." 매커패티의 목소리였다.

"내가 쓰러뜨린 거야." 빌 스미스가 말했다. "그 위로 넘어졌지."

뜻밖의 일이어서 젊은 순경은 쩔쩔매는 것 같았다.

"하지만 현장의 모양으로 보나…… 그 소년의 말로 보나……."

오헤이어 경사의 굵은 바리톤 목소리가 말했다.

"여보게, 매커패티, 자네도 9명의……."

이때 벌써 빌 스미스 경감은 뒷문을 두들기고 있었다. 두 소녀가 나갔다. 다이나의 손은 비누 거품 투성이였고, 에이프릴은 접시 1개와 행주를 손에 들고 있었다.

"안녕하세요?" 에이프릴이 상냥하게 인사했다. "그렇지 않아도 이야기하고 있던 중이었어요. 들어오셔서 커피라도 한 잔 하시겠어요?"

"아니, 괜찮다." 빌 스미스가 말했다. 그는 머리 끝까지 화가 나 있었다. "저, 좀 물어볼 말이 있는데……."

"경감님……." 오헤이어 경사가 속삭였으나 완전히 들리고 말았다. "내게 맡겨주십시오, 나는……." 그는 헛기침을 하고 말했다.

"아, 잘 있었니, 에이프릴!"

"오헤이어 총경님!" 에이프릴이 반가운 듯한 목소리로 말했다.

"정말 기뻐요! 요즘 어떠세요?"

"나는 경사야." 오헤이어가 말했다. "잘 있었지. 너는?"

"저도 잘 있었어요." 에이프릴이 대답했다. "오늘은 안색이 좋으시네요."

"너야말로 안색이 좋구나."

오헤이어는 가볍게 그를 팔꿈치로 건드리고 나서 말했다.

"아주 중요한 일로 너한테 묻고 싶은데 말이야, 누구에게도 폐를 끼치지 않고 경찰에 크게 도움이 될 수 있으니까 사실대로 말해 주렴."

에이프릴은 눈을 크게 뜨고 그를 바라보았다.

"알겠지, 아가씨?" 오헤이어 경사는 애써 부드러운 목소리를 냈다. "이 1시간 동안쯤 동생은 어디에 있었지?"

"아치 말인가요?" 에이프릴이 물었다. 그녀는 놀라고 당황한 듯한 표정을 지었다. 행주가 손에서 떨어지려고 했다. 그녀는 더없이 철이 덜 든 말투로 진지하게, 어디까지나 정말인 듯한 목소리로 말했다. "일을 도와주고 있었어요."

그녀는 다시 접시를 씻기 시작했다.

빌 스미스가 경사를 옆으로 밀치고 말했다.

"무슨 일을?"

이번에는 다이나가 말했는데, 비누 거품 투성이의 손과 아직 손에 들고 있는 젖은 빨래를 될 수 있는 대로 유효하게 사용했다.

"남자애들에게 부엌일을 부탁하는 것은 가엾기도 하고 시키고 싶지도 않지만, 일이 너무 많아요. 접시를 날라주기도 하고, 쓰레기통을 비우기도 하고, 휴지를 불사르기도 하고, 빈 병을 내다놓기도 하고, 뒷베란다 바닥에 개미약을 뿌리기도 하고……."

빌 스미스는 그녀를 뚫어지게 쳐다보고 나서 걱정스러운 얼굴을 하고 있는 매커패티를 노려 보았다.

"자네 나쁜 꿈을 꾸고 있었던 건 아니겠지?"

그는 차갑게 말했다.

매커패티는 고개를 내저었다.

"이렇게 된 겁니다, 경감님." 그는 슬픈 목소리로 말했다.

"나는 집 안팎의 감시에 전념하고 있었는데, 거기에 그 소년이 아주 흥분하여 달려 와서 살인이 있었다고 소리쳤습니다. 그때 나는 어떻게 하면 좋았겠습니까?"

"수사해야지요, 물론." 에이프릴이 끼여들었다.

빌 스미스가 그녀를 바라보며 말했다.

"잠자코 있거라, 에이프릴."

"보니까 산울타리가 넘어져 있더군요. 그리고 전화를 하고 있는데 소년이 나무줄기에 칼이 꽂혀 있고, 벌집처럼 총알을 맞은 시체가 있다고 하는 겁니다. 그때 내가 어떻게 하면 좋았겠습니까? 나는 경찰관 수칙에 있는 대로 즉시 재빠르게 행동했던 겁니다."

빌 스미스가 말했다.

"또 이런 것에 걸려들면, 즉시 교통과로 되돌려 보내겠네."

그는 에이프릴과 다이나 쪽으로 얼굴을 돌렸다.

"동생은 지금 어디 있지?"

두 아이는 멍청한 얼굴로 그를 바라보았다. 다이나는 뒤뜰 쪽을 보았다. 골목대장들이 돌차기를 하고 있었다.

"방금까지 여기 있었는데······."

에이프릴은 뒤뜰까지 들리도록 목소리를 크게 했다.

"지하실에서 난로 재를 청소하고 있는지도 모르겠군요. 아니면 감자를 사러 갔는지도 모르겠어요. 그렇지 않으면 또······."

밖에 있던 아치는 눈치를 챘다. 골목대장들에게 눈짓을 하고 쏜살같이 지하실로 뛰어들었다.

"아아, 좋아." 빌 스미스가 말했다. "정말 너희들을 돕고 있었지?"

"아침 식사를 마치고 나서 줄곧."

다이나가 말했는데, 이것은 사실이었다.

빌 스미스는 한숨을 쉬더니 걱정스러운 얼굴로 서 있는 매커패티 쪽을 바라보았다

"저기 있는 아이들 가운데 하나인지도 몰라."

그는 앞장서서 뒷마당으로 들어갔다. 오헤이어와 매커패티가 곧 뒤따라갔다. 다이나와 에이프릴은 뒷베란다에서 바라보며 귀를 곤두세우고 있었다.

매커패티는 잠시 동안 바라보고 있더니 풀죽은 목소리로 말했다.

"모두 똑같아 보이는데요. 저 녀석이었는지도 모르겠군요."

그는 슬루키를 가리켰다. 빌 스미스가 슬루키를 노려보며 물었다.

"너였느냐?"

"아니예요." 슬루키가 대답했다. 그는 최근 명예로운 격투에서 이를 하나 잃었기 때문에 발음이 새나왔다. "저 창문도 내가 깬 게 아니에요. 내가 돌을 던지기 전부터 벌써 깨져 있었어요."

"이런 말투가 아니었습니다." 매커패티가 말했다. 그는 대장을 가

만히 지켜 보았다.

대장은 새파랗게 질려 대답도 못했다. 마침내 오헤이어가 아무도 없는 뒷베란다에서 그를 윽박지른 끝에 겨우 자백을 받아냈다. 여자 형제가 없다는 것, 하녀를 고용하고 있지 않다는 것, 누군가가 접시를 씻지 않으면 안 된다는 것, 그리고 다른 골목대장들에게 알려지고 말면 자기가 어떻게 될지도……

오헤이어 경사는 절대로 다른 아이에게는 말하지 않겠다고 엄숙히 약속했다.

구니는 할머니 심부름을 가 있었다. 핀헤드는 첼링턴 부인의 잔디밭을 깎고 있었다. 플래쉬라이트는 피아노 선생에게서 레슨을 받고 있었다. 웜리는 뜰에 물을 뿌리고 있었다.

골목대장들은 한 사람 남김 없이 의심할 수 없는 훌륭한 알리바이를 가지고 있었다. 마지막으로 워슈보드는 가장 나이가 어리고 키도 작았는데 "아저씨들은 진짜 경관이에요? 사인해 줄래요?" 하고 요구하며 질문을 무시해 버렸던 것이다.

"아무래도 똑같아 보이는데." 매커패티는 되풀이했다.

"괜찮네, 괜찮아." 빌 스미스는 지친 목소리로 말했다.

"자, 가서 또 일을 해야지."

세 사람은 부엌에서 나와 두세 걸음 걸었다. 그때 아치가 나뭇재가 반쯤 든 한 부셸들이 양동이를 들고 헉헉 숨을 몰아쉬며 지하실 계단을 올라왔다. 양동이에서 재가 날렸다. 얼굴도 머리도 재투성이였다. 아치는 힘차게 헐떡였다. 그는 오헤이어 경사를 보자 전에 그의 꾀에 넘어가 하마터면 비밀을 지껄이고 말 뻔했던 일을 떠올리고 이 기회에 복수할 생각이 들었다. 경사의 옆에 왔을 때 그는 양동이를 탁 내려 놓았다. 재가 자욱하게 날아오르며 경사의 잘 손질된 푸른색 양복을 우중충한 잿빛으로 만들었다.

"앗!" 아치는 말했다. "미안해요." 그는 경사의 겨드랑 밑을 빠져나가 골목대장들에게 손을 흔들며 "야아!" 하고 소리쳤다.

웜리가 얼른 알아차렸다.

"앞으로 얼마나 지하실에 있어야 하니?"

"글쎄⋯⋯." 아치가 말했다. "재로 꽉 차 있어. 앞으로 2시간 정도는 빠져나올 수가 없어."

전에 2시간 정도 일한 것이 2주일 전이라는 사실을 아치는 말하지 않았다. 어쨌든 거짓말을 하는 건 아니니까.

"성트 곤트 햇트 어트." 에이프릴이 조용히 뒷베란다에서 말했다.

오헤이어 경사는 아치의 목덜미를 잡고 매커패티 순경 쪽으로 끌고 갔다.

"이 아이인가?"

매커패티는 곰곰 생각하면서 검정투성이 얼굴과, 마구 헝클어진 머리와, 아치가 아까 지하실 쓰레기통에서 찾아 입은 저지 재킷을 쳐다보았다. 마침내 그는 말했다

"아닙니다, 이 아이와는 전혀 닮지 않았는데요."

"그럼, 가세." 오헤이어 경사가 말했다. "이런 일로 시간을 낭비하고 있을 수는 없네. 앞으로는 아이들이 무슨 소리를 해오더라도 속아 넘어가서는 안 돼. 나는 9명이나 되는 아이들을 길렀기 때문에 잘 알고 있지."

그는 운이 나쁜 매커패티를 데리고 작은 길을 따라 샌포드 집으로 향해 갔다.

"9명 중 제일 맏이는 어떻게 되었는지 모르겠어."

에이프릴이 중얼거렸다. "보나마나⋯⋯."

다이나가 소리내어 웃었다. 그녀는 골목대장들과 아치에게 신호를 했다.

"애들아, 파티의 아이스크림이 1쿼터 그대로 남아 있어. 그리고 메이플 케이크도 반쯤. 단 뒷베란다에서 먹지 않으면 곤란하다."

골목대장들은 5초 뒤 뒷베란다에 모였다.

"이만한 값어치가 있었어." 다이나는 아이스크림을 모두에게 나눠 준 다음 에이프릴에게 설명했다. "아치는 끌려가서 구속당하든가 어떻게 되었을 게 틀림없으니까."

"과연 골목대장이었어." 에이프릴이 행주를 행주걸이에 걸면서 말했다. "그트 럼트, 위로 올라가 죽은 샌포드 부인의 개인 생활을 연구해 볼까. 또 큰 소란이 벌어지기 전에."

다이나는 행주를 받아서 개수대 가에 정성들여 널었다.

"저 말이야, 에이프릴……." 그녀는 신중하게 덧붙였다. "경찰이 하버드 아저씨의 왼쪽 눈을 보면 틀림없이 큰 소동이 일어날 거야."

### 13

두 소녀는 방문을 꼭 닫고 다이나의 침대 위에 마닐라 종이 봉투 속의 것을 쏟았다. 편지류, 종이 조각, 서류, 신문 오린 것. 에이프릴이 되는 대로 신문 오린 것을 한쪽 손에 들고서 보고 있었다.

"다이나! 이것 봐! 이 사진!"

그것은 군복차림을 한 단정한 용모의 중년 남자였다. 타이틀 글자는 '군법회의에서 유죄 판결'이라고 되어 있었다.

사진 밑의 이름은 찰스 챈들러 대령이라고 쓰여 있었다.

"모르겠는데." 다이나가 말했다. "찰스 챈들러 대령이 누구지?"

"다시 한 번 사진을 봐. 그 머리를 희게 하고 작은 수염을 붙여보는 거야."

다이나는 상상해 보았다.

"어머나, 첼링턴 씨 아냐!"

"칼튼 첼링턴 3세야." 에이프릴이 진지한 목소리로 말했다.
다이나는 에이프릴을 노려 보았다.
"앞뒤가 맞지 않아. 이 사람이 무엇을 했다는 거지?"
에이프릴은 기사를 대충대충 읽어내려 갔다.
"돈을 많이 훔친 거야. 만 5천 달러. 5년쯤 전이야, 이 쪽지의 날짜를 보면. 처음엔 경리부의 금고가 도난당한 것처럼 꾸며졌지만, 결국 이 사람이 훔친 사실이 알려지게 되었다는 거야. 하지만 돈이 나오지 않았기 때문에 군법회의 결과 징계되었대."
그녀는 그 오린 쪽지와 함께 있는 다른 기사로 눈길을 돌렸다.
"체포되어 감옥에 들어갔대. 4년형이었다는군. 그 밖에 여러 가지 경력이 죽 나열돼 있어. 사관학교의 성적이라든가 세계대전의 용사였다든가, 그리고 그 사람의 아버지도 육군장교였다는……."
"4년형!" 다이나가 말했다. "하지만 우리 동네에서 벌써 3년째 살고 있는걸."
"잠깐 기다려." 에이프릴이 말했다. 그녀는 3장째인 마지막 종이 조각으로 눈길을 돌렸다. 아주 작게 오린 쪽지였다. "가석방이 되었대."
"어머나, 그래서 이리로 와 이름을 바꾼 거로구나. 정말 멋있고 좋은 이름이야."
"칼튼 첼링턴 3세 부인." 에이프릴이 멋을 부린 가락으로 발음했다. "아마 부인이 고른 것이 틀림없어. 그런데도 헤어지지 않고 따라왔군 그래. 그 많은 돈은 어떻게 해버린 걸까?"
"아마 다 써버렸겠지." 다이나가 말했다.
"뭐라구?" 에이프릴이 경멸하는 듯한 목소리로 말했다. "아마 잔돈푼이야 조금 썼겠지. 가석방되자 바로 이리로 왔잖아. 다 써버렸을 리가 없어. 1년에 2천 달러도 쓰지 않았다고 생각돼. 집도 작고, 부인은 옷도 새로 맞추지 않았고, 파출부마저 1주일에 한 번도 부르지 않았으며, 취미라면 그저 훌륭한 장미를 기르는 것뿐이었거든."
 "어쩌면 노름빚을 갚았을지도 몰라."
 "그 사람이! 첼링턴 씨가? 즉 챈들러 대령이? 그가 그렇게 큰 노름빚을 질 것 같이 보여?"
 "그렇게 말하니 어울리지 않는데." 다이나는 인정했다.
 "대체 무엇에 써버린 걸까. 하지만 말이야, 첼링턴 씨가! 그 사람 좋아 보이는 노인이!"
 "그다지 노인은 아니야. 사진을 봐. 5년 전에 꼭 50살 정도였어." 에이프릴의 눈이 가늘어졌다. "그가 써버렸다면 한 가지는 생각되는 게 있어. 샌포드 부인에게 협박당하고 있었으리라는 것."
 "그거라면 앞뒤가 맞는군." 다이나가 말했다. 그녀는 산더미 같은 서류를 보며 덧붙여 말했다. "서두르자, 에이프릴. 해는 짧아."

 노트와 편지와 사진과 오린 종이다발에는 맨 위에 파란 잉크로 읽기 힘든 작은 글씨로 이름이 적혀 있었다. 에이프릴은 '데글랜쥐'라고 쓰여진 종이다발을 발견하고 거기로 시선을 옮겼다.
 피엘 데글랜쥐에 관한 것은 조금 정돈되어 있었다. 다만 '조'라고만 서명되어 있고 상대는 '친애하는 플로라'라고 되어 있었으며, '오래간만에 편지 받아보았다'라든가, '캘리포니아에서 사는 기분이 어떠냐'라든가, '라벨 바에서 마티니를 마신 것을 기억하고 있느냐?'라든가, '그 뒤는 더욱 원만합니까?'라든가, '코니 섬에 같이 갔던 날 밤의 일을 잊을 수 있습니까'라느니 하는 그다지 중요하지 않은 개인적인 물음이 가득 나오는 것이었다. 모두 뉴욕의 어느 신문사 용지에 쓰여 있었다.
 그리고 피엘 데글랜쥐에 관한 부분을 찾는 데는 힘이 들지 않았다. 그러한 곳에는 모두 깨끗하게 파란 잉크로 줄이 그어져 있었기 때문이다.

 '······말씀하신 기괴한 화가는 수년 전에 밀입국한 이래 행방이 알려지지 않은 아만트 폰 헤네라는 사람과 인상이 비슷합니다. 만일 그 사나이라면 프랑스 사람으로 자칭하는 것도 지극히 당연합니다. 어머니가 프랑스 사람이고 그도 파리에서 자랐으니까요. 실종되기까지의 자료는 상당히 갖춰져 있습니다. 기사가 될지도 모르니 좀 더 조사해서 알려 주십시오.'

다음 편지에는

 '······만일 이 데글랜쥐가 폰 헤네라고 한다면, 그는 FBI를 두려워하고 있지는 않습니다. 다만 이 나라에 들어와 있는 적이 그의 실종 이래 줄곧 찾아 돌아다니며 발견되는 대로 죽이라는 명령을 받고 있는 겁니다. 만일 이 사나이라면 수염을 기르는 것도 당연하겠지요.'

그리고

 '······그래요, 폰 헤네라면 자금에 부족은 없겠지요. 유럽에서 도망칠 때 죽은 어머니의 보석을 가지고 간 것은 누구나 다 아는 사실입니다······.'

 '······아니, 폰 헤네의 사진은 1장도 없습니다. 그러나 결정적인 특징이 있으니까 알아보십시오. 왼쪽 팔에 결투를 하여 입은 상처가 있습니다. 팔꿈치에서 비스듬히 손목에 걸쳐 있습니다. 만일 그 사나이가 정말로 폰 헤네라면 즉시 내게 알려주십시오. 다른 신문사보다 앞질러 기사가 나오게 되면 우리 신문사에서 크게 기뻐······.'

마지막으로

 '······피엘 데글랜쥐가 아만트 폰 헤네가 아니어서 섭섭했습니다. 좋은 기사가 될 뻔했었는데. 그러나 상처가 없다면 결코 그가 아닙니다······.'

에이프릴은 그러한 편지들을 내려 놓으며 말했다.

"다이나, 그녀가 살해되던 날 그가 샌포드 집에 들어가려 했었지. 그때 그 사람이 셔츠를 걷어올리는 것을 본 적 있어?"

"없는데." 다이나가 말했다. "하지만……."

"맞아. 그는 역시 아만트 폰 헤네가 맞아. 그리고 적의 스파이에게 살해되는 것을 무서워하고 있으며 그 여자가 이 사실을 알아내 버렸어. 돈을 가지고 있다는 것도……."

"그러나 마침내 그 돈도 다 없어져갔어……." 다이나가 말했다.

"그래서 사실을 폭로하겠다고 하므로 그 여자를 죽였어."

"다이나, 그리고 폭로할 자료가 되는 어떤 서류를 그녀가 가지고 있다는 것을 그는 알고 있었던 거야. 그렇지 않다면 살인사건 뒤에 집 안으로 몰래 들어가려는 짓을 했을 리가 없어. 만일 그가 죽인 것이라면 살인사건 뒤에 집 안을 뒤져 그것을 뺏어 버렸겠지. 그렇지 않으면 집에 불을 질러 태워버렸을 거야. 자기에게 좋지 못한 증거를 없앨 수 없다면 죽여도 의미가 없거든."

"그건 그래." 다이나가 생각하면서 말했다. "그런데 피엘 데글랜쥐 씨가 사람을 죽인다는 것은 생각할 수 없는 일이야. 그 마음 착해 보이는 좋은 사람이!"

"팔꿈치에서 손목에 걸쳐 반드시 결투의 상처가 있을 거야."

에이프릴이 생각하며 말했다.

"있다고 생각하고 있구나?"

"내게 맡겨둬." 에이프릴은 자신 있어 보였다. "내가 발견하겠어."

"어떻게 해서?"

"아직은 모르겠어. 하지만 어떻게든지 해보겠어."

다이나는 데글랜쥐에 관한 편지를 침대 위에 놓았다.

"역시 샌포드 부인은 공갈 전문이었군그래."

"그걸 언니는 모두 혼자서 생각해냈군!" 에이프릴이 말했다. "대단한 머리야!"

그녀 자신도 운좋게 맞춘 일과 루퍼트 반 듀젠의 일을 털어놓을까 생각했다. 그러나 그만두기로 했다.

"놀랐는데." 다이나가 말했다. "계속해서 우리들 바로 이웃에 있었으니 말이야."

"그녀가 누군가의 이웃이 되는 것은 당연한 일이잖아." 에이프릴이 말했다. "살해되었다고 해서 가엾게 생각하거나 하는 일은 그만둬. 살인은 매일 일어나고 있어. 언젠가 엄마가 통계가 필요하다고 하기에 세계연감을 조사해 보았더니, 1940년에는 미국에서만도 8천 2백 8명의 사람이 살해되었다는 거야. 그러니까 전세계의 수를 생각해 봐! 하루 평균 몇 명이나 될 것 같아?"

"연필과 종이가 있으면 계산할 수 있어." 다이나가 말했다.

"됐어." 에이프릴이 얼른 말했다. "그러니까 샌포드 부인 걱정은 그만둬. 어떤 인간이었는지 알고 있지?"

"알고 있어." 다이나가 말하며 몸을 부르르 떨었다.

"엄마의 생일 축하 과자에 쓰려고 민들레꽃을 얻으러 갔을 때 그렇게 정중히 말했는데도 우리들을 욕하며 내몰았잖아?"

다이나가 말했다.

"아치가 헨더슨을 붙잡으려고 잔디밭에 들어갔을 때, 순경을 부르겠다면서 위협한 것도 기억하고 있지?"

"사치스러운 가운을 수없이 갈아입으면서 벌레도 죽이지 않을 것 같은 얼굴을 하고 있었지. 그리고 엄마는 늘 말했었어. 그 금발은 많은 돈을 들여 염색한 것이 틀림없다고 말이야."

"머리를 염색하는 여자는 많이 있잖아." 다이나가 말했다.

"하지만 미인이었어. 조금 여위어서 병자같긴 했지만."

"데글랜쥐 씨는 미인으로 생각하지 않은 것이 틀림없어."

에이프릴이 말했다. "그리고 첼링턴 씨도, 그리고……." 그녀는 서류를 마구 뒤적였다. "이 사나이도……."

'이 사나이'란 조그만 방갈로를 가지고 있는 평범한 얼굴 모습을 한 구두 연쇄점 지배인으로, 부인과의 사이에 아이들이 셋 있었다. 그런데 불행하게도 일리노이 주의 록 아일랜드라는 곳에 또 한 사람의 부인이 있었다. 그가 21살, 그녀가 29살때 결혼해서 정확히 6주일밖에 같이 살지 않았던 것이다. 남자 쪽에서는 이혼을 하려고 보니 별거수당을 지불할 돈이 없고, 여자 쪽은 어느 술집의 여종업원으로 일하면서 상당한 돈을 받고 있었기 때문에 그는 잠자코 도망쳐나와 이름을 바꿨던 것이다.

그리고 시골에서 개업하고 있는 어느 의사에 대한 자료도 갖춰져 있었다. 사망증명서를 쓸 때, 생명보험이라고 해야 얼마 안 되는 액수지만 남겨진 늙은 미망인이 그것조차 받을 수 없게 되면 안 되겠기에 자살이 아닌 것으로 했던 것이다.

또 다이나와 에이프릴이 〈타임스〉의 일요 부록 특별란에서 여러 번 사진을 본 적이 있는 이름 있는 부인이 무심코 쓴 편지도 한다발 있었다. 그 부인은 자기 어머니가 신시내티의 값싼 호텔에서 하녀로 일하고 있는 것을 줄곧 숨기려 하고 있었던 것이다.

또 평판이 좋은 여학교에 근무하는 중년에 가까운 영어교사가 잘 알려진 요리점으로 생각하고 들어간 곳이 노름방이었기 때문에 일제 검거에 말려든 사건의 자료도 있었다.

"대량 생산을 하고 있었군그래." 에이프릴이 험악한 목소리로 말했다. 그녀는 다음 페이지를 넘기는 순간 소리쳤다.

"아니, 이게 뭐지!"

그것은 자주색 잉크로 그다지 고급이 아닌 타임즈 스퀘어의 호텔 편지지에 쓴 편지였다.

정다운 플로라

그 홀부룩에 대한 일은 바로 말한 그대로예요. 그 남자의 딸이 분명한데, 여러 모로 알아본 결과 홀부룩은 그녀가 자기 딸이란 것이 고향 사람에게 알려지게 된다면 죽음보다 더 무서운 운명이라도 달게 받을 거라는 걸 알아냈어요. 하지만 생각하면 멍청한 사나이지요. 내가 그였다면 딸을 자랑하고 다니겠어요. 정말이에요, 플로라. 글쎄, 3개의 공작털과 1개의 유리구슬 차림으로 춤을 추기 시작하면 손님들은 한꺼번에 일어나서 온통 갈채를 보낸답니다. 그리고 그녀가 해마다 버는 돈을 모아놓는다면 대서양 함대를 완전히 가라앉게 할 정도의 무게가 될 거예요. 플로라, 물론 세상에는 이상한 사람이 많으니까 그녀가 3번 결혼한 것이 마음에 들지 않을지도 모르겠지만 내 지론은 실패가 없으면 깨달음도 없다는 거예요. 또는 달갑잖은 선전이라 어떨지 모르겠지만 극장 매표소에 사람들이 늘어서는 건 그 영화가 그만큼 좋다는 말 아니겠어요? 그런데 플로라, 이것이 결정적인 방법이 되어서 그 홀부룩을 움직여 무보수로 당신의 법률고문을 맡게끔 한다면 좋으리라고 생각해요. 그리고 플로라, 10달러 보내주어서 잘 썼어요. 건강을 빌겠어요.

"홀부룩 씨가!" 다이나가 말했다. "그 사람에게! 공작털과 유리구슬차림으로 춤추는 딸…… 그 잘난 척하는 사나이에게! 샌포드 부인 집에서 자동차로 돌아올 때, 아치가 휘파람을 불고 있으니까 일요일에 휘파람을 분다면서 화를 낸 주제에."

그녀는 다음 편지로 눈길을 보냈는데, 그것도 호텔 편지지에 자주색 잉크로 씌어 있었다.

 정다운 플로라
 내게 부탁한 것은 아주 잘한 생각이었어요. 그리고 일은 무사히 잘되었어요. 전에 한 번 메릴랜드에서 출연한 적이 있었는데 그때 그녀는 코러스였고, 나는 수석 소프라노였던 거예요. 이건 정말이에요. 그래서 부담없이 만날 수 있었어요. 그래서 그녀와 만나 당신이 써서 보낸 그대로, 가엾게도 아빠가 중병으로 이제 일어나지 못하게 될지도 모른다고 이야기하고, 병이란 걸 알려주는 서로 통하는 친구가 있다는 것과, 편지든 뭐든 바라고 있다는 것과, 다만 사람들 눈에 띄지 않게 그에게 건네주지 않으면 안 되니까 그 사람에게 부탁해서 직접 건네주도록 할 테니 짤막한 편지라도 좋다고 말했어요. 그녀는 곧 걸려들어 울먹이기까지 하면서 여기 함께 보내는 편지를 쓴 거예요. 그리고 당신이 꼭 필요하다고 말한 아버지 앞으로 보내는 봉투도 쓰게 했지요. 그리고 100달러 보내주어서 고마워요, 플로라. 이빨을 고치지 않으면 안 되기 때문에 돈이 필요했어요. 그리고 당신이 말하는 할리우드의 일자리가 정말로 되면 얼마나 좋을까요. 그 일자리에 대해 자세하게 알려줘요.
 비비안

'헨리 홀부룩 씨'라고 쓴 봉투가 거기에 클립으로 끼워져 있었다. 봉투 속에 휘갈겨 쓴 편지가 있었다.

 그립고 그리운 아빠에게
 병환이라는 소식을 지금 들었어요. 빨리 완쾌하시길 바래요. 정말 걱정만 끼쳐드려서 죄송해요. 언젠가는 아빠도 나를 자랑스럽게 생각해 주시게 될 거예요. 아빠가 부끄러워할 만한 일은 한 번도 하지 않았고, 앞으로도 결코 하지 않겠어요. 머잖아 나는 틀림없이 올바른 극장에서 일류 연극의 주연을 맡게 될 예정으로 있으니, 첫 날 저녁에 꼭 오셔서 박수를 보내주세요. 아빠의 일은 하루도 잊지 않아요.

B

다음 편지도 역시 자주색 잉크로 씌어 있었다.

 정다운 플로라
 그 편지에 그녀가 본명을 쓰지 않은 것은 미안해요. 하지만 나도 미처 몰랐고, 첫째 그렇게 이미 써버린 것은 어쩔 수 없지 않겠어요. 나 때문이라고는 하지 말아주세요, 플로라. 나는 옛친구에게 힘이 되어주려고 할 수 있는 일은 다 하고 있습니다. 아무튼 당신이 보내온 그녀 아빠의 필적 같은 편지와 춤추고 있는 스틸 사진에다 서명해서 보내달라고 쓰여 있는 글을 보여 주었더니 그녀는 정말로 무너져내리듯 쓰러져 울음을 터뜨리고 말더군요. 그래서 울고 있는데 사진을 들이대고 펜을 손에 들려 주었더니 본명으로 서명을 했어요. 그래서 같이 보냅니다. 그리고 말이에요, 플로라…… 요 2, 3 주일 예기치 않은 비용이 여러 가지로 들어서 그러는데 돈을 좀 빌려줄 수 있을지 모르겠군요. 그러면 아주 도움이 되겠어요.

비비안

에이프릴은 페이지를 넘기고 클립으로 끼워놓은 사진을 보며 휘파람을 획 불었다.
  "어머나, 무슨 꼴이람!"

사진에는 '할리에트 홀부룩'이라고 서명되어 있었다.

"만일 홀부룩 씨가 이걸 본다면······." 다이나는 숨을 삼켰다. "틀림없이 금방 죽고 말겠지?"

"보았을 게 틀림없어." 에이프릴이 말했다. 조금 화가 나기 시작한 모양이었다. "샌포드 부인이 이걸 가지고 있는 것을 알고 있었을 거야. 그러니까 그 여자가 살해된 뒤에 집 안으로 숨어들어가려 했던 거야. 딸이 무희로, 그것도 공작털 2, 3개와 유리구슬 한줌밖에 입지 않고 춤추고 있다는 것을 남에게 알릴 수는 없었기 때문이지."

"아직 더 있어." 다이나가 사진을 뒤적이며 말했다.

편지가 대여섯 통 있었는데, 처음 두세 통은 자주색 잉크로 그 지렁이 기어가는 글씨체로 쓰여 있었다. 어느 것이나 모두 돈타령이었다.

······치과의사가 틀니를 하지 않으면 안 된다고 하므로 돈이 들게 되었어요. 이야기하는 일자리가 쉬 다가오고 있으므로 돈을 조금······.

······답장이 없으니, 먼저 내 편지는 미아가 되었는지도 모르겠군요. 틀니는 나중에 할 수도 있지만, 집세를 3개월이나 미루고 말았어요. 집주인이 목요일까지 치르라고 하는군요. 플로라, 옛정을 생각해서 내게 조금만 빌려 준다면 고맙겠어요. 항공편 속달로 보내줘요. 오늘은 토요일이어서······.

이러한 편지는 한 가지 점에서 모두 똑같았다. 어느 것이나 답장을 내지 않았던 것 같았다. 마지막 것은 연필로 썼는데 종이는 값싼 괘지였다.

······25달러만 전보환으로, 이 구세군 구호소 편으로······.

맨 마지막 것은 가엾을 정도로 조그맣게 오린 신문 쪽지였다. 거기에는 전 뮤지컬 코미디 스타였던 비비안 데인이 작은 아파트에서 자살했다는 뉴스가 실려 있었다.

다이나는 편지다발을 침대 위에 메어치듯 놓았다. 이제 완전히 화가 나 있었다.

"아아, 이 비비안이란 사람에게 싫은 일만 모두 시키고 요리조리 낚싯밥을 물린 다음, 사례라고는······." 그녀는 다시 편지를 넘기며 말을 이었다. "100달러뿐······ 그리고 대개 엉터리였을 게 틀림없는 할리우드에 주선해 준다는 이야기뿐! 자기가 알고 싶은 일을 알아버리자 그 가엾은 여자에게는 답장마저 내지 않은 거야!"

"신경질부리면 안 돼." 에이프릴이 말했다. "엄마가 깨겠어."

"하지만 너무해!" 다이나가 말했다. "생각해 봐. 이 비비안과 홀부룩 씨와 데글랜쥐 씨와······."

"진정해." 에이프릴이 말했다. "아직 조사해야 할일이 많잖아."

다이나는 불평을 한 마디 했지만 그뿐으로 다시 조용해졌다.

에이프릴은 다음 다발을 꺼냈다.

그것은 8인치 너비에 10인치 길이의 멋진 사진으로 찍힌 사람이 알아차리기 전에 플래시로 찍은 것 같은 사진이었다. 거기에는 오린 신문 쪽지가 2장 붙어 있었다.

에이프릴은 사진을 바라보고 있더니 이윽고 말했다.

"아니! 이것 봐, 다이나!"

다이나가 그 사진을 보고 숨을 삼키며 말했다.

"샌포드 씨야!"

"그리고 이 여자는 기막힌 미인인데!" 에이프릴이 말했다.

그것은 극장 분장실 문 앞의 통로였다. 월레스 샌포드는 야회복을 입고 있었다. 그 여자는 검은 머리를 길게 늘어뜨리고 있었는데 귀엽고 젊은 얼굴이었다. 엷은 색 이브닝 드레스에 털가죽 케이프를 두르고 있었다. 얼른 보아 어디로 떠나는 잘 어울리는 미남미녀라고 할 수 있었는데, 두 사람 모두 몹시 놀란 듯 겁에 질린 빛이 엿보이고 있었다.

다이나는 종이 쪽지를 보았다.

**수수께끼의 '샌더슨 씨'는 리모 납치사건의 앞잡이인가?**

마리안 워드 적음

이틀 전에 미모로 알려진 베티 리모는 절찬을 받으며 주연하고 있던 극장 무대에서 퇴장했다. 앙코르가 계속되었기 때문에 그녀는 돌아와 다시 인사했다. 그리고 나서 분장실로 돌아가 화장을 새로 고친 것은 분장실 문 앞에서 기다리는 청년을 만나기 위해서였다.

하녀의 증언에 의하면, 옷차림과 화장에 특별히 신경을 쓴 것으로 보아 매우 즐거운 기분이었던 모양이다. 작은 소리로 노래를 흥얼거리며 분장실 문을 나가자, '호위'가 빙그레 웃으며 맞이했다.

두 사람은 큰길로 옆골목을 향해 걸어가고 있었다. 돌연 한 대의 차가 보도 가로 왔다. 극장에서 돌아가는 사람들이 뻬지어 있는 눈앞에서 무장한 한 사나이가 베티 리모를 차 안으로 끌어들였다. '호위'는 군중 속으로 자취를 감추었다.

오늘 기자는 베티 리모가 좋아하는 드레스를 입는 것을 도와준 하녀와, 극장을 나올 때 '수고하십니다' 하고 마지막 인사를 한 듯한 수위와 만났다. 두 사람 모두 '샌더슨 씨'라는 이름을 말했다.

샌더슨 씨라는 인물이 자주 베티 리모를 찾아와 여러 가지 선물을 하고, 몇 번이나 그녀와 전화로 이야기 했었다고 한다. 따라서 최후로 분장실 문 앞 통로를 그녀와 함께 걸은 사람이 바로 샌더슨 씨임에는 의심할 여지가 없다……

종이 쪽지는 여기서 찢어져 있었다. 그러나 다음에 오린 쪽지가 있었다.

### 베티 리모 살해에 관해 윌리엄 샌더슨을 조사중
마리안 워드 적음

지금 다섯 주의 경찰이 베티 리모의 납치 살해사건에 관계가 있는 것 같은 젊은 토지회사 영업사원 윌리엄 샌더슨의 행방을 수색중이다.

납치 몇 주일 전부터 샌더슨이 늘 리모 양에게 붙어다니며, 사치스러운 나이트클럽에 데리고 다니기도 하고 값비싼 선물을 보내주기도 한 것은 이미 알고 있는 바이다. 샌더슨의 고용주인 J.L. 파커 씨는 샌더슨의 매주 수입은 평균 40달러 이하라고 분명히 말했으며, 또한 회사의 금고에는 아무 이상이 없는 듯했다. 본사건 담당인 조제프 도노반 경감은 그가 리모 양에게 쓴 돈은 납치단으로부터 나온 것 같다는 소신을 피력했다.

샌더슨은 리모 양이 납치되었던 날 밤 사라진 뒤 행방을 알 수 없다……

"윌리엄 샌더슨." 에이프릴이 생각에 잠기면서 말했다. "월레스 샌포드…… 이름을 고르는 데 너무도 상상력을 발휘하지 못하는군."
"어떤 걸 택하면 좋은 거지?" 다이나가 말했다. "애시드 파일라스 매길리카디라고? 옷이나 뭔가에 모두 머리글자가 있어서 그것과 맞추지 않으면 안 되었겠지. 너만 하더라도 내가 보기에 별로 상상력이 풍부한 편은 못돼. 그 기자의 이름을 보란 말이야."

에이프릴은 멍하니 바라보며 "응?" 하고 되물었다.

"마리안 워드라는 사람이 누구겠니, 이 멍청이야"

다이나가 말했다.

"어머나." 에이프릴이 말했다. "엄마로구나! 신문 기자 시절에 썼던 이름이네!"

"그리고 여기에 엄마의 이야기가 조금 나와 있어."

그것은 그 조언자 '조'의 편지 가운데 하나였다. 그 맨 위에 파란 잉크로 '카스테어즈'라는 타이틀이 붙어 있었다.

친애하는 플로라

그렇습니다, 말한 그대로입니다. 리모 납치사건을 취급한 마리안 워드는 당신이 캘리포니아에서 만난 마리안 카스테어즈입니다. 남편이 죽고 신문사에 들어오자 워드(처녀 시절의 이름)라는 이름을 썼지요. 남편은 대단한 사람이었습니다. 나는 잘 알고 있지요. 그녀는 리모 사건에서 2개월이 지나도록 사건 용의자마저 검거하지 못한 것은 '중대한 태만'이라고 경찰국을 공격하는 기사를 써 '익스프레스' 신문사에서 쫓겨났습니다. 경찰국장이 몹시 트집을 잡았기 때문에 신문사는 그녀를 파면시키고 말았던 것입니다. 그 뒤 그녀는 여러 가지 필명으로 미스터리소설을 쓰기 시작했고, 나도 두세 가지 읽어보았는데 곧잘 쓰더군요. 리모 납치사건을 재료로 하여 하나 쓰면 좋을 텐데.

언제쯤 당신은 또 뉴욕에 오지요?

"이 남자는 좋은 센스를 가지고 있군."

에이프릴이 편지를 내려 놓으면서 칭찬했다.

"플로라 샌포드 같은 여자의 앞잡이 노릇을 한다는 건 애석한데."

"모르고 한 거겠지." 다이나가 말했다. "그저 친구로서 부탁받은 것만을 해줬을 거야. 전에 몇 번인가 같이 놀러간 일이 있기 때문에, 뭔가 알고 싶은 일이 있다고 그녀는 아무렇지도 않은 태도로 편지를 쓴 거겠지. 즉, 예를 들면 마리안 카스테어즈라는 매력 있는 부인을 만났는데, 혹시 전에 마리안 워드라고 하지 않았느냐고 말이야."

에이프릴은 금방 이해했다.

"가엾은 데글랜쥐 씨에 대한 정보의 수집 방법이라면……." 그녀는 숨을 깊숙이 들이마셨다. "그렇지, 《범죄실화》에는 마리안 워드의 이야기와 쫓겨나게 된 내막 같은 것이 씌어 있었기 때문에 엄마는 내게 읽히고 싶지 않았던 거야."

"그런 것 같아." 다이나가 말했다. 그녀의 눈이 가늘어졌다. "샌포드 부인 살해는 뭔가 베티 리모 사건과 관계 있는 것이 틀림없어…… 참고 기사를 모두 가지고 있으니까 말이야. 그녀와 결혼한 월레스 샌포드가 본디 윌리엄 샌더슨이었겠지. 그리고 프랭키 라일리는 납치사건 뒤에 구속되어 취조를 받고, 그리고 어젯밤 그녀의 집에서 살해되었어. 게다가 그녀는 혹시 엄마가 그 사건을 쓴 기자인가 아닌가를 몹시 알고 싶어했어."

"그러니까?"

"그러니까 말이야." 다이나는 말했다. "다행히 지금 엄마가 샌포드 부인을 죽인 범인을 발견하고——즉 우리들이 발견하면 말이야——그리고 동시에 리모 사건도 해결하게 되면 엄마를 크게 위하는 것이 되는 셈이지. 선전 효과를 생각해 봐."

"카스테어즈 님." 에이프릴은 감탄하며 말했다. "당신은 정말로 두뇌가 명석하군요!"

"고마워요, 카스테어즈 님." 다이나가 말했다. "좀더 조사해 보자. 단서가 될 만한 게 또 있을지도 몰라."

다시 보니 파아란 10센트 짜리만 파는 가게의 포장지에 쓴 편지가 있었는데, 보낸 사람의 이름은 없었다.

프랭키가 다음 화요일에 나가니까 조심하라. 리모의 아버지에게로 갈지도 모른다. 오랜 여행을 하는 편이 좋을 것 같다. 행운을 빈다.

"즉, 그녀는 유괴사건에 관련되어 있었던 거야."

"증거는 이 이상 필요없어." 에이프릴은 불평했다. "즉 다음과 같은 거야. 그녀가 이 프랭키라는 사람에게 시켰던 거야. 다른 사람에게도 도와주게 했을는지 모르지. 하지만 그는 돈은 받지 못했어. 그렇지 않으면 1년 뒤 그가 강도질을 하고 감옥에 갈 까닭이 없잖아."

"만 5천 달러를 여럿이서 나누면 얼마 되지 않아."

다이나가 말했다.

에이프릴은 그 편지를 가리켰다.

"그가 그 여자에 대해 화를 내고 있는 데는 뭔가 이유가 있어야만 돼."

어느 부잣집 노부인의 가정부 겸 시중꾼에게서 온 편지가 있는데, 위조한 신원보증서로 그 자리를 얻은 것만은 폭로하지 말아달라고 애원하면서 '마련되는 데까지' 보내겠다고 약속하고 있었다. 동부에 살고 있는 친형제에게 자기가 술집에서 일하고 있는 것을 알리고 싶지 않다고 걱정하고 있는 청년의 편지도 몇 통이나 있었다. 옛날 다른 시에서 위조죄로 징역을 살고, 지금은 다른 이름으로 은행에서 일하고 있는 노인도 있었다. 그리고 편지다발 맨 밑에 팬 잡지에서 뜯은 페이지가 있었는데――사진을 넣은 전기(傳記)로 바로 스타 폴리 워커였다. 거기에 편지 두 통이 클립에 끼워져 있었다.

그 전기는 고급 사숙(私塾)과 여름 캠프에서 기른 한 고아가 18살 때 브로드웨이에 뜻을 품고, 혓바닥 하나를 무기로 아주 하찮은 단역을 맡은 것을 출발로 해서 마침내 오늘의 스타의 지위에 오른 경위를 쓰고 있었다.

친애하는 샌포드 부인

당신 말대로 나는 폴리가 1년 전에 21살이 되기까지 후견인으로 있었습니다. 여러 가지 풍설에 대해 편지 주신 후의에 깊이 감사드리며, 이런 소문을 없애기 위해 더욱 더 수고해 주시기 바랍니다. 앞으로도 폴리에게 후의를 주시도록 부탁합니다.

"그런데 후의는커녕" 다이나가 외쳤다. "그 반대의 일을 한 거야. 이 여자는······."

"조용히 해." 에이프릴이 말했다. "아직 읽고 있는 중이야."

······그런데 불행하게도 그 소문은 사실무근은 아니지만 몇 가지 점에서 틀리더군요. 폴리의 아버지는 폴리의 어머니를 죽였기 때문에 징역을 산 것이 아닙니다. 폴리의 어머니는 폴리가 만 1살도 채 못되었을 때 폐렴으로 죽었으므로, 그래서 그녀의 아버지는 폴리가 벤 슈월츠의 딸이라는 지탄을 받으면서 자라기보다는 차라리 인연을 끊겠다면서 내게 부탁했던 것입니다. 그가 도박과 술 밀수입의 우두머리로 알려져 있고, 지금도 레븐워스에서 종신형을 살고 있는 것을 아시겠지요. 검거 전에 그는 가지고 있던 돈을 폴리의 교육비

로 내게 맡겼던 겁니다.

 소문을 없애주는 동시에, 나는 이 사실을 숨기는 데 노력해 주시기를 빌고 싶습니다. 연예계에서의 그녀의 앞길을 위태롭게 할 뿐만 아니라, 실로 이 오랜 세월 동안 아무것도 모르고 자란 폴리에게 있어 분명히 큰 타격이 될 테니까요.

얇은 담회색 종이에 적은 편지가 두 통 붙어 있었다.

 샌포드 부인
 오는 월요일 오후 2시에 찾아뵙겠습니다.
폴리 워커

다음 것은

 샌포드 부인
 돈 형편이 되었으므로 수요일에 가지고 가겠습니다.
폴리 워커

다이나와 에이프릴은 얼굴을 마주보았다.
"수요일은 살인이 일어났던 날이야." 다이나가 말했다.
"폴리 워커는 그 이틀 전에 거기에 갔었군 그래. 샌포드 부인은 이걸 보이고 아마 흥정을 하러 들었을 거야. 그런데…… 수요일에……."
"하지만 폴리 워커가 거기에 도착했을 때는, 샌포드 부인이 벌써 살해되어 있었던 거야." 에이프릴이 생각에 잠기며 말했다.
 다이나는 한숨을 내쉬면서 서류를 본디의 큰 마닐라지 봉투에 도로 넣기 시작했다.

"어딘지 모르게 뒤얽혀 있군 그래." 다이나는 투덜댔다. "그리고 한 가지 아주 이상한 게 있어. 신문에 나와 있는 그 남자의 일 말이야."

"프랭키 라일리?"

다이나는 고개를 저었다.

"또 한 사람 쪽 말이야. 샌포드 부인으로부터 공갈당하고 있는 것을 시인한 사람 말이야…… 그 믿을 만한 증인이란 사람이 말한 대로. 하지만 그에게는 알리바이가 있어. 루퍼트 반 듀젠 말이야. 어째서 그 사람에 대한 자료가 하나도 없을까?"

"저 말이야, 다이나." 에이프릴이 말했다. 그녀는 숨을 깊이 들이마시고 나서 천천히 말하기 시작했다. "이야기하고 싶은 것이 있어……."

그 순간 아래층 바깥 현관문을 요란스럽게 두드리는 소리가 났다. 다이나는 벌떡 일어나 봉투를 세탁물 자루에 숨기고 계단 쪽으로 갔다.

"엄마가 잠을 깨고 말겠어."

"아치가 밑에 있는데" 하며 에이프릴은 다이나의 바로 뒤를 따랐다.

현관문을 여는 소리가 났다. 아치가 계단 밑에서 둘을 기다리고 있었다.

"경찰에서 왔어." 아치가 말했다.

빌 스미스 경감과 오헤이어 경사가 현관에 서 있었다. 두 사람 모두 숨이 차 있었고 불안해 보였으며, 경사 쪽은 얼굴도 약간 창백해 보였다.

"어머님은 어디 계시지?"

"주무시고 계세요." 다이나가 말했다. "밤새워 일했기 때문에 아침을 드시고 바로 잠드셨어요."

빌 스미스는 당황해하더니 이윽고 "이거 참!" 하고 말했다.

"그럼, 아가씨들." 오헤이어 경사가 말했다. "너희들은 오늘 아침 줄곧 집에만 있었는가?"

둘은 근엄한 얼굴을 하고 고개를 끄덕였고, 아치가 장단을 맞추었다.

"우리들은 한 발자국도 밖에 나가지 않았어요."

"너희들은……." 빌 스미스는 말을 중단하고 떨떠름한 표정을 지었다. "아마 누가 이 근처를 서성대고 있었던 모양이야. 샌포드 집에 누군가 들어갔거든. 혹시 사람의 발자국 소리를 들었다든가…… 모습을 보았다든가 하지 않았니?"

다이나와 에이프릴은 얼굴을 마주 보았다. 그리고 이내 경관들을 보았다.

"아니오, 전혀." 에이프릴이 말했다. "발자국 소리도 못들었거니와 아무도 보지 못했어요, 아저씨들 외에는."

빌 스미스는 이마를 닦았다.

"이거 대단히 고맙다. 그저 알아보았을 뿐이야."

오헤이어 경사가 중얼거렸다.

"정말이지 나는 확신이 있습니다. 모두 미친 사람의 짓입니다. 그 밖에는 생각할 수가 없습니다."

그리고 나서 두 사람은 발길을 돌려 밖으로 나갔다.

에이프릴이 다이나에게 윙크를 했다. 다이나는 얼른 웃음 소리를 눌러막았다. 아치가 발을 동동 구르며 캐물었다.

"뭔데? 뭔데?"

"아무것도 아니야." 에이프릴이 뽐내는 듯한 목소리로 말했다.

"그저 하버드 아저씨에 대한 일일 뿐인 거야."

## 14

"어머니날 선물로 뭘 샀어?" 문간에서 마주치자 아치가 곡조를 붙여 말했다. "어머니날 선물로 뭘 샀어? 응?"
"바늘이 도랑에 걸렸어." 에이프릴이 엉뚱하게 둘러말했다.
"빨리 말해 줘." 아치는 말했다. "어머니날 선물로 뭘 산 거야?"
"아치." 다이나가 말했다. "귀찮게 굴지 마. 전화 온 데 없었니?"
"응. 그런데 어머니날 선물로……."
"저, 피트에게서 전화오지 않았어?" 다이나가 말했다.
"피트? 으응" 하고 아치가 말했다. "글쎄……."
다이나는 깜짝 놀라는 듯했다.
"하지만 오늘은 토요일이야. 언제나 토요일에는 전화를 걸어오는데."
"어서 가르쳐 줘."
아치는 또 시작했다.
"한 번도 걸려 오지 않았었니?" 에이프릴이 물었다.
"사람도 안 왔었니, 경찰도?"
"전화 같은 건 오지 않았어." 아치는 명랑하게 말했다. "경찰도 안 오고, 살인도 없고, 불도 안 나고, 아무것도 없었어. 그런데 어머니날 선물로 무얼 산 거야, 응?"
"그래, 바보야." 에이프릴이 질린 듯이 말했다. "책을 샀어."
아치는 눈을 크게 떴다.
"책을? 쳇! 책이라면 엄마가 쓰고 있잖아!"
"읽을 수도 있는 거야." 에이프릴이 말했다.
"그리고 이건 특별한 책이야." 다이나가 덧붙였다. "찾아내느라

온 시내를 돌아다녔어."

"보여 줘." 아치가 말했다.

다이나는 예쁘게 포장한 꾸러미를 종이봉투에서 꺼냈다.

"안은 보여 줄 수 없어. 클렌쇼 서점 여자에게 특별히 포장해 달라고 한 것이기 때문이야. 그리고 여기에 넣을 아주 훌륭한 카드도 있어."

"그까짓 것." 아치가 말했다. "나더러 전화나 받으며 집을 보게 하고 시내로 나갔나 했더니, 시시한 책이나 사온 거야? 좋아, 나도 어머니날 선물로 특별한 걸 갖고 있지만 내일 아침까지는 누구에게도 보여 주지 않겠어, 누나들한테도."

"괜찮아." 에이프릴이 말했다. "뭐지?"

"이야기 안 해."

"꽃다발이지?" 다이나가 넘겨짚었다.

"전혀 틀려."

"뭔가 손으로 만든 거지?" 에이프릴이 말했다.

"새장이거나 책상 달력이거나 뭐 그런 거겠지."

"아니야." 아치는 자랑스럽게 말했다.

"내버려 둬." 에이프릴이 말했다. "거짓말만 하고 있어."

"뭐라고? 거짓말이라고?" 아치는 성이 났다. "그럼, 와서 봐. 보여 줄 테니까……." 말했으나 잠시 뒤 문득 깨달았다. "안 돼, 안 돼. 날 속여서 어머니날 선물을 빨리 보여주게 하려는 거지? 그래도 보여 주지 않을 걸."

"좋아." 다이나는 차갑게 말했다. "보고 싶지 않아. 하지만 또 거북이새끼라면 헨더슨이 기뻐하지 않을 거야."

"만일 또 병에 담은 올챙이라면, 나는 집을 나갈 거야." 에이프릴이 말했다.

"그리고 발렌타인 데이에 엄마에게 흰 쥐를 드렸을 때의 일을 생각해 봐." 다이나가 말했다. "젠킨즈가 그걸 보았을 때의 일 말이야."

"쳇!" 아치가 코웃음치면서 말했다. "거북이새끼도 올챙이도 흰 쥐도 아니야. 나만 알고 있는 것인데, 누구에게도 가르쳐 주지 않을 거야."

그렇게 말하는, 아주 작고 땀이 난, 때가 묻은 아치는 열심히 방어 태세를 취하고 있었다. 다이나는 손을 뻗어 농담의 마무리로 머리카락을 쓰다듬어 주었다.

"어떤 거라도 좋아." 다이나는 상냥하게 말했다. "엄마가 틀림없이 기뻐하실 거야."

"정말이야." 에이프릴도 똑같이 애정을 담아서 말하면서 그의 코에다 키스했다.

"아이, 저리 가."

아치는 화난 시늉을 했으나 그다지 뜻대로 되지는 않았다.

다이나는 예쁘게 포장한 꾸러미를 소파 밑에 감췄다. 그리고 말했다.

"나는 속이 텅 비었어. 그리고 이야기할 것도 많고……."

"텅 비었다"는 말이 채 떨어지기도 전에 에이프릴과 아치가 "나도" "나도" 하고 소리쳤다. 모두들 부엌까지 달음질쳤다. 다이나는 빵과 땅콩 버터를 꺼내고, 아치는 냉장고에서 우유와 잼 병을 가져오고, 에이프릴은 밀가루 항아리 뒤에 비상용으로 간직해 두었던 포테이토칩을 찾아냈다.

크림 치즈도 있었고, 햄도 남아 있었으며, 바나나도 3개 있었고, 올리브도 있었으며, 천만뜻밖에도 자르다 만 큰 과자까지 있었다.

"요기만 하는 거야, 괜찮지?" 다이나는 땅콩 버터와 크림 치즈와 잼을 빵 조각에 바르며 말했다. "이제 곧 저녁밥을 먹을 거니까. 그리고 에이프릴, 그 과자를 셋으로 똑같이 나눠."

"나는 제일 큰 걸 먹을 거야." 아치는 바나나를 벗기면서 올리브 쪽에도 손을 내밀고 있었다. "왜냐하면 나는 제일 작으니까 빨리 자라야 하거든."

"아치." 에이프릴은 손가락에 묻은 설탕을 빨면서 엄하게 말했다. "넌 스와인('돼지'라는 뜻과 '탐식가'라는 뜻이 있음)이구나."

"내가 스와인이라고?"

아치는 빵에 땅콩 버터를 바르고 크림 치즈와 잼을 군데군데 뿌린 다음 햄을 한쪽에 올려 놓고 난 뒤 마지막으로 바나나 조각을 올려 놓았다.

"하지만 스와인이란 두 마리이거나 그 이상의 돼지인데."

그는 자신이 만든 걸작품 위에다 올리브 하나를 장식으로 얹어 반쯤 입 속으로 밀어 넣었다.

"스와인이란 돼지 한 마리도 되는 거야." 에이프릴이 말했다. "그리고 잼 병에다 숟가락을 그대로 넣어 두는 건 좋지 않아."

아치는 숟가락을 빨며 "그렇지 않아" 하고 말했다.

"맞다니까." 에이프릴이 말했다.

"뭘 그래." 다이나가 귀찮은 듯이 말했다. "사전을 펴봐."

아치가 사전을 찾아보러 간 사이에 에이프릴은 우유를 더 꺼내려고 냉장고로 갔다가, 코카콜라 2병이 우유병 사이에 가려져 있어서 미처 못 본 것을 알았다. 코카콜라를 셋으로 나누고 있는데 아치가 돌아왔다. 조금 풀이 죽어서 에이프릴이 옳았던 것을 인정하고는 곧 코카콜라의 분배에 트집을 잡기 시작했다.

"나는 다만 작은 스와인인 거야." 그는 말했다. "아니, 다이나의 컵 쪽이 나보다 더 많이 따라져 있잖아."

"제발 좀." 다이나가 말했다. 그리고 과자 접시에서 껍데기 조각을 집어다가 아치의 입 속에 밀어 넣었다. "입트 다트 물트 어트."
 5분 뒤 부엌 테이블에는 먹을 것이라고는 한 조각도 남아 있지 않았다. 아치는 사과가 없나 하고 채소바구니 속을 뒤지기 시작했다. 다이나는 접시를 설거지통으로 가져다 놓고 우유병을 헹구기 시작했다.
 "에이프릴." 그녀는 천천히 말했다. "우리들이 해야만 할 일이 있어. 네가 꼭 해야만 하는 일이야."
 "빈 병을 들고 나가는 건 싫어. 그건 아치의 일이야."
 "우리집 앞길이 위험하게 되어 있는데도?" 다이나는 부엌 창문을 바라보며 말했다. "에이프릴은 빈 병인 줄로 알고 있군. 저 말이야……." 그녀는 갑자기 행주를 내려 놓았다. "첼링턴 부인에게로 가서 어머니날 꽃다발에 쓸 장미꽃을 얻어가지고 와."
 에이프릴도 행주를 테이블 위로 던졌다.
 "그리고 간 김에 첼링턴 씨에게 물어보고 오라는 것이겠지? 육군에서 만 5천 달러 훔치고 쫓겨난 것을 샌포드 부인이 알고 있기 때문에 그녀를 죽이지 않았느냐고?"
 "무슨 말을 하는 거야." 다이나는 다시 행주를 집어들었다.
 "그처럼 재치없는 방법으로 묻는 게 아냐."
 "나는 재치가 없는 타입이거든." 에이프릴이 말했다.
 "하지만 하는 데까지 해보겠어. 그런데 혹시 첼링턴 씨가 얼굴빛이 나빠져서 쓰러져 있거나, 또는 아주 태연하게 당당히 있거나 하면 난 어떻게 해야 좋지? 호루라기를 불어 경찰차를 불러야 하는 거야?"
 다이나가 몸을 돌렸다.
 "너, 무서운 모양이로구나."
 "무섭지 않아." 에이프릴이 말했다. 볼이 불그레해졌다.

"첼링턴 씨 집에 가서 PTA 원유회 과자를 만들어 달라고 부탁했을 때, 내가 무서워했어?"

"그건 첼링턴 씨가 샌포드 부인을 죽였을지도 모른다는 것이 알려지기 전이잖아." 다이나는 두 손을 행주로 닦으며 말했다. "내가 가는 것이 좋을 것 같군."

"괜찮아." 에이프릴이 당황하며 말했다. "장미와 증거를 찾아가지고 오겠어. 우리들이 발견한 권총 탄환을 가지고 가서 혹시 첼링턴 씨가 권총을 가지고 있으면 그것과 맞나 안 맞나 보고 오면 되겠지."

다이나가 행주를 떨어뜨리면서 소리쳤다.

"에이프릴!"

그녀는 숨을 내쉬며 다시 행주를 집었다.

"그걸 잊고 있었어."

"그것은 단서 중 하나야." 에이프릴이 말했다. "범죄현장에서 발사된 총알은 대개의 경우 단서야. 어떤 권총으로 쏜 것인가를 알아내고, 누가 그런 권총을 가지고 있었는지······."

"나도 그건 알 수 있어." 아치가 큰소리로 외쳤다. "손가락을 걸겠어. 자신 있단 말이야."

"총알을 이리 줘, 알아봐 줄 테니까."

"어떤 식으로 알아보는 거지?" 다이나가 물었다.

아치는 모욕당한 것처럼 말했다.

"쳇! 경찰에게 물어야 하는 거야. 총알에 대한 거라면 모두 알고 있거든."

"과연 내 동생이야!" 다이나는 씁쓸하게 말했다. "머리가 좋은데!"

"잠깐만," 에이프릴이 말했다. "그것도 좋을지 모르겠는데!" 그녀는 무서운 눈으로 아치를 보았다. "꼬리를 안 잡히고 무사히 끝날 것 같아?"

"내가 어떻게 할 거라고 생각하는 거야?" 아치는 말했는데 더욱 모욕당한 느낌이 드는 모양이었다. "경찰한테 가서, 이건 누나가 샌포드 씨 집 그림 속에서 훔친 총알이라고 말할 거라고 생각하고 있는 거야?"

에이프릴은 모험적인 말투로 말했다.

"잘 해낼지도 모르겠는데, 위험하기는 하지만. 그러나……."

"내가 하는데 위험할 게 뭐 있어."

에이프릴과 다이나는 아치의 머리 너머로 얼굴을 마주 보았다.

"그렇군." 이윽고 다이나가 말했다. "위험한 다리를 건너는 건 이 녀석이지 우리들이 아니니까. 하지만 혹시 모르니까 좀 더럽혀 두는 게 좋을 거야."

"내가 할 거야. 모두 내게 맡겨 둬. 다 생각하고 있으니까."

아치는 에이프릴의 손에서 총알을 낚아채며 말했다.

"그리고 잃어버릴 걱정은 안 해도 돼. 절대로 잃어버리지 않을 테니까."

아치는 과자병 옆 상자에서 소다 크래커를 두어 개 집어들더니 달려 나갔다. 그리고 1초도 안 되어 다시 나타났다.

"게다가 말이야." 그는 선언했다. "나는 슬루키와 플래쉬라이트를 데리고 갈 거야, 멍청이들은 아니니까 말이야."

그는 발꿈치를 빙글 돌리더니 벌써 사라졌다. 다이나는 한숨을 내쉬었다.

"잘되면 다행이지만, 혹시 붙잡히기라도 하면……."

"그애는 걱정없어." 에이프릴은 자신있어 보였다. "그런데 첼링턴 씨네 집으로 어머니날 꽃을 얻으러 가려면 빨리 떠나지 않으면 안 돼."

에이프릴은 특별히 어떤 생각이 있는 눈치는 아니었다.
그녀는 잠시 문간에서 서성거리고 있었다. 그리고 물었다.
"언니는 뭘 할 거야?"
다이나는 언짢은 얼굴을 했다.
"네 생각은 어떠니? 너와 아치는 편한 일을 맡게 된 거야. 나는 부엌이나 말끔히 치우고 행주나 빨아 널고 저녁밥을 준비하지 않으면 안 돼."
다이나는 에이프릴을 가만히 바라보았다.
"거기 가는 게 무섭니?"
"천만의 말씀!" 에이프릴은 쌀쌀맞게 말했다.
에이프릴은 부엌에서 잔디밭 위로 걸어나갔다.
"누가 무서워한담." 그녀는 자신에게 중얼거렸다.
"속이 좀 이상한 건 바나나와 데일 피클을 같이 먹었기 때문이야. 하지만 그 마음 착해 보이는 첼링턴 노인에게 살인혐의를 둔다는 건!"
그러나 범인은 첼링턴 노인이 아니다! 본디 챈들러 대령으로, 만 5천 달러를 훔치고 감옥살이를 하게 되어 이름을 바꾼 단순한 중년 사나이인 것이다. 그리고 샌포드 부인은 줄곧 그것을 알고 있었던 것이다. 에이프릴은 오싹 소름이 끼쳤다.

샌포드 집의 넓은 잔디밭 저쪽에, 오헤이어 경사가 벤치에 걸터앉아 세 남자아이와 이야기하고 있는 것이 보였다. 그들은 귀를 세우고 열심히 듣고 있었다. 아치와 슬루키와 플래쉬라이트였다. 경사는 재미있는 듯 즐기고 있는 모습이었다. 에이프릴은 잘됐다는 듯한 웃음을 지었다. 과연 아치다.

잡초가 무성한 좁은 길이 가득 늘어서 있는 큰 나무에 가려져 있는데, 그것을 따라 샌포드 집 뒷문 근처에서 언덕 위쪽으로 꼬부라져들면 첼링턴 부부가 살고 있는 작은 집이 나왔다. 훨씬 먼 돌아서 가는 좋은 길이 있지만, 카스테어즈 집 아이들은 첼링턴 집에 갈 때에는 언제나 모험거리가 많은 쪽 길로 갔다.

첼링턴 씨 댁은 석회칠을 한 작은 집으로, 방 두 칸에 부엌과 욕실이 있었다. 볼 만한 것은 주위의 정원으로——언제나 말끔히 손질된 작은 직사각형의 잔디밭이 있고, 눈부실 정도로 아름다운 갖가지 장미꽃이 피어 있었다. 에이프릴은 몇십 번, 아니 몇백 번이나 보아왔지만, 길을 다 올라왔을 때마다 무의식 중에 발길을 멈추고 현란하리만큼 화려한 빛깔의 춤에 가슴설레이는 것이었다. 몹시 검붉은 장미는 거의 짙은 보라색이었다. 큰 송이의 노란 장미, 하얀 것, 밝고 붉은 것, 유난히 큰 핑크색. 가지가 휘도록 다닥다닥 피어 있는 작은 짙은 다홍빛 덩굴장미 한 그루가 석회칠한 한쪽 벽을 기어오르고, 핑크색 작은 꽃을 피우고 있는 한 그루는 아치형 문에 뒤얽혀 있다. 첼링턴 부인은 작업복 바지 차림으로 꽃 속에 서 있었는데, 얼굴은 밀짚으로 만든 차양 넓은 작업모자에 가려져 있었다. 손에는 전정가위를 들고 있었다.

분명 작업복을 입을 타입은 아니야, 라고 에이프릴은 생각했다. 그 몸매가 좀 우스꽝스럽게 보였던 것이다. 이때 첼링턴 부인이 얼굴을 들고 소리를 질렀는데, 그 얼굴은 우스꽝스럽다는 말과는 거리가 멀다는 것을 깨달았다. 젊어서는 아름다웠을 첼링턴 부인의 입매며 얼굴에 깊은 주름이 패여 있다는 것을 방금 전까지도 새까맣게 모르고 있었던 것이다. 미소 지을 때마다 남아 있는 그 침통한 눈길을 눈치채지 못하고 있었다.

어쩐지 좀 거북한 느낌이 들었다.

"어서 와, 에이프릴." 첼링턴 부인이 말했다. "지금 만들어 둔 당밀 쿠키가 있는데 먹지 않겠니?"

"어머나!" 에이프릴은 탄성을 질렀다.

첼링턴 부인의 쿠키는 유명했고, 당밀 쿠키는 에이프릴이 아주 좋아하는 것이었다. 특히 그녀는 건포도가 든 것을 좋아하는데, 이 집 것에는 건포도가 듬뿍 들어 있었다. 그러나 이때 문득 생각이 났다. 그녀는 첼링턴 부부를 은근히 살피러 온 것이다. 알리고 싶지 않으리라고 생각되는 일을 탐지하러 온 것이다. 탐지하려 하는 그 상대로부터 당밀 쿠키를 대접받는 것은 예의에 벗어나는 일이다.

"저……." 에이프릴은 망설였다. 그녀는 말을 끊고, 침을 삼키고 나서 말했다. "저, 사실은 부탁이 있어서 찾아온 거예요. 내일이 어머니날이라서 엄마에게 드릴 선물을 사긴 했는데 꽃을 사지 못했기 때문에, 그래서……."

"물론 꽃이 있어야지." 첼링턴 부인이 말했다. "주고 말고, 갖고 싶은 만큼 가져 가요." 그녀는 상냥한 눈으로 에이프릴을 바라보았다. "너의 엄마는 정말 행복한 사람이야."

"행복한 건 저희들이에요." 에이프릴이 말했다. 첼링턴 부인의 눈에 눈물이 글썽해졌다. 에이프릴은 눈길을 돌리며 말했다. "저…… 혹시 주실 수 있다면…… 장미를 두 송이 정도……."

"두 송이라고!" 첼링턴 부인은 뜻밖이라는 듯이 말했다. "큰 다발로 가져가거라! 특별히 좋은 걸로 모아서. 네가 직접 고르겠니?"

"저…… 골라 주실 수 있으세요? 좋은 것을 아실 테니까요."

첼링턴 부인은 고심하면서 정원을 살펴보았다.

"이렇게 하자. 장미는 아침 일찍, 이슬이 맺혀 있을 때 꺾지 않으면 안 되거든. 그러니까 내일 아침 다발을 만들어 놓을 테니 아치를 보내어 가져 가거라."

"어머나, 고마워요, 아주머니!"

"나는 네가 좋아." 첼링턴 부인은 그렇게 말하고 가위질을 계속했다. "그리고 당밀 쿠키는 부엌 테이블 위 접시에 담겨 있어."

"저……"

에이프릴은 머뭇거리며 생각에 잠겨 잠시 그 자리를 떠나지 못했다. 어떤 일에 대해서 어떻게 할 것인지 결정을 하지 못하고 있었다. 그녀는 쿠키 때문도 아니려니와 장미 때문도 아니라고 스스로 생각했다. 더구나 단순히 칼튼 첼링턴 3세 부부를 그녀가 좋아하기 때문도 아니었다.

그것은 그 플로라 샌포드의 마닐라지 봉투 속에서 나온 증거물이 살인으로서는 불충분하기 때문이었다. 한때는 충분했을지도 모른다. 그러나 지금으로서는 그것이 협박 재료는 될 것 같지 않았다. 벌써 육군에서 징계받아 감옥살이까지 했다. 비록 샌포드 부인이 그 사실을 알고 있다고 말해 보았자, 두 사람은 어딘가 다른 작은 도시에 있는 작은 집으로 이사가서 또 이름을 바꾸고 새로운 장미밭을 만들면 되지 않겠는가. 그 여자가 무슨 짓을 했든, 죽이지 않으면 안 될 만한 일을 했으리라고는 생각되지 않았다.

에이프릴은 마음이 몹시 홀가분해졌기 때문에 하마터면 울어 버릴 뻔했다.

"네, 저는 쿠키를 참 좋아해요."

그녀는 부엌 쪽으로 향해 집 옆을 돌기 시작했다.

"하나만 먹으면 안 돼." 첼링턴 부인의 목소리가 뒤쫓아 왔다. "한 웅큼이야. 따뜻할 때 가장 맛있단다."

"너무 유혹하지 말아 주세요."

첼링턴 부인의 따뜻하고 우정어린 웃음소리가 장미밭에 울려 퍼졌다.

"옆문으로 들어가서 찬장에 있는 종이봉지를 꺼내어 다이나와 아치에게도 선물로 가져다 주렴. 접시에 있는 것만으로 부족하면 식기실 선반의 항아리 속에 들어 있는 것도 가지고 가."

"미안해요." 에이프릴은 큰소리로 대답했다. "정말 고마워요!"

그녀는 옆문으로 달려 들어갔다. 다이나와 아치도 건포도 넣은 당밀 쿠키에는 정신을 못 차린다. 내일은 뒤에 있는 채소밭의 무를 많이 뽑아 드려야겠다고 생각했다. 일요신문과 그리고 다이나가 어머니날 만찬에 만든다고 한 아이스크림도 그릇에 가득 담아서……

종이봉지는 찬장에 있었으므로 에이프릴은 그것을 가지고 부엌으로 갔다.

첼링턴 집에는 지금까지 몇 번이나 왔었는데 이상하게도 복도 맞은편에 그 사진이 걸려 있는 것을 한 번도 본 적이 없었다. 하지만 전부터 죽 걸려 있었던 모양이다. 그리고 보니 전부터 거기에 있었던 것이 생각났다. 그러나 여태껏 한 번도 주의해서 본 적이 없었다. 그것은 부드럽고 검은 빛이 나는 머리카락이 풍성하게 굽슬거리고 기분 나쁠 정도로 친근함이 느껴지는 아름다운 얼굴이었다. 전에 어디서 본 사람인 듯한 느낌마저 들었다.

아, 그래. 맞았다, 맞았어! 첼링턴 부인이다. 몇년, 아니 몇 십년이나 젊었을 때의 그녀다. 에이프릴은 가까이 가서 그 사진을 유심히 바라보았다. 이마에는 주름 하나 없고, 검은 기가 많은 눈은 우수를 띠고 있었지만 어두운 그림자는 티끌만큼도 없었다. 입언저리는 약간 수줍은 듯이 미소짓고 있었다. 그것은 행복에 취하고 신뢰로 가득찬 편안한 얼굴이었다.

에이프릴은 첼링턴 부인의 볼연지를 바른 뒤룩뒤룩한 얼굴과, 엷어진 눈썹과, 자칫하면 눈물이 번지는 눈을 생각했다.

"정말 가엾어." 그녀는 사진을 향해 속삭였다.

사진은 마주 보며 미소를 보냈다. 한쪽 구석에 이름이 적혀 있었다. '사랑하는 로즈' 그렇다면 첼링턴 부인의 이름은 로즈였던가. 첼링턴 집안이 장미 기르는 것이 취미인 이유를 알겠다.

그녀는 부엌으로 들어갔다. 쿠키가 수북하게 담겨 있는 접시가 테이블에 놓여 있었다. 아직 따뜻하고 좋은 냄새가 났다. 에이프릴은 황홀해서 바라보았다. 아주 둥그렇게 부풀어 올라 있고 건포도가 잔뜩 박혀 있었다.

첼링턴 부인은 언제나 쿠키를 만들었는데, 늘 자기들이 먹을 것보다 10배나 더 만들었다. 그래서 근처 아이들은 언제나 이 집 부엌 언저리에 얼씬거렸다. 10개 정도는 얻을 수 있겠다고 에이프릴은 생각했다.

탐욕은 안 된다고 자신에게 타이르면서 그녀는 꼭 9개를 집었다. 3개는 다이나의 몫, 3개는 아치의 몫, 그리고 3개는 자기 몫이다. 하나 더 집어서 길을 걸으며 먹을까도 생각했다. 하지만, 그건 안 된다. 그 대신 천천히 냄새를 맡았다.

이런 쿠키를 만드는 사람이 살인 같은 걸 저지를 리가 없다!

그녀는 주의해서 쿠키를 봉지에 넣은 다음 뒷문으로 나왔다. 계단 중간에서 그녀는 갑자기 걸음을 멈추고 숨을 삼켰다. 첼링턴 노인이 채소밭 앞 벤치에 앉아 있었다. 그리고 손에 권총을 가지고 있지 않은가!

에이프릴은 외마디 소리를 지르며 한걸음 앞으로 내딛고 거기서 발을 멈추었다.

첼링턴 씨는 얼굴을 들어 그녀를 보자 어렴풋이 웃으며 "오오, 잘 있었느냐, 에이프릴" 하고 말했다.

그녀도 웃는 얼굴을 지어 보이며 말했다.

"어머나, 안녕하세요. 부엌에 훔치러 들어갔었어요." 목소리가 떨리지 않으면 좋을 텐데 하고 그녀는 생각했다. "하지만 쿠키는 9개밖에 집지 않았어요. 그러니까 저한테 그걸 돌려 달라고는 말아 주세요."

첼링턴 씨는 웃었다.

"돌려 달라고 하지도 않을 것이고, 게다가 이 권총에는 총알도 들어 있지 않단다." 그는 권총을 손바닥에 올려 놓고 황홀한 듯이 바라보았다. "더구나 이건 살벌한 무기라고는 말할 수 없어. 22구경이야. 부인들의 장난감이지. 그저 부인들의 장신구에 지나지 않아." 그는 손을 기울여 진주조개 손잡이에 햇빛을 반사시켰다. "예쁘지?"

"제게는 그렇게 안 보여요. 권총은 무서워요." 에이프릴이 말했다. 더구나 아직 살인범일지도 모르는 사람의 손에 있을 경우는. 동기야 어떻든, 그리고 비록 첼링턴 부인의 사진을 본 뒤인데다 당밀 쿠키가 있더라도.

그녀는 보지 않으려고 해도 자꾸만 첼링턴 씨를 유심히 보게 되다. 단정한 얼굴이다. 참으로 단정한 얼굴이다. 키가 크고 날씬하며, 몸이 똑바르다. 군대식이다. 하지만 일찍이 육군 대령 챈들러였고, 큰 전쟁의 영웅이었으니 당연하겠지. 눈은 회색이다. 예쁜 회색이다. 여윈 얼굴은 햇볕에 그을었다. 흰 머리카락과 잘 다듬은 작은 턱수염도 다른 것과 조화를 이루고 있다. 다만 머리털이 흰 게 좋지 않다. 겨우 5년 전에 찍은 사진에는 머리칼이 검은색이었고, 작은 턱수염도 나 있지 않았다.

에이프릴은 영어 시간에 외었던 시를 문득 생각해냈다. '내 머리카락이 흰 것은 세월 때문이 아니고······.' 첼링턴 씨의 머리카락은 아무래도 챈들러 대령으로는 생각되지 않는 것이었다. 감옥에서 희어진 것일까? 아니면 '하룻밤 동안에 희게' 변해 버린 것일까? 에이프릴은 별 시시한 것을 생각하고 있다며 자신을 꾸짖었다. 겁을 먹고 있기 때문에 그런 일을 생각하는 것일 게다. 아무런 이유도 없지 않은가. 있을 수가 없지 않은가. 첼링턴 씨를 무서워한다는 것은.

침을 꿀꺽 삼키고 권총을 바라보면서 그녀는 말했다.

"글쎄요, 팔찌에라도 달면 귀엽겠군요."

"그 정도밖에는 소용이 닿지 않겠지." 첼링턴 씨가 말했다.

그는 그 작은 권총을 벤치 앞 테이블 위에 놓았다.

에이프릴은 벤치 쪽으로 걸어가서 그의 옆에 앉아 권총을 뚫어지게 들여다보았다. 조그맣고 예뻐서 정말 무서운 느낌이 안 들었다.

"만져봐도 괜찮아요?"

"좋고말고." 첼링턴 씨가 말했다. "총알이 들어 있지 않다고 했잖니."

손으로 잡은 순간 피부가 짜릿하니 아파왔다. 손에 꼭 알맞은 크기였다.

첼링턴 씨 집 맞은편에 큰길을 사이에 두고 서 있는 소나무 가지에 겨누고 그녀는 "탕!" 하고 말해 보았다.

첼링턴 씨가 웃었다.

"그런 식으로 겨누어서는 두 구획쪽 저쪽의 다른 나무에 맞고 말거야. 내가 가르쳐 주지. 먼저 수평 사정 거리를 계산한 다음 그러고 나서……."

"괜찮아요." 에이프릴은 얼른 말했다. 그녀는 주의깊게 작은 권총을 테이블 위에 놓았다. "예쁜데요."

"대단한 상처는 입힐 수 없지만……." 첼링턴 씨가 말했다. "만일 정말로 누구를 쏘고 싶다면……." 그는 잠시 말을 멈추었다가 다시 이었다. "그런데 로즈가 이걸 좋아하기 때문에 내가 닦아 주고 있는 참이지."

"권총에 대해서 잘 알고 계시네요." 에이프릴은 감탄한 것처럼 말했다. "전에 군대에 계셨나 보지요?"

자기 목소리가 예사롭게 들렸으면 좋을 텐데 하고 에이프릴은 걱정했다. 뱃속이 얼음덩어리처럼 차가웠다.

"뭐, 권총 같은 것에 대해서는 도서관에서 책을 보면 자세히 알 수 있지"라고 첼링턴 씨는 말했는데, 그것은 자그마치 30초나 지나서였다.

'그렇지만 당신은 도서관에서 읽은 게 아닐 거예요.'
에이프릴은 마음속으로 생각했다.

"그렇겠지요." 그녀는 말하고 나서 구두 뒤꿈치로 벤치 밑을 찼다.
"저…… 제게 가르쳐 주시겠어요?"

그녀는 머리를 숙이며 쿠키를 부엌에 도로 갖다놓는 방법이 있으면 좋겠다고 생각했다. 도무지 지금 얻어 간다는 것은 마음 내키지 않는 일이었다.

"좋고말고." 첼링턴 씨가 말했다.
"아저씨는, 권총이든 뭐든 모든 걸 다 아실 테니까요."
그녀는 마른침을 삼켰다.

그녀는 말을 멈추었다. 이때의 느낌은 흔히 책에 쓰여져 있는, 차가운 피가 혈관을 흐른다고 하는 그런 것이었으리라. 그녀는 혈관이 갑자기 얼음덩어리로 막혀 버린 것 같은 느낌이 들었다.

"이야기해 주세요. 저 샌포드 부인을 죽인 게 누구라고 생각하세요?"

"샌포드 부인?" 첼링턴 씨는 일어섰다. "아아, 그래……."
에이프릴은 첼링턴 씨가 일부러 시간을 끌고 있는 것이 틀림없다고 느껴졌다. 어머니가 왜 학교에서 곧장 집으로 돌아오지 않았느냐고 물었을 때 아치가 늘 하는 수법인 것이다.

"그래, 샌포드 부인 말이지." 그리고 나서 그는 에이프릴에게 따뜻하고 다정한 미소를 지어보였다. "모처럼 물었는데 안됐군…… 나는 탐정이 아니니까."

"짐작으로는요?" 에이프릴이 물었다.

첼링턴 씨는 그녀 쪽을 보았으나 눈은 마주치지 않았다.

그렇다고 그녀의 뒤에 있는 정원이나 나무나 하늘을 바라보고 있는 것도 아니었다. 그는 옆에 사람이 있는 걸 잊은 것 같은 말투로 말했다.

"누군가 그 여자가 받아야 할 벌의 크기를 알고 있는 사람이겠지."

에이프릴은 마른침을 삼키는 것도 잊은 채 소리 하나 내지 않고 꼼짝하지 않았다.

별안간 그는 어린 손님이 있었던 것을 기억해낸 모양이다. 그는 테이블 위에 놓인 쿠키 봉지를 집어들어 건네주었다. 에이프릴이 미소 짓자, 그는 마치 그녀가 어떤 훌륭한 여성이라도 되는 것처럼 깍듯이 인사했다.

"또 놀러와요…… 오늘 구운 쿠키가 없어지기 전에 말이야."

그리고 나서 그는 권총을 집어들고, 몸을 돌려 행진이라도 하는 듯이 집 안으로 걸어 들어갔다. 몸을 꼿꼿이 하여 머리를 쳐들고, 어깨를 쭉 편 자세로……

에이프릴은 스크린 문이 콰당 하고 닫힐 때까지 지켜보았다. 그리고 나서 채소밭을 빠져 나와 목책을 타고 넘어 풀이 무성한 언덕을 미끄러져 내려왔다. 작은 길로 내려오자마자, 다음은 집까지 쏜살같이 달렸다. 작은 길을 달려 통로를 지나서 뒤쪽 잔디밭을 가로질러 집으로 뛰어들었다.

다이나는 부엌에서 마지막 접시를 닦고 있는 중이었다. 에이프릴은 테이블 위에 종이봉지를 내던지며 말했다.

"꽃다발을 만들어 준다고 했어. 아치가 내일 아침에 가지러 가기만 하면 돼."

그리고 나서 그녀는 부엌의자에 털썩 주저앉았다.

다이나는 사기그릇 찬장문을 닫았다.

"잘됐구나." 그녀가 종이봉지 속을 들여다보았다.

"어머나, 이게 뭐니! 성적이 좋은데!" 다이나는 에이프릴을 바라보았다. "아니!" 그녀는 놀란 듯 말했다. "꽃은 해결되었잖아. 그리고 쿠키까지 얻어오고." 그녀의 손이 기계적으로 손수건으로 갔다. "그런데 대체 무엇 때문에 우는 거니?"

에이프릴은 손수건을 낚아채어 소리내어 코를 풀고 나서 여전히 훌쩍이며 우는 것이었다.

"그걸 모르겠어." 손수건으로 얼굴을 누르면서 그녀는 말했다.

"알 수 있다면 기쁠 텐데!"

## 15

산울타리 틈 사이로 샌포드 집 정원 벤치에 오헤이어 경사가 앉아 있는 것이 보였다. 잠을 자는 것도 아니고 책을 읽는 것도 아니며 그저 앉아 있는 것이었다.

"나 집에 갈래." 슬루키가 작은 소리로 말했다. "엄마가 부르고 있을 거야."

"슬루키!" 아치가 꾸짖듯이 말했다. "너의 엄마가 부르는 소리 같은 건 들리지도 않았잖아. 그렇지만 나하고 플래쉬라이트와 같이 가는 게 무서우면 엄마 있는 데로 가는 게 좋겠지."

"누가 무섭다고 그랬어?"

"슬루키를 무시하지 마." 플래쉬라이트가 말했다. 그는 산울타리 틈 사이로 오헤이어 경사를 들여다보았다. "꽤나 잘난 척하는 얼굴을 하고 있는데."

"살인범을 찾고 있는 거야." 아치가 말했다. "네가 존슨 부인네 닭을 클럽 하우스 잔디밭에 놓아준 것 같은 일엔 전혀 흥미를 갖고 있지 않아. 물론 너희들이 나와 같이 가고 싶지 않다면 좋아. 대장과 윔리라면 언제든지 기꺼이 올걸."

"나는 가겠어." 플래쉬라이트가 분개하며 말했다.

"그럼, 좋아." 아치가 말했다. "그런데 만약 붙들리면 절대 입을 다물고 나만 말하게 해야 해, 알았지?"

"말하고 싶으면 네가 다 말해도 좋아." 슬루키가 말했다. "나는 경관에게 말하는 건 질색이야."

"싫으면 됐어." 아치가 말했다. "그저 같이 가서 내가 시키는 대로 하면 되는 거야." 그는 숨을 깊이 들이마셨다.

"좋아, 같이 가자."

그는 산울타리 구멍으로 들어갔다. 플래쉬라이트와 슬루키는 아치의 바로 뒤에서 따라갔다. 구멍에서 나와 2, 3미터쯤 가자 오헤이어 경사 앞에서 발을 멈추고 놀란 듯한 얼굴을 하고 나서 정답게 손을 흔들며 소리를 질렀다.

"안녕하세요!"

"아, 왔구나!" 오헤이어 경사가 대답했다.

그는 아이들 모습을 보자 반가웠다. 거의 30분 동안 이 정원 벤치에 앉아 있으면서 기분이 우울해 있었던 것이다. 빌 스미스 자신도 샌포드 집 초상화에서 갑자기 돋아난 작은 제라늄 가지에 완전히 당황해 버린 주제에, 이 살인이 미친 사람의 짓일 거라는 오헤이어의 말을 듣자 얄밉게도 농담으로 받아넘기는 것이었다. 더욱이 칼날 위에 붉은 글자의 활자체로 '경고'라고 쓰여 있는 부엌칼을 보고서도 말이다. 그 붉은 것이 입술연지인 걸 알았을 때 오헤이어는 이 살인범은 분명히 미치광이, 그것도 여자 미치광이임에 틀림없다고 말했었다. 빌 스미스는 잔인스럽게도 배꼽이 빠지도록 웃으며 또 여자 미치광이가 나타나면 안될 테니 감시하고 있으라고 명령하고, 자기는 지문계 쪽으로 연락하러 가버렸던 것이다. 오헤이어는 그때부터 죽 정원에 걸터앉아서 기분이 상한 채로 잔뜩 부어 있었다.
"이리로 온." 그는 잔디밭가에까지 온 세 소년에게 소리쳤다.
"경관이 아니잖아." 슬루키가 말했다. "제복을 입고 있지 않은데."
"탐정이야." 아치가 경멸하듯 말했다. "형사란 말이야, 딕 트레시 같은 제복을 입지 않는 것은 당연한 일이지."
"딕 트레시 같지 않은데."
"하지만 딕 트레시와 같지 않은 게 당연하잖아." 아치가 말했다. "딕 트레시가 아니니까. 저 형사는 오헤이어 경사란 말이야. 전에 은행강도 9명을 한꺼번에 체포했었어. 그것도 권총은 한 자루도 갖지 않고서……." 그는 소리를 크게 했다. "권총을 가지고 있었나요, 오헤이어 경사님?"
"뭐라고?" 경사는 깜짝 놀라며 되물었다. "그 은행강도를 잡았을 때 말이에요."
"아아……." 오헤이어 경사는 생각해냈다. "아니, 권총은 가지고 있지 않았어. 맨손이었지. 강도는 8명이나 되었지만."
"9명이었어요." 아치가 주의를 주었다.
"그래그래, 9명이다. 그 중 하나는 내가 다른 놈들을 해치운 뒤에 하마터면 놓칠 뻔했지. 녀석은 칼과 권총과 경기관총을 가지고 있었어. 도망쳐 버리려는 순간에 내가 용케 잡았지."
"굉장한데!" 플래쉬라이트가 작은 소리로 말했다.
"그리고……." 오헤이어는 추억에 잠기는 말투로 말했다. "바로 그날 밤이 미친 고릴라가 동물원에서 달아난 때였단 말이야."
꼬박 10분 동안 그는 발광한 고릴라를 뒤쫓은 이야기를 하며, 사람들이 달아나 버린 34층째의 엘리베이터에서 그것을 생포했을 때의 숨막히는 묘사로 끝을 맺었다.

"아아, 굉장한데!" 슬루키가 낮은 소리로 중얼거렸다. 아치는 슬루키의 발꿈치를 가볍게 찼다. 그것은 격려의 신호였다. 슬루키는 껑충 뛰어올랐으나 곧 알아챘다.

"만일 아저씨가 경관이라면 어째서 휘장과 권총을 갖고 있지 않지요?"

"휘장은 갖고 있지." 오헤이어는 윗옷 앞자락을 활짝 열었다. "알았지? 그리고 권총도 가지고 있어."

그는 겨드랑 밑 가죽 케이스에서 권총을 꺼내 무릎 위에 놓았다.

"정말 굉장한데!" 플래쉬라이트가 감격에 찬 소리를 질렀다. "손으로 조금만 만져 봐도 돼요? 손가락 하나만으로……."

"암, 좋고말고." 오헤이어는 기분좋게 말했다.

"저……." 아치가 말했다. "저, 말이에요, 만화책에서 봤는데 경관은 총알을 한번 보면 그것이 어떤 권총으로 쏜 건지 금방 안다고 하던데 그게 정말이에요?"

"으음." 경사는 말했다. "물론, 그렇지."

아치는 자기가 이긴 걸 뽐내며 슬루키와 플래쉬라이트 쪽을 돌아보았다.

"그것 봐, 그렇다고 말했잖아?"

"그래도 아직 믿을 수 없어."

플래쉬라이트가 믿을 수 없다는 듯이 말했다.

"총알을 보여 줘." 아치가 말했다. "가르쳐 줄 거야."

플래쉬라이트는 호주머니를 뒤져 온갖 것들을 끄집어내더니 맨 마지막에 그 총알을 내놓았다. 그것은 껌 속에 파묻혀 있어서 과자 가루며 먼지가 묻어 있었다.

"좀 닦아야 되겠어." 플래쉬라이트는 변명하듯이 말하며 다른 주머니에서 제법 깨끗한 손수건을 찾아내어 그것을 문지르기 시작했다.

"침을 발라." 슬루키가 충고했다.

"모래를 묻히면 돼." 아치가 말했다. "그렇지 않으면 묻은 껌이 벗겨지지 않잖아."

총알은 비교적 깨끗하게 되어 오헤이어 경사의 손으로 건너갔다.

"어떤 권총으로 쏜 건지 모를 거야. 난 손가락을 걸었어."

슬루키가 회의적인 말투로 말했다.

"나도 손가락을 걸었어, 알고 있다는 쪽에." 아치가 말했다. "이 아저씨는 정말 머리가 좋은 탐정이란 말이야." 아치는 호소하듯 경사를 보았다. "아저씨는 그것이 어떤 권총에서 나온 건지 알지요?"

오헤이어 경사는 그 호소하는 듯한 눈길을 지나쳐 보지 않았다. 그는 엄지손가락과 둘째손가락으로 집은 그 총알을 보면서 말했다.

"이 총알은 32구경 리볼버로 쏘아진 거로군."

"그것 봐……." 아치는 이겼다는 듯이 말했다. "그렇다고 말했잖아!"

"그저 마음대로 짐작해서 말하는 걸 거야." 슬루키가 말했다.

"그런 짐작이 어디 있어." 아치가 말했다. "똑똑히 알고 계시는 거야."

"어떻게?" 플래쉬라이트가 캐물었다. "어떻게 알고 계시지요?"

오헤이어 경사는 플래쉬라이트를 보았다.

"자가 있으면 어떻게 해서 아는지를 가르쳐 줄 수 있지만, 지금은 내 말을 믿는 도리밖에 달리 방법이 없겠구나. 32구경이란 것은 그 총알의 지름이 1인치의 100분의 32가 된다는 말이야. 나처럼 총알을 많이 보게 되면 치수를 재보지 않고도 금방 알 수 있어. 이건 32구경으로 쏜 거야."

"아아!" 슬루키는 탄복했다. "아마 굉장히 많은 총알을 보신 모양이지요?"

"몇백만 개를 보았지." 오헤이어 경사는 어린애처럼 말했다. "언젠가 94발의 총알을 맞은 미친 마술사의 이야기를 해주지 않으면 안 되겠군. 그 사나이는 95발째의 총알을 맞아 죽고 말았지. 아무튼 탄도학이라는 것은……."

"지금 이야기해 주세요." 아치가 재촉했다.

"글쎄다." 오헤이어가 말했다. "즉 이런 거야……."

소년들은 숨을 죽이고 동그란 눈을 하고는 열심히 듣고 있었다. 이야기는 이상하게도 만화잡지에 나와 있는 것과 비슷했지만, 아이들은 요령 있게 적당히 탄성을 올리고 질문을 하기도 하며 감탄하는 것처럼 보였던 것이다.

"그러므로……." 경사는 마무리를 지었다. "94발이나 되는 총알이 나왔지만 그 어느 것이든지 그것이 각각 어떤 권총으로 쏜 것인지 곧 알 수 있었어. 쉬운 일이지." 그리고 그는 덧붙였다. "기초 지식만 있으면 말이야."

그는 즐거운 듯이 세 소년에게 웃음을 던지면서, 이 녀석들이 건달들 사이의 이야기를 좋아할지 어떨지 생각했다. 그러나 그가 방금 전에 만들어낸 미치광이 마술사 이야기 다음에는 무슨 이야기를 하든 도리어 흥이 식을 것이 틀림없다. 그는 손에 쥐고 있던 총알을 주의 깊게 바라보면서 물었다.

"그런데 이건 어디서 찾아낸 거지?"

아치가 플래쉬라이트를 쿡 찔렀다. 플래쉬라이트가 말했다. "아아, 이건 클럽 사격장에 가면 얼마든지 있어요."

아치가 또 한 번 쿡 찔렀기 때문에 그는 다시 말했다. "하지만 그거 도로 주세요. 나는 그것밖에 가지고 있지 않으니까요."

오헤이어 경사는 총알을 돌려 주었다.

"그때 일은 잊을 수가 없어." 그는 또다시 추억담을 시작했다. "마침 흥행중에 서커스의 호랑이가 성이 나서 우리에서 도망쳤을 때의 일인데 말이야……."

아치가 얼른 말했다.

"저…… 말이에요, 아마 아저씨처럼 권총이나 총알에 대해서 잘 아는 사람은 세상에 또 없을 거예요."

"그렇지도 않아." 경사는 겸손하게 말했다.

아치는 고집했다.

"하지만, 틀림없을 거예요. 예를 들면 말이에요, 어떤 것이 제일 크고, 어떤 것이 제일 작고, 어떤 것이 제일 무서우며, 어떤 것이 제일 만만한 건지 잘 알 수 있잖아요."

경사는 숨을 깊이 들이마시면서 말했다.

"그건 이런 거야."

그는 15분 동안 탄도학에 대해 이야기했다. 총알은 포물선을 그리며 날아간다는 것에서부터 시작하여 총을 맞은 상처에 대해 조금 언급하고, 총알의 개성을 자세히 설명한 다음 마지막으로 이러한 지식이 있는 어떤 사람이 가볍고 쉽게 풀어 버린 브루클린 경관 살해 이야기로 끝을 맺었다.

"아저씨는 정말 머리가 좋으신데." 플래쉬라이트가 말했다.

"그렇다니까." 아치가 말했다.

"정말이야!" 슬루키가 말했다. "무엇이든 다 알고 계셔!"

"경관이니까……." 오헤이어 경사는 겸손을 떨었다. "언제 그런 지식이 필요할지 모르거든. 한 가지 예를 들면, 보르네오에서 독화살을 많이 가지고 온 야만인이 있었는데……."

"저, 오헤이어 경사님……." 아치가 말했다.

아치는 이미 독화살 이야기를 들어서 알고 있었고, 슬루키와 플래쉬라이트가 싫증이 나기 시작한 것을 눈치챘던 것이다. 이런 녀석들은 어느 정도까지밖에 믿을 수가 없으며, 그 점을 나무라는 것은 가혹한 일이다.

"저, 그 이야기 해주지 않겠어요? 저, 말이지요……."

"뭐 말이냐?"

오헤이어 경사는 이야기가 끊겨 섭섭한 모양이었다. 독화살 이야기는 그의 자랑 중의 자랑인 것이다.

"저, 말이에요, 그건 어떤 권총에서 쏜 어떤 총알이었지요? 저 집 아주머니가 살해되었을 때의 것 말이에요?"

아치는 샌포드 집 쪽으로 머리를 돌리며 오헤이어 경사의 얼굴을 희망에 찬 눈으로 바라보았다.

"그 사람 말이냐? 45구경으로 맞았어. 군용 리볼버로, 꽤 실용적인 권총이지."

"야아!" 아치는 말했다. "아저씨가 가지고 있는 것도 리볼버인가요?" 그는 경사가 고개를 끄덕이는 것을 기다렸다가 말했다. "한 번 더 보여 주실 수 있어요?"

"아암, 좋고말고……." 경사는 쾌히 승낙했다. 그는 권총을 꺼내 손바닥 위에 놓았다.

"이게 정말 권총이구나." 아치는 감격스러운 듯한 소리를 냈다.

"이런 진짜 권총으로는 아마 플래쉬라이트가 가진 것 같은 작은 총알 따위는 아무리 쟁여도 쏠 수 없을걸. 그래도 쏠 수 있을까요?"

"물론 쏠 수 없지." 오헤이어 경사가 말했다. 그는 권총을 가죽 케이스에 도로 넣었다. "너희들은 아직 총알의 구경(口徑) 이야기를 알아듣지 못하는 모양이로구나. 이봐, 결국은 이런 거야."

그는 다시 탄도학 강의로 되돌아갔으며 세 소년은 얌전히 듣고 있었다. 그가 총신 내부에는 나사 모양의 줄이 있어서 그 거리를 잴 수가 있다는 것까지 이야기했을 때 슬루키가 갑자기 얼굴을 들고 말했다.

"아니……."

긴, 날카로운 휘파람 소리가 길 아래쪽에서 들려 왔다. 그것은 미리부터 짜놓았던 계획으로 세 사람이 샌포드 집 잔디밭으로 온 뒤부터 15분마다 불기로 되어 있었던 것인데, 지금까지 모두들 모른 체하고 있었던 것이다.

"저건 데드팡이 나를 부르고 있는 거야." 슬루키가 미안한 듯이 말했다. "나는 돌아가야 돼. 엄마가 부르고 있어. 그럼, 경사님, 안녕."

그는 나무숲 속으로 사라져 갔다.

"안녕." 경사도 기분 좋게 슬루키의 뒷모습에다 인사한 다음 헛기침을 하고 다시 강의로 돌아갔다. "총알을 잘 검사해 보면, 그 고랑의 수에서……."

"저……." 플래쉬라이트가 말했다. "슬루키 엄마가 슬루키를 부르러 데드팡을 보냈으면 나도 얼른 돌아가야 돼요. 그렇지 않으면 저녁 먹을 시간에 늦게 돼요. 안녕."

그는 손을 흔들며 작은 길을 달려갔다.

오헤이어 경사는 손을 흔들어 인사하면서 말을 계속했다.

"그러니까 총알의 지름과 그 위에 나 있는 고랑의 수와 방향을 알게 되면……."

"잠깐……." 아치가 말했다. "다이나가 부르고 있어요. 저도 가서 저녁 준비를 하지 않으면……."

"그럼, 가보아라." 경사는 말했다. "너는 훌륭한 아이로구나, 누나의 시중을 들어 주다니. 그리고 권총에 대해 뭔가 묻고 싶은 것이 있으면 언제든지……."

"물으러 올게요." 아치가 말했다. "아저씨는 정말 훌륭하세요! 나도 크면 꼭 경관이 될 테야." 그는 덧붙였다. "또 만나요, 다정한 아저씨."

아치가 정원문을 지나 모습을 감추었다.

오헤이어 경사는 한숨을 내쉬고 그가 간 뒤를 가만히 바라보고 있었다. 9명의 은행강도 이야기를 할 시간이 없었던 게 아쉬웠던 것이다. 그 카스테어즈 소년에게 전에 한 번 이야기한 적이 있었지만 꼬리를 덧붙여 다시 좋게 만드는 방법이 있다. 예를 들면 X선 응용으로 금고 속까지 들여다보는 기계 따위가 그것이다.

"우리들이 권총을 들이댔기 때문에 그 사나이도 마침내 고집을 꺾고 그 기계를 돌리기 시작했지. 금고벽은 마치 유리를 끼운 것처럼 되어, 속이 훤히 보였던 거야."

오헤이어 경사는 그 자리에서 말해 보았다.

빌 스미스가 뒤에서 지친 듯한, 거의 심술궂은 목소리로 소리쳤다. "뭘 그렇게 중얼거리고 있는 거지? 그리고 상대는 어디에 있는 건가?"

오헤이어 경사는 하마터면 X선 응용의 기계 이야기를 계속할 뻔했다.

"지금까지 2, 3명의 소년에게 질문을 하고 있었습니다." 그는 내키지 않는 말투로 말했다. "뭔가 유익한 소문이라도 얻어들을까 해서 말입니다. 경우에 따라 아이들은 날카로운 관찰력을 가지고 있으니까요. 나는 아이들을 9명이나 길러왔기 때문에……."

"자네의 9명 아이들 이야기는 들을 만큼 실컷 들었네." 빌 스미스가 말했다. "그런데 말일세, 지문계에 갔었는데 유화에도 부엌칼에도 전혀 지문이 없다는군."

나무숲 저쪽에서 아치는 슬루키와 플래쉬라이트에게 품삯을 치렀다. 각각 5센트씩에 코카콜라 2병, 그리고 새 만화 한 권이었다.

"그런 이야기를 또 하나 듣게 되었으니 10센트는 받아야만 해." 플래쉬라이트가 불평했다. "그리고 총알에 묻힌 껌 1개를 돌려 줘."

"하지만 껌은 찌꺼기잖아." 아치가 분개했다.

"그렇긴 하지만 아직 버릴 정도는 아니어서 소중히 갖고 있었던 거야." 플래쉬라이트가 눈을 부릅뜨고 말했다. "그렇잖으면 총알을 주지 않을 거야."

"총알을 돌려 줘." 아치가 성을 냈다. "그렇잖으면······." 그는 말을 멈추었다.

싸움을 할 처지가 아니었다. 그는 조금 씹다 만 껌을 호주머니에서 꺼내 플래쉬라이트에게 주었다. 플래쉬라이트는 껌을 잘 살펴보고 투덜댔다.

"내가 참는다."

그는 아치에게 총알을 건네주었다.

그리고 코카콜라 병을 돌려 줄 건가, 아니면 아치에게 2센트씩 치를 건가 하는 일로 한참 옥신각신했으나, 결국 그 자리에서 금방 마시고 나서 병은 곧 아치에게 돌려 준다는 것으로 결정이 났다.

플래쉬라이트와 슬루키는 계단을 내려와 길 쪽으로 걸어가면서 또 다른 일로 옥신각신했다.

슬루키가 말했다.

"껌을 총알에 묻힌 것은 너일지도 모르지만, 루크네 가게의 의자 밑에 떨어져 있는 것을 발견한 것은 나잖아. 게다가 너는 나의 곱절이나 오랫동안 그걸 씹고 있었고······."

아치는 그런 일에는 흥미 없었다. 천천히 뒷문으로 돌아가면서 경비 계산을 했다.

"코카콜라 2병에 껌 하나······."

다이나는 당근을 씻고 있었다. 에이프릴은 버터 스카치의 푸딩을 만들고 있는 참이었다. 그가 뒷문으로 들어오자 둘 다 얼굴을 들고 손을 멈추었다.

"어떻게 됐니?" 다이나가 걱정스러운 듯이 말했다.

"한 사람 앞에 5센트씩이야." 아치가 말했다. "그리고 코카콜라 2병에 10센트, 새 만화 10센트, 그리고 껌이 1개로…… 모두 31센트야."

"아치, 대체……." 에이프릴이 말했다.

"그러니까 모두 합해서, 3달러 16센트 빌려 준 셈이 되는 거야."

아치는 말했다.

"치뤄 줄게." 다이나가 말했다. "그런데 총알은?"

"아아, 절대 잊지 않았지." 아치는 뽐내며 말했다. "총알말이지?" 그는 호주머니에서 총알을 꺼내 테이블 위에 놓았다. "좀 더러워진 것 같아."

"아치!" 에이프릴이 말했다. "너는……."

"아아, 문제없어, 문제없어, 문제없다니까." 아치는 일부러 화내려 하는 말투였다. 그는 아무렇지도 않은 듯 무관심한 것처럼 말을 이었다. "그건 32구경의 총알로, 그러니까 32구경 권총이 아니면 쏠 수 없는 거야. 그리고 샌포드 부인을 죽인 권총은 45구경의 군용 리볼버야. 그리고 만일 흥미가 있다면 이야기해 주겠지만……." 그는 숨을 길게 들이마셨다. "탄도학이란 것은……."

"우리가 알고 싶은 것은 이것과 샌포드 부인을 죽인 총알이 같은 권총에서 나온 게 아니라는 것 뿐이야."

에이프릴은 냉정하게 말했다.

"그리고 그 사실은 이미 거의 알고 있었던 거야."

다이나가 거만한 말투로 말했다.

아치는 결사적이었다.

"하지만, 나는 굉장히 애써서 얻어들은 거야. 일부러 오헤이어 경사한테로 가서 말이야. 총알이고 뭐고 모두…… 쳇, 듣고 싶지 않단 말이지?"

다이나는 의기소침해진 아치의 얼굴을 흘끔 보았다.

"에이프릴이 놀리고 있는 거야. 네가 돌아오길 기다리는 것이 지겨울 정도였으니까."

"놀리는 건 다이나야." 에이프릴이 재빠르게 말했다. "정말로 오헤이어 경사에게 갔었니? 그 사람이 뭐라고 그러든?"

"여러 가지 말을 했어." 아치는 말했다. "먼저, 이 총알은 말이야……."

그는 미치광이 마술사와 성난 호랑이와 살해당한 브루클린 경관의 이야기만 빼고 다른 것은 모조리 이야기했다.

"그러니까 말이야." 그는 결론을 내렸다. "과학적으로 말해서 범인이 권총을 2개, 그러니까 형이 다른 것을 2개 가지고 있었든가 아니면 각각 다른 형의 권총을 하나씩 가진 두 사람이 있었던 거야."

"어머나, 아치, 너 훌륭하구나." 에이프릴이 말하며 그의 코에 키스했다.

"저리 가." 아치가 소리쳤다. "그리고 잊으면 안 돼, 3달러 16센트야."

"걱정 말아." 에이프릴이 말했다. "네가 이렇게 끈덕지게 알아온 정보를 우리들이 잊을 리 있겠니." 그녀는 버터 스카치 푸딩을 디저트 접시에 담기 시작했다. "두 사람이 있었던 게 틀림없어. 전부터 우리도 그렇게 생각하고 있었잖아. 그런데 이 두 사람이 다 샌포드 부인을 목표로 쏜 것인지 어떤지는 모르겠어. 아니면 서로 마주 쏘았는지도 몰라. 아, 어느 쪽인지 모르겠어."

에이프릴은 접시를 테이블 위에 보기 좋게 늘어놓고, 냄비의 것을 숟가락으로 떠서 맛보았다. 별안간 그녀는 냄비를 아래에 내려 놓고 말했다.

"그러니까 이 사건에는 3개의 권총이 얽혀 있는 거야!"

아치는 작은 냄비를 재빠르게 집어들고 숟가락을 내밀었다.

다이나는 당근을 떨어뜨렸다. "3개?"

"샌포드 부인을 쏜 권총——45구경. 그림을 쏜 권총——32구경. 그리고 첼링턴 씨의 권총. 그 사람은 말했어. 22구경은 부인들의 장난감이라고." 이때 에이프릴은 아치에게로 생각이 미쳤다. "그 냄비 이리 줘. 오늘 밤엔 내가 푸딩을 만들었으니까 내가……." 냄비 속을 보며 그녀가 말했다. "어머나, 지독하구나, 아치 카스테어즈!"

"잘됐잖아." 아치는 숟가락에 묻은 버터 스카치의 마지막 한 방울을 핥으면서 위로하듯 말했다. "이제 씻지 않아도 되니까."

다이나는 당근을 불에 얹었다. 난로에서 물러나며 그녀가 말했다.

"그 사람을 죽인 권총은 몇 구경일까…… 프랭키 라일리 말이야."

에이프릴은 냄비에 대한 일을 잊어버렸다.

"그러게 말이야. 만일 그것이 같다면……."

"내게 맡겨 둬." 아치가 자신 있게 말했다. "틀림없이 내일까지 알아내 주겠어. 900만 달러 내기를 해도 좋아."

"알아내지 못해. 나도 그만큼 내기 걸 수 있어."

에이프릴이 말했다.

아치는 의심스러운 듯이 그녀를 보았다.

"정말로 정직하게 얼마 걸겠어?"

"25센트." 에이프릴이 곧 말했다.

"안 돼." 아치가 말했다. "그건 안 돼. 왜냐하면 만일 내가 이 내기에서 이기면, 내게 내기에 진 돈을 치르기 위해 또 내게서 돈을 빌

려갈 게 아니야. 이제 누나하고 내기하는 건 그만두겠어."

에이프릴은 한숨을 쉬었다.

"좋트 아트. 그럼, 조건을 말해 봐."

"만일 말이야……." 아치는 말을 끊고 생각했다. "만일 프랭키 라일리 씨가 어떤 권총으로 살해됐는지 내일까지 내가 알아내면, 쓰레기통 청소를 앞으로 1주일 동안 안 해도 되는 거지?"

"나흘로 줄이자." 에이프릴이 말했다.

"싫어, 꼭 1주일이어야 해."

"그래 좋아. 그럼, 결정했어."

"자, 이야기가 끝났으면 내 말을 들어."

다이나가 점잔을 빼며 말했다.

"네, 나리." 에이프릴이 절하는 시늉을 하며 말했다.

"알아모셨사옵니다." 아치는 얌전을 떨며 말했다.

"샌포드 부인이 어떤 식으로 샌포드 씨의 아픈 곳을 쥐고 있었는지는 벌써 잘 알고들 있지?" 다이나는 두 사람의 광대짓에도 상관하지 않고 말했다. "그가 어째서 살인사건 뒤에 도망쳤는지, 그리고 어째서 집 안으로 숨어들어가려고 이 근처를 서성거렸는지도 알고 있겠지? 그가 집 안에 몰래 들어가려 한 목적물을 우리들은 손에 넣었으니까."

에이프릴이 말했다.

"급히 샌포드 씨에게로 가서 이야기하는 것이 좋을지도 몰라. 우리들이 그것을 손에 넣은 것과, 진범이 발견되기까지 우리들이 안전한 곳에 간직해 두었다가 발견하게 되면 돌려주든가 태워 버리겠다는 것을…… 그러면 조금은 마음이 편해지겠지."

다이나는 의젓한 얼굴을 했다.

"그리고 베티 리모의 납치사건에 대해서 무엇을 알고 있는지 아울러 물어보면 큰 단서가 될 만한 것을 말할지도 몰라."

"훌륭해!" 에이프릴이 맞장구를 쳤다.

"말하지 않으면?" 아치가 되물었다.

"말하게 하는 거야." 다이나가 말했다. "지금은 우리들이 그의 아픈 곳을 쥐고 있으니까."

"거짓말을 하면?" 아치는 끈질기게 물었다.

"아치." 다이나가 말했다. "넌 좀 잔소리가 많아. 함께 가고 싶으면 입트 다트 물트 어트."

세 사람은 누가 보고 있지 않나 뒷베란다에서 주의하여 둘러보았다. 그리고 나서 얼른 놀이방으로 갔다.

풀덤불을 돌아간 순간 다이나는 깜짝 놀라 우뚝 서버렸다.

"어머나!"

놀이방은 텅 비어 있었다. 담요는 잘 개켜져 침대 위에 놓여 있었고, 접시는 얌전히 테이블 위에 포개져 있었으며, 그 옆에는 잡지가 단정하게 나란히 놓여 있었다. 아침신문이 담요 위에 있었는데 제1면에 났던 프랭키 라일리의 사진과 기사는 깨끗이 찢겨지고 없었다. 월레스 샌포드는 그림자도 보이지 않았다.

16

날이 채 밝기도 전에 벌써 아치는 두 누나의 방문을 두드렸다.

"어서 일어나." 그는 조용히 불렀다. "그만 일어나, 어머니날이야."

"들어와." 에이프릴이 졸리운 듯이 대답했다.

문이 살며시 열리며 벌써 옷을 갈아입고 얼굴도 씻은 아치가 발뒤꿈치를 세우고 들어왔다.

다이나는 침대 위에 앉아 하품을 하며 눈을 비볐다.

"만일 자수했다면 오늘 아침 신문에 나왔을 거야. 만일 자수한 것이 아니라면……."
에이프릴도 하품을 하며 말했다.
"나는 가설을 하나 세워 보았어. 어젯밤 자기 전에 생각한 거야. 베티 리모에게 애인이 있었다고 한다면 말이야."
"없었던 게 아니야." 다이나가 실내복으로 손을 내밀며 말했다.
"바로 월레스 샌포드였어. 그 즈음에는 윌리엄 샌더슨이라고 했었지만……."
"그런 게 아니야, 내가 말하는 것은. 진짜 애인 말이야. 열중해 있던 사나이 말이지. 예를 들면 피트가 언니에게 열중해 있는 것처럼." 에이프릴이 말했다.
"그래그래, 맞아." 아치가 놀렸다. "그런데 어째서 피트가 어젯밤에 오지 않았지?"
"할머님을 영화관에 모시고 가지 않으면 안 되었기 때문이었어." 다이나가 냉정히 위엄을 갖추어 말했다. "계속해 줘, 에이프릴."
"그러니까 말이야." 에이프릴은 거의 꿈꾸는 듯한 얼굴을 하면서 말했다. "그녀에게 열중한 남자가 있었던 거야. 아마 결혼하고 싶다고 생각했겠지. 그런데 그녀가 납치되어 살해되고 말았어. 경찰은 범인을 찾아내지 못했어. 그러나 이 사나이는 일생을 바쳐 상대를 찾아내어 복수를 하는 거야."
"그것은 엄마의 책에서 따온 것 아냐?" 다이나가 말했다. "클라크 캐멜론의 작품 속에 있었어. 25년 걸려서 자기의 친한 친구를 죽인 범인을 찾아내어……."
"응, 그래." 에이프릴이 말했다. "하지만 똑같잖아. 그 남자는 마침내 샌포드 부인이 사는 곳을 알아내고, 그 사건에 관계가 있다는 증거도 손에 넣은 거야. 그래서 죽여 버린 거야. 거기에 프랭키 라일리가 나타났어. 그래서 그 남자는 그도 역시 죽이고 말았던 거지."
그녀는 진지한 목소리로 덧붙였다. "아마 그 남자는 월레스 샌포드가 바로 윌리엄 샌더슨이라는 것도 알고 있었을 거야. 그러므로……."
다이나가 그녀를 가만히 바라보았다.
"자수해 버렸다면 다행이겠어. 그러면 그는 안전할 테니까. 아치, 얼른 가서 신문을 가지고 와."
"쳇!" 아치는 투덜거리며 말했다. "왜 언제나 내가 해야만 해. 배고파 죽겠는데."
"가지고 와!" 다이나가 말했다. "그 대신 아침 식사로 와플을 만들어 줄게."
"좋아!"
아치는 문을 열기가 무섭게 벌써 계단 쪽으로 달려가고 있었다.
"식사를 아래로 내려오셔서 드실건 지, 아니면 방으로 가지고 가는 것이 좋은지 엄마께 여쭤 보고 와." 얼굴을 씻으면서 다이나가 지휘를 했다. "나는 곧 와플 감을 반죽할테니……."
5분 뒤, 두 사람은 부엌으로 내려가 있었다. 어머니는 내려오시겠다고 말했고, 파란 홈드레스를 입는 것도 약속했다. 다이나는 달걀을 젓기 시작했고 에이프릴은 와플 굽는 틀의 코드를 꽂았다.
아치가 일요신문을 가지고 숨을 헐떡이며 계단을 올라왔다.
"먼저 만화부터 볼 거야."
"아침밥을 먹고 난 뒤에." 다이나가 엄하게 말했다. "꽃을 가지고 와야 되잖아. 알고 있니?"
"뭐든 심부름은 나만 시킨다니까. 아이, 속상해!"
그는 첼링턴 씨 집 쪽으로 달리기 시작했다.
다이나는 신문을 폈다. 월레스 샌포드는 아직 자수하지 않은 모양이었다. 경찰이 아직 행방을 쫓고 있는 중이라고 쓴 기사가 나와 있었다.

"어머나!" 에이프릴은 의자에 털썩 주저앉았다.

"무사하기를 빌겠어." 다이나가 말했다. "부디 그 사람이……." 그녀는 말끝을 흐렸다.

"오래된 연못 밑에 가라앉아 있지 않기를." 에이프릴은 말했는데, 누를 길 없는 공포의 빛이 두 눈에 뚜렷이 드러나 있었다. "다이나, 만일…… 만일 그 사람에게 무슨 일이라도 생기게 되면 우리들의 책임일지도 모르잖아."

"하지만 그 놀이방에서 나가지 못하도록까지 할 수는 없었잖아." 다이나가 말했다.

"그래, 하지만 경찰에 알려 두었다면…… 유치장에 있으면, 살해되거나 하는 일은 없을 게 아냐?"

"그렇지만……." 다이나가 말했다. "살해됐는지 어쨌는지 아직 모르잖아. 경우에 따라서는 다만 그냥 도망치고 만 것인지도 몰라. 그러니까 너무 걱정하지마. 어서 아침 식사를 준비해야지."

에이프릴은 침울한 얼굴을 한 채 의자에서 일어나 식탁준비에 들어갔다. 그녀의 얼굴은 여전히 창백했다.

"아까부터 생각하고 있었는데, 그 남자가 대체 누군지 모르겠어." 다이나가 팬케이크 가루를 꺼내면서 말했다.

에이프릴이 벌떡 일어났다. "어떤 남자?"

"베티 리모를 사랑하고 있었던 남자 말이야." 다이나가 말했다. "이 사건에 관련 있는 인물로서, 아직 정체가 알려져 있지 않은 것은 한 사람밖에 없잖아. 그 루퍼트 반 듀젠 말이야."

에이프릴은 아무 말도 하지 않았다. 그녀도 같은 생각을 하고 있었던 것이다.

"조사해 볼 필요가 있어." 다이나는 정신을 차려 밀가루를 계산하면서 말했다. "뭔가 시작하려면 그것부터 해결하고 난 뒤에라야 돼."

"하지만 주소도 모르고 그 밖에 아무것도 아는 게 없잖아."

에이프릴이 말했다. 본명조차 알지 못한다는 생각이 들자 그녀는 슬퍼졌던 것이다.

"이제 발견하게 될 거야." 다이나의 목소리에는 자신감이 넘쳤다.

"다이나." 에이프릴이 말했다. "저 말이야, 할 이야기가 있는데……."

"잠깐만." 다이나가 말했다. "전화벨이 울리고 있어. 베이컨을 보고 있어……."

에이프릴은 프라이팬을 가스에서 들어내고 그대로 다이나의 뒤를 따라 전화 쪽으로 갔다.

"여보세요?" 다이나가 말했다.

수화기를 통해서 전화에 동전을 넣는 듯한 소리가 들려왔다. 그리고 귀에 익은 목소리가 아주 낮게 울려왔다.

"카스테어즈 양?"

"네, 다이나 카스테어즈예요" 다이나는 말했는데 의아스러운 듯한 얼굴 표정을 하고 있었다.

"나는 너의 친구야." 그 목소리가 말했다. "없어진 걸 발견하고 깜짝 놀랐을 것 같아서, 그저 무사하다는 것을 알리고 싶었지."

"어머나!" 다이나는 숨을 삼켰다. "당신은……." 그녀는 재빨리 입을 다물었다. "어디에 계시는 거죠? 왜 가버리셨어요?"

"안전한 곳에 있어." 그는 말했다. "아무에게도 들킬 염려는 없을 거야. 내가 그곳을 떠난 것은 사건의 성격을 알았기 때문이지. 카스테어즈 양, 그러니까 내 걱정은 하지 말아 줘."

"잠깐만." 다이나는 온 힘을 다해 말했다. "잠깐만! 당신에게 경고해 두어야 할 일이 있어요. 이제 우리도 사건의 성질을 알게 됐어요. 그것은 복수였어요. 그는 당신도 찾고 있는 거예요. 누구 이야기인지 아시겠지요? 그 여자를 사랑하고 있던 사람 말이에요."

전화선 저쪽에서는 잠자코 있었다. 이윽고 잠시 뒤 그가 말했다.

"대체 너는 무슨 말을 하고 있는 거지?"

"들어 주세요." 다이나가 말했다. "그 여자…… 그 부인이 숨겨 두었던 것을 우리가 발견했어요. 아시겠지요? 우리는 그것을 안전한 곳에 숨겨 두었어요. 하지만 읽어 버렸어요. 이제 우린 모든 것을 알게 되었어요. 당신의 사진, 그녀와 골목길을 같이 가는 것…… 아시죠? 신문에서 오린 쪽지며 모든 것을."

"내 말을 들어다오." 그가 말했다. "제발 부탁이다!" 그는 말을 끊었다. "네가 어떻게 생각하고 있는지 나는 알아. 하지만 사실은 그렇지가 않아. 너희들은 착한 아이들이니까 나를 그런 식으로 생각하지 말아 주었으면 좋겠어. 믿어줘. 나는 완전히 결백하단다. 무슨 일이 일어나는지 전혀 몰랐어. 이용되고 있다는 것을 나는 끝까지 몰랐던 거야. 눈치를 챘을 때는 이미 늦었어. 부탁이니 믿어다오."

"믿고 있어요." 다이나는 열심히 말했다. "우리는 믿고 있어요. 하지만 그는…… 그 사나이는…… 누구 이야기인지 아시겠지요…… S부인과 또 한 명의 남자는…… 그는 당신이 결백하다는 것을 모르는 거예요. 무슨 말을 해도 믿지 않을 거예요. 설명할 기회도 주지 않을지 몰라요. 그는 느닷없이…… 부탁이니 조심하세요. 그는 오랫동안 기다리고 있었던 거예요…… 복수하려고……."

침묵이 계속되었다. 이윽고 저쪽에서 입을 열었다.

"누구에 대해 말하고 있는 거냐?"

"사랑하고 있던 남자지요, 그녀를." 다이나가 말했다.

"아아, 이거 놀랐는데!" 상대의 웃음소리가 희미하게 들렸다.

"사랑하고 있었던 사람은 단 하나이지…… 베티를 사랑하고 있는 건 나뿐이었어."
다이나가 말했다.
"잠깐만, 여보세요, 잠깐만 기다려 주세요!"
그녀는 귀를 세우고 기다렸으나 저쪽에서는 수화기 내려놓는 소리를 찰칵 내며 마침내 끊어 버리고 말았다.
"쳇! 끊고 말았어."
"하지만 어찌됐든 지금까지는 그가 무사한 거로군." 에이프릴이 어깨의 짐을 내려 놓은 것 같이 말했다. "뭐라고 그래?"
다이나는 이야기를 했다. 두 사람은 알 수 없다는 얼굴로 서로 마주 보고 있었다.
"난 갈피를 못 잡겠어." 에이프릴이 말했다.
"나도 그래." 다이나도 인정했다. "그렇지만 역시 그 루퍼트 반 듀젠에 대한 조사를 하지 않으면 안될 것 같아." 그리고 나서 그녀는 덧붙였다. "아까 전화가 울렸을 때 뭘 말하려 했었지?"
"아무것도 아냐." 에이프릴은 중얼거렸다. "그다지 중요한 것은 아니야."
그녀는 다이나에게 말하고 싶었지만 시기가 나쁘다고 판단했다. 우선 그녀 자신이 루퍼트 반 듀젠에 대한 조사를 하는 편이 좋을 것 같았다.
"어머나, 엄마가 내려오시면 어떻게 하지. 아직 할 일이 많이 남았는데……."
다이나는 부엌으로 뛰어들었다.
"테이블은 선룸에다 두자. 오늘은 특별한 날이니까. 그리고 아치가 꽃을 가지고 돌아오면……."
부엌과 선룸에서 굉장한 대활약이 행해졌다. 한참 그러고 있는데 아치가 돌아왔다. 그는 굉장히 큰 상자와 조금 작은 상자를 안고 있었다.
"트럭을 가지고 갔더라면 좋았을 걸."
그는 상자 둘을 테이블 위에 놓으면서 말했다.
에이프릴이 큰 상자 쪽의 뚜껑을 열고 숨을 삼켰다.
"다이나! 이것 봐! 타리스만 장미야, 그 집에서 제일 좋은 장미야! 몇십 개나 있어! 멋있지!"
"굉장하구나!" 다이나도 크게 기뻐하며 말했다.
그녀는 제일 큰 꽃병을 들어내리기 시작했는데, 그동안 에이프릴은 다른 쪽 상자를 열고 다시금 숨을 삼켰다.
"어머나!" 다이나가 탄성을 질렀다. "멋있어라!"
에이프릴은 상자에서 코사지를 꺼내어 눈을 반짝이며 들여다보았다. 귀여운 도로시 퍼킨즈 종류의 장미 봉오리에 가는 새털 같은 잎을 곁들여 파르스름한 리본으로 맨 것이었다.
"아아…… 부탁이야." 다이나가 말했다. "시끄럽게 하면 안 돼."
"누가 시끄럽게 하니?" 에이프릴은 두 번이나 소리내어 냄새를 맡았다. "엄마가 굉장히 기뻐하시겠다. 다이나, 그녀가 사람을 죽이거나 할 수는 없어."
"엄마가?" 다이나가 말했다.
"첼링턴 부인 말이야." 에이프릴이 말했다.
"어머나, 나는 그녀가 죽였느니 어쨌느니 하고 말한 적 없어."
다이나가 말했다.
"멍청이로군." 아치가 조롱하듯 덧붙였다.
에이프릴이 소리질렀다.
"그래, 이 바보야. 테이블 준비나 도와 줘."
타리스만 로즈를 선물의 테이블 한복판에 놓았을 때 마리안 카스테어즈가 내려왔다. 와플을 굽는 틀은 뜨거워졌고, 반죽한 재료는 그릇에 담겨 옆에 놓여 있었다. 뚜껑 딸린 접시에 담은 베이컨은 온 방안에 좋은 냄새를 풍기고 있고, 퍼컬레이터는 아직 밝고 작은 소리를 내고 있었다. 장미봉오리로 만든 코사지는 어머니의 접시 위에 놓여 있었다. 그런데 어린 3남매의 모습은 아무 데도 보이지 않았다. 어머니는 부랴부랴 선룸으로 들어가 "어머나!" 하고 놀라며 둘러보았다. 커튼 뒤에서 참는 듯한 가냘픈 웃음 소리가 들려오는가 싶더니, 그보다 더 가냘픈 소리로 "쉬잇!" 하는 소리가 들렸다. 어머니는 큰 소리로 혼잣말을 했다.

"얼마나 멋있고 귀여운 아이들인가! 얼마나 아름다운 꽃이며, 얼마나 좋은 아침 식사 냄새인가, 아아, 나는 얼마나 행복한지 모르겠어."

아이들이 환성을 올리며 달려들었다. 한참 동안 그녀는 숨이 막힐 듯이 안겨 있었다. 그리고 나서 에이프릴이 코사지를 어머니의 가슴에 달고, 아치가 애정을 담아 코에다 입을 맞추고, 다이나가 최초의 와플을 굽기 시작했다.

마지막 한 조각까지 주워모아, 부스러기도 남기지 않고 모두 먹어 치우고 나서 아치가 시럽 병 밑바닥을 숟가락으로 긁기 시작했을 때, 다이나가 에이프릴에게 낮은 소리로 말했다.

"가지고 와"

"싫어, 언니가 해." 에이프릴이 머리를 저으며 말했다.

그러자 다이나가 말했다.

"그럼, 함께 가자."

둘은 거실로 달려가 소파 밑에서 예쁘게 포장한 꾸러미를 꺼내왔다. 둘은 그것을 멋진 몸짓을 하며 마리안 앞에 놓았다.

"내게?" 어머니는 놀라며 말했다.

"물론이지요." 에이프릴이 말했다.

"이 집에 어머니인 사람이 또 없는 한."
"예쁜 카드로구나!" 어머니가 말했다.
"누가 만들었지?"
"에이프릴이 꽃을 만들었어요." 다이나가 말했다. "내가 글자를 만들고요. 자, 열어 보세요!"

세 아이는 어머니가 포장한 것을 천천히, 숨막힐 정도로 천천히 푸는 것을 즐거운 듯이 바라보고 있었다. 어머니가 마지막으로 엷은 종이를 뜯고 책을 테이블에 놓았을 때, 다이나와 에이프릴은 명랑하게 미소를 지었다.

《자라나는 자녀에게 뒤처지지 않도록─부모를 위한 아동심리학 해설》

철학박사 엘시 스미스톤 퍼슨즈 지음

"안을 보세요." 에이프릴이 말했다. "속표지가 있는데."
속표지에는 '사랑하는 어머니께…… 다이나, 에이프릴, 아치로부터'라고 쓰여져 있었다.
마라안 카스테어즈는 눈물이 나오려는 것을 겨우 참으며 말했다.
"아아, 정말 멋있구나! 기쁘다!"
"그리고 말예요." 다이나가 말했다. "우리들이 매일 한 장씩 읽어 드리는 거예요. 내가 하룻밤 읽어 드리면 다음 날 밤은 에이프릴이 읽어 드리는 거지요. 그러면 일요일까지 합해서 22일 걸리거든요."
"훌륭해!" 마리안이 말했다.
그리고 나서 생각에 잠겨 책 제목을 바라보더니 다이나와 에이프릴을 보았다.
"이것이 내가 너희들을 기르는 방법에 대한 완곡한 비평은 아니겠지?"

"아이 참, 그렇지 않아요." 다이나가 말했다. "다만……."

에이프릴은 다이나에게 빌 스미스 경감의 말을 인용할 틈을 주지 않고 얼른 말했다.

"우리는 너무너무 만족하고 있어요. 하지만 아는 길도 물어서 가라고 했잖아요……."

"마음에 드세요?" 다이나가 걱정스러운 듯이 물었다. "그 책 말이에요."

마리안이 대답했다.

"정말 기쁘다. 그리고 너희들의 마음 씀씀이가 정말 예쁘구나!"

"엄마의 마음이 기쁘시다니 우리도 꿈만 같아요!"

"내 쪽이 더 꿈만 같다." 마리안은 두 딸을 함께 끌어안았다.

"엄마의 꿈만 같은 기분보다 우리들 쪽이 훨씬 더 꿈만 같아요."

다이나가 큰소리로 말했다.

이번에는 에이프릴이 숨을 내쉬며 말했다.

"우리들 만큼 꿈꾸는 것 같지는 않으실 거야." 그녀는 손가락을 아랫입술에 대고 외쳤다.

"비비비비비비비!"

"아니?" 다이나가 말했다. "아치가 어디로 갔지?" 에이프릴은 주위를 둘러보았다.

"2, 3분 전까지 여기 있었는데……."

"잠깐……."

다이나는 두 손을 동그랗게 만들어 부르려 했다. 그때 에이프릴이 팔꿈치로 쿡 찔렀다. 다이나는 도중에 그만두었다.

"저 소리!" 에이프릴이 말했다. 잠시 조용해졌다. "지하실로 내려갔나 봐!"

지하실 계단을 천천히 조심해서 올라오는 발소리가 났다. 이윽고 아치가 문간에 모습을 드러냈다. 머리를 수그리고 얼굴이 빨개진 채 싱글벙글하고 있었다. 굉장히 큰 상자가 그의 두 팔에 안겨져 있었다. 그는 그것을 선룸으로 가지고 들어와 엄마의 발 아래 바닥 위에 놓았다.

"자!"

그 커다란 상자는 호화스러운 선물용 포장지로 무척 서툴게 싸여 있었다. 매어진 끈은 리본이었다. 그곳에 구멍이 뚫려 있고 크레용으로 쓴 큰 카드가 맨 위에 얹혀 있었는데 거기에는 '엄마에게——사랑하는 아들 아치'라고 쓰여 있었다. 다같이 상자를 지켜보고 있는 동안, 그것이 조금씩 흔들리기 시작했다. 에이프릴이 놀라 소리를 질렀다. 그것에 대답이라도 하듯 상자 속에서도 소리가 났다. 그것은 어렴풋이 긁는 듯한 소리와 함께 분명히 "야옹!" 하고 들렸다.

"아치!" 어머니가 말했다.

"이것은······." 아치가 말했다. "대장 엄마네 아기고양이가 커서 젖을 뗀 거예요. 이것이 제일 좋은 놈인데 길도 잘 들여져 있고 무엇이든 알아요. 엄마는 아기고양이를 좋아하시지요?"

"무척 좋아하지." 어머니가 말했다.

"아주 작기 때문에 그다지 먹지도 않을 거예요."

아치는 자랑스레 말했다.

그것에 대답이라도 하듯 상자 안에서 또다시 어렴풋이 "야옹!" 하는 소리가 났다.

"어머나, 아치!" 에이프릴이 호기심어린 말투로 말했다. "어디 좀 보자!"

"얼마든지." 아치가 말했다. "다만 이건 엄마에게 드리는 거니까 엄마가 상자를 여셔야 돼."

어머니는 리본을 풀고 포장지를 벗겼는데 그동안에도 상자는 줄곧 흔들리고 있었다. 이윽고 뚜껑을 열었다. 안에는 우유 접시며, 고양이 밥 주는 접시며, 작은 사탕과 함께 작은 아기고양이 두 마리가 걱정스러운 모습을 하고 있었다. 한 마리는 까맣고, 한 마리는 하얬다.

"어머나!" 어머니가 말했다. "귀엽구나!"

"자, 안아 보세요, 엄마." 아치가 말했다. "누구든지 안기만 하면 금방 콧노래를 부르거든요."

어머니가 고양이를 안아 올려 무릎 위에 놓았다. 그러자 두 마리가 모두 가르랑대기 시작했다. 에이프릴과 다이나가 조심스레 어루만졌다. 가르랑대는 소리가 한층 높아졌다.

"이름은 말이에요." 아치가 말했다. "잉키와 스팅키라고 해요."

에이프릴은 흰 빛깔인 스팅키의 턱 밑을 쓰다듬고 있던 손을 멈췄다.

"하지만 젠킨즈가 좋아하지 않을 거야."

"젠킨즈는 벌써 알고 있어." 아치가 말했다.

아치는 뒤뜰로 나가 젠킨즈를 찾았다. 이윽고 뒤뜰 마루 위에 동그마니 앉아 있는 것을 발견하고 집 안으로 던져넣었다. 어머니 무릎 위에 있던 아기고양이들은 조금 굳어져서 신음 소리를 냈다.

"자, 아래로 내려 놓아 보세요." 아치가 말했다.

아치는 두 마리 아기고양이의 목덜미를 잡고 바닥에 내려놓았다. 아기고양이는 순간 등을 세우고 귀를 쫑긋 뒤로 당겼다. 잘 길들여진 커다란 회색 수코양이 젠킨즈는 기지개를 켜고 하품을 했다. 젠킨즈는 두세 걸음 앞으로 나오더니 먼저 잉키의 코에 코끝을 대고, 스팅키의 코에도 댔다.

"저것 봐, 마음에 든 모양이야!"

젠킨즈는 모양을 바로잡아 위엄을 갖추고 앉아서 왼쪽 앞발을 핥으며 아기고양이들을 바라보았다. 아기고양이들은 좌우로 얼른 흩어져 방바닥 위에 발딱 넘어지며 그의 꼬리를 가지고 놀기 시작했다. 젠킨즈는 1분인가 2분쯤 놀게 한 뒤 다시 하품을 하고 무서운 이빨을 보이며 일어서더니 가버렸다. 남은 아기고양이들은 일어나 앉아 그 뒤를 바라보면서 못마땅한 듯 "야옹!" 했다.

"아이, 가엾어라." 다이나가 말했다. 그녀는 두 마리를 모두 집어 올려 쓰다듬기 시작했다. "어머나, 정말 콧노래를 하는데!"

"어떻게 할 거라고 생각했는데? 요들송이라도 부를 줄 알았어?" 에이프릴이 말했다. 그녀는 스팅키의 귀 뒤를 쓰다듬으며 말했다. "정말 귀엽구나!"

"내 거야." 어머니가 화난 시늉을 했다. "이리줘!"

어머니는 두 마리를 무릎 위로 가져다놓고 귀여운 듯이 어루만졌다. 아기고양이는 기분 좋은 듯 등을 꼬부리고 작은 징을 박는 기계 같은 소리를 냈다.

"그리고 말이에요……." 아치가 말했다. "정말로 작기 때문에 별로 먹지 않는대요." 그는 엄숙하게 위엄을 가지고 덧붙였다. "그것도 마음에 드실 줄 아는 데요."

"물론 마음에 들지." 어머니는 말했다. "이 아기고양이도 아주 마음에 들고 너도 아주 좋단다."

아치의 딱딱한 표정이 풀렸다. "나도 엄마가 아주 좋아요."

"나는 너보다 더욱 더 아주 좋아한단다"라고 어머니는 말했다.

아치는 한껏 숨을 깊이 들이마시며 말했다.

"나는 훨씬 더 아주 좋아하는 것보다, 훨씬 더 아주 좋아하는 그보다 훨씬 더……."

이 대화는 꼬박 5분 동안이나 계속되었다. 그리고 나서 어머니는 담뱃갑 셀로판 종이를 뜯어 비틀어서 나비 모양을 만든 다음 묶어 두었던 노끈 끝에다 붙들어매더니 아기고양이에게 재롱을 떨게 하며 거실로 데리고 갔다. 어린 세 남매는 아기고양이가 새 장난감을 향해 팔짝 뛰기도 하고 덤벼들기도 하는 모습을 정신없이 바라보았다. 잉키 쪽이 더 높이 뛰고, 스팅키 쪽은 발이 빠른 것 같았다. 어머니의 뺨에 붉은 기운이 돌며 눈이 반짝이기 시작했다.

"아치!" 에이프릴이 낮은 소리로 말했다. "참으로 좋은 생각이었어."

그녀는 아치를 끌어안았다.

"아이, 저리 가." 아치는 몸부림쳐서 빠져나가며 말했다. "나는 어른이란 말이야. 그리고 크면 경관이 될 거야."

"어른이래도 아무 상관없어." 에이프릴은 또 한 번 끌어안으며 말했다. "난 네가 정말 좋아."

"나도 정말 좋아해." 아치가 말했다.

"잠깐!" 다이나가 말했다. "이제 그건 그만해 둬!" 그녀는 엄지손가락을 테이블 쪽으로 쑥 내밀었다. "어서 접시를 치우자!"

모두들 재빠르게 움직였다. 먹을 것은 냉장고에 넣었다. 테이블 위는 얼른 닦아냈다. 접시에는 물을 끼얹고 설거지통에 포개어 둔 다음 나중에 치우기로 했다. 아무튼 오늘은 휴일이니까.

15분도 안 되어서 그들은 거실로 옮겨왔다. 긴 의자 한가운데 앉아 있던 어머니는 짙은 검은색 머리가 조금 헝클어져 있고, 불빛은 도로시 퍼킨즈 종류의 장미로 만든 코사지와 잘 어울려 보였다. 에이프릴과 아치는 그 양쪽에 웅크리고 앉아, 엄마 무릎 위에서 아직도 가르랑거리며 잠들어 있는 아기고양이를 바라보았다. 다이나는 어머니의 앞쪽에 멈춰 서서 사랑에 넘치는 얼굴로 천천히 소리내어 책을 읽기 시작했다.

빌 스미스 경감이 문간에 와서 벨을 누른 순간 정면 현관 유리문으로 보인 광경은 그런 것이었다. 그는 한순간 부러움에 견딜 수가 없었다. 방해하고 싶지 않다고 생각했지만, 그때는 벌써 초인종을 누르고 만 뒤였던 것이다. 그는 방해하게 된 구실이 있는 것을 다행으로 생각하며 용기를 냈다.

다이나가 책을 내려 놓고 문쪽으로 달려갔다. 그녀는 따뜻하게 맞이했다.

"잘 오셨어요! 벌써 식사를 마치셨나요? 와플을 만들어드릴까요?"

"벌써 먹었어, 고맙구나."

그러나 빌 스미스는 냄새를 맡으면서 자기 말이 거짓이었으면 하고 생각했다.

"그럼, 커피라도?" 마리안 카스테어즈가 정답게 말했다.

"아닙니다……." 빌 스미스는 말했다. 그는 안락의자에 앉았다.

"방해를 해서 미안합니다만……."

다이나와 에이프릴은 커피와 크림과 설탕을 그의 팔꿈치 옆 테이블 끝에 늘어놓는 데 1분 20초밖에 걸리지 않는 대기록을 세웠다.

"책을 읽던 중이었군요." 빌 스미스는 커피를 저으면서 말했다.

"방해를 해서 미안합니다만……."

"다이나가 어머니날 선물로 드린 책을 엄마에게 읽어 드리고 있었어요." 아치가 말했다. "매일 1장씩 읽어 드리기로 했거든요. 저, 이거 보시겠어요? 다이나와 에이프릴이 이 책을 선물한 건 모두……."

에이프릴이 얼른 발끝으로 차버렸기 때문에 아치는 입을 다물었다.

빌 스미스는 책을 들고 제목을 보았다. 그리고 나서 드리는 말씀을 읽었다.

"대단히 생각이 깊군요." 그가 말했다.

"나도 그렇게 생각했어요." 마리안은 자랑스러운 듯이 말했다.

"이건 내가 드린 어머니날 선물이에요." 아치가 잉키와 스팅키를 가리키면서 말했다. "귀를 세우고 들으면 가르랑가르랑하는 소리가 거기까지 들릴걸요."

빌 스미스는 귀를 세우고, 정말 가르랑가르랑거리는 소리가 들린다고 말했다.

"와플 하나, 어떠세요?" 마리안이 말했다.

"먹었으면 좋겠지만," 그는 말했다. "레스토랑에서 아침을 먹고 말았습니다. 나는 와플을 좋아하고 레스토랑의 아침 식사는 별로 좋아하지 않습니다만……."

"아저씨는 부인과 아기를 갖게 되시면 좋을 텐데……." 다이나가 아주 진지하게 말했다. "요리를 잘하는 부인을 말이에요."

빌 스미스는 얼굴을 붉히며 헛기침을 했다. 그리고 1분쯤 지나서 말했다.

"카스테어즈 부인, 꼭 이야기하지 않으면 안 될 일이 있습니다. 바쁘신 줄 잘 알고 있습니다만……."

다이나는 시계를 보는 체하더니 놀라며 큰소리를 쳤다. "큰일났어! 지금 접시를 씻지 않으면 안 돼!"

아치가 놀라서 말했다. "안 씻을래."

"씻어야 해." 다이나가 말했다. "자, 시작하자."

"하지만 말했었잖아……." 아치가 항의했다.

"나와!" 다이나가 흘겨보며 말했다.

그녀는 에이프릴과 아치를 몰아세우면서 부엌으로 데리고 갔는데 마지막 1, 2미터는 잡아끌 듯했다.

"도무지 돼먹지 않았어!" 다이나가 낮은 목소리로 말했다. "재치라는 것을 몰라!"

"자리를 피해 드려야 한다는 것을 몰라?" 에이프릴이 덧붙였다.

아치는 화가 난 것 같았다. 몹시 성이 난 듯 그는 날카롭게 항의했다.

"하지만 빌 스미스 씨가 무슨 말을 하는지 듣고 싶었단 말이야."

"무슨 소리를 하고 있는 거야?" 다이나가 말했다. "누구나 다 듣고 싶어해. 그리고 들을 수 있어."

다이나는 둘에게 몸짓으로 절대로 침묵하라는 명령을 내리고 앞장서서 복도를 빠져 계단 아래로 데리고 왔다. 셋은 계단을 너덧 단 올라가서 거기에 조용히 자리잡고 앉았다. 저쪽이 보이지는 않지만 소리는 손에 잡힐 듯이 들렸다.

어머니의 웃음 소리가 들렸다. 부드럽고 음악적이며 친근하고 자연스러운 웃음 소리였다. 그리고 나서 "그렇게 말씀해 주시니 기뻐요, 스미스 씨. 하지만 듣기 좋으라고 하는 소리겠지요?" 하는 말도 들렸다.

에이프릴과 다이나는 눈짓을 주고받았다.

"아니, 진심입니다."

아치가 히죽히죽 웃었다.

"저, 스미스 씨……."

"제발 빌이라고 불러 주실 수 없습니까? 스미스 씨는 너무 딱딱하게 들리는 데, 더구나 당신은 그렇게 딱딱한 분이 아니잖습니까?"

여전히 웃으면서 말하는 어머니의 목소리가 들렸다.

"좋아요 그럼. 빌, 뭔가 제가 도움이 될 수 있는 일이라면……."

그러자 빌 스미스의 목소리가 갑자기 진지한 빛을 띠기 시작했다.

"솔직히 말해서 이런 겁니다, 카스테어즈 부인……."

"마리안이라고 불러 주시지 않겠어요? 카스테어즈 부인이라면 너무 딱딱해서……."

이번에는 두 사람이 함께 웃었다.
어린 카스테어즈 세 남매는 구석 쪽에서 기쁜 듯이 얼굴을 활짝 펴 보였으나, 다시 입술에 손가락을 갖다대고 여전히 귀를 세우고 있었다.

17

이토록 행복하게 느껴지는 것이 몇 해만인지 모른다. 마리안은 잉키와 스팅키를 어루만지면서 생각했다. 책을 다 써서 끝냈으니 앞으로 2, 3 일은 일이 없다. 그처럼 훌륭한 아이들이 있어서 너무나 멋진 선물을 받았다. 그리고 마음 편히 앉아 예쁜 고양이를 어루만지며, 스미스 씨가 커피를 마시는 것을 보고 있는 것이다.

이상한 일이다. 안락의자에 남자가 앉아 있는 것만으로 방 안 느낌이 이다지도 달라진다는 것은. 키가 크고 늘씬한 남자가 트위드 양복을 입고——이 양복은 다림질하지 않으면 안 된다——앉아, 아니 기대서 무릎방석 위로 발을 뻗고 있다. 파이프에 불을 붙인다. 낡은 옛날 파이프. 이제 방 안에 담배 냄새가 날 것이 틀림없다. 마치 이 사람이 이 집의 주인 같은 느낌이 든다.

연막이 되든 안 되든, 오래된 파이프 냄새를 모처럼 맡는 것은 나쁜 일이 아니다.

문득 마리안은 그가 자기에게 말을 걸고 있다는 것을 알아차렸다. 그런데 한 마디도 듣고 있지 않았던 것이다. 볼이 화끈해지는 것을 느꼈다.

"뭘 생각하고 계십니까?" 빌 스미스가 말했다.

아, 하느님! 그녀는 정말로 얼굴이 빨개졌다! 자신에게도 그것이 느껴졌다.

"저……."

그녀는 뭐라고 말을 해야 좋을지 몰라 당황했다. 이 무슨 보기 흉한 모습일까. 마치 다이나를 꼭 닮아 있지 않은가, 그 보기 싫은 피트가 와 있을 때의 다이나같이.

"저, 생각하고 있었어요, 그……." 이 무슨 꼴사나운 여자람! 그녀는 숨을 삼켰다. "이번에 뭔가 사러 나갈 때에는 이 아기고양이에게 뿌릴 벼룩 잡는 약을 사야겠다고요."

"벼룩 잡는 가루를 쓰시게 되면……." 그가 말했다. "곧 다시 솔로 쓸어 주지 않으면 안 됩니다. 고양이가 그것을 핥으면 병에 걸리니까요. 그런데 대체 그 고양이에게 정말로 벼룩이 있습니까?"

"지금은 없지만 머잖아 생기게 될 거예요. 아기고양이에게는 벼룩이 붙어다니게 마련이니까요."

"그렇습니까?" 그는 얼굴을 일그러뜨리며 말했다. "벼룩이 있어야 고양이새끼란 말이군요. 자연의 법칙인가요?"

파란 홈드레스를 입고, 연분홍 장미를 가슴에 달고, 볼을 발갛게 물들인 그녀의 모습은 정말 아름다워 보인다. 그는 자신이 느낀 그대로를 말할 배짱이 없는 것이 안타까워서 견딜 수가 없었다.

"하지만 고양이 이야기를 하려고 찾아뵌 건 아닙니다."

이때 마침 때맞추어 잉키가 눈을 떴다. 반듯이 앉아 왼쪽 귀 뒤를 긁더니 또 잠이 들고 말았다. 마리안 카스테어즈는 이 견제운동(牽制運動)의 수고를 고맙게 여기면서 아무렇지도 않게 말했다.

"어머나, 그러세요?"

"이야기해 주지 않겠습니까?" 그는 말했다. "베티 리모 납치살인 사건에 대해서 알고 계시는 점을 말입니다."

그녀는 눈을 크게 뜨고 빌 스미스를 쳐다보았다. 계단에 숨어 있던 어린 세 남매는 자리를 고쳐앉고 숨을 죽이며 귀를 기울였다.

"왜 그러시지요?" 마리안이 물었다.

"왜냐하면……." 그는 말을 더듬었다. "왜냐하면 내가 이 사건으로 완전히 벽에 부딪치고 말았기 때문입니다. 완전히 벽에 부딪친 겁니다. 마리안, 만일 도움을 줄 수 있다면……."

다시 침묵이 계속되었다. 잠시 뒤 마리안이 아주 낮은 목소리로 말했다.

"할 수 있는 데까지 도와 드리지요."

다이나와 에이프릴은 얼굴을 마주 보았다.

"그 증거물을 모두 엄마에게 넘겨 드리고 우리는 이제 곧 손을 떼자." 에이프릴이 속삭였다.

"뭐라고?" 아치가 작은 소리로 물었다.

"쉬잇!" 다이나가 속삭였다.

"하지만 엄마가 뭐라고 하시는지 들리지 않았어."

아치가 소리를 낮추며 불평스러운 얼굴을 했다.

다이나는 그 입에다 손을 대고 꾸짖었다.

"조용히 해! 나중에 이야기해 줄게."

에이프릴은 둘을 팔꿈치로 건드리며 속삭였다.

"들어 봐!"

"처음에는 이 사건이 간단히 끝날 줄로 생각했었습니다." 빌 스미스가 말했다. "질투심 많은 아내, 행실 나쁜 남편, 야심이 강한 여배우. 그런데 프랭키 라일리라는 사나이가 살해되었습니다. 바로 이 근처에서…… 우연의 일치인지는 알 수 없지만 그를 죽인 탄환은 샌포드 부인을 쏜 것과 같은 권총에서 발사된 것입니다."

계단의 아치가 에이프릴을 똑바로 보았다. "나도 알 수 있었어."

"쉬잇!" 에이프릴이 속삭였다. "내기는 소용없게 됐어."

빌 스미스는 계속했다.

"그리고 그의 지문이 샌포드 집 여기저기에서 발견되었습니다. 증거가 될 만한 물건은 하나도 발견되지 않았지만, 그는 리모 베티 사건에 관련이 있지요. 그런데 그 사건을 다루었던 아주 머리 좋은 신문 기자로 마리안 워드라는 사람이 있었던 겁니다. 뉴욕에 전보를 쳤더니 내가 생각했던 대로 그 사람은 마리안 카스테어즈라는 이름을 가지고 있는 것이 확인되었습니다."

마리안은 스팅키를 노리개삼아 놀면서 잠시 잠자코 있었다.

"네, 내가 그 사건을 취급했어요. 그리고 사건이 일어나기 전에 한 번 어느 자리에서 베티 리모를 만난 일도 있었고요."

빌 스미스는 앞으로 몸을 내밀며 두 팔꿈치를 무릎에 얹었다.

"아, 네, 어서 계속하십시오."

"베티는, 베티는 미인이었지요. 젊고 어딘가 모르게 귀여운 데가 있었어요. ……성품이 아주 얌전했지요. 그리고 사람의 마음을 끄는 아주 예쁜 목소리의 소유자였어요. 나는 한 번, 그녀가 노래가 아니라 연극을 하는 걸 보았어요." 마리안의 목소리가 진지한 빛을 띠기 시작했다. "베티 리모라는 이름은 물론 본명이 아니었지요. 본명은 아무도 모른답니다. 나중에도 전혀 알 수가 없었어요. 그러나 분명 그녀는 이름 있는 집안의 사람이었고, 그 집안에서는 그녀가 스타라이트 극장에서 노래부르는 것을 죽는 것 보다 나쁜 일로 생각하고 있었던 것 같아요. 그렇게 말하면 선전을 위한 수단처럼 들리기도 하지만, 사실은 그렇지 않았던 거지요. 한 번도 그녀의 집안에 대해서는 발표되지 않았으니까요."

마리안은 눈썹을 찡그렸다. "그녀의 집은 꽤 가난한 모양이었어요. 배티는 1달러짜리 돈을 처음 얻은 아이 같았어요. 모피라든가 하티 카네기 가운 같은 것에 열중해 있었고, 갑자기 스타가 된 것이 기뻐서 못 견디는 것 같았어요. 그 뒤에 알아보았더니…… 그녀의 은행 예금에는 10센트도 남아 있지 않았어요……."

"그럼, 누가 몸값을 치른 겁니까?" 빌 스미스가 조용히 말했다.
"아무도 모르지요. 극장 지배인…… 에벨이라는 사람이었는데…… 이 납치범에게 넘겨 준 것은 자기 돈도 아니거니와 극장 돈도 아니었던 겁니다."
"그러면 돈이 나온 곳을 알고 있었겠지요?"
마리안 카스테어즈는 고개를 끄덕였다.
"물론이지요."
빌 스미스는 작은 가죽 수첩을 꺼냈다.
"에벨…… 이름은?"
"모리스." 마리안이 말했다.
그는 수첩에 그것을 적었다. "어디에 살고 있습니까?"
"심령학자에게 묻지 않으면 안 되겠지요." 그녀는 말했다. "죽어 버렸어요…… 2년 전에. 살해된 건 아닙니다. 복막염이었어요. 나도 처음엔 살인인가 하고 의심을 했었지만, 충양돌기가 나빠져 있었는데 좀처럼 병원에 가지 않았던 것이 원인이었다는 걸 내가 조사해냈지요."
빌 스미스는 수첩을 주머니에 집어 넣으며 말했다.
"애석하게 됐군요. 그런데 당신은 그 사건에 대해 참으로 훌륭한 기사를 쓰셨더군요. 신문철 속에 있는 것을 보았습니다."
마리안 카스테어즈가 얼굴을 들었다.
"너무 좋은 기사를 썼기 때문에 직장에서 쫓겨났지요. 나는 베티 리모를 좋아했었어요. 납치범들이 어떻게 해서 돌려 보냈는가를 알았을 때…… 관에 넣어서 돌려보냈다는 것을 알고 나는 울었어요. 경찰은 프랭키 라일리를 체포했어요. 신문하기 위해 구속했지요. 그러나 곧 석방하고 말았던 겁니다. 경찰은 증거가 없는 그 사건에 대해 점점 의욕을 잃기 시작했습니다. 그러나 나는 그렇지 않았어요. 아무래도 열이 식지 않더군요. 나는 생전의 베티 리모를 알고 있었으니까요."

마리안 카스테어즈의 작은 주먹이 커피 테이블 위에 힘차게 떨어졌다. 잉키와 스팅키가 잠을 깨어 투정부리다가, 무릎 위에 꽃바구니처럼 몸을 틀고 다시 잠들었다.

"계속해 주십시오." 빌 스미스가 조용히 말했다.

"나는 용의자를 한 사람 생각해 냈어요. 나만의 주장이었습니다만 유력한 용의자였지요. 그…… 앞잡이였던 사람이에요. 경찰은 미온적인 방법으로 수사를 했어요. 그러나 이 앞잡이의 정확한 인상이 파악되지 않았으므로 수사는 계속 진척되지 않았어요. 그리고 사진이 1장도 없었으니까요."

계단에서 다이나와 에이프릴은 오랫동안 얼굴을 마주 보았다. 사진이 있잖아, 세탁물 자루 밑에.

"경찰은," 마리안은 독설에 가까운 투로 계속했다. "언제나 바보라고 낙인찍혀 있긴 하지만, 끝내 살인범인 납치단을 체포하지 못했어요. 그래서 나는 울화통이 터져서, 경찰을 공격하여——당연한 이야기지만——중대한 태만이라는 글을 썼던 겁니다. 편집장이 알지 못하도록 틈을 노렸던 것이므로 그것은 신문에 실렸지요. 그러자 경찰국의 어느 무능한 남자가 시끄럽게 굴어서 나는 파면되고 말았던 겁니다. 자, 스미스 씨, 그 밖에 뭔가 더 질문할 것이 있나요?"

"많지요." 그는 말했다. "그리고 빌이라고 불러 주십시오. 그렇게 약속하지 않았습니까? 첫째, 이건 뉴욕으로 몇 장인가 전보를 치면 알 수 있는 일이지만, 말씀해 주시면 손을 덜게 됩니다. 베티 리모의 시체는 어떻게 되었습니까?"

마리안은 잠시 상대의 얼굴을 지켜보고 있다가 말했다. "나도 모르겠어요. 그것은 이 사건 가운데서도 가장 이상한 이야기 중의 하나이지요. 경찰에 보관되었던 시체는 그 뒤 극장관계의 장의조합에서 인수해 갔다는 것입니다. 나는 베티 리모의 장례식 기사를 쓰려고 따라갔지요. 그런데 시체를 도둑맞고 말았던 거예요."

"뭐라고요?" 빌 스미스가 말했다. "도둑맞았다고요?"

마리안은 고개를 끄덕였다.

"그 장의조합 소유인 브루클린의 값싼 장례식장에서였어요. 그날 밤 2시에 한대의 자동차가 달려 와서는 숙직원을 넘어뜨리고 베티 리모의 시체를 관째 훔쳐가 버린 거지요."

"하지만……." 빌 스미스는 정신을 잃은 듯한 소리를 냈다.

"경찰은 미궁에 빠지고 말았어요." 마리안은 성난 말투로 말했다. "좋은 기사가 될뻔 했었는데…… 나 자신이 타이틀을 붙이고 싶었을 정도였어요. 그런데 내가 무능하다는 일방적인 처사로 그만두게 되었을 무렵에는, 베터 리모라는 이름은 뉴욕 신문 기자들의 꺼리고 피하는 단어가 되고 말았던 겁니다. 경찰국장이 시끄럽게 군 탓만이 아니라 고작 스트립극장의 가수로 몸값이 만 5천 달러밖에 안 되었기 때문이었어요. 그래서 모든 일은 끝났지요. 그 밖에 더 묻고 싶은 것이 있으세요?"

"많지요." 빌 스미스가 말했다. "누가 샌포드 부인을 죽였는지, 그리고 그 동기에 대해 뭔가 짚이는 것이 없습니까?"

마리안은 잠시 동안 잠자코 있었다.

"네, 없어요."

"프랭키 라일리는 그녀의 집에서 살해된 겁니다." 빌 스미스가 말했다. "그녀를 죽인 것과 같은 권총으로 말입니다. 그런데 정말 뒤얽혀 있어서 나는 도무지 종잡을 수가 없습니다. 유화에 꽂혀 있는 꽃, '경고'라고 쓴 부엌칼, 게다가 남편인 샌포드는 행방불명이고, 나는 직무상 샌포드 부인을 죽인 범인을 반드시 체포하지 않으면 안 되는 겁니다. 마리안, 당신은 리모 사건을 취급했었으며 그것은 이 사건과 관련이 있습니다. 당신은 경찰국 출입 기자의 경험을 갖고 계시고 무슨 일에 대해서나 관찰이 예리하십니다…… 부탁입니다, 마리안, 힘을 빌려 주십시오."

계단 위에서 에이프릴이 다이나를 쿡 찔렀다. 다이나는 한쪽 눈을 감고서 가만히 말했다.

"이제 됐어!"

그러나 시간이 한참 지난 뒤에 마리안이 대답한 것은 의외로 차갑고도 열의가 없는 말투였다.

"비록 샌포드 부인을 죽인 사람을 내가 알고 있다 하더라도, 혹은 발견할 수 있다고 생각한다 하더라도 나는 그것을 내 가슴에 묻어 두겠어요. 죽인 것이 누구든 틀림없이 그만한 이유가 있었을 테니까요. 그리고 또 나는 당신이 그 사람을 찾아내지 못하기를 바라고 있어요."

빌 스미스는 빈 커피 잔을 내려 놓고 일어섰다.

"그것이 당신네 부인들의 곤란한 점입니다. 감정에 치우치는 거 말입니다. 사물을 냉정하게 보지 않습니다. 당신은 샌포드 부인을 싫어하기 때문에 그녀를 죽인 범인이 달아나는 것을 보고도 태연하게 있었던 겁니다."

"나는 샌포드 부인을 거의 알지 못해요." 마리안은 차갑게 말했다. "싫어할 이유가 없지 않아요? 알고 있는 건 그 사람이 나쁜 여자라는 것과 살해되어도 천벌이라고 생각되는 것뿐입니다."

"세상 법칙은 법률이나 윤리나 살인에 관해서는……." 그도 똑같이 차갑게 말했다. "피해자의 성질이 착하고 악한 것은 계산에 넣지 않습니다."

"네, 얼마든지 좋으실 대로." 마리안이 말했다.

그녀는 아기고양이를 팔에 안은 채 일어섰다.

빌 스미스는 형식적인 인사를 했다.

"방해가 되었습니다, 카스테어즈 부인."

"천만에요, 스미스 씨." 마리안이 말했다. "경찰의 어리석은 행위를 재인식할 때마다 나는 대단히 기쁘답니다."

경감은 문을 열고 잠시 멈춰 서서 말했다.

"나는 어젯밤 당신 작품을 하나 보았습니다. 《미온적 살인》이었던 것 같습니다."

"애독해 주셔서 감사합니다." 마리안이 말했다.

"그런데 재미가 없었습니다…… 감상적이고 표현이 분명치 못하며 부정확한 곳이 많아서, 졸작이더군요."

그는 밖으로 나가더니 쾅 하고 문을 닫았다. 마리안 카스테어스는 깜짝 놀랐다.

에이프릴이 다이나와 아치를 쿡 찔렀다. 세 남매는 잠자코 급히 계단을 올라가 다이나와 에이프릴이 함께 쓰는 방으로 들어갔다. 1분쯤 지나자 마리안 카스테어즈가 여전히 아기고양이를 두 팔에 안은 채 성큼성큼 계단을 올라왔다. 볼이 새빨갛고 눈이 번쩍번쩍 빛나고 있었다. 그녀는 자기 방으로 들어가더니 쾅 하고 문을 닫았다. 그리고 난 뒤에는 아무 소리도 나지 않았다.

"어떻게 하지, 에이프릴?" 다이나가 말했다. "엄마가 울겠어. 더구나 오늘은 어머니날인데……."

"그런 소리 하지 마. 울지 않아." 아치가 말했다. "나보다 나이가 위인데!"라고 말하면서도 걱정스러운 목소리였다.

"조용히 해." 에이프릴이 말했다. "아니, 저봐, 울음 소리 아냐?"

세 남매는 귀를 기울였다. 들려오는 것은 틀림없이 타이프라이터에 종이를 꽂는 소리였다. 느닷없이 분노의 덩어리같은 타이프 소리가 들려왔다. 그리고 나서 종이를 뽑아내어버리는 소리가 들리고 다시 다른 것이 꽂히는 듯했다. 그리고 또 타이핑 소리가 나기 시작했는데 여전히 맹렬한 기세로 계속되었다.

다이나는 견딜 수 없어 복도를 달려가 어머니의 방문을 확 열어 젖혔다. 그녀는 여전히 파란 홈드레스를 입은 채로 책상을 향해 앉아 있었는데, 옆머리는 늘어지고 눈이 이글이글 불타고 있었다. 아기고양이는 책상 위로 고개를 쑥 내밀고 호기심어린 듯 놀라서 바라보고 있었다.

"엄마!" 다이나가 숨을 몰아쉬며 말했다.

타이프라이터가 멈췄다. 이글이글 불타는 눈으로 쳐다보았다.

"너무도 화가 나기 때문에," 마리안 카스테어즈가 말했다. "그래서 책을 쓰기 시작한 거야!"

그녀는 다시 타이프를 탁탁 치기 시작했다. 다이나는 눈치를 채고 문을 닫았다.

"상관없어." 다이나가 말했다. "애써 경찰관을 의붓아버지로 삼지 않아도 좋게 되었으니까."

"무슨 소리를 하고 있는 거야." 에이프릴이 조롱하듯 말했다. "언니는 이상한 책만 읽고 있나 봐. 이런 희망적인 징조는 지금까지 한 번도 없었잖아." 그녀의 눈이 가늘어졌다. "서두르자! 아직 그는 어딘가 밖에 있을지도 몰라."

"하지만 에이프릴. 설마······."

다이나가 계단을 반쯤 내려온 곳에서 말했다.

"조용히 해." 에이프릴이 말했다. "영감이 떠올랐어." 세 남매는 현관까지 와서 숨을 돌렸다. 빌 스미스가 샌포드 집 정원 울타리에 기대서서 뭔가 생각에 잠겨 있는 것이 보였다.

"에이프릴." 아치가 궁금한 듯 물었다. "뭣하는 거야, 뭔데 그래,

뭘 하는 거야?"

"입트 다트 물트 어트." 에이프릴은 꿈을 꾸고 있는 것 같았다.
"내가 천재라는 걸 기억하고 방해하지 말아 줘. 다이나, 엄마는 언제 머리를 올리고 매니큐어를 하지?"

"월요일이야." 다이나가 얼른 대답했다. "그러니까 내일이야."

에이프릴은 생각에 잠긴듯 잠시 잠자코 있었다.

"그럼, 오후 늦게 집으로 돌아올 것이고, 머리도 다시 한번 빗질을 한 뒤가 더 돋보일 테니……"

그녀는 다시 한참 생각하고 난 뒤 계단을 뛰어내려갔다.

다이나와 아치는 알 수 없다는 듯 얼굴을 마주 보았으나 곧 뒤를 따랐다.

에이프릴은 빌 스미스에게로 달려가자 숨을 헐떡이며 말했다.

"아, 시간에 맞춰와서 다행이야. 저, 말예요, 엄마가 화요일 만찬에 와주실 수 있을지 어떨지 여쭤 보라고 하시며, 꼭 와주셨으면 좋겠다고 하셨어요. 저희들도 부탁드리겠어요."

"뭐라고?" 빌 스미스는 깜짝 놀라며 조금 어리둥절해 했다. "만찬? 그리고 화요일? 그……"

집 쪽에서는 분연히 전속력으로 타이프치는 소리가 또렷이 들려왔다.

"엄마가 직접 오셔서 물으셔야 하겠지만……" 에이프릴이 말했다. "너무 바쁘셔서요. 얼마나 바쁜지 들리시지요?"

빌 스미스는 어머니의 방 창문 쪽을 쳐다보았다.

"일을 너무 하시는군." 그는 말했다. "너무 지나치게 일을 한단 말이야. 누구든 돌봐 주는 사람이 있어야만 해."

"우리들이 있어요." 다이나가 위엄을 갖추어 말했다.

"내가 말하는 것은 다른 의미에서야."

빌 스미스는 아직도 창문 쪽을 보며 말했다.

아치의 얼굴을 보고 있던 에이프릴은 금방이라도 그가 엉뚱한 말을 지껄일 것 같은 태도를 알아챘다. 그래서 그의 팔을 가볍게 꼬집으며 얼른 말했다.

"그럼, 와주시는 거지요? 화요일이에요. 그래요, 6시 반쯤에 오세요."

"그러니까…… 저, 가지." 빌 스미스가 말했다. "기꺼이 참석하겠어. 화요일이라고 했지, 6시 반? 기꺼이 찾아뵙겠다고 어머님께 말씀드려 줘. 그러니까……." 그는 말을 더듬었다. "6시 반에 찾아뵙는다고. 그리고……." 그는 다시 말을 끊었다. "화요일이지. 고마워, 안녕."

그는 발꿈치를 돌리고 가버렸는데 하마터면 장미덩굴에 부딪칠 뻔했다.

에이프릴은 순간 웃음이 터져나올 뻔했다. 빌 스미스의 태도는 처음으로 다이나와 밖에 나갈 약속을 했을 때의 피트와 흡사했던 것이다.

"아무것도 우스울 건 없어." 다이나가 엄격히 말했다. "이 일을 어떤 식으로 엄마와 결말지으려는 거지?"

"그까짓 것 간단해." 에이프릴은 자신만만하게 말했다. "월요일에 엄마는 머리를 올리고 매니큐어를 칠할 거야. 그러면 우리는 어머니를 잘 설득해서 옛날 식으로 미트 로프를 만드시게 해야 해, 글레비(육즙 소스)도 치게 하고, 또 레몬을 넣은 메렝게 파이…… 남자들은 모두 레몬이 든 메렝게 파이를 좋아하거든. 그리고 나서 식사 뒤에는……."

다이나가 말했다.

"대단히 훌륭한 생각이지만, 누가 그 이야기를 엄마에게 설명하느

난 말이야."

"걱정할 것 없어." 에이프릴이 말했다. "우리는 자매 사이고, 무엇이든 반반씩 서로 도와왔잖아. 그리고 나는 그를 초대하는 쪽을 해치웠어. 그것이 내 몫이었어. 그러니까 언니는 빌 스미스를 초대한 이야기를 엄마에게 하면 되는 거야!"

18

아치가 부엌으로 들어가서 사과 봉지를 가지고 왔다. 그래서 카스테어즈 세 남매는 현관 앞 계단에 앉아 이야기를 매듭짓기로 했다. 다이나가 불평을 늘어놓았다.

"여러 가지 사실이 드러남에 따라 뭔가 앞이 내다보이기는커녕 점점 뒤얽혀 가고 있잖아. 예를 들면 오늘 아침 엄마가 빌 스미스에게 이야기한 것과 같은 일 말이야."

에이프릴은 사과를 깨물며 크게 고개를 끄덕였다.

"누가 베티 리모의 시체를 훔쳤을까? 무엇 때문일까?"

"증거가 되기 때문일지도 몰라."

아치가 사과 씨를 손 위에 뱉어내면서 말했다.

"하지만 해부도 검시도 모두 끝난 뒤였을 거야." 에이프릴이 말했다. "경찰이 시체를 넘겨 주었으니까. 그러니……."

"그것은 쉽게 짐작이 가." 다이나가 말했다. "그녀를 사랑하고 있던 남자야. 샌포드 부인과 프랭키 라일리를 죽이고 샌포드 씨를 찾고 있는 남자지."

에이프릴이 그 의견에 찬성했다.

"그는 그녀를 사랑하고 있었지만 자기 얼굴을 사람들 앞에 내놓을 수는 없었던 거야. 아직 복수가 남아 있으니까. 그러므로……." 에이프릴은 잠시 쉬었는데 다시 영감이 떠오른듯 낮은 목소리로 말을 계속했다. "어떤 곳——사람들 눈에 띄지 않는——에서, 한밤중에 아무도 몰래 매장을 해버렸어. 지켜보는 거라고는 울창한 나무 사이로 새어드는 처절한 달 그림자뿐이었겠지. 지금이라도 둥근 달이 뜨면……."

"에이프릴." 아치가 작은 소리로 말했다. "그만해."

"동생을 무섭게 만들어서 뭣할 거야." 다이나가 말했다. "그리고 엄마의 처녀작에서 인용하는 짓 따위는 그만둬. 엄마가 별로 잘되지 못한 거라고 늘 말씀하고 계시니까……."

"그렇게 머리가 좋으면 한 번 더 잘 생각해 봐." 에이프릴은 기분이 몹시 상하여 말했다. "샌포드 씨가 베티 리모를 사랑한 것은 자기뿐이라고 말했잖아."

"알고 있어." 다이나가 말했다. "그러니까 헷갈리는 거야." 그녀는 잠시 잠자코 있었다. "어쩌면, 자신 말고도 베티를 사랑한 사나이가 또 한 사람 있었던 것을 그가 알지못했는지도 몰라."

"자기가 사랑하고 있었다면 그런 건 눈치챘을 거야."

에이프릴이 말했다.

다이나는 대답이 없었다. 그리고 나서 잠시 동안 어린 세 남매는 잠자코 생각에 잠겨 앉아 있었다. 그때 돌연 아치가 가까이 있는 수국 덤불 저쪽으로 사과 속을 높이 던졌다. 그리고 나서 일어나며 말했다.

"누가 계단을 올라오고 있어."

다이나의 손이 저절로 머리로 가서 매무시를 고쳤다. 뜻밖에 피트일지도 모르기 때문이다. 에이프릴도 얼른 머리의 리본으로 손이 갔다. 그러나 그녀는 온 사람이 누구이든 상관없었다.

그는 몸집이 작은 홀부룩 씨였다. 그는 계단을 올라오면서 숨을 헐떡이고 있었다. 한 번인가 두 번 숨을 내쉬느라 발을 멈추었다. 질이 좋은 회색 양복에 암녹색 넥타이를 단정하게 매고 있었다. 창백한 얼굴이 피로해 보이고 매우 걱정스러운 듯이 보였으나 흰 머리는 곱게 매만져져 있었다. 어디에 가도 놓은 적이 없는 듯한 가방을 들고 있었다. 에이프릴은 문득 밤이 되면 침대에도 저것을 갖고 들어가는 것이 아닐까 생각했다. 그러자 홀부룩 씨가 구식 플란넬 잠옷과 두꺼운 천으로 만든 덧신 차림으로 가방을 들고 있는 모습이 머리에 떠올라 하마터면 웃음이 터져나올 뻔했다.

홀부룩 씨는 간신히 계단을 다 올라와서 후, 하고 숨을 내쉬더니 여전히 헉헉거리면서 말했다.

"잘들 있었니. 어머니는 계시냐?"

다이나가 말했다.

"계시긴 한데 지금 바쁘세요."

본능적으로 그녀는 어머니가 계시는 창문 쪽을 바라보았는데 홀부룩 씨의 눈도 그녀의 시선을 뒤쫓았다. 타이프라이터가 징 박는 기계 같은 소리를 내고 있었다.

"어머니는 책을 쓰고 계세요." 에이프릴이 말했다. "책을 쓰고 계시는 동안은 면회사절이에요. 작가 기질이란 걸 아시겠지요?"

홀부룩 씨는 새하얗고 예쁜 손수건을 꺼냈다.

"으음, 어머니가 작가인 것은 잘 알고 있어. 아주 재미있지. 내 조카도 가끔 매디슨 스테이트 저널에 시를 써서 보내고 있단다. 물론 돈은 받지 못하지만." 그는 손수건으로 이마를 닦았다. "전에 너희들 엄마가 쓰신 책을 한 권 읽은 적이 있지. J.J. 레인이라는 이름으로 출판된 거였어. 아주 재미있었지. 하지만 법률 문제에서 부정확한 곳이 두세 군데 있어서 언젠가 그 일에 대해 이야기를 하려고 생각하고 있었단다."

그는 손수건을 얌전히 접어서 호주머니에 넣고는 다시 숨을 헐떡이며 창문 쪽을 쳐다보았다. "정말로 면회사절인가?"

"정말 안되셨어요." 다이나가 말했다. 그러나 문득 상대의 얼굴을 보는 순간 그녀는 무심결에 말하고 말았다.

"정말로 덥군요. 안으로 들어오셔서 코카콜라나 찬 홍차를 좀 드시지 않겠어요?"

"고맙구나." 홀부룩 씨가 말했다. "으음, 그러지. 네 말대로 대단히 더운데. 그리고 이 계단은 정말 가파르군."

세 남매는 그를 거실로 안내했다. 그는 제일 편한 의자에 털썩 앉아서 이왕이면 구두도 벗었으면 하는 표정을 지었다.

가방은 무릎에 올려 놓았다.

"그럼, 물이나 한 잔 마실까."

"아니예요." 다이나가 말했다. "레모네이드를 갖다 드리지요. 이런 날엔 물보다 그것이 훨씬 더 기분 좋아요."

그녀는 서둘러 부엌으로 갔다. 에이프릴은 보지 않으려고 애썼지만, 자꾸만 홀부룩 씨의 얼굴을 바라보게 되고 말았다. 공작털 3개와 유리구슬 1개의 옷차림으로 무대에서 춤추던 처녀의 아버지가 이 사람인가. 박복한 비비안이 샌포드 부인에게 쓴 편지에 따르면, 손님들은 일어나서 갈채를 보냈다고 했던가. 아무래도 좀처럼 믿기 어려운 일이었다. 그것을 폭로당하기보다는 차라리 샌포드 부인의 법률사무를 무료로 맡는 것을 좋아한 이유를 잘 알 수 있을 것만 같았다.

다이나는 제일 큰 유리잔에 레모네이드를 담아 가지고 왔다.

"얼음은 일부러 넣지 않았어요. 그냥 찬물에 탔어요. 햇볕을 쬔 바로 뒤에는 얼음이 몸에 좋지 않거든요."

"고맙다." 그는 말했다. "고마워, 친절하게도……." 그는 레모네이드를 한 모금 마시고 잠깐 눈을 감았다. "면회는 절대로 사절인가?"

"모처럼 오셨지만······." 에이프릴이 말했다. "그런데 저희들에게 말씀하시면 안 되는 건가요?"

"실은 그러니까 대단히 중대한 이야기라서 말이야." 홀부룩 씨가 말했다. 그는 조금 놀란 것 같고, 또 대단히 슬픈 듯했다.

"아무튼 이렇게 같은 이웃에 살므로 한 번인가 두 번, 그 경감이······ 저 빌 스미스가 이 집 현관 쪽으로 가는 것을 나는 보았지. 그래서 혹시 그가 너희들 엄마에게 뭔가 이야기하지 않았나 하는 생각이 들어서 말이야······."

다이나는 에이프릴에게 '너에게 맡긴다'라는 신호를 보냈고 에이프릴은 승낙했다.

"어머나, 우리들을 만나셔야 했어요." 에이프릴이 진지한 얼굴로 말했다. "우리들은 중요한 증인이거든요. 권총 소리를 들었으니까요."

"뭐라고? 아, 그래그래, 물론. 그러나, 그러니까······ 아마도 그가 ······ 사건에 대해서 어머니에게 이야기하지 않았나 해서 말이야."

"엄마는 늘 바쁘세요." 에이프릴이 말했다. "하지만 그 경감님은 우리들에게 모두 이야기해 주셨어요. 우리들은 그 사건에 대해서라면 무엇이든 모조리 다 알고 있어요."

변호사 헨리 홀부룩 씨는 염려스러운 듯한 회색 눈으로 더듬듯이 그녀를 바라보았다. 에이프릴의 속눈썹이 긴 큰눈이라든가 친절해 보이는 천진스러운 미소를 보면 누구라도 그녀를 믿지 않을 수 없었다. 그는 한 번 헛기침을 하고 나서 말했다.

"그럼, 묻겠는데 말이다, 아가야······."

에이프릴은 약간 화가 났다. 아가라니, 실례가 아닌가! 하지만 그를 지켜보면서 그녀는 재촉하듯 말했다.

"네, 홀부룩 씨?"

"수사중에 경찰이 혹시 뭔가 샌포드 부인의 비밀서류 같은 물건을 발견하지 않았을까 하고…… 알고 있는지?"

다이나가 뭔가 말하려고 입술을 달싹이다가 도로 다물었다. 에이프릴이 급히 말했다.

"어째서지요?"

"왜냐하면……." 그는 말을 끊었다. "나는 죽은 샌포드 부인의 고문변호사였기 때문이지. 부인의 서류는 내가 관리하지 않으면 안 되는 거야. 경찰은 이 점에 대해 대단히 유감스럽게 생각하고 있어. 그러나 그 점도 잘 알기는 하지만 나는 그것을 그들이 용케 발견할 수 있었는지 어떤지 알고 싶어서 말이야."

"용케 발견할 수 있었는지 어떤지라고요?" 다이나가 잘 모르겠다는 듯이 되풀이했다. "무슨 의미지요?"

홀부룩 씨는 한 번 헛기침을 하고, 이번에는 레모네이드를 한 모금 꿀꺽 마셨다.

"샌포드 부인이 그것을 숨겨 둔 모양이어서 말이야."

"어머나!" 에이프릴은 말했다. 그녀는 상대를 지켜보면서 될 수 있는 한 천진스러운 말투로 물었다. "구석구석 다 찾아보셨나요?"

그는 고개를 끄덕이며 쉰 목소리로 말했다.

"있을 만한 곳은 모조리 찾았지." 그는 갑자기 자기가 지금 인정한 것의 의미에 생각이 미치자 황급히 덧붙였다. "변호사로서, 죽은 의뢰인에 대한 의무로서 말이야."

그는 레모네이드를 다 마시고 잔을 놓고, 예쁘게 접은 손수건을 꺼내 또 얼굴을 닦았다. 아치가 말했다.

"저, 어떻게 해서 안으로 들어가셨지요?"

"그러니까…… 틀림없이 금요일 밤이었다고 생각되는데 아래쪽에 화재가 있어서 경관들은 그 집을 떠났어. 바로 그 무렵 나는 그 근처에 있었기 때문에······." 그는 잠시 말을 흐리더니 다시 이었다. "나는 법률을 무시할 의향은 털끝 만큼도 없었어. 죽은 샌포드 부인의 고문변호사로서 당연한 권리를 행사할 작정이었는데 경찰이 비협조적이어서, 아주 비협조적이어서······."

그는 손수건을 접기 시작했다.

"그런데 아무것도 발견하지 못하셨나요?" 다이나가 물었다.

"무엇 하나 발견되지 않았지." 그는 말했다.

"바닥에 살해된 피해자가 쓰러져 있는 것도요?"

에이프릴이 물었다.

홀부룩 씨는 손수건을 호주머니에 집어 넣으며 그녀를 똑바로 노려보았다.

"아가야." 그는 엄중히 말했다. "이건 농담할 일이 아니야."

에이프릴은 아무 말도 하지 않았다. 프랭키 라일리가 살해된 것은 그 금요일 밤에 있었던 일이므로 농담일 수가 없는데 하고 그녀는 생각했던 것이다.

"내 동생은 아주 유머가 있어요." 다이나가 적당히 수습을 하고 동시에 어른인 체해 보였다. "그리고 말씀드리겠는데, 경찰은 아직 샌포드 부인의 비밀서류고 뭐고 아무것도 발견하지 못했다고 하더군요."

"그것이 확실하냐?" 그는 그녀를 노려보았다.

"절대로요." 다이나가 말했다.

"정말이에요. 우리들은 알고 있어요." 에이프릴도 말했다.

홀부룩 씨는 안도의 한숨을 길게 내쉬었다.

"그럼, 아직 그 집 안에 있는 게 틀림없겠군." 그는 말했다. "그렇게 되면······." 그는 갑자기 또 슬퍼하며 걱정하기 시작했다. "그렇게 되면 경찰이 언제 어느 때 발견할지 모르겠군."

"만일 아직 그곳에 있다면 말이지요." 다이나가 말했다.

그는 눈을 크게 떴다. "무슨 뜻이지?"

에이프릴이 얼른 말했다.

"나는 단지 하나의 가설을 세워 봤어요. 우리 엄마는 미스터리소설을 쓰시잖아요. 그래서 우리들은 범죄수사의 과학에 대해서 상당한 식견을 가지고 있지요."

이 말에는 변호사 홀부룩 씨도 틀림없이 크게 감탄할 거라고 그녀는 생각했던 것이다.

"그리고 우리들의 솜씨는 아주 기막히단 말이야." 아치가 말했다.

에이프릴이 꼬집었기 때문에 그는 입을 다물었다.

"우리들의 가설을 말씀드리면, 샌포드 부인의 비밀서류 속에는 누군가 다른 사람을 죄에 빠뜨리게 하는 것이 있을지도 모른다는 거예요. 제가 말하는 뜻을 아신다면…… 그러니까 그 사람이 남자이든 여자이든, 그 집 안으로 몰래 들어가서 그 서류를 찾아내어 찢어 버렸을지도 모른다는 이야기지요. 만일 그런 일이 있었다고 한다면, 경찰이 그 집을 감시하고 있는 이상 서류를 분류할 틈이 없기 때문에 전부 가지고 나갔을 거예요. 그렇게 되면 자기에게 아무런 관계도 없는 서류는 가지고 있어도 소용이 없을 것이고, 남에게 들킬 염려가 있는 처지에 빠지게 되면 자기가 죄를 뒤집어쓰게 되기 때문에 모두 함께 태우고 말았음이 틀림없다고요. 안 그럴까요?"

"너는 정말 머리가 좋은 아이구나."

홀부룩 씨는 칭찬했다. 그는 일어나 문이 있는 데까지 걸어가서, 또 정중히 손수건을 꺼내어 얼굴을 닦고는 다시 얌전히 접어 주머니에 넣었다.

"레모네이드 정말 고마웠어. 덕분에 기분이 상쾌해졌다."

"천만에요." 다이나가 정중히 말했다.

세 아이는 그를 따라 현관 밖으로 나갔다. 그는 가방을 손에 든 채 거기에 멈춰 서서, 생각에 잠겨 샌포드 씨네 집을 바라보았다.

"확증만 있다면 좋을 텐데……."

"다시 한 번 찾아보세요." 에이프릴이 권했다.

"경관이 있어. 정말 비협조적인 사람들이지. 그들은 끊임없이 저 집을 감시하고 있어. 그러니……."

에이프릴이 말했다.

"집 북쪽에 대나무 울타리가 있는데 올라가기가 아주 쉬워요. 작은 지붕이 있는 바로 거기서 창문으로 들어가면 2층 복도가 있어요."

"호오!" 말하더니 홀부룩 씨는 갑자기 그녀를 노려보며 말했다.

"설마 나에게 대나무 울타리를 올라가서 죽은 샌포드 부인의 집으로 숨어 들어가라고 권하고 있는 건 아니겠지? 그런 일은 분명히 법률 위반이야!"

"물론 그렇지요." 에이프릴은 맞장구를 쳤다. "정말 위반행위가 되겠지요!"

"맞았어." 홀부룩 변호사는 찬성했다. 그리고 나서 어딘가 수상하다는 듯이 그녀를 노려보고 있는 그 눈의 표정은 분명 '혹시 나를 놀리고 있는 건 아니겠지?' 하고 묻는 것 같았다. 그러나 에이프릴의 얼굴을 천천히 바라보고 있는 동안에 그의 눈은 다시 평온해졌다. 세 아이에게 각각 미소를 보내며 그는 말했다.

"레모네이드 정말 고마웠다. 안녕."

세 아이도 인사했다. 그리고 다이나와 아치는 집 쪽으로 달려가기 시작했다.

에이프릴이 작은 소리로 말했다. "잠깐! 기다려!"

둘은 기다렸다. 헨리 홀부룩 씨는 계단을 반쯤 내려간 곳에서 발을 멈추고 위를 쳐다보더니 두세 계단 되올라와서 소리쳤다.

"나 좀 봐, 아가야!"

에이프릴은 난간 위로 몸을 내밀고 남의 비위를 맞추는 듯한 아주 상냥한 소리를 냈다.

"저 말이에요?"

"그래. 실은, 실은 말이다……." 그는 말을 하려다 말고 또 손수건으로 손을 뻗었다. "그 대나무 울타리 말인데, 집 어느 쪽에 있다고 그랬지?"

"북쪽이에요." 에이프릴이 말했다. 몹시 기쁜 듯한 목소리였다.

"아아, 그래. 북쪽이라고 했지. 정말 고맙다. 잘 있거라."

홀부룩 씨는 계단 밑에까지 완전히 내려 가서 다시 한번 걸음을 멈추고 걱정스러운 듯이 샌포드 씨네 집 쪽을 흘끗 쳐다보았다.

다이나는 그가 말소리가 들리지 않는 곳까지 가는 것을 기다렸다가 꾸짖었다.

"에이프릴! 어쩌자고 그런 걸 가르쳐 주는 거지? 만일 그 사람이 그 집에 들어가려고 그 대나무 울타리를 올라갔다고 생각해 봐. 틀림없이 경관에게 잡히고 말거야! 체포된단 말이야."

"물론 그렇게 되겠지." 에이프릴은 태연하게 말했다.

"어머나, 에이프릴, 유치장에 들어가게 될지도 몰라."

"그렇게 됐으면 정말 좋겠는 걸!" 에이프릴이 말했다. "나에게 실례를 했잖아! '머리가 좋은 아이구나'라느니! '얘, 아가야'라느니! '고맙다, 아가야.' '잘 있거라, 아가야.' 원수를 갚아 주어야지!"

"오오, 아가야." 아치가 놀렸다.

에이프릴이 붙잡으려 했지만 아치는 재빠르게 다이나 뒤로 숨었다. 다이나가 말했다.

"제발 좀 가만히들 있어. 첫째, 엄마에게 방해가 돼. 일하고 계시 잖아. 둘째, 우리들은 단결하지 않으면 안 돼."
에이프릴이 진지한 투로 말했다.
"그래, 우리들이 단결하지 않으면 전부 헛수고가 되고 말아."
"에이프릴에게 사과해, 아치." 다이나가 야무지게 말했다.
아치가 큰소리로 말했다.
"아가야라고 해서 미안하게 됐어, 아가야."
"아치에게 사과해." 다이나가 말했는데 아까보다 힘찬 말투였다.
에이프릴이 말했다.
"붙잡지 못해서 그냥 둔다, 아치. 이 다음에는 귀를 잡아뽑을 테다."
"그래, 그래, 그래." 아치가 말했다.
"못써." 다이나가 말했다. "그럼 못쓴다고 했잖아."
"우리들은 아직 사이가 좋은 편이야." 에이프릴이 말했다. "아직 사이가 좋을 때 루크네 가게에서 크림 소다를 외상으로 마시게 해줄 수 있는지 한 번 가보지 않겠어? 아침 먹고 나서 벌써 1시간이 지났어."
"찬성!" 아치가 소리치며 다이나 뒤에서 뛰어나오자, 다이나가 말했다.
"그래…… 그러자."
그들은 어느새 계단을 반쯤 내려가 있었다.
1시간 뒤, 세 사람은 천천히 돌아왔다. 크림 소다를 외상으로 2잔씩 주었고, 강낭콩을 1봉지, 스틱 캔디를 3개나 외상으로 주었다. 큰길 맞은편 가게에서도 외상을 주었기 때문에 포도 1송이와 플럼 1봉지, 복숭아 3개와 껌을 1봉지 가져 왔다.
지금은 껌밖에 남지 않았다. 여느 때처럼 껌 5개를 셋으로 똑같이 나누는 것으로 옥신각신했다. 그리고 언제나처럼 그것은 원만히 해결되었다. 크림 소다와 강낭콩과 스틱 캔디와 포도와 플럼과 복숭아를 먹은 뒤였으므로 어린 카스테어즈 세 남매는 누구 한 사람 싸울 기분이 아니었던 것이다.

아치는 반 골목쯤 앞으로 돌을 차서 나무를 맞히면서 걷고 있었다. 다이나는 얌전하게 조용한 걸음걸이로 걷고 있었다. 혹시 피트를 만나게 되지나 않을까 하는 생각 때문이었다. 그리고 에이프릴은 생각에 잠겨 있었다.

"하지만 전혀 이유가 없는데." 에이프릴이 갑자기 말을 꺼냈다.
"홀부룩 씨가 프랭키 라일리를 죽였다면, 샌포드 부인을 죽일 까닭은 있지만 프랭키 라일리 쪽은……."
다이나가 말했다.
"정말 이상해. 나도 바로 그 일을 생각하고 있었어."
에이프릴이 말을 계속했다.
"그렇지만 역시 아직 용의자 명단에서 빼는 것은 일러. 지금 단계에서는 아직 어떤 용의자도 제외할 수 없어. 엄마의 클라크 캐멜론 작품 속에 나오는 탐정이 늘 말했잖아. 그……."
언덕 위쪽에서 휘파람 소리가 들렸다. 아치가 멈춰 서서 귀를 기울이고 있더니 자기도 휘파람을 불었다. 그는 두 누나에게로 달려 와서 말했다.

"골목대장이야. 나 금방 다녀올게."
그는 길도 아닌 곳으로 기어올라가 금방 보이지 않게 되었다.
에이프릴이 한숨을 내쉬었다.
"아까 말하다 말았지만, 관계하고 있는지도 모르는 사람은 어느 누구도……."
"어머나, 안녕하세요." 다이나가 명랑한 목소리로 말했다. 낯익은 피엘 데글랜쥐의 모습이 큰길 맞은쪽에 보였다. 언제나처럼 이젤과 물감 상자를 메고 바다 쪽을 향해 활기찬 걸음으로 걷고 있었던 것이다. 그는 멈춰 서더니 점잖게 머리를 숙여 아침 인사를 하고, 어머니에게 안부 전하라는 말을 남기고 가버렸다.

"결국 말이야." 에이프릴이 다시 말을 이었다. "관계가……." 그녀는 순간 입을 다물었다.

"어떻게 된 거니?"

다이나가 걱정스럽게 말했다.

"아무것도 아니야. 그저 무슨 일이 생각나서……."

그녀는 고개를 돌려 지금 온 쪽을 돌아다보았다. 이렇게 하면 다이나도 돌아보겠지 하고 생각하면서. 그녀의 뜻대로 되어 바로 앞의 찻길에 로드스타형 차가 한 대 멈춰 있고 안에 루퍼트 반 듀젠이 앉아 있는 것이 다이나의 눈에 띄지 않았던 것이다.

어떻게든 서두르지 않으면 안 된다, 그것도 아주 빨리. 차 있는 곳까지 다이나와 함께 이르렀을 때 루퍼트 반 듀젠이 두 사람을 소리쳐 부르기라도 하면 곤란하다. 아아, 좀더 앞서 다이나에게 이야기를 해두었으면 좋았을 텐데. 그러나 이미 늦은 일이다.

"다이나, 나…… 저…… 그러니까, 저 말이야……."

"무얼 그렇게 뜸들이고 있는 거야?" 다이나가 말했다. "뭐가 어쨌다는 거지?"

"데글랜쥐 씨 말이야." 에이프릴이 말했다. "그 사람이 몹시 수상한 인물이라고 생각되지 않아? 바다 쪽으로 그림을 그리러 갔으니 언니가 가서 이야기를 좀 하고 오면 좋겠어."

"내가? 왜?"

"글쎄, 샌포드 부인의 서류에 그만큼 자료가 있었잖아. 그가 그녀를 죽일 이유는 충분히 있어. 그리고 만일 그녀가 프랭키 라일리에게 그에 대한 것을 말했다면 그에게는 프랭키 라일리마저 죽일 이유가 생기는 셈이지."

"응, 그렇구나." 다이나가 말했다. "하지만 어째서 내가?"

"글쎄," 에이프릴이 말했다. "그는 언니를 좋아하고 있어. 언니에게 그림 재주가 있다고 생각하고 있어. 미술시간에 포스터를 만들었을 때 굉장히 칭찬한 걸 기억하고 있겠지? 가서 그냥 옆에 앉아, 그림 그리는 것을 보아도 괜찮냐고 묻고서 적당히 이야기를 끌어내는 거야."

"둘이 함께 가면 안 되니?" 다이나는 시무룩해져서 말했다.

"상대가 한 사람인 쪽이 두 사람인 때보다 이야기하기가 쉬울 거야." 에이프릴이 말했다. "어디선가 읽었어. 게다가 우리 둘 중에 언니 쪽을 더 좋아하고 있잖아."

"하지만 말이야……." 다이나는 엉거주춤했다. "결국 뭘 물어야 좋은 거지?"

"아이 참!" 에이프릴이 말했다. "물어선 안 돼. 다만 이야기를 살인 쪽으로 끌고 가서 저쪽에서 모든 걸 지껄이게 하고, 그가 지껄인 것을 기억해 두는 거야. 재치 있게 굴면 의외로 뭔가 발견할 수 있어."

"예를 들면?" 다이나가 물었다. 걱정되는 모양이었다.

"예를 들면 그가 샌포드 부인을 죽였는가 어쨌는가……."

"하지만……." 다이나는 말을 더듬었다. "왜 같이 가주지 않는 거지, 에이프릴? 나는 뭐라고 해야 좋을지 몰라……."

"안 돼." 에이프릴이 잘라 말했다. "수사는 혼자서 하기 마련이야. 이번은 언니 차례야. 내가 첼링턴 부부를 조사해 왔고, 아치가 총알을 알아보았잖아. 이번에는 언니 차례야. 자, 어서 가봐. 벌벌 떨 건 없어."

"농담할 필요는 없어." 다이나는 내키지 않는 목소리로 말했다.

그녀는 발꿈치를 돌려 저쪽으로 걷기 시작했다. 서너 걸음 가더니 발을 멈추었다.

"에이프릴, 그가 샌포드 부인을 죽였다는 걸 알면 나는 어떻게 해야 좋지?"

에이프릴이 소리쳤다.

"경관을 부르든지 자백서를 쓰게 해. 그렇지 않으면 그냥 소리를 치든지."

다이나가 흘겨 보며 크게 분개한 말투로 외쳤다.

"너 좀 바트 보트 아냐?"

그녀는 몸을 돌리더니 부리나케 가버렸다.

에이프릴은 다이나가 모퉁이를 돌아가 보일 위험이 없어질 때까지 지켜보고 있었다. 그리고 나서 천천히 아무렇지도 않은 얼굴로 걷기 시작했다.

그 차 안에 앉아 있는 사나이는 샌포드 부인과 프랭키 라일리를 죽인 범인일지도 모르며, 자기에게 불리한 증거를 없애기 위해 다른 살인을 계획하고 있는지도 모른다. 당장 손이 닿는 곳에 권총을 숨겨 두고, 그녀가 사정거리에 들어오기를 저렇게 앉아 기다리고 있는지도 모른다. 발꿈치를 돌리고 달아나는 것이 좋을까, 큰소리로 다이나를 부를까, 그냥 소리를 지를까.

그러나 그런 짓을 하면 그의 정체를 전혀 알아낼 수 없게 되고 만다!

권총 한 방으로 죽게 될지도 모른다, 45구경으로.

그는 사격의 명수다. 맞으면 아플 거라고 그녀는 생각했다. 경찰이 그 소식을 집에 전하면 엄마와 다이나와 아치가 얼마나 슬퍼할까. 이제 로드스타까지는 6백미터쯤밖에 안 남았고, 더구나 상대는 이쪽을 보고 있다.

신문에는 사진이 실릴 것이다. 머리에 리본을 달고 있는, 잘못 찍은 것을 내게 되면 곤란하다. 잘 생각해 보니 잘 찍힌 사진이 1장도 없다. 지금 살해되는 것은 좋지 않아.

그는 이쪽을 지켜 보며 조금도 움직이지 않았다. 차 옆을 지나고 나면 뒤에서 쏠 생각인지 모른다. 모르는 척하고 그의 차 옆을 지나는 순간 얼른 나무 뒤로 숨자.

"안녕."

에이프릴이 깜짝 놀라 앗 하고 작게 소리를 질렀다. 그녀의 두 발은 얼어붙고 말았다. 에이프릴은 그의 얼굴을 보았다. 자기를 죽이려 하는 얼굴은 아니었다. 아무도 죽인 적이 없는 것 같았다. 아주 인상 좋아 보이는 청년으로 햇볕에 잘 그을린 얼굴에 눈이 파란빛이었다.

이제 조금도 무섭지 않게 되었으나 아직 신경이 날카로워져 있었다.

"아이, 깜짝이야!"

"미안하구나. 놀라게 하려고 한 건 아니야." 그는 말하며 빙긋 웃었다.

에이프릴은 웃어 보이지 않기로 결심했다. 그녀는 차갑게 말했다.

"뜻밖인 곳에서 뵙게 되는군요."

전에 한 번, 어머니가 싫은 사람을 향해 그렇게 말한 걸 기억하고 있었던 것이다.

"뜻밖이 아니지." 그는 쾌활한 말투로 말했다. "너를 만나려고 이리로 온 거야. 지금은 너희 집 현관의 벨을 누르는 게 좋지 않을 것 같아서 네가 지나가리라 생각되는 곳에 차를 세우고 기다린 거야."

"어머나, 친절하시군요." 에이프릴이 말했다. 자기가 느낀 것보다 훨씬 야무진 목소리였을 것이다. 그녀는 턱을 쳐들고 말했다. "그럼, 당신은 루퍼트 반 듀젠 씨겠군요!"

"그렇지." 청년은 아까보다 더 기쁜 표정으로 싱글벙글 웃었다.
"그리고 너는…… 믿을 만한 증인이지! 그렇잖니! 우리 사이좋게 지내자!"

### 19

피엘 데글랜쥐는 화필을 놓고 진지한 표정으로 어린 상대를 바라보면서 말했다.
"뭐 걱정되는 일이라도 있니?"
"아뇨." 다이나는 말했다. "아무것도 걱정되는 일은 없어요."
그녀는 확고한 말투로 대답하려 했지만, 자기 목소리를 듣는 순간 실패한 것을 깨달았다. 그리하여 더욱더 걱정이 되고, 더욱더 약해지고 말았다. 대체 무엇을 물어야 좋을지 몰랐다. 이 친절한 데글랜쥐 씨에게.

에이프릴을 시켰으면 좋았을 것이다. 아치라도 좋다. 이러지도 저러지도 못하게 된 순간, 전에 엄마가 정말 재치 없는 애라고 한 말이 생각났다.

그녀는 이젤을 비스듬히 보고 있는 데글랜쥐 씨를 바라보았다. 온화해 보이고 친절해 보였다. 확실히 살인범으로는 보이지 않았다. 별스럽게 작은 다갈색 턱수염이 눈을 이젤에서 바다로 옮기기도 하고 다시 이젤로 돌리고 할 때마다 꿈틀꿈틀 움직였다.

아아, 뭐라고 이야기를 걸면 좋을지 도무지 알 수 없다! 그래서 그녀는 아무것도 말하지 않았다. 그저 잠자코 쓸쓸한 얼굴로 앉은 채 그가 그리는 그림을 가만히 바라보고 있었다.

피엘 데글랜쥐는 몇 번이나 곁눈질로 그녀를 보았다.
에이프릴은 뭐든지 이야기를 하게 만들면 된다고만 했다. 그리고 이야기를 알고 싶은 방향으로 이끌어나가면 된다고 했다. 입으로 말하기는 쉽다! 하지만 에이프릴이라면 틀림없이 잘할 수 있을 것이다. 대체 에이프릴은 어디로 가버렸는지 모르겠다. 무엇을 하고 있는 것일까. 다이나는 입을 열었다가 도로 다물었다. 아아, 큰일이다!

뭔가 말하지 않으면 안 된다. 그저 이렇게 앉아서 바보 같은 얼굴만 하고 있어서는 안 된다.

"저, 데글랜쥐 씨······."

그는 그녀 쪽을 보지 않도록 주의하면서 그림을 계속 그렸다.

"뭐지, 어린 친구?"

"이야기해 주세요······." 그녀는 침을 꿀컥 삼켰다. "왜 늘 바다 그림만 그리시지요?"

그는 생각에 잠기면서 이젤을 보았다.

"그럼, 너는 왜 집과 사람과 말을 그리는 거지?"

"나는 집과 사람과 말을 좋아하기 때문이에요." 다이나가 말했다.

"그것 봐." 그가 말했다. "나는 바다를 좋아하기 때문이야."

"어머나, 왜요?"

그녀는 자신이 꼭 아치를 닮았다고 마음속으로 꾸짖었다······. 그 애처럼 영리하지 못한 것만은 틀림없지만.

"그건······." 그가 말했다. "아름답기 때문이지."

그녀는 차라리 벌떡 일어나서 그만 집에 가겠다고 말하고 달려가고 싶었다. 그리고 에이프릴에게 뒤처리를 부탁하고 싶었다. 그러나 그렇게 되면 에이프릴에게 영원히 바보 취급을 당하고 만다.

그녀는 또 "어머나!"라고 말하고 입을 다물었다. 뭔가 생각을 해야 하고 그녀는 자신에게 타일렀다.

"저, 나는 아저씨가 나가고 싶어하시기 때문이라고 생각하고 있었어요."

그는 잠시 붓을 아래로 내렸다.

"나간다고?"

다이나는 스스로도 바보 같은 기분이 들었지만 고개를 끄덕이며 말했다.

"배를 타고 말이에요."

"아, 물론, 배를 타면 나갈 수 있지. 그런데 왜 내가 배를 타고 바다로 나가고 싶어한다고 생각하게 되었지?"

"저, 말하자면, 아저씨 고향은…… 저, 그러니까 고향이 그리워지면 배를 타고 자기 나라로 돌아가고 싶을 것이고, 그렇기 때문에 바다 그림도 그리고 싶어질 테니까요."

그녀는 얼른 숨을 들이마셨다. 그는 놀라며 그녀를 보았다.

"하지만 내 고향은 여기인걸." 데글랜쥐는 말했다. "여기가 바로 나의 나라야. 나는 다른 곳으로 가고 싶다는 생각은 하지 않아."

다이나는 또다시 "어머나!"라고 말했는데 이것으로 모두 세 번째였다. 그리고 나서 그녀는 입을 다물고 말았다. 이야기가 전혀 앞으로 나아가지 않았다.

뭔가 지껄이게 하라고 에이프릴이 말했는데! 좋아, 집에 돌아가면 에이프릴을 실컷 놀려 줘야지!

오랜 침묵이 계속되었다. 다이나는 벼르고 벼른 끝에 겨우 말했다.

"아주 오래 전부터 그림을 그리셨나요?"

그는 고개를 끄덕였다.

"으음, 아주 오래 전부터." 그는 진지한 목소리로 말했다.

무슨 소리를 해도 좋으니까 또 "어머나!"라고 말하는 것만은 그만둬야 한다고 다이나는 생각했다. 잠시 뒤 그녀는 말을 이었다.

"이리로 오시기 전에는 어디서 그림을 그리셨지요?"

"파리에서 그렸지."

피엘 데글랜쥐는 다른 붓을 집어들었다.

"하지만 파리에서는 바다를 그릴 수 없잖아요?"
"그릴 수 없지."
"그럼, 뭘 그리셨지요?"
"집과 사람과 말. 때로는 나무도."
다이나는 하마터면 또 '어머나!'라고 할 뻔했으나 간신히 참았다.
"그래도 바다 쪽이 좋아요?"
"훨씬 좋지."
하마터면 또 '왜요?'라고 말할 뻔했다. 그리고 대화는 자꾸 같은 말을 되풀이한 결과가 되어 금방 출발점으로 되돌아오고 말았다. 그녀는 해난(海難) 구호소 건물의 시계를 슬픈 듯이 바라보았다. 거의 30분이나 지났는데도 물어서 안 거라고는 데글랜쥐 씨가 파리에서 산 적이 있었다는 것과 바다를 그리는 건 바다가 좋기 때문이라는 정도였다.

그녀는 질문거리를 생각해내려고 해보았다. 이를 테면 수요일 오후 4시에서 5시 사이에 어디 있었느냐고 물어보든가 아니면 아만트 폰 헤네라는 사람을 아느냐고. 아니, 그보다도 샌포드 부인을 잘 아느냐고 물어 볼까. 그러나 어느 것이나 재치 없는 질문이고 쓸모있는 것도 아니다.

"데글랜쥐 씨……."

그는 화필을 놓고 몸을 돌려 그녀를 바라보았다.

"왜? 왜 그러지?"

대단히 날카로운 말투라고 그녀는 생각했다.

"아저씨는 자신이 사실은 데글랜쥐 씨가 아니고 아만트 폰 헤네라는 것이 알려지게 되었기 때문에 샌포드 부인을 죽이신 건가요?"

순간 자기가 한 말의 성질을 알게 되었다. 그러나 머릿속에 그런 말밖에 들어 있지 않았던 것이다. 엄마나 에이프릴이 말하는 것을 그녀는 몇 번이나 들었던가. '다이나, 생각나는 것을 금방 입 밖에 내어서는 안돼.' 그것을 또 해버렸다! 게다가 이번엔 무사히 넘어가지도 않을 것이다. 에이프릴은 일을 망쳤다고 일생 동안 자기를 용서하지 않을 것이다. 그리고 만일 데글랜쥐 씨가 살인을 했다면……만일…….

피엘 데글랜쥐는 어이가 없어 그저 멍하니 그녀를 바라보고 있었다. 그리고 나서 그는 천천히 순서대로 물감과 화필을 거두기 시작하여 이젤까지 접었다.

다이나는 온몸이 오싹했다. 달아나고 싶은 기분이 아니라 온몸이 얼어붙어 꼼짝할 수 없게 된 것이다.

다 치우고 나자 그는 그녀를 가만히 노려 보았다.

"참으로 놀랬는데!" 그가 말했다.

다이나는 완전히 겁에 질리고 말았기 때문에, 형제들이 전부터 무척 좋아해서 흉내를 잘 내었던 이상한 사투리가 그의 말씨에 전혀 없는 것을 이때에는 미처 알아차리지 못했다.

살해당할지도 모른다. 45구경 권총을 호주머니에 넣고 있겠지. 쏘아죽인 다음 오래된 연못에 시체를 버릴 거야. 달아나려 해도 이렇게 모래 깔린 넓은 바닷가에서는 달아날 곳이 없다. 소리를 지르려고 해도 사람 그림자 하나 없다. 한 가지 생각이 그녀의 머릿속을 미친 듯이 마구 돌아다녔다.

'지금 살해되면 식사 준비를 할 사람이 없어지고 만다. 엄마는 일을 하고 있고, 에이프릴은 닭고기 튀기는 방법을 모르고 있어. 온 식구를 기쁘게 하려고 숨겨 둔 수박이 있는 곳도 아무도 모르고 있고.'

"부탁이에요." 그녀는 굳어진 작은 목소리로 말했다. "제발 그만 둬 주세요. 알고 있는 사람은 우리 셋뿐이고, 우리는 결코 아무에게도 이야기하지 않을 테니까요. 아저씨가 아만트 폰 헤네라고 해도 우리들은 아무렇지도 않아요. 엄마도 샌포드 부인은 나쁜 여자라고 하셨으니까, 아저씨가 죽였다 해도 우리들은 아무렇지도 않아요. 누구에게도 말하지 않을 거예요. 하지만 기어코 해야만 될 것 같으면, 우리집에 전화 걸어 에이프릴에게 지하실 감자 뒤에 수박이 숨겨져 있으니 상하기 전에 빨리 먹도록 말씀해 주세요."

"내가 해야만 되다니, 뭘?" 그는 약간 어리둥절해하며 말했다.

"저, 저, 저를 쏘는 것······."

다이나는 눈을 꼭 감고 얼굴을 찡그렸다.

그는 물감상자를 놓쳐 버리고 웃기 시작했다. 눈물을 흘리며 웃기 시작했다.

"아니, 뭐라고?" 그는 숨이 차는 듯했다. "이거 원!"

그는 모래 위에 털썩 주저앉아 얼굴을 두 손에 묻고 계속 웃어댔다. 갑자기 다이나도 웃기 시작했다. 처음에는 떨리는 소리였으나 곧 정말로 웃기 시작했던 것이다.

"정말 어이가 없구나."

"하지만······ 어머나!" 다이나는 숨을 헐떡이며 말했다.

두 사람은 얼굴을 마주 보고 배꼽이 빠지도록 웃어댔다.

소리가 너무 컸기 때문에 주위에서 원을 그리며 날고 있던 갈매기 두 마리가 얼른 옆으로 비켜 허둥지둥 바다 위로 달아났다.

이윽고 그는 화려한 무늬가 박힌 사라사 손수건을 꺼내 눈물을 닦고 큰소리로 코를 푼 다음 파이프를 꺼냈다.

"그래, 내가 살인자처럼 보이니?"

"아뇨, 그렇게 안 보여요." 다이나는 말했다. "그러니까 내가 그렇게 겁을 먹은 것이 우스워 못 견디는 거지요."

그의 얼굴이 무척 진지해 보였다. "다이나, 이건 중대한 문제야."

"일부러 사투리를 쓰지 않아도 돼요." 다이나가 말했다. "벌써 제대로 발음하시는 걸 들었는걸요. 하지만 나는 아저씨 일을 폭로하거나 하지 않겠어요."

"꼭 부탁한다." 그는 말했다. "아무튼 중대한 이야기니까. 그리고 이야기해다오…… 대체 어떤 점에서……."

"이젠 어쩔 수 없군요. 아저씨의 본디 이름은 아만트 폰 헤네지요? 샌포드 부인이 받은 편지 중에 그 이름이 많이 있었어요. 그러나 결국 아저씨는 보석을 판 돈을 모두 공갈당해 빼앗기고 말았으므로……."

"다이나." 그의 말투는 대단히 점잖았다. "그런 편지를 어디서 발견했지? 그리고 지금은 어디에 있지?"

"나는……." 그녀는 말을 더듬었다. "나는 이야기할 수 없어요. 나와 에이프릴과 아치 사이의 비밀이니까요."

"나도 비밀 이야기에 끼워 주면 안 되겠니." 그가 말했다. "그 대신 아만트 폰 헤네의 이야기를 해줄 테니까."

"곤란해요." 그녀는 난처해지고 말았다. "글쎄, 아저씨는 말을 해버릴지도 모르거든요…… 경찰에 이야기하거나 엄마에게 이야기해 버릴지도 몰라요."

"걱정하지 말아." 그가 말했다. "만일 내가 너희들의 비밀을 말해 버리거든 너희들은 내 정체를 폭로하면 되잖아. 다이나, 서로가 믿지 않으면……."

그녀는 생각에 잠기면서 그를 바라보았다. 신용은 하고 있다. 하지만……

"글쎄요." 그녀는 천천히 말했다. "사실 우리들은 엄마에게 샌포드 살인사건을 풀어 달라고 하고 싶었어요. 선전이 될 테니까요. 그러면 엄마는 저렇게 많은 일을 하지 않아도 되겠지요. 그래서 우리들은 샌포드 씨 집에 들어가서, 수색 끝에 그 편지를 발견하게 되었던 거예요. 그뿐이에요."

다이나는 다른 자세한 이야기는 빼버리기로 이미 결정했던 것이다.

"너희들이 집 안을 뒤져서…… 그리고…… 편지를 찾아냈다고?"

그는 그녀의 말을 따라 되풀이하면서 믿어지지 않는다는 표정을 지었다.

"그래요." 다이나가 말했다. "우리들에게는 아주 쉬운 일이었지요."

"그게 틀림없겠지?" 그는 파이프를 뻑뻑 빨면서 말했다. "다이나, 그 편지가 지금 어디에 있지?"

"편지는……."

숨겨 두었다고 하면 찾을지도 모르기 때문에 그렇게는 말하고 싶지 않았다. 또한 찢어 버렸다고 하면 그것은 거짓말이 되고 말기 때문에 싫었다. 그녀는 말했다.

"이제 두 번 다시 햇빛을 못 보게 되었어요."

그는 그녀를 가만히 바라보며, 진실의 빛이 눈에 넘쳐나는 것을 알아차렸다.

"고맙다!"

"그럼, 이번엔 아저씨가 아만트 폰 헤네인 이유를 설명해주세요. 그렇잖으면 나는 경찰에 밀고할 거예요. 어서요."

이것은 그로 하여금 말하게 만드는 재치 있는 방법이 아니었지만 반드시 좋은 결과를 가져 오리라는 자신이 있었던 것이다.

"다이나……." 그는 말했다. "이것은 중대한 이야기야. 농담으로 하는 게 아니란다. 그리고 샌포드 부인에 대해 말하고 있는 게 아니야. 그녀와는 아무 관계도 없어. 이렇게 막다른 골목으로 몰렸으니까 나는 너에게 설명을 안할 수가 없지만, 이것은 누구에게도 말해서는 안 돼. 이해해 주겠지?"

"에이프릴만은 별도예요." 다이나가 얼른 말했다. "에이프릴에게 숨기려 해도 제대로 넘어간 적은 없어요. 언제나 알아내고 말기 때문이지요."

"좋아." 그는 말했다. "에이프릴도 한패에 넣지 않으면 안 되겠군. 그럼, 잘 들어. 나는 피엘 데글랜쥐도 아니고 아만트 폰 헤네도 아니야. 나는 그저 평범한 피터 데즈먼드라는 사람으로, 오하이오의 클리브랜드에서 태어났지."

다이나는 숨을 들이켜면서 상대를 바라보았다. 베레모, 턱수염, 물감상자, 하나에서 열까지 아무리 보아도 클리브랜드의 피터 데즈먼드일 것 같지 않았다. 모든 것이 완전히 외국풍이기 때문이다. 그리고 조금 쓰는 사투리를 없애 버린다 해도 뭔가 다르다, 목소리가. 더구나 화가가 아닌가.

화가는 모두 외국인으로 정해져 있는 것이다.

"우리 아버지가 영사(領事)였기 때문에 나는 전세계 여기저기를 다니며 자랐단다. 학교 시절도 영국, 프랑스, 스위스, 이탈리아, 페르시아 등 여러 곳에서 보냈어. 그런데 아만트 폰 헤네라는 사람은 정말로 있었지. 그 편지에 씌어져 있는 그런 사람으로 말이야. 나와 마찬가지로 파리에서 살고 있었는데 그는 죽고 말았어. 그런데 그즈음 그 사람으로 행세하며, 독일 비밀경찰의 추적을 벗어난 망명자인 체하고 이 나라에 들어오면 아주 편리했으므로 그로 꾸몄지. 그리고 그가 이 나라에 무사히 도착하면 틀림없이 다른 이름으로 행세했을 것이기 때문에 나도 거짓 이름을 썼던 거야. 피엘 데글랜쥐라고 하면 어머니가 남겨 주신 담뱃갑에 붙어 있는 머리글자와 맞기 때문이었어."

"하지만 무엇 때문이지요?" 다이나가 캐물었다. "여기서 무얼 하고 있는 거지요?"

그는 한숨을 내쉬었다.

"이렇게 여기에 앉아 서투른 대서양 그림을 그리고 있으면, 해안 일대가 몇 마일이나 온통 다 보이거든. 적의 스파이가 있다면 신호를 보내는 데 안성맞춤인 곳이야. 지나치게 관리냄새를 풍기는 사람이 나타나면 스파이는 붙잡히기 전에 조심해서 달아나고 말지. 그러나 색다른 프랑스의 중년 화가로서······." 그는 싱긋 웃었다. "······ 영어가 별로 능숙지 못한 사나이라면 아무도 의심할 사람이 없어."

"그래요?"

다이나는 외경(畏敬)의 빛이 어린 눈으로 그를 바라보았다. 마치 G맨과 같은 일이 아닌가. 그런데 갑자기 여느 때의 실제적인 머리가 움직이기 시작했다. 어머니 책에 나오는 탐정들이 일하는 방식이 머리에 떠올랐던 것이다.

"그럴지도 모르긴 하지만," 그녀는 힘차게 말했다. "역시 이야기 해 줘요. 샌포드 부인이 살해된 수요일 오후에 어디 있었지요?"

그는 미소 지으며 다이나를 보았다.

"이 모래펄에 있었지. 물론 수백 명이나 되는 사람들 한가운데에. 아주 따뜻하고 기분 좋은 날이었기 때문에 나는 담요를 펴고 모래 위에서 낮잠을 잤단다." 그는 일어나 이젤을 다시 풀기 시작했다. "아직 햇빛이 좋으니까 나는 좀더 계속해야했어."

다이나는 안도의 한숨을 내쉬었다.

"아저씨가 죽인 게 아니라니 기뻐요. 하지만 누가 죽였는지 알고 싶어요."

"그 문제는 경찰에 맡겨." 그는 물감상자를 열면서 말했다. "경찰은 그런 일에 익숙하니까. 너는 아직 나이가 어리니 다른 일을 생각하는 것이 좋아."

다이나는 그 말에는 대답하지 않았다. 그녀는 말했다. "그럼, 안녕! 그만 돌아가 저녁 준비를 해야돼요. 여러 가지로 고마웠어요."
 "천만에." 그는 그림을 바라보면서 말했다. "알았지? 비밀이야…… 누구에게도 말해서는 안 돼."
 "에이프릴 말고는."
 "물론 에이프릴은 예외지."
 그녀는 또 한 번 작별인사를 하고 바닷가를 달려 나와 집으로 향했다. 아아, 에이프릴에게 이야기하면 뭐라고 할까! 재치가 없는지는 모르지만 이번만은 잘 해냈잖은가!
 집까지 가는 거리를 반쯤 걸었을 때 그녀는 어떤 일을 생각해냈다. 바다에서 신호를 하려는 사람이라면, 그것은 밤에 할 것이 틀림없다. 그런데 데글랜쥐 씨…… 아니, 데즈먼드 씨는 저렇게 낮에만 그림을 그리고 있지 않은가.
 발걸음을 늦추어 집에서 두 구획쯤 되는 곳까지 왔을 때, 또 다른 일이 머리에 떠올랐다. 진짜 아만트 폰 헤네의 특징은 팔에 있는 결투의 상처다. 그런데 데글랜쥐, 아니 데즈먼드 씨는 언제나 셔츠의 소매를 내리고 있다.
 그녀는 여전히 생각에 잠긴 채 천천히 걸으며 집에서 한 구획 되는 데까지 오는 동안 또 다른 것을 생각해냈다. 그 수요일은 따뜻하고 기분 좋은 날이 아니었고 몇백 명이나 되는 사람들이 바닷가에 나와 있지도 않았다는 사실이었다.
 다이나는 그날을 잘 기억하고 있었다. 셋이서 1시간이나 2시간쯤 놀까 하고 바닷가로 갔었던 것이다. 집이 있는 언덕 쪽은 따뜻하고 기분이 좋았으며 거의 더울 정도였는데, 바닷가로 와보니 축축하고 찬 안개까지 끼어서 사람 그림자 하나 없었다. 그러므로 플로라 샌포드를 죽인 권총 소리가 났을 때는 집에 돌아와 있었던 것이다.
 다이나는 서글프게 생각했다. 역시 에이프릴이 하는게 좋았는데!

20

"마음 편하게 숨김없이 이야기하지." 햇볕에 그을린 잘생긴 젊은 남자가 말했다. "이제 친구 사이니까."

"완전한 착각이에요." 에이프릴이 망연히 말했다. "이렇게 비우호적인 기분이 되어 본 것은 생전 처음이에요."

그는 슬픈 듯이 머리를 저으며 말했다.

"무슨 말이야! 이렇게 공통점을 발견했는데도, 아가씨가 그런 태도를 취해서는 곤란하잖아. 믿을 만한 증인 아가씨인데."

에이프릴은 차갑게 그를 바라보았다.

"좀 물어 보겠는데 말이에요. 내가 그 믿을 만한 증인인걸 어떻게 알고 계시지요?"

"그건 말이지, 호기심이란 것은 표면에 나타나기 마련이거든. 기어코 알고 싶다고 한다면——그것이 무리가 아닌 것은 잘 알고 있지만——말해 주지. 실은 그 기사를 쓴 신문 기자를 만났어. 그를 찾아내어 캐물었던 거야. 그 믿을 만한 증인이란 어떤 사람이냐고 말이지. 그랬더니 그가 너의 인상을 말해준 거야. 아름다운 금발 소녀라고."

"나는 내가 미인이란 건 인정해요." 에이프릴이 말했다. "하지만 금발은 아니예요. 황갈색이에요. 당신의 신문 기자 친구는 색맹인가 봐요. 뵙게 되어 기쁘기는 하지만, 이만 실례하겠어요······."

'자, 이 정도 위엄을 보이면 그도 납작해지겠지!'

"아아, 잠깐만!" 그가 말했다. "걱정되는 문제가 있으니 그것만은 나에게 꼭 가르쳐 주어야 해."

에이프릴이 말했다. "뭔데요?"

"그 멋지고 훌륭한 이름은 어디서 발견했지? 루퍼트 반 듀젠이라는······."

그녀는 상대를 노려 보았다. 언젠가 엄마가 말했지만, 허세를 부리려면 선수를 쳐야만 한다. 그녀는 어깨를 으쓱하고는 태연한 모습으로 말했다.

"어머나, 자신이 마음속으로 짚이는 게 있을 텐데요? 당신이 샌포드 부인과 이야기하며 협박당하고 있을 때 말예요. 당신이 말했었지요, '내 이름이 루퍼트 반 듀젠인 이상……'이라고."

"아니, 아니야." 그는 나무라듯 말했다. "네가 잘못 들었을거야. 신문 기사에 따르면, '루퍼트'라는 이름과 '반 듀젠'이라는 이름은 각기 다른 곳에서 쓰고 있었어."

에이프릴이 말했다.

"맞았어요, 본인이라 역시 잘 알고 계시는군요."

그는 빙그레 웃으며 말했다.

"내가 졌어, 허세를 부리는 데는 에이프릴이 위로군. 자, 서로 진실을 이야기하자. 나는 네 어머님의 책을 모두 읽고서 존경하고 있으며, 또한 유전한다는 것을 믿고 있기 때문에 너와 이치에 닿는 이야기를 할 수 있을 것으로 생각했어. 그러니까 너는 그 루퍼트 반 듀젠이니 하는 멋들어지게 만들어낸 이야기를 가엾은 오헤이어 경사에게 이야기한 거지? 1달러 내기를 해도 좋지만, 아마 너는 내게 그 사실을 이야기해 주지 않을걸?"

"내기를 할 생각이면 먼저 1달러를 보여 주세요."

에이프릴이 말했다.

그는 1달러짜리를 주머니에서 꺼냈다. "자, 왜 그랬지?"

"그가 얼간이기 때문이지요." 에이프릴이 말했다. "내 동생에게 맛있는 걸 사주면 그 사건 이야기를 들을 수 있으려니 생각했던 거예요. 하는 짓이 너무도 유치하기 때문에 내가 앙갚음을 해주기로 결심했던 것인데, 엄마가 쓴 책으로 아직 출판되지 않은 것 중에 루퍼트 반 듀젠이란 인물이 나와요. 자, 그것 이리 주세요."

"내가 졌군."

에이프릴은 1달러를 주머니에 쑤셔 넣었다.

"이번에는 제가 걸겠는데, 당신이 왜 그 이야기를 이용했는지 제게 이야기할 수 없겠지요? 저는…… 900만 달러 걸겠어요."

"걸려면 우선 900만 달러를 보여 줘." 그가 말했다.

에이프릴은 주머니를 모두 뒤지며 말했다.

"어머나! 지갑을 모두 다른 옷에 넣고 말았어요!"

그는 웃지 않았다. 그리고 엄숙하게 말했다.

"각서라도 좋아." 그러더니 갑자기 지금까지와는 전혀 다른 진지한 말투로 말했다. "그럼, 그 이야기를 이용한 이유를 말하지. 나는 그 사건의 진상을 알아내고 싶은 훌륭한 이유가 있어. 지금도 그 이유는 계속되고 있어서, 아직 진상을 캐고 싶은 기분이야." 그는 에이프릴에게 미소 지어 보였다.

"물론 나는 완전한 알리바이를 가지고 있어. 그러니 내가 샌포드 부인을 죽였을 리 없다는 것은 잘 알겠지? 그리고 나는 경관도 아니거니와 신문 기자도 아니야. 나는 쉬고 있는 한낱 3류 시나리오 작가에 지나지 않아."

에이프릴은 믿어지지 않는다는 얼굴을 했다.

"어떤 영화를 쓰셨지요?"

"지금 상영되고 있는 것으로는 〈가면 쓴 미라〉가 있지. 보았니?"

"네." 에이프릴이 말했다. "시시했어요." 그녀는 실망했다. 화면에 나와 있던 이름이 생각나면 본명을 알 수 있을 텐데 하고 생각했던 것이다. "그런데 대체 뭘 찾아내려고 생각했었지요…… 반 듀젠 씨?"

그는 핸들에 기대어 그녀를 바라보았는데, 그 햇볕에 그을린 얼굴이 몹시 진지했다.

"이봐, 에이프릴, 너와 너의 언니와 동생은 그 살인사건을 거의 목격했다지? 그렇다면 권총 소리를 듣고 범행 시간을 기억해 두었니?"

에이프릴이 말했다.

"다이나가 부엌에 가서 시계를 보았어요. 감자를 올려놓을 시간이 아닌가 해서 말이에요."

그는 소리쳤다.

"그런 것은 벌써 다 알고 있어. 감자 이야기는 벌써 몇 번이나 귀에 못이 박히도록 들었지. 그리고 신문에서도 읽었어. 너는 폴리 워커를 보았어…… 그 시체를 발견한 그녀를 보았단 말이야. 그렇지?"

에이프릴이 말했다.

"어머나, 폴리 워커 말이죠! 네, 보았어요. 그녀가 시체를 발견했을 때 우리들도 그곳에 함께 있었어요."

"그곳에 함께 있었다고?"

"그럼요." 그녀가 말했다. "집 안에 있는 폴리 워커가 창 너머로 보였어요."

"모두 이야기해 줘. 그녀는 어땠지? 어떤 모습이었지? 그 이후로 그녀를 만난 적이 있니? 그리고 전에 샌포드 집에 온 일이 있었니? 샌포드 부인이 없을 때 온 적이 있었느냐 말이야?"

에이프릴의 눈이 동그래졌다. 그의 얼굴에서는 이미 미소가 사라지고 없었다. 햇볕에 그을린 얼굴이 창백해졌다. 그는 겁에 질려 있었다. 그는 절망적으로 보였다. 그녀는 팔짱을 끼고 차에 기대어 그에게 미소를 보냈다.

"시치미 떼지 말아요. 당신의 정체를 알고 있어요. 당신은 클리브

씨지요?"

"그래." 그는 엉겁결에 말했다. "클리브 캘러헌이야." 그리고 나서 놀라며 물었다. "어떻게 내 이름을 알고 있는 거지?"

"그건 말이에요." 에이프릴이 말했다. "폴리 워커가 바로 이 길에서 컨버터블 속에 들어앉아, 어린애처럼 엉엉 울면서 말했어요. '클리브…… 클리브' 하고 말이에요."

그는 느닷없이 손을 내밀어 그녀의 손목을 잡았다.

"그게 정말이냐? 그건 정말 중요한 거야. 그건 정말로 중요한 거야."

에이프릴은 쩔쩔맸다. 그의 손가락은 강철로 된 용수철 같았다.

"물론 그렇겠지요." 그녀는 화가 나서 말했다. "카스테어즈 부인의 자녀는 한 사람도 귀머거리가 아니에요." 그녀는 손목을 뿌리쳐 풀었다.

"그것이 믿어지기만 한다면……." 그는 핸들을 바라보며 말했다.

"믿을 수만 있다면 말이야. 하지만…… 월레스 샌포드가……."

"분명히 말해요." 에이프릴이 날카롭게 말했다. "당신은 그녀를 사랑하고 있지요?"

"사랑하고 있지……."

그는 고개를 들어 에이프릴을 쳐다보았다. 그녀는 그 얼굴 표정에 어딘지 모르게 고양이 젠킨즈를 연상시키는 데가 있다고 느꼈다. 밥을 먹기 직전에 부엌으로 찾아와서, 조리대 옆에 쭈그리고 앉아 배가 고픈 듯이 이런 쓸쓸한 얼굴을 하는 것이다.

"만일 그렇다면, 어떻게든 하지 않으면 안 돼요. 그녀도 당신을 사랑하고 있으니까요." 에이프릴이 말했다.

"하지만 너는 몰라, 월레스 샌포드가……."

"1분쯤 월레스 샌포드의 일일랑 잊어버려요." 에이프릴이 엄하게 타일렀다. "그리고 내 이야기를 들어 보세요. 왜 당신이 루퍼트 반 듀젠 건을 이용했는지 이제 알겠어요."

"알 리가 없어." 그가 말했다. "어떻게 안다는 거지?"

"여자의 직감이란 거지요." 에이프릴은 그를 과연 감탄시킬 수 있을까 하고 생각하며 말했다. "아저씨, 만일 폴리 워커가 샌포드 부인을 죽였다면 당신은 어떻게 하시겠어요?"

"물론 감싸 주어야지." 그는 슬픈 듯이 말했다.

에이프릴은 고개를 끄덕였다.

"당신은 어떻게든 사건에 관계하여 될 수 있는 대로 그녀가 한 일을 경찰이 냄새맡지 못하도록 하려는 거지요. 사방에 얼굴을 내밀고 온갖 일을 묻고 돌아다니기도 하고, 집 안으로 몰래 들어가서 뭔가 그녀가 놓고 잊어버린 증거라도 있는지 수색해 보려는 거지요. 게다가 그것을 그녀에게는 알리지 않고 할 작정인 거예요. 또한 당신은 그녀가 샌포드 부인을 죽인 것으로 생각하고 있고……"

그는 커다랗게 뜬 눈으로 그녀를 쳐다보며 말했다.

"나는……."

"그런 곳에 앉아만 있으면서도 바보 같은 얼굴을 하고 있는 게 고작이니." 에이프릴이 말했다. 그 목소리는 마치 심술을 부리고 있는 듯한 투였다. "폴리 워커는 권총을 가지고 있나요?"

그는 바보처럼 고개를 끄덕였다.

"어떤 종류지요? 이건 중요한 일이에요."

"……32구경."

에이프릴은 한숨을 내쉬었다.

"당신 어머니는 우리 어머니만큼 머리가 좋지 못하군요. 그렇지 않다면 당신이 말한 유전은 전혀 맞지 않아요. 샌포드 부인은 45구경에 맞았어요."

그는 그녀를 노려보았다. "그것이 확실하니?"

"네, 확실해요." 에이프릴이 말했다. "경찰에게서 들었으니까요."

그는 신음 소리를 내며 핸들에 기대어 말했다. "아아…… 폴리!"

"정말 안됐군요." 에이프릴이 말했다. "먼저는 그녀가 차안에 들어앉아 '아아, 클리브'라고 하더니 이번에는 당신이 차 안에 들어앉아 '아, 폴리' 어쩌고 하고 있으니! 정말 안 됐군요. 어서 그녀를 만나서 당신이 하고 있는 일을 이야기해 줘요. 그리고 묻고 싶은 것을 물으면 되잖아요."

"만나고 싶어." 그는 말했다. "나는 만나려고 했지만, 그녀가 만나주지 않는 거야. 초인종을 눌러도 현관으로 나오지 않아. 전화를 걸면 대답이 없어. 편지를 내고, 전보를 쳐도 모두 봉한 채로 되돌아왔어."

"당신은 그렇게 흐리멍텅한 타입으로는 보이지 않는데요." 에이프릴이 말했다. "그 편지를 잘 검사해 보면, 뜨겁게 달군 칼로 봉한 걸 열고 다시 붙인 정도는 알 수 있을 텐데도요. 그럼, 내가 하는 말을 잘 들어요."

그녀는 차 문을 열고서 그의 옆자리에 앉아, 15분 동안이나 도로시 딕스도 놀랐을 것이 틀림없는 더없이 간곡한 충고를 해주었다. 충고에서부터 구체적인 방법까지 이야기해 주자 그도 자기의 안을 두세 가지 덧붙였다.

마지막에 그는 기쁨에 들떠서 말했다.

"너의 어머니가 낳은 아이들은 모두 천재냐?"

"각각 다른 의미에서……." 에이프릴은 명랑한 목소리로 말했다. "우리 엄마의 아이라고 하니까 다이나가 오는군요. 안됐지만 나는 마중 가야 해요. 그리고 당신은 빨리 떠나는 것이 좋아요. 나는 비밀을 지킬 수 있지만 다이나는 지키지 못하니까요."

그는 문을 열어 그녀를 내려 주고 시동을 건 다음 힘차게 손을 흔들더니 폭음을 울리며 길 위를 달려가 버렸다.

에이프릴은 지금 일을 다시 생각하면서 보도를 천천히 걸어 다이나 쪽으로 갔다. 둘이 만났을 때 그녀의 얼굴은 완전히 밝아져 있었다.

"사랑이란 굉장한 거야!"

다이나는 놀라 그녀의 얼굴을 바라보았다.

"무슨 이야기를 하는 거지? 누군가 애인이 생겼어?"

"아니야." 에이프릴이 말했다. "하지만 그가 사랑하고 있어, 맹렬하게! 루퍼트 반 듀젠이 말이야."

"어머나!" 다이나가 큰소리를 질렀다. "너 갑자기 미쳤니? 그건 오늘 아침에 벌써 이야기했잖아. 하지만 베티 리모는 벌써 죽고 없는 걸."

"그는 아마 베티 리모의 이름조차 모를지도 몰라." 에이프릴은 꿈을 꾸는 것 같은 얼굴로 말했다. "그는 폴리 워커를 사랑하고 있어."

다이나는 현관 앞 계단 맨 아래에 앉았다.

"내 쪽이 머리가 이상해진 것 같군. 덥기 때문일까?"

"아무도 머리가 이상해져 있지 않아." 에이프릴이 말했다.

"그 사람 말고는 말이야. 그는 그녀 때문에 정신을 못 차릴 지경이야. 멋있잖아? 게다가 나는 그에게서 1달러를 빼앗아냈어."

"내 동생이 말이니?"

다이나는 우울한 듯 머리를 저으면서 말했다.

에이프릴은 다이나 옆에 앉았다.

"진짜 이름은 클리브 캘러헌이야. 시나리오 작가래. 우리들이 본 그 시시한 〈가면 쓴 미라〉를 썼대. 그는 폴리 워커를 사랑하고 있어. 그리고 내기를 해도 좋지만 틀림없이 그녀를 차지하게 될 거야."

"클리브라고?" 다이나는 생각에 잠기면서 중얼거렸다. "그럼, 에이프릴, 그 루퍼트 반 듀젠은 어떻게 된 거지?"

에이프릴은 숨을 깊이 들이마셨다.

"결국 누군가가 경찰을 어지럽게 만들 생각으로 그 루퍼트 반 듀젠 이야기를 꾸며낸 거야. 루퍼트 반 듀젠이라는 사람은 실재 인물이 아니야. 그 누군가가 그 이름을, 아마 책이나 어디에서 따온 것이겠지. 그런데 폴리 워커를 사랑하고 있는 클리브라는 남자가 탐정 흉내를 낼 생각으로 자기가 루퍼트 반 듀젠인 척한 것뿐이야. 그녀가 샌포드 부인을 죽였을지도 모른다는 생각으로, 그녀를 덮어 주려고 했었나 봐. 그런데 이제 그녀가 죽인 것이 아니란 걸 알았으니 아무 걱정이 없어졌지. 틀림없이 두 사람은 결혼할 거야."

지금은 다이나에게 이 정도로 이야기해 두면 된다고 그녀는 생각했다.

"그랬었구나!" 다이나가 말했다.

"그리고 내기에 이겨 그로부터 1달러를 손에 넣었지." 에이프릴은 덧붙였다. "우리 시장에 가서 코카콜라를 사가지고 오자." 그녀는 일어서며 말했다. "그리고 길을 걸으면서 언니와 데글랜쥐 씨의 이야기를 해줘."

"저, 말이야, 그건 이렇게 되었어."

다이나는 본디 이야기를 자세하게 하는 성격이다. 두 사람이 시장까지 두 구획을 걸어서 코카콜라를 사가지고 집에 돌아와 거의 닿게 되었을 때에야 겨우 피엘 데글랜쥐 내지 아만트 폰 헤네 및 피터 데즈먼드와 해안에서 헤어지고 나서 생각해 본 사실에 대한 이야기에 이르렀다.

에이프릴은 기겁하도록 놀랐다. 다이나가 코카콜라를 가지고 있었기에 망정이지, 만일 그것을 에이프릴이 가지고 있었더라면 아마 틀림없이 떨어뜨리고 말았을 것이다.
 "다이나!" 그녀는 말했다. "그런 엉터리 같은 이야기는 들어 본 적이 없어. 결국 언니는 속고 말았군 그래."
 "지금 생각하니 모두 엉터리 같아." 다이나는 말했다. "하지만 그가 이야기하고 있는 동안은 그렇게 들리지 않았어."
 "해안엔 언제나 감시부가 있잖아." 에이프릴이 말했다. "누구나 생각해낼 수 있는 일이야." 그녀는 말을 끊었다. "경우에 따라서는 반대 의미로 그의 이야기는 사실일지도 몰라. 감시부 쪽에서는 이상한 프랑스 화가 같은 것에 주의를 하지 않거든."
 "에이프릴!" 다이나가 말했다. 그리고 나서 그녀는 숨을 삼켰다. "어떻게 하지 않으면 안 되겠어. 당장 어떻게 하지 않으면 안 돼."
 "그래." 에이프릴은 엄숙한 말투로 말했다.
 두 사람은 코카콜라를 부엌으로 가지고 가서 2개는 따고 나머지는 냉장고에 넣었다.
 "우리들끼리 지켜보자. 잘하면 스파이가 있는 곳이나 그가 신호하고 있는 곳의 현장을 잡을 수 있을지도 몰라."
 "그런 방법은 시간이 걸려." 다이나가 반대했다. "그리고 그건 곤란해. 언제나 우리들 중 한 사람은 집에서 나가 있어야만 하는데, 엄마에게 뭐라고 설명할 생각이지? 게다가 학교에도 가야 하고." 그녀는 불만이었다. "엄마한테 이야기하는 게 좋을 거야. 그러면 엄마가 경찰에 연락할 테니까. 더구나 엄마에게는 스파이를 한 사람 잡은 공로가 생길 터이므로 대단한 선전이 될 거야."
 "나쁘지는 않겠군." 에이프릴이 동의했다. "다만 엄마에게는 그에 대한 이야기만 해둬. 다른 이야기는 일체 하지 말기로 해. 그가 샌포드 부인을 죽이지 않은 한."
 둘은 귀를 세웠다. 2층에서 타이프라이터 소리가 힘차게 들려왔다.

"우리 아이스 티를 만들어 엄마한테 갖다 드리자."
다이나가 말했다.

얼마 뒤, 둘은 솜씨를 부려 아이스 티와 쿠키가 담긴 쟁반을 가지고 2층으로 올라갔다. 에이프릴이 문을 두드리고 열자 다이나가 쟁반을 가지고 들어갔다. 어머니는 잠시 타이프를 중단하고 얼굴을 들었다.

"어머나! 잘됐다!" 그녀는 생기 있는 목소리로 말했다. 어머니는 아직 홈드레스를 입은 채 귀 밑으로 흘러내린 머리를 핀으로 찌르지도 않고 있었다. "마침 배가 고프고 목이 마르기 시작하던 참이었어."

"잊으시면 안 돼요." 다이나가 엄중히 말을 건넸다. "엄마는 책을 다 끝냈으니까 내일은 머리를 새로 하고 매니큐어를 칠하셔야 해요."

"그리고 마사지도 하시고요." 에이프릴이 말했다.

"걱정 말아라." 어머니는 거의 사과하는 듯한 말투로 말했다. "잊어버리기 전에 할 생각으로 노트를 좀 하고 있었던 것뿐이니까." 어머니는 아이스 티를 한 모금 마시고 나서 말했다.

"맛이 좋구나."

그녀는 쿠키를 먹으며 책상 위에 있는 마지막 페이지에 두세 마디 덧붙여 타이프했다.

"엄마." 에이프릴이 말했다. "화가인 데글랜쥐 씨는 화가가 아니라 스파이예요. 그리고 이름도 데글랜쥐가 아닌 아만트 폰 헤네이면서 자기는 피터 데즈먼드라고 주장하는군요. 아마 어느 쪽도 아닌 것 같아요." 그녀는 숨을 내쉬고 말했다. "그러니까 경찰에 전화를 걸어서 스파이란 걸 가르쳐 주는 게 좋지 않을까요?"

"물론이지." 어머니는 말했다. "잠깐만 기다려라."

그녀는 원고의 마지막 두 마디를 지우고 그 대신 세 마디를 다시 써넣었다.

"아까 나에게 자기는 관리라고 말했지만 지금 생각하니 믿어지지 않아요." 다이나가 말했다. "해안에서는 감시부가 있고 그날은 수영하러 가기엔 음산했으며 안개가 너무 짙었거든요."

"그렇구나." 어머니는 말했다. "따뜻하고 해가 나와 있는 때가 아니면 수영하기가 어렵지." 그녀는 타이프라이터에서 종이를 벗겨내며 다시 덧붙였다. "나는 수영이라면 클럽의 풀장 쪽이 좋을 것으로 생각되는데."

"엄마." 다이나가 말했다. "당장 어떻게 하지 않으면 안 돼요. FBI에 전화해요." 그녀는 말을 끊었다가 다시 이었다. "엄마! 좀 들어 보세요!"

어머니는 타이프라이터에 새 종이를 꽂고 맨 위에다 11이란 번호를 쳤다.

"듣고 있어." 어머니는 쾌활한 목소리로 말하며 쌓여 있는 원고 쪽으로 몸을 돌리더니 3페이지 근처를 훑어보기 시작했다.

"지금 현재 기선이나 뭔가를 가라앉히려 하고 있는지도 몰라요." 다이나가 말했다.

어머니는 두 마디 타이핑을 하고 나서 얼굴을 들어 살짝 웃으며 말했다.

"안됐지만 나중에 다시 듣기로 하자."

에이프릴은 숨을 깊이 들이마시고 말했다.

"아니에요." 그녀는 다이나에게 방을 나가자고 눈짓을 했다. "방해해서 미안해요, 엄마."

"아니, 조금도." 어머니는 말했다. "마실 것을 갖다 줘서 고맙다."

그녀는 전보다 빠른 속도로 타이프라이터를 치기 시작했다. 두 아이가 문을 열었을 때 그녀는 치기를 그치고 얼굴을 들어 말했다.

"데글랜쥐 씨가 그림 그리는 것을 구경하겠다고 그랬었지? 좋아."
"생각이 달라졌어요." 에이프릴이 말했다.
복도에 나오자 다이나가 말했다.
"우리들이 한 말을 한 마디도 듣고 있지 않았나 봐."
"일에 몹시 열중해 있는 중이셨어." 에이프릴이 말했다. "방해해선 안 돼. 우리들끼리라도 해야겠어. 우리들이 전화를 걸자."
다이나는 걱정스러운 태도였다.
"샌포드 부인 집에서 편지를 발견한 이야기를 하지 않고 어떻게 설명하려는 거지?"
"내게 맡겨 둬." 에이프릴이 자신있게 말했다.
J. 에드거 후버(FBI 장관)에게 거느냐, FBI에 거느냐, 경찰에 하느냐, 루즈벨트 대통령을 불러내느냐로 잠시 토론이 벌어졌다. 결국은 빌 스미스로 결정되었다.
에이프릴이 경찰에 전화해서, 세 사람인가 네 사람과 통화한 끝에 겨우 빌 스미스는 자기 집에 있다는 사실을 알아냈다. 그러나 중요한 용건이라고 아무리 버티어도 경찰교환대는 스미스 씨의 집 전화번호를 가르쳐 주지 않았다.
"전화번호부에 나와 있겠지"
다이나가 희망을 가지고 말했다.
전화번호부에 윌리엄 스미스라는 이름이 다섯이나 나와 있었지만 모두 다른 사람이었다.
이때 문득 생각이 나서 에이프릴이 전화번호부에서 오헤이어 경사의 전화번호를 찾아내어 그에게 걸었다. 그녀는 빌 스미스에게 전할 중요한 말을 엄마로부터 부탁받았다고 설명했다. 마음 착한 경사는 뭔가 로맨틱한 상상을 하고 전화번호를 가르쳐 주었다.
겨우 빌 스미스가 전화에 나왔기 때문에 그녀는 이름을 댔다.

그의 쾌활한 목소리가 갑자기 걱정스러운 투를 띠었다.

"모두들 무사하니? 무슨 일은 안 생겼느냐? 어머님은……"

"아직 아무 일도 일어나지는 않았어요." 에이프릴이 말했다. "하지만 뭔가 일어날 것만 같아요. 그래서 전화했어요. 저……"

에이프릴은 피엘 데글랜쥐와 아만트 폰 헤네와 피터 데즈먼드의 관계를 요령 있게 정리해서 말했다. 반쯤 이야기했을 때 빌 스미스는 황급히 말했다.

"잠깐만 기다려, 적을 테니까."

그래서 또 맨 처음부터 다시 한 번 이야기하지 않으면 안 되었다. 피엘 데글랜쥐가 사실은 아만트 폰 헤네라는 인물인 것을 그녀와 다이나가 발견했다는 줄거리였다. 특히 다이나가 캐묻게 된 대목은 자세하게 말했다. 그리고 나서 그녀와 다이나가 뒤에 생각한 결과를 덧붙였다.

"너는 천재야!" 빌 스미스가 말했다.

에이프릴은 송화구에 대고 생글생글 웃었다. 만일 그가 '너는 머리가 좋은 아이다'라고 하면 전화를 끊을 작정이었던 것이다.

"또 하나……" 빌 스미스가 말했다. "그의 이름이 사실은 아만트 폰 헤네라는 것은 어디서 알아낸 거지?"

이것은 대답하기 어려운 물음이었다. 에이프릴은 주의깊게 생각하면서 대답했다.

"샌포드 부인에게서였어요."

자, 어떤가. 이렇게 말하면 거짓이 아니다. 더구나 비밀도 전혀 새지 않는다.

"그녀는 어떻게 알았을까?"

"모르겠어요." 에이프릴이 말했다. "그리고 지금으로선 물어 볼 수도 없는 일이죠."

맞은쪽 전화는 잠시 잠자코 있더니 말했다.

"그럼, 에이프릴, 잘 생각해 봐. 샌포드 부인이 누군가 다른 사람의 이야기를 너한테 말한 일은 없었니?"

"아뇨." 에이프릴이 말했다. "한 번도 없었어요."

이것도 모두 정말인 것이다. 전화가 끊어진 뒤에 다이나가 말했다.

"참으로 그럴 듯하게 말하는구나."

"별것도 아니야." 에이프릴은 득의만만했다. "자, 샌드위치를 만들자. 나 배고파."

"나도." 다이나가 말했다. "샌드위치를 만든 다음 저녁에 먹을 닭고기 준비를 하자."

에이프릴이 땅콩 버터를 바른 위에다 크림 치즈를 바르고 그 위에다 다시 잼을 바르고 있는데 아치가 뛰어들어왔다. 숨을 헐떡이고 땀을 흘리며 빨개진 얼굴은 진흙투성이가 되어 있었다. 조리대 위에 늘어 놓여진 병을 보자 "아아!" 하고 칼과 빵 한 조각을 집어들었다.

"손씻고 먹어." 다이나가 말했다.

"아이 참!" 아치가 말했다. "이것은 깨끗한 진흙이야."

그는 손을 씻고 나서 또 새로운 샌드위치의 발명으로 들어갔다.

"에이프릴, 다이나, 그것 알고 있어?"

"온갖 것을 다 알고 있지." 에이프릴이 말했다. "하지만 그건 몰라."

"참, 다이나한테 온 선물이 있어." 아치는 디일 피클로 손을 내밀면서 말했다. "그리고 나는 탐정이 된 거야. 저녁에는 닭고기야?"

"무슨 선물?" 다이나가 물었다.

"으응, 황갈색 종이에 싸여서 뒷베란다에 놓여 있어. 그리고 그것 알아?"

다이나는 뒷베란다로 달려가서 큰 종이꾸러미를 가지고 돌아왔다.

"그게 뭔지 알아?"

"입트 다트 물트 어트." 다이나는 종이를 찢으면서 말했다. "어머나, 에이프릴!"

그것은 오늘 오후 데글랜쥐 씨가 그리고 있던 그림으로, 미완성인 채 테레빈 기름 냄새가 물씬 풍겼다. 그리고 이름이 적혀 있었다. 한쪽 구석에 머리 글자로 PD라고, 그리고 뒤에는 '나의 아름답고 어린 친구 다이나 카스테어즈에게'라고 쓰여져 있었다.

다이나는 그것을 의자에 올려 놓고 바라보았다.

"에이프릴, 대체……"

"저 말이야, 그거 알아? 나는 탐정이 되었어." 아치가 말했다.

"벌써 딕 트레시가 된 것 같군." 그림을 보며 에이프릴이 말했다.

"다이나, 대체……,"

"들어 봐." 아치가 소리쳤다. "저 말이야, 저 말이야, 이건 중대한 거야!"

"듣고 있어." 다이나가 말했다. "먼저 이것이 어떻게 해서 여기로 오게 되었는지 그것부터 시작해."

"그 사람이 가지고 왔어." 아치가 말했다. "바다 그림을 그리는 사람이 이것을 나에게 주면서 누나에게 전해 달라고 하기에 뒷베란다에 놓아 둔 거야. 그리고 그는 자동차를 타고 가버렸어, 아래쪽 시장으로, 그리고 누나들이 집을 수색했었으니까 나와 대장도 집을 수색할 수 있다고 생각했어. 결국 뒤 창문을 하나 깨뜨렸지만."

"데글랜쥐 씨 집을 수색했니?" 에이프릴이 놀라며 물었다.

"그럼!" 아치가 말했다. "그걸 이야기하려는 거야."

"뭐가 발견했니?" 에이프릴이 샌드위치를 내려 놓으며 말했다.

"아무것도 없었어." 아치가 흥분해서 말했다. "가구 말고는 아무 것도 없었어. 구니네 누나 남편의 아줌마가 전에 거기 살고 있을 때도 같은 가구였으니까 집에 붙어 있었던 걸 거야."
 다이나와 에이프릴은 얼굴을 마주 보았다. 이윽고 다이나가 말했다.
 "아치, 그러니까 그 사람은 자기 물건을 모두 가지고 가버렸다는 거니?"
 "으응." 아치가 말했다. "그것이 전부야. 코카콜라 한 병 먹어도 돼?"
 에이프릴이 얼른 하나 가져와서 마개를 따주었다. "계속해."
 "그것뿐이야. 옷이니, 그림이니, 책이니, 면도칼이니 모두 가져 갔어. 차에 미리 실어 두었겠지, 뭐." 그는 코카콜라 병에 빨대를 하나 집어 넣고 덧붙였다. "이사간 모양이야."
 "그렇겠군" 에이프릴이 말했다. "그런 모양이야."
 "이봐, 에이프릴" 다이나가 말했다. "곧 빌 스미스 씨에게 전화해서, 벌써 늦었다고 말해 주는 것이 좋을지도 몰라."
 "내버려 둬. 이미 그럭저럭 그도 알게 되었을 테니까."
 에이프릴은 한숨을 내쉬었다.

21

 "정말 2달러 더 주는 가치가 있어." 에이프릴이 말했다. "하워드 미용원의 3달러 매니큐어는 엄마가 늘 하는 1달러짜리보다 백 배나 예쁘게 보이거든. 그리고 빌 스미스 씨가 내일 만찬에 오시게 되니까, 손이 예쁘다는 것이 얼마나 중요한지 알겠니? 그런데 어떤 색깔의 에나멜을 그분이 좋아하는지 모르겠어."
 "하지만 에이프릴." 다이나가 말했다. "어떻게 해서 엄마에게 3달러 매니큐어를 하도록 설득시키지?"
 에이프릴은 빗질하던 손을 멈추고 말했다.

"정말 바보야! 내가 점심 시간에 하워드로 갔다올게. 겨우 여섯 구획이니까 점심을 거르고 달려 가면 시간에 닿을 수 있어. 그리고 언제나 엄마의 매니큐어를 하는 여자와 교섭을 해두는 거야. 엄마에게는 아무 말 하지 말도록 해두고, 3달러짜리 매니큐어를 달라고 한 다음 2달러를 미리 주는 거지. 그러면 엄마는 눈치를 못 챌 테니까."

"정말!" 다이나는 말했다. 그녀는 아직도 잠자리를 치우는 참이었는데, 문득 손을 멈추었다. "하지만 말이야, 우리들은 2달러를 가지고 있지 않아. 그리고 용돈은 토요일까지 탈 수 없잖아."

"아까 1달러가 아직 40센트 남아 있어." 에이프릴이 말했다.

"나는……." 다이나는 지갑과 요즘 입은 일이 있는 옷의 주머니를 모두 더듬어 보며 말했다. "32센트 있어."

"합하면 72센트로군." 에이프릴이 생각하면서 말했다. "그리고 아치도 3분의 1은 내야 돼. 2달러의 3분의 1은 얼마가 되지?"

"60 몇 센트가 될 거야……. 66센트 3분의 2야. 에이프릴, 빨리 이부자리를 치워. 학교 버스에 늦겠어."

"그럼, 64센트로 해." 에이프릴이 말했다. "64센트와 72센트를 더하면…… 잠깐 기다려…… 1달러 36센트야. 나머지는 아치에게 빌리기로 하자."

"빌려 준다면. 그리고 자기도 64센트 내는 것을 받아들인다면 모르지."

"물어 봐" 하고 에이프릴이 말했다.

"싫어. 네가 말을 꺼냈잖아. 네가 물어 봐."

"언니가 제일 맏이잖아. 언니가 물어야만 하는 거야." 에이프릴은 말을 멈추었다가 다시 이었다. "그럼, 내가 물어보고 올 테니 그 동안에 이부자리를 치워 주겠어?"

"그래, 좋아." 다이나가 말했다. "어젯밤 뒤라서 아직 흥분해 있으니까 그다지 잔소리하지 않을지도 몰라."

어젯밤의 소동은 굉장한 것이었다. 큰길로 자동차가 왔다갔다했다. 아치를 정찰보냈더니 경찰이 피엘 데글랜쥐가 살고 있던 집을 샅샅이 수색을 하고 있다는 보고였다.

"지문을 채취하기도 하며 대소동이야"라고 아치가 말했던 것이다.

그리고 식사가 끝나자 어머니는 2층으로 올라가 버렸다. "좀더 노트해 두고 싶어서"라는 말을 남기고.

피트가 찾아와서, 다이나에게 자전거를 태워 줄 테니 밖에 나가지 않겠느냐고 말했다. 놀랍게도 에이프릴은 아직 밖이 훤한데도 다이나에게 자꾸 나가라고 권하는 것이었다.

"가끔은 나 혼자서 접시를 모두 씻어 보겠어."

다이나는 너무도 놀라웠기 때문에 잠자코 승낙했다. 그리고 에이프릴이 다이나와 피트를 막 뒷문으로 내쫓고 난 순간, 현관의 초인종이 울리고 빌 스미스가 회색 옷을 입고 조용하면서도 결단력 있어 보이는 남자와 함께 서 있었던 것이다.

다이나는 지금 나가고 없다고 말할 수 있게 된 게 정말 다행한 일이었다. 두 사람을 부엌으로 안내하자, 에이프릴은 회색 옷을 입은 남자에게 다이나에 대해 새삼스럽게 이야기했다. 어느 사이엔지 두 남자는 접시 닦는 것을 돕게 되었고——빌 스미스는 씻는 쪽이고 또 한 사람은 닦는 일로——에이프릴은 그것을 바라보면서 이야기를 하게 되었다. 이야기가 끝났는데도 아직 접시닦기가 끝나지 않았기 때문에 그녀는 다이나에게 보내져 온 그림을 자세히 설명했다. 그림을 가지러 갈 무렵에는 두 남자는 마지막 행주 하나를 널고 있었다.

회색 옷의 남자가 말했다.

"그림으로서는, 별로 칭찬할 수 없군. 그러나 이리로 나와 있는 구실로서는…… 훌륭한 것이야. 확실히 짐작한 대로군."

"체포했나요?" 에이프릴이 물었다.

"아니," 빌 스미스가 말했다. "놓치고 말았어. 그러나 곧 붙잡힐 거야." 그는 회색 옷을 입은 남자 쪽으로 몸을 돌렸다. "그런데 밖에서 침입한 흔적이 있는 게 이상해."

에이프릴은 눈치 빠르게 잠자코 있었다. 아치에게 유리를 변상시키는 난처한 꼴이 되면 곤란하기 때문이었다.

다이나가 돌아오자——놀랍게도——접시는 깨끗해져 있었고, 부엌도 완전히 치워져 있었다. 에이프릴은 힐리 제임스의 신발매 레코드를 듣고 있었다. 피트도 함께 왔으므로 그는 양탄자를 걷어내고 춤추자고 제의했다. 거기에 맥과 조엘라가 찾아오고 또 5분이 지나자 에디와 윌리가 왔다. 그리고 아치, 대장, 구니, 플래쉬라이트가 헨더슨을 찾으러 나갔다가 돌아왔다. 줄을 물어 끊고 집에서 두 구획이나 헤매어 나가 버렸던 것이다. 그러는 동안에 잉키와 스팅키가 어느 사이엔가 지붕에 올라가서 내려올 수 없게 되었기 때문에 그것을 도와 내려 오게 하느라 또 한 번 소동이 있었다. 그리고 나서 젠킨즈와 세 마리에게 먹이를 주는 소동이 계속되었다. 최후에 어머니가 계단을 내려 왔다. 조금 지쳐 있는 듯했으나 기분이 좋아 보였고 노트가 완전히 끝났으므로 앞으로 2, 3일은 쉬겠다고 말했다. 그리고 모두들에게 부디 많이 먹으라고 권했다.

다이나가 간신히 틈을 발견하여 에이프릴에게 물었을 때는 몇 시간이나 지난 뒤인 것 같은 느낌이 들었다.

"나 없는 사이에 무슨 일이 있었니?"

에이프릴이 태연한 말투로 대답했다.

"별일은 없었어. 아아, FBI가 왔었어……."

하룻밤이 지난 지금, 어머니가 아침 식사를 하러 아래로 내려 와서 오늘은 매니큐어를 할 뿐만 아니라 작업복인 슬랙스를 새로 만들겠다고 말했다. 피엘 데글랜쥐 내지 아만트 폰 헤네 내지 이름 없는 고콘베케 에케의 도주에 대해 신문은 아무것도 쓰지 않았다. 샌포드 살인사건 쪽도 별로 나와 있지 않았다. 다만 경찰은 여전히 월레스 샌포드의 행방을 쫓고 있는 중이라고 했을 뿐이다.

모두가 조용했다. 그러나 이것이 대폭발 전의 고요함이라고 생각하니 에이프릴은 기뻐 견딜 수 없었다. 화요일 밤에는 빌 스미스가 만찬에 오게 될 것이고 어머니는 머리를 올리고 매니큐어를 하게 될 것이다. 때에 따라서는 그 무렵에 샌포드 부인 살해범도 잡힐지도 모른다. 지금은 다만 아치를 구슬러서 64센트를 받아내는 것과 단기 차입에 성공하면 되는 것이다.

에이프릴은 아치의 방문을 두드리고 안으로 들어가서 조용한 말투로 말했다.

"이부자리 치우는 걸 도와 줄게."

아치는 떨떠름한 얼굴을 하며 말했다.

"내가 생각하고 있는 이유로 여기에 찾아온 거라면, 방청소까지 해 주지 않으면 안 돼. 그리고 코카콜라 빈 병을 1개월 동안 내가 독차지하고, 이달 말까지 쓰레기통 청소를 대신해 주며, 빌려 주는 것도 1달러 이상은 안 돼. 그것으로 좋다면 하시지."

에이프릴은 이부자리를 치우기 시작하면서 진지한 얼굴로 그를 바라보았다.

"아치, 너는 엄마를 사랑하고 있겠지?"

15분 뒤 그녀는 돈을 가지고 방으로 돌아왔는데 조건은 용돈을 얻으면 즉시 돌려 줄 것과 코카콜라 빈 병 독점권은 앞으로 2주일, 쓰레기통 청소를 대신하는 것은 1주일로 결정되었던 것이다.

이주 월요일 학교에서의 상태는 아주 못마땅하였다. 에이프릴은 처음으로 예능과에서 낙제점을 받았다. 다이나는 가정 수업 시간에 멍청히 있었다고 해서 두 번이나 주의를 받았고, 아치는 간단한 산수 문제를 계속 아홉 문제나 틀렸기 때문에 선생님은 그가 아픈 게 아닌가 걱정되어 그를 양호실로 데리고 갔던 것이다. 여러 선생님들에게는 참으로 화나는 날이었고, 어린 카스테어즈 3남매로서도 참으로 견딜 수 없을 정도로 긴 날이었다.

간신히 세 사람은 학교 버스에서 만났다. 다이나는 피트와 조엘라 사이에 앉아 있었는데, 두 사람이 한꺼번에 그녀에게 말을 걸었다. 에이프릴은 13살에서 15살 정도의 숭배자들에게 둘러싸여 있었다. 그리고 아치는 플래쉬라이트와 씨름이 붙기 시작하여 그렇잖아도 염려가 많은 운전기사로부터 꾸중을 들었다. 그러나 다이나는 그 사이에도 에이프릴에게 신호를 했다.

"잘 되었어?" 그러자 에이프릴은 'OK'라는 신호를 보냈다.

이윽고 세 남매는 집에서 제일 가까운 정류장에서 함께 내렸다.

"모든 걸 해결짓고 왔어." 에이프릴이 보고했다. "에스텔은 3달러 매니큐어를 해주기로 했고, 하워드 부인이 직접 마사지를 해주게 됐어. 내일 저녁 기습 파티를 연다고 설명했던 거야. 그러니까……."

"기습임에는 틀림없겠지." 다이나가 우울한 듯이 말했다. "빌 스미스 씨가 저녁 식사에 오게 된 것을 어떻게 엄마에게 말할 작정이지?"

"다이나가 말하기로 되어 있잖아." 아치가 화난 듯한 목소리로 말했다. "빌 경감님에게는 에이프릴이 말했으니까."

에이프릴은 다이나의 걱정스러운 얼굴을 보고 말했다. "걱정할 것 없어. 내가 설명하겠어. 내가 잘하니까. 자, 집에 돌아가기 전에 루크네 가게에 들르지 않겠어?"

"냉장고에 아직 코카콜라가 남아 있어." 다이나가 말했다.

"신문이 있기 때문이야." 에이프릴이 말했다.

다이나와 아치는 그녀를 바라보았다.

"무엇 때문에?"

"읽어야지." 에이프릴은 시치미를 뗀 얼굴로 말했다. "그러니까 어리석은 질문은 하지 말아 줘. 나도 어리석은 대답은 하기 싫으니까."

그녀는 루크네 가게 쪽으로 큰길을 내려 갔다. 다이나와 아치도 따라갔다.

"이봐. 신문은 벌써 읽었잖아. 오늘 아침에 말이야."

아치가 말했다.

"물론 읽었지." 에이프릴이 말했다.

"그리고 석간은 저녁 식사 전후에 배달되잖아." 다이나가 말했다.

"기다릴 수 없어." 에이프릴은 몹시 화난 말투로 말했다.

"쳇!" 아치가 불평스럽게 말했다. "배고파 죽겠어."

에이프릴은 발길을 멈추고 아치를 보았다.

"잠깐, 내가 루크를 구슬러 크림 소다 세 잔을 외상으로 달라고 할 테니 용돈을 타면 치러 주겠니?"

"글쎄……." 아치가 말했다. 루크와 담판 져서 외상이 가능한 것은 세명중 에이프릴 뿐이었다. "아, 좋아."

"고마워." 에이프릴이 기쁜 듯이 말했다. "그럼, 크림 소다를 기다리고 있는 동안에 신문을 공짜로 읽을 수가 있어. 그걸로 5센트 절약할 수 있는 거야."

그녀가 먼저 들어가서 루크와 교섭했다. 그리고 나서 아치와 다이나에게 들어오라고 신호를 했다. 그리고 신문의 최종판을 집어들고 루크를 향해 생긋 웃으며 "괜찮겠지요?"라고 했을 때는 벌써 카운터 위에 신문을 펴고 있었다.

"얼마든지." 루크는 아이스크림을 조금 덤으로 유리잔에 담으면서 말했다.

"첫 페이지에 있을 거야." 에이프릴이 말했다.

과연 그러했다. 사진에 2단으로 된 타이틀이 붙어 있었다.

### 샌포드 살인사건의 중요 증인 유괴되다

다이나가 "어머나!"라고 했기 때문에 에이프릴은 "입트 다트 물트 어트" 하고 말했다.

"나도 보여 줘, 보여 줘, 보여 줘." 아치가 말했다.

"그래, 봐." 에이프릴이 심술궂은 목소리로 말했다. "나 읽는 걸 방해하지 말고."

루크는 크림 소다를 멋진 몸짓으로 갖다 놓으면서 말했다. "신문 위에 엎지르면 안 돼요. 그러면 신문 값을 받습니다."

카스테어즈 3남매는 얼른 유리잔을 신문에서 떼고 빨대를 입에 문 채 묵묵히 읽었다. 샌포드 부인의 시체를 발견한 폴리 워커가 헐리우드 호텔에서 유괴됐다고 쓰여 있었다.

"여기서 말하면 안 돼." 에이프릴이 다이나와 아치에게 말했다.

두 사람은 엄숙히 고개를 끄덕였다.

워커 양의 하녀 이야기에 의하면, 12시 15분 경 워커 양에게로 전화가 걸려 왔다고 한다. 여자의 목소리로 급한 일이라고 했다는 것이다. 워커 양은 전화를 받고 이야기가 끝났을 때 몹시 마음 아파하는 모양이었으며, 곧 옷을 갈아입고 호텔 차고로 전화를 걸어 자동차를 불러 외출했다.

호텔 수위의 이야기로는, 워커 양이 보도까지 걸어서 나왔다고 한다. 그때 길 아래쪽에 멈춰 있던 자동차 한 대가 갑자기 주차 금지 구역으로 들어왔다. 그리고 권총을 가진 복면 사나이가 워커 양을 안으로 끌어들이더니 그대로 길 아래쪽으로 사라졌던 것이다.

그 뒤에 샌포드 살인사건의 대략이 나와 있었고, 폴리 워커가 시체를 발견한 것이 강조되어 있었다. 그리고 폴리 워커의 약력이 나와 있었는데, 신부학교를 나온 아가씨가 브로드웨이의 단역배우로 출발하여 갑자기 스타가 된 경위가 쓰여져 있었다. 폴리 워커가 큰 작품에서는 한 번도 역을 맡은 일이 없는 사실은 일체 상관하지 않는 듯했다. 살인사건에 관련되고 그 뒤에 납치되었기 때문에 그녀는 이미 스타가 된 셈이었다.

에이프릴은 크림 소다를 마저 마시자 루크의 카운터 위 시계로 눈을 돌렸다.

"어머나! 이제 얼른 집으로 돌아가지 않으면 안 돼! 지금 곧!" 그녀는 유리잔을 밀어붙이고 신문을 접어 선반에 올려놓으며 말했다.

"고마워요, 루크 씨."

다이나와 아치도 크림 소다를 마저 마시고 그녀의 뒤를 따라 큰길로 나왔다.

"왜 서두르는 거야?" 다이나가 물었다.

"약속이 있어." 에이프릴이 기쁜 듯이 말했다. "우리들 모두 약속이 있어."

"나 좀 봐." 아치가 불렀다. "기다리고 있어!"

"무슨 일인지 모르겠군." 다이나가 숨을 헐떡였다. "폴리 워커가 납치되었잖아. 그것은 갱단의 짓일 거야. 예를 들면 베티 리모가 유괴된 것처럼 말이야."

"그렇지 않아." 에이프릴이 말했다. "이것은 완전히 한 남자의 짓이야."

다이나가 외쳤다.

"하지만 에이프릴, 기다려 봐! 한 남자의 짓일 수는 없어."

"글쎄, 그렇다니까." 에이프릴이 말했다.

세 사람은 그들이 살고 있는 집 골목으로 접어들었다. "에이프릴" 하고 다이나가 말했다. "차 안으로 끌어들인 것은 복면한 사나이였어. 그런데 전화를 걸어온 것은 여자의 목소리라고 하잖아. 틀림없이 뭔가 거짓말을 꾸며 끌어낸 다음 납치했을 거야."

"그 목소리의 여자는," 에이프릴이 숨이 끊어질 듯한 소리로 말했다. "바로 나였어."

다이나는 깜짝 놀랐다. 아치는 "뭐라고?" 소리쳤다. 그러나 어느 쪽도 제대로 말을 할 수 없는 동안에 에이프릴은 길 위쪽 카스테어즈 집 찻길 쪽을 가리켰다. 이 길은 우유가게와 마찬가지로 자동차가 오갈 뿐 사람들은 별로 다니지 않는 길이었다.

"저기 봐, 저기……." 에이프릴이 숨을 헐떡이며 말했다. "유괴범과 피해자가 있어!"

카스테어즈 세 남매는 토끼처럼 길을 달렸다. 찻길에 멈춰선 한 대의 컨버터블에 두 사람이 타고 있었다. 클리브 캘러헌과 폴리 워커였다. 두 사람 모두 싱글벙글하고 있었다.

## 22

"너희들 둘은 신부의 들러리가 되어다오." 클리브가 말했다. "그런데 작은 동생은 뭘하면 좋을지 모르겠군."

"정말이에요?" 에이프릴이 물었다.

그는 고개를 끄덕여 보이고 폴리 워커는 얼굴이 빨개졌다.

"어머나!" 에이프릴이 말했다. "정말 멋있는 데요!" 그녀는 그의 볼에 키스를 하고 난 다음 폴리 워커가 질식할 정도로 끌어안았다. "아치——나의 작은 동생——는 예물 전달자로 삼으면 돼요."

"나는 작지 않아." 아치가 화를 냈다. "그리고 나는 싫어. 첫째 그게 뭐하는 거지?"

"그게 뭐든 상관 없어. 어서 그 이유를 설명해 주시겠어요?" 다이나가 말했다.

폴리 워커가 다이나를 쳐다보면서 말했다.

"우리들은 결혼할 거야. 오늘 당장."

그녀의 머리는 마구 흐트러지고 얼굴에는 눈물 자국이 나 있었다. 입술연지는 조금 남아 있을 뿐 거의 지워져 아주 보기 흉한 얼굴이 되었다.

"우선 얼굴을 씻는 것이 좋겠군요." 에이프릴이 말했다. "그리고 화장을 다시 하고, 머리도 얌전히 올리고요."

폴리는 세 사람을 바라보고 웃다가 또 울기 시작했다.

"나는 정말 바보였어."

에이프릴은 클리브를 보면서 말했다.

"당신은 바보와 결혼할 생각이군요. 취미가 꽤 별난데요."

"네 책임이야, 에이프릴. 모든 것은 네가 결정했으니까. 네가 나보고 이래라저래라 지시를 하며 손을 빌려 주었잖니. 만일 40년이나 50년이 지나서 폴리와 이혼을 하게 된다면……"

"이 아가씨가 어쨌다고요?" 폴리 워커가 얼굴을 들고 말했다.

"이 아가씨가 내게 당신을 유괴하라고 가르쳐 주었지." 그가 말했다. "오늘 낮에 전화를 걸어, 중요한 용건이라면서 당신을 유인해낸 것도 바로 이 아가씨란 말야."

폴리 워커는 눈을 크게 뜨고 에이프릴을 노려보며 말했다.

"네가? 그게 네 목소리였어?"

"나는 이래뵈도 연극과에서 계속 우등인걸요." 에이프릴이 조금 겸손을 부렸다. "그런데 저, 제 말투 어땠어요?" 그리고 나서 한껏 포즈를 취하며 말했다. "워커 양, 샌포드네 집에서 기묘한 서류를, 기대할 만한 서류를 손에 넣었어요. 그러나 나에게는 조금도 소용이 없는 물건이라서 당신에게 드리고 싶은데, 당신의 집까지 나를 좀 데려가 주시겠어요?"

"글래비 선생님이 지금 일을 들으면," 다이나가 혹평했다. "연극과에서 앞으로 2년은 미끄러질 거야. 어느 분이든 제발 이 까닭을 설명해 주시지 않겠어요?"

클리브 캘러헌이 에이프릴에게 말했다.

"네가 이야기해. 네 언니니까."

에이프릴이 루퍼트 반 듀젠의 이야기에서 시작하여 클리브 캘러헌에게 지혜를 넣어 준 일까지 모두 설명했다.

"그래서 내가 유괴한 거야." 클리브가 대신 말을 맺었다. "에이프릴의 응원을 받아서 말이야. 우리들은 이제 서로 무엇이고 다 이야기해서 비밀이 하나도 없게 되었지. 지금부터 우리는 비행장으로 가서 라스베가스로 날아가 식을 올릴 거야. 그런데 신부에게 들러리가 없어. 너희들 둘이 오건디(엷은 모슬린) 드레스를 입으면 참으로 귀여울텐데."

"정말이에요." 에이프릴이 말했다. "나는 분홍, 다이나는 파란색이나 또는 그 반대, 그리고 아치는 하얀 브로드클로스."

"그런데 아치가 어디 갔지?"

다이나가 걱정스러운 목소리로 말했다.

아치가 사라지고 없었다. 에이프릴은 한숨을 내쉬었다. "아마 경찰에 전화하여, 살인용의자가 라스베가스로 가려한다고 말하고 있겠지요. 그러니까 워커 양, 어서 이야기하고 바로 떠나는 것이 좋겠어요."

"이야기하라니, 무엇을?" 폴리 워커가 깜짝 놀라 말했다.

"교환 조건이었어." 클리브가 그녀에게 말했다. "기억났어?"

"나와 한 약속이에요." 에이프릴이 말했다. "당신을 4시에 이리로 데리고 와서 사건의 경위를 모조리 이야기하게 한다면 유괴를 도와 드린다고 말했었지요."

"난 곤란해!"

폴리 워커는 얼굴을 두 손에 묻었다. 클리브 캘러헌이 말했다.

"부탁해, 폴리!"

"울 일은 없잖아요." 다이나가 말했다. "이야기해요. 뭐가 어때요! 아버지가 갱으로 어딘가의 감옥에 들어간 일쯤, 어때요! 그리고 당신에게 그만한 교육을 받게 한 걸 보면 그 당시에는 상당한 인물이었겠지요. 부끄러울 게 뭐 있어요? 우는 것이 훨씬 더 부끄러워요. 그러니까 훌쩍거릴 필요는 없어요."

"잘드 했트 어트." 에이프릴이 낮은 소리로 말했다. 폴리 워커는 클리브의 손수건을 빌어 코를 풀었다.

"그 여자——샌포드 부인——가 어떻게 된 이유인지는 모르겠지만 그 일을 알았어. 그리고 내게 돈을 보내라고 끈덕지게 협박했어. 하지만 나는 그다지 많은 돈을 가지고 있지 않았던 거야. 그 무렵 나는 월리를 만났어. 어느 파티에서 그는 내게 호의를 표했고…… 그리고 나는 그가 그녀의 남편인 것을 알게 되었어. 그래서…… 그…… 경우에 따라서는……." 그녀는 또 코를 풀었다. "나는 정말로 그를 좋아한 것이 아니었어. 클리브도 이제는 알고 있듯이……."

클리브가 그녀의 손을 꼭 쥐고 말했다.

"그것은 벌써 이야기가 끝났잖아. 알겠어?"

그녀는 고개를 끄덕였다.

"아아, 클리브, 나는 당신을 너무도 사랑하고 있어요!"

"그 이야기는 라스베가스로 가는 도중에 하면 돼요." 에이프릴이 잘라 말했다. "우리에게는 샌포드 부인 일을 이야기해 줘요."

"계속해." 클리브가 조용히 말했다. "이 아가씨들은 알 권리가 있어. 만약 이 아가씨들이 없었으면……."

"그리하여……." 그녀가 말했다. "그는 내게 끌려 들었어. 좋지 못한 일이었지만 내가 가까이 오기 쉽도록 태도를 꾸며 보였기 때문이기도 했지. 그러는 동안 저, 그러니까 나는 다음과 같이 생각했던 거야. 경우에 따라서는 그 사람을 통해 그 편지인지 뭔지를 샌포드 부인으로부터 빼앗아낼 수 있지 않을까 하고. 그러나 그는 다른 생각을 하기 시작했었나 봐…… 나와의 결혼 같은 것을."

"아무래도 말하는 방법이 좀 이상하지만," 클리브가 말했다. "그러나 뜻은 알 수 있어. 그의 생각은 나도 잘 알 수 있어. 누구라도 당신을 보게 되면……."

그녀가 또 처음처럼 울기 시작했기 때문에 그는 새 손수건을 꺼냈다.

"그런 건 아니었어요. 그것은 내가 유망한 신인 여배우이기 때문에 그 동안에 많은 돈을 벌게 되겠지…… 즉 내가 결혼해서 은퇴할 결심만 하지 않는다면 돈을 많이 벌 수 있겠지 하고…… 아아, 클리브!" 그녀는 그의 어깨에 얼굴을 묻었다. "차라리 볼더 댐(콜로라도 강을 가로막은 세계적인 댐)과 결혼하는 게 어떨까요?"

클리브는 웃으며 폴리를 어깨에서 밀어내리고 얼굴을 닦아 주며 말했다.

"자, 모두 이야기해."

"그래서 결국 나는 윌리에게 그녀가 쥐고 있는 우리 아버지의 자료에 대한 것을 이야기했지. 그는 그것을 가져다 주겠다고 말했지만…… 만일 그녀와 이혼할 수 있다면 나와 결혼하겠다는 조건이었어. 그런데 그때, 그때 갑자기 그녀가 내게 만나러 오라고 말해왔어. 내가 갔더니 그녀는 많은 돈을 내라고 요구하는 거야. 아마 대강 짐작은 갔지만…… 그가 그녀에게 이야기한 것 같아, 모든 것을 다. 그녀는 돈을 많이 낸다면 편지도 주겠다, 그와 관계도 끊겠다, 모든 걸 물에 흘려 버리겠다고 말하더군. 그래서 나는 그때 수요일에 돈을 가지고 다시 오겠다고 말했던 거야.”

그리고 나서 오랜 침묵이 계속되었다. 마침내 에이프릴이 조용히 말했다.

"우리들은 아직 듣고 있어요."

별안간 폴리 워커가 똑바로 고쳐 앉았다. 얼굴은 아직도 창백했고 앞머리가 이마로 내려와 있었지만 눈물은 흘리지 않았다.

"나는 그녀를 위협하러 갔었어. 그래서 권총을 가지고 갔지. 나는 …… 그녀로부터 편지를 빼앗아낼 작정이었던 거야. 그러면 그녀의 일이며 윌리의 일을 모두 다 잊을 수 있을 걸로 생각했던 거지. 내가 도착한 것은 대략…… 아, 정확히는 모르지만 4시 반에서 5시 사이였다고 생각해. 찻길에 차를 세우고 현관까지 걸어서 갔지. 나는 권총을 꺼냈지만 쏠 작정은 아니었어. 정말로 나는 누구도 쏘지 못해. 아무리 그 여자일지라도. 나는 다만 아, 알겠지?"

"알아요." 다이나가 상냥하게 말했다.

"나는 거실로 들어갔어. 먼저 초인종을 눌렀지만 아무도 나오지 않더구나. 문에 자물쇠가 걸려 있지 않았기 때문에 나는 쉽게 들어갔단다. 나는 권총을 손에 들고 있었어. 그녀는 나를 흘끔 볼 뿐 아무 말도 하지 않더구나. 나는 권총을 돌려대고 말했어. '샌포드 부인……'"

"그랬더니요?" 에이프릴이 재촉했다.

"그랬더니 겨우 한순간에 온갖 일이 한꺼번에 일어났어. 나도 뭐가 뭔지 잘 알 수가 없더구나. 별안간 한 남자가 나타났어…… 계단을 내려온 것이라고 생각돼. 여위고 얼굴이 검었던 것만 기억하고 있어. 짧은 차양의 회색 중절모자를 쓰고 있었지. 그 정도밖에 기억할 수가 없어. 뭔가 욕설을 하며 내 옆을 달려 밖으로 빠져 나가 버렸거든. 샌포드 부인은 그 사나이 쪽을 보려고도 하지 않더구나. 그때 갑자기 권총 소리가 났어. 그 소리는 식당에서 난 것 같았어. 나는 샌포드 부인이 넘어지는 것을 보았어. 그리고 내가 손에 들고 있던 권총에서 총알이 튀어나가고 만 거야. 쏘려고 한 것이 아니라 그냥 총알이 튀어나가고 말았지. 어디에 맞았는지 전혀 짐작이 가지 않지만 그녀가 그 총에 맞지 않았다는 것만은 분명히 알 수 있었어. 그리고 나는 달아났던 거란다. 회색 모자의 사나이는 훨씬 아래쪽 찻길에 세워둔 차로 들어가려 하더군. 그는 급히 달려 갔고 나도 내 차에 오르자 급히 차를 몰았지. 그가 어디로 갔는지는 나도 모르겠어. 나는 해안까지 차를 몰아 거기서 3, 4분 차를 멈추고 있었어. 그리고 생각했던 거야. 경우에 따라서는 그녀——샌포드 부인——가 다치기만 했을지도 모른다, 그러면 돌아가는 편이 좋다, 차 초대를 받았기 때문에 지금 막 온 듯한 얼굴을 하면 되겠지 하고. 그래서 나는 다시 차를 몰아 돌아왔지. 그리고 현관으로 가서 아까 왔던 일은 전혀 얼굴에 드러내 보이지 않고 초인종을 눌렀어."

그녀는 말을 끊고 흘러내린 앞머리를 쓸어올렸다.

"나의 친구 루퍼트여!" 에이프릴이 참을 수 없다는 듯이 감격하며 말했다. "당신 부인이 될 사람은 정말 용감하군요."

폴리 워커가 말했다.

"그러나 그녀는 그저 다치기만 한 것이 아니었어. 죽고 말았던 거야. 그래서 나는 경찰에 전화를 했지." 그녀는 다이나를 보고, 다시 에이프릴을 보며 힘없는 미소를 지었다. "그 다음은 둘 다 모두 알지?"

"저 말이야, 둘 다 이 이야기는……."

클리브가 몸을 앞으로 숙이고 말했다.

에이프릴은 눈을 커다랗게 뜨며 그를 보았다.

"혈통이에요, 유전 말이지요. 우리 어머니는 정말 잘 잊어버려요. 그래서 우리들도 그래요. 우리들은 그녀가 이미 말한 것을 하나도 남김 없이 잊고 말았어요."

"난 말이에요." 다이나가 말했다. "나는 듣지도 않았어요." 그녀는 폴리 워커의 볼에 키스하며 말했다. "아, 정말 당신이 샌포드 부인을 죽인 것이 아니어서 다행이에요. 그리고 월레스 샌포드 따위와 결혼하지 않게 되어 정말 기뻐요. 하기는 그 사람도 조금 호남이기는 하지만. 그리고 이런 분과 결혼하게 되다니, 이 사람 아니, 이 분은 정말 최고야!"

"우리 언니는 참으로, 재치가 있단 말이야!"

에이프릴이 말했다.

"시트 끄트 러트 워트!" 다이나가 말했다. 눈물이 두 볼로 흘러떨어지기 시작했다.

"내버려 두세요." 에이프릴이 말했다. "결혼식 이야기만 하면 언제나 우는 걸요. 그건 그렇고, 라스베가스로 가서 결혼한다는 건 너무한데요. 나는 오건디 드레스를 입으면 아주 고상하게 보인단 말이에요. 게다가 살인 목격자를 주(州) 밖으로 데리고 나가는 것이 합법적일까요? 아무리 결혼 때문이라고 해도."

"변호사에게 물어 보지." 클리브 캘러헌이 말했다. "내일 돌아오거든 말이야." 그는 얼굴을 들더니 갑자기 "아아, 큰일났는데!" 하고 말했다.

골목대장 패거리들이 몰려 오고 있았다. 아치가 엄청나게 큰 수국 꽃다발을 안고 앞장서 있었다. 대장은 눈이 부실듯한 짙은 보라색 부겐빌레아 꽃다발을 가지고, 구니는 엄마가 기르는 제일 좋은 다알리아 꽃다발을 안고, 플래쉬라이트는 피튜니아를 한 주먹, 슬루키는 동백꽃을 한 송이 소중하게 들고 있었다.

"더 좋은 꽃도 있지만 너무 급해서 수국으로 했어요." 아치가 숨을 헐떡이며 말했다. "자, 받으세요."

그는 수국 꽃다발을 차 안에 던져 넣었다. 슬루키는 동백꽃을 공손히 폴리 워커에게 바쳤다. 다른 아이들도 차 안에 꽃을 넣어, 그녀를 꽃으로 에워쌌다. .

"당신들이 결혼한다고 들었기 때문이에요." 아치가 설명했다. "결혼하게 되면 꽃이 필요할 것이므로 내가 골목대장들을 비상소집했던 거예요."

폴리 워커가 아치를 안아 키스했다. 그는 몹시 부끄러운 모양이었으나 그녀가 다른 골목대장들을 모두 안아서 키스했기 때문에 겨우 안심이 되는 모양이었다.

클리브 캘러헌이 차에 시동을 걸어 찻길 아래로 되돌아가기 시작했다. 그가 "안녕" 하고 모두에게 인사를 보내자 폴리 워커는 또다시 울기 시작했다.

에이프릴은 컨버터블을 배웅하면서 상냥하게 아치를 바라보고 말했다.

"재치가 있구나. 하지만 그녀가 나이아가라 폭포를 막지 않는 한 손수건을 네 다스 정도 주는 편이 훨씬 좋았을지도 몰라!"

골목대장들은 온통 기뻐서 소란을 피우며 언덕 위를 달려갔다. 다이나와 에이프릴은 집 쪽으로 걷기 시작했다.

"내게 말해 주었더라면 좋았을 텐데."

다이나가 조금 토라져서 말했다.

"숨겼다가 놀라게 할 작정으로 그랬던 거야." 에이프릴이 변명하듯 말했다. "그런데 나 역시 정말로 놀라고 말았어. 저렇게 될 줄은 생각지 않았거든." 그녀는 씁쓸한 얼굴로 길가의 돌을 찼다. "다이나, 폴리 워커가 이야기한 게 정말이라고 생각해?"

"물론 정말이라고 생각하지." 다이나가 말했다. "한마디도 빼지 않고 모두……."

"나도 그래." 에이프릴이 말했다. "다이나, 조금 윤곽이 잡히기 시작했어. 회색 모자를 쓴 여위고 얼굴이 검은 사나이…… 그건 프랭키 라일리였던 거야. 그는 범죄현장에 있었나 봐. 그러나 그는 그녀를 쏘지 않았어. 샌포드 부인 말이야. 폴리 워커도 거기에 있었지만 그녀가 쏜 것은 하버드 아저씨의 초상화였어. 그녀에게는 새총보다 위험한 것을 가지고 다니게 해선 안 돼. 그리고 누군가가 식당에서 쏘았는데 그것이 샌포드 부인에게 명중한 거야. 45구경으로, 그것도 아주 겨냥이 능숙한 사람이 말이야. 다이나, 꽤 여러 가지 발견할 수 있었어!"

"알 수 없는 것 투성이야." 다이나는 우울한 듯이 말했다. "그렇게 신날 일이 못돼. 아직도 갖가지 모르는 일이 너무 많이 있어."

"나는 몹시 신나는 데." 에이프릴이 말했다. "그리고 '갖가지'니 어쩌니 하고 말하지 말았으면 좋겠어. 모르는 것은 '하나'뿐이니까." 그녀는 다이나를 보며 갑자기 싱글벙글하기 시작했다. "우리들은 이제 이것만 발견하면 되는 거야. 식당에서 샌포드 부인을 쏜 것은 누구인가 하는 것뿐이지."

### 23

3달러짜리 매니큐어는 대성공이었다. 머리도 예쁘게 빗겨졌다. 세 아이는 저녁 식사 동안 내내 어머니의 모습을 바라보고 있었다. 빌 스미스가 이러한 어머니를 보면 마음이 움직이지 않을 리 없다!
"에스텔이 정말 훌륭하게 해주었어." 어머니는 세 아이가 추켜 세워 주는 말에 이렇게 대답했다. "특히 내 손톱, 전에는 이렇게 정성 들여 해준 일이 한 번도 없었는데." 그녀는 다이나와 에이프릴에게 손을 흔들어 보였다. "이 색깔 마음에 드니? 나는 처음이지만, 에스텔이 권하길래……."
에이프릴과 다이나는 힘주어 고개를 끄덕였다. 정말 아름다운 색이었다. 에이프릴과 에스텔이 고른 색인 것이다. 부드럽게 빛나는 로즈 핑크.
"그리고 생각했는데……." 어머니는 말을 이었다. "잠시 일을 쉬니까…… 내일 저녁엔 다같이 밖에서 저녁 식사를 하고 극장에 가지 않겠니?"
에이프릴과 다이나는 얼굴을 마주 보았다. 빌 스미스가 식사하러 온다는 것을 지금 이야기해도 좋을지 모르겠다고 다이나가 묻고 있었다. 에이프릴은 보일듯 말듯 머리를 저었다. 다이나의 눈이 대답했다. 그럼, 네가 어떻게 해봐.
"엄마, 그렇게 하면 정말 좋겠어요." 에이프릴이 말했다.
"하지만 엄마는 언제나 무척 바쁘시잖아요. 그러니까 가끔 하루 저녁쯤 집에서 편히 쉬시는 것도 재미있을 거예요, 우리 넷이서만. 정말 나는 그러는 편이 훨씬 즐거울 것 같아요."
"나도 그래." 다이나가 힘주어 찬성했다.
아치도 "나도 그래요!" 하고 입을 모았다. "정말이니?" 마리안 카스테어즈가 말했다. 세 아이는 힘주어 고개를 끄덕였다.
"귀여운 말을 하는구나! 좋아, 그럼, 집에서 지내자. 그리고 축하로 특별한 요리를 만들자꾸나. 무엇으로 할까…… 스테이크?"

"내가 먹고 싶은 것은," 에이프릴이 말했다. "역시 근사한 옛날식 미트 로프예요…… 진한 글레비를 친 것 말이에요."

"그리고 레몬 파이." 다이나가 말했다. "메렝게가 많이 들어 있는 것."

"그리고 비스킷." 아치도 말했다.

마리안 카스테어즈는 머리를 내저으면서 한숨을 쉬었다. "정말 이상한 애들이로구나! 더비에서 저녁을 먹고 제일 좋은 극장에 가자고 하니까 집에 있으면서 주사위 놀이를 하겠다고 하고, 스테이크를 만들어 주겠다니까 미트 로프가 좋다고 하니……."

다이나가 방긋 웃었다. 에이프릴이 말했다.

"하지만 우리는 미트 로프를 먹고 싶은 거예요."

"그리고……." 아치가 말했다.

에이프릴이 얼른 테이블 밑에서 그를 툭 쳤다. 우물쭈물하고 있으면 "……빌 스미스 경감님이 좋아하는 거니까"라고 덧붙일 게 틀림없었기 때문이다.

"'그리고' 뭐지, 아치?" 어머니가 말했다.

"그리고 우리는 엄마를 사랑하고 있으니까."

아치는 이렇게 말을 맺고 나서 누나들을 향해 승리를 자랑하는 듯한 웃는 얼굴을 지어 보였다.

"오늘 저녁에는 내가 접시를 씻으마." 어머니가 말했다.

"안 돼요, 모처럼 매니큐어를 칠했는데." 에이프릴이 말렸다.

"거실에 숙녀답게 앉아 아동심리학을 연구하세요."

"우리들을 올바르게 키우고 싶지요, 엄마?" 다이나가 덧붙였다.

"물론 그렇고말고," 아치가 말했다. "엄마, 알아요?"

에이프릴이 눈을 흘겨 보이려 했으나 아치는 저쪽을 보고 있었다. 게다가 테이블 저쪽 끝으로 가버렸기 때문에 발로 찰 수도 없었다.

그녀는 일어나 쓰지 않는 은그릇을 급히 모으기 시작했다.
"빌 스미스 경감님이 엄마를 가리켜 뭐라고 했는지 알아요?"
어머니는 흥미를 느꼈는지 "뭐랬는데?" 되물었다. 이때는 벌써 에이프릴이 아치 있는 곳에 가 있었다. 왼쪽 등뼈 바로 밑에 경고의 뜻으로 손가락을 하나 꾹 누르고는 얼른 말했다.
"빌 스미스 경감님은 엄마를 머리 좋은, 훌륭한 부인이라고 했어요. 마치 우리가 모르고 있는 것처럼 말이야. 아치, 접시 좀 날라 오렴."
"싫어!"
아치는 모욕당한 것에 분개하여 말했다. 그리고 슬쩍 도망치려고 했다.
에이프릴은 한 손을 내밀어 아치의 머리를 잡으려 했으나 그가 옆구리를 간질렀기 때문에 은그릇이 큰소리를 내며 바닥에 떨어졌다. 다이나가 떼어 말리려고 얼른 테이블을 돌아서 온 순간 아치의 발에 걸렸기 때문에 세 아이는 모두 바닥에 넘어지고 말았다.
"크다고 남을 괴롭히지 마!" 아치가 소리를 질렀다.
"아치, 넌 나빠!" 에이프릴이 호통을 쳤다.
"그러면 못 써요!" 어머니도 큰소리를 쳤다.
그때쯤 다이나는 아치를 붙들고 있었다. 어머니가 에이프릴에게 뛰어드는 순간, 작은 카펫에 걸려 큰소리를 내며 바닥에 주저앉고 말았다. 그때 바깥 초인종이 울렸다.
갑자기 방 안은 다시 조용해졌다. 네 사람은 깜짝 놀라 얼굴을 들었다. 더운 저녁이었기 때문에 식사하는 동안 현관문을 열어놓은 채 두었던 것이다. 빌 스미스가 문 앞에 서 있었다. 현관 밖에는 다른 두 사나이가 서 있었다.
"방해해서 미안합니다."

빌 스미스가 말했다. 맨 먼저 마음을 가다듬은 것은 다이나였다.

"천만에요." 그녀는 정중히 말하고 얼른 일어나 엄마에게 손을 내밀어 일으켜 세우고, 엄마의 귀밑머리를 가만히 눌러붙였다.

"언제나 우리들은 식사가 끝난 뒤에 운동을 하고 있어요." 에이프릴이 시치미를 떼고 말했다. "소화를 돕기 위해서."

"들어오셔서 커피라도 한 잔 드세요." 다이나가 말했다. "아치, 커피 잔 가져와."

다이나가 경고로 꼬집었기 때문에 아치는 얼른 뛰어갔다. 빌 스미스와 함께 방으로 들어온 두 남자 중 한 사람은 지난 밤에 왔던 회색 옷을 입은 조용한 태도의 사나이였다. 다른 한 사람은 모르는 사람이었다. 그러나 그렇지 않은지도 모른다. 어딘가 기분 나쁠 정도로 눈에 익은 느낌이 들었다.

"알고 싶어하실 것으로 생각하고 찾아왔습니다." 빌 스미스가 말했다. "댁의 머리좋은 다이나 양이 스파이를 잡은 겁니다."

그는 말하면서 싱글벙글 웃고 있었다. 다른 두 사람도 기쁜 얼굴로 웃고 있었다.

마리안은 깜짝 놀라 눈을 크게 떴다.

"스파이가 아니예요! 패트 도노반이에요! 패트!"

그녀는 두 손을 벌리고 달려갔다.

"마리안!" 사나이도 갈색 눈에 미소를 담고 그녀의 손을 잡으며 말했다. "당신도 머리가 둔해졌군요, 나이를 먹은 탓이겠지요, 이 몇 주일 동안이나 나를 보고 있으면서도 전혀 알아보지 못했다니!"

빌 스미스가 회색 옷을 입은 FBI의 남자를 소개했기 때문에 그 이야기는 중단되었다. 마리안은 약간 멍해지고 말았다. 그녀는 사람들의 얼굴을 번갈아 보고 있었다.

"엄마." 에이프릴이 진지한 얼굴로 말했다. "이 사람은 정말로 스파이예요. 다이나가 붙잡았어요."

"그런 일이 있었니?" 마리안은 얼떨떨한 말투였다.

"정말이에요." 다이나가 말했다. "처음엔 자기가 피터 데즈먼드라고 말하여 나도 그렇게 믿었어요. 하지만 결코 피터 데즈먼드가 될 수 없다는 데 생각이 미쳤어요. 그날은 춥고 안개가 끼여 있었으며…… 그렇기 때문에 우리는 권총소리를 들었으니까요."

"그리고 이 사람은 물을 그리고 있어요." 아치가 쉿소리로 말하며 커피 잔을 테이블에 놓았다. "기름으로 물을 그린다고 에이프릴이 말했어요."

"만일 이분이 피터 데즈먼드가 아니라면," 에이프릴이 무섭게 덤벼 들었다. "그럼, 누가 아만트 폰 헤네지요?"

회색 옷의 사나이가 웃으며 말했다.

"당신 아이들은 당신이 생각하고 있는 것보다 더 똑똑하군요."

"내가 느끼고 있는 것보다 똑똑하다는 그런 말씀이군요." 마리안은 자리에 앉아 커피를 따르기 시작했다. "대체 이게 어떻게 된 이야기인지 누가 설명해 주시지 않겠어요? 패트 도노반에게 속으리라고는 생각지 못했지요. 아무리 가짜 수염을 붙였다 해도……."

"붙인 수염이 아니오." 패트 도노반이 무뚝뚝하게 말했다. "기른 거지요."

다이나는 처음에는 까닭을 모르고 있었다. 그러나 차츰 자신이 놀림을 당하고 있는 게 아닌가 하는 의심이 들기 시작하여 화가 치밀어 가만히 선 채 여러 사람의 모습을 살피면서 귀를 세우고 있었다. 다이나는 화를 잘내는 성질이 아니지만, 한번 성이 나면 심하게 토라지는 편이었다.

"당신은 이 사람을 알고 계시군요, 카스테어즈 부인?"

회색 옷의 사나이가 말했다.

"물론 알고 있지요. 내가 시카고의 신문사에 근무하고 있을 무렵, 이 사람은 같은 시카고의 다른 신문사에 있었어요…… 몇 해 전의 이야기입니다만, 내 결혼식 때는 신랑 들러리를 섰었지요. 그리고 파리, 마드리드, 베를린, 상해에서도 만났어요. 벌써 몇 해 동안이나 만나지 못했지만, 어디서 만나도 잘못 볼 리가 없어요."

"턱수염만 없다면," 패트 도노반이 보충 설명을 했다.

"이름만이라도 밝혀 주었으면 좋았을 텐데." 마리안이 말했다. "덕택에 나는 프랑스어로 말을 걸기도 하고, 그 서툰 그림에 대해 비평하기도 하는 등 호된 꼴을 당했군요."

"그리 서툰 그림은 아닌데요." 패트 도노반이 말했다. "적어도 당신의 프랑스어만큼 서툴지는 않소."

이때쯤 다이나는 정말로 성이 나 있었다. 그녀는 일어서며 말했다.

"우리 엄마는 프랑스어에 능숙해요. 그리고 도노반 씨, 아니 데즈먼드인지, 데글랜쥐인지, 폰 헤네인지는 모르지만, 당신은 거짓말쟁이군요!"

"다이나!" 마리안이 말렸다.

"다이나." 아치도 말했다. "모르고 있었어?"

"입 다물어!" 다이나가 아치에게 말했다. 그녀는 패트 도노반을 흘겨 보며 말했다. "먼저 나한테 거짓말을 해놓고, 이번에는 우리 엄마의 프랑스어 비평을 하시는 건가요?"

"모르고 있었어?" 아치가 쇳소리를 올렸다. "다이나, 들어 봐. 이 사람이 피터 데즈먼드일 리가 없어. 무엇 때문인지 알아? 피터 데즈먼드라면 가제트 만화에 나오는 사람이란 말이야. 나이는 40살, 11개국 말을 할 수 있어서 변장을 하려고 마음만 먹으면 언제나 쉽게 변장할 수 있어."

다이나는 생각해냈다.

"나도 가제트를 읽었어." 그녀는 차갑게 말했다. 이번에는 자신에게 화가 나기 시작했다. 그런, 만들어낸 이야기를 정말인 줄 알다니!

"다이나." 패트 도노반이 말했다. "까닭을 모두 말해 주지……."

마침 때맞추어 엄마의 책들 중 한 권에 나와 있는 대목이 생각났다. 다이나는 똑바로 일어서서 말했다.

"모처럼이긴 하지만 설명은 듣지 않겠어요. 왜냐고요? 보다 중요한 일을 하던 중이었으니까요."

그녀는 발꿈치를 돌려 식당으로 들어가 접시를 치우기 시작했다.

"다이나!" 마리안이 크게 부르며 뒤쫓으려고 했다.

에이프릴이 어머니를 말리며 소파에 도로 앉혔다.

"아동심리학 책에 나와 있잖아요? 화났을 때는 화를 내도록 내버려 두었다가 나중에 조용히 타이르는 게 좋다고요." 그리고 나서 그녀는 덧붙였다. "아치의 경우도 내 경우도 언제나 마찬가지예요."

마리안은 한숨을 내쉬며 앉았다. 오랜 경험으로 보아 에이프릴이 말한 대로라는 것을 알고 있었던 것이다.

"그럼, 패트." 그녀는 말했다. "내게 설명해 줘요."

다이나는 씻을 접시를 나르면서 식당에서 부엌으로, 부엌에서 식당으로 들락날락했지만 식당의 이야기에는 일체 귀를 기울이지 않을 생각이었다. 듣고 싶지도 않았다. 하기야 이야기가 단편적으로 귀에 들어오는 것은 막을 도리가 없다. 그녀는 접시를 1개씩 나르기로 했다.

"……파리에서 폰 헤네를 만나……"

그녀는 소금병과 후추병을 치웠다.

"……턱수염 같은 건 금방 자라기 때문에……"

그리고 테이블보를 털어 고쳐 깔았다.

"……그런데 이 샌포드 부인이라는 사람이……"

이 무렵이 되자 이제 식당에 들어올 구실이 없어지고 말았다. 개수대에 비누와 끓인 물을 담으면서 그녀는 집을 나갈 계획을 세웠다. 은그릇을 치우려고 했을 때 에이프릴이 부엌으로 들어왔다.

"다이나, 그 사람은 스파이가 아니라 신문 기자야. 책을 쓰는 사람이야, 스파이 책을."

"유리잔 좀 닦아 줘." 다이나가 말했다.

에이프릴이 행주를 집었다. 아치가 부엌으로 뛰어들어와서 말했다.

"다이나! 이거 알아?"

"휴지를 치워 다오." 다이나가 말했다.

에이프릴과 다이나는 잠자코 일을 시작했다. 다이나는 접시를 씻고, 그릇과 냄비를 치우기 시작했다. 에이프릴은 흘끗 그녀를 쳐다보았다. 다이나는 단연코 패트 도노반의 일 같은 건 묻지 않기로 결심한 모양이었다.

아치가 돌아와서 휴지통을 탕 하고 바닥에 놓았다.

"물을 그린다고!"

아치는 말했다. 그리고는 실례되는 소리를 덧붙였다.

"아치." 다이나가 차갑게 말했다. "그릇과 냄비를 치워다오. 그리고 에이프릴, 저 유리잔에 행주 조각이 붙어 있어."

에이프릴과 아치는 얼굴을 마주 보며 한쪽 눈을 감아보였다.

"그렇지, 아치." 에이프릴이 말했다. "그 사람 책은 틀림없이 베스트셀러가 될 거야. 영화로 만들어질지도 몰라."

"그럼!" 아치가 열을 담아 말했다. "신문사에 근무하고 있는 척하며 온 유럽의 스파이들을 뒤쫓아다닌 이야기니까 말이야."

"그리고 이 아만트 폰 헤네와 서로 알게 되는 대목 같은 건 참 멋있어! 나는 그런 사람은 실제로 없다고 생각하기 시작했었는데."

다이나는 아무 말도 하지 않았다.

"상당히 머리가 좋단 말이야." 아치가 말했다. "그 사람…… 이름이 뭐라고 했지, 그 사람 말이야."

"도노반." 다이나가 말했다. "그리고 너무 빠르게 지껄여대지 마."

에이프릴과 아치는 다시 한 번 한쪽 눈을 마주 감아보였다. "어머나, 다이나, 듣고 있는 줄은 전혀 몰랐어."

"듣고 있지 않아." 다이나가 말했다. "그리고 그렇게 큰소리를 내는 게 아니야."

잠시 동안 아무도 말하지 않았다. 이윽고 아치가 입을 열었다.

"아니, 나라면 어찌되었든 그는 상당히 머리가 좋다고 말하겠어."

"우스운 것은 그가 다이나에게 이야기한 것이 대부분 정말이었다는 거야." 에이프릴이 말했다. "그렇게 여러 나라 말이며 여러 가지를 알고 있는 거라든가. 그리고 아만트 폰 헤네처럼 보이기 위해 턱수염을 기르고서도 또 한편 다른 사람인 것처럼 꾸며 보이기도 하고, 언제나 소매를 늘어뜨려 왼쪽 팔에 상처가 없다는 것을 아무도 알지 못하도록 하고, 뉴욕에 있는 그 사나이와 치밀하게 짜두어 샌포드 부인으로 하여금 정말로 그가 아만트 폰 헤네이면서 누군가 다른 사람으로 변장해 있는 줄 생각하도록 하는 편지를 쓰게 하고, 그리고……"

"잠깐!" 다이나가 접시닦는 행주를 떨어뜨리면서 말했다. "그 사람이 그런 일을 모두 꾸몄단 말이야?"

에이프릴과 아치는 아무것도 모르는 얼굴을 하고 그녀를 바라보며 입을 모아 말했다.

"무얼?"

에이프릴과 아치가 여기까지 말했을 무렵 다이나는 자신이 성나 있었다는 것마저 말끔히 잊고 말았다.

"미리 짜두고 그런 편지를……."

"아, 그거?" 에이프릴이 말했다. "그들은 혹시 스파이가 있지 않을까 생각했던 거야. 그리고 만일 스파이들이 그가 폰 헤네인 줄 알면 반드시 그에게 연락해 오리라 생각했던 거지. 그 사람은 다만 수염을 기르고, 그림을 그리며 저쪽에서 가까이 오기를 기다리고 있기만 하면 되었던 거야."

"그리고 물을 그렸어." 아치가 말했다. "그리고, 그리고, 샌포드 부인은 그들 두 사람을 모두 알고 있었던 거야. 많은 수상한 사람들과 교제하면서……."

"수상해." 에이프릴이 말했다. "정말로 수상해. 아무튼 그 여자라면 누구보다도 스파이들을 잘 알고 있을 것 같다고 생각했었지."

다이나는 길게 숨을 들이마시고 나서 말했다. "그게 모두 정말이니?"

에이프릴이 말했다.

"다이나! 우리가 언니를 놀리고 있다고 생각했어?"

이것은 해서는 안 될 말이었다. 다이나는 한 번 흘끗 흘겨본 뒤 행주를 힘껏 짜서 널고 난 다음 말했다.

"나는 그런 일에는 흥미 없어."

그녀는 개수대의 물통을 수도 밑 선반에 집어 넣고 문쪽으로 걸어갔다. 거기서 그녀는 발을 멈추었다.

"그럼, 왜 그 사람은 그렇게 도망을 쳤지? 그리고 그 사람이 정말로 스파이 짓을 한 사람이라도 잡았어?"

"그래." 아치가 말했다. "아까부터 그 이야기를 하려고 했는데, 흥미가 없다고 말했잖아. 겨우……."

에이프릴이 아치를 툭 쳤다.

"그 사람이 진짜 스파이 단을 궤멸시켰대. 정말이야. 언니가 FBI를 그 사람 있는 곳으로 보냈기 때문에 그는 서둘러 도망치지 않으면 안 되었던 거야. 그래서 모두들——즉 스파이들——그를 도망치게 하려고 수배하고 있던 참이었는데, 그가 일부러 FBI를 그들이 있는 곳으로 끌어들였어. 그리고 사실 샌포드 부인은 스파이들과 아무 관계도 없었다는군. 그 점에서 만은 그가 노린 것이 빗나갔던 거야."

에이프릴은 숨이 찼으므로 한숨을 돌렸다.

"그리고 이것은 아직 신문에는 낼 수 없기 때문에 우리도 비밀로 해두어야 해. 그 사람은 그 밖에도 여러 가지 일을 했는데 그것을 책으로 쓴대. 그리고 언니가 아주 머리가 좋아서 용케 그의 꼬리를 잡았기 때문에 할 수 없이 달아나지 않으면 안 되었으므로, 공은 모두 언니의 것이라고 말하고 있었어."

"내가?" 다이나가 말했다. 볼이 분홍빛으로 물들었다.

"그래, 누나 말이야!" 아치가 흥분해서 말했다. "그 사람은, 그 사람은, 그 사람은……."

에이프릴이 얼른 말했다.

"그 사람은 말이야, 다이나. 경찰과 FBI가 언니를 고문으로 삼아야 할 것이라고 말했어. 언니는 일류 탐정이 될 소질이 있어서 용의자를 신문하는 방법이 아주 훌륭하다고 했어. 어때?"

"우리 누나 최고야!" 아치가 자랑스럽게 말했다.

"어머나!" 다이나가 말했다. 그녀의 볼이 새빨개져 있었다. "나는 아무것도 하지 않았는데!"

"피터 데즈먼드의 이야기에 걸려 들지 않고 즉시 FBI에 전화한 것은 정말 머리가 좋기 때문이라고 그 사람이 칭찬했어" 하고 아치가 말했다.

"그런데 말이야……." 다이나는 천천히 말했다. "그건 반드시…

…." 그녀는 문 쪽으로 흘끗 눈길을 보냈다. "대체 지금 무슨 이야기들을 하고 있는지 모르겠구나."

어린 3남매는 살금살금 식당을 빠져 나와 계단 아래의 어둠 속에 멈춰섰다.

"……당신을 속인 것에 대해서는 용서해 주오, 마리안. 실험 케이스로서 쓸 수 있었던 것은 당신밖에 없었기 때문이었소. 당신만 눈치를 채지 못한다면 나는 안전하다고 느꼈던 거요."

"만일 내가 알고 있었다면 무심코 어떤 기회에 말을 해버렸을지도 몰라요." 마리안이 말했다. "그러니까 그편이 좋았었군요."

그녀는 웃고 있었다. 빰은 핑크빛이었다. 아주 기쁜 모양이었다.

회색 옷을 입은 남자는 이제 돌아간 모양이다. 패트 도노반은 가장 편안한 의자에 앉아 커피를 마시면서 즐거워했다. 빌 스미스는 그다지 편하지 못한 의자에 앉아 있었는데, 손에 든 커피가 멀리서 보아도 벌써 식은 듯했으며 아주 못마땅한 것 같았다.

"잭은 어떻게 지내고 있나요?" 마리안이 말했다. "언제 만났어요?"

"잭 제스터스(크레이그 라이스가 지은 《빗나간 살인사건》《적중한 살인사건》의 주인공)? 1년쯤 전에 시카고에서 만났었지요. 잘 지내고 있더군요. 멋있는 금발 미인과 결혼해서 말이오. 저, 블루 섬에서 창고가 타던 날 밤의 일을 잊지 않았겠지요?"

마리안은 소리내어 웃으면서 말했다.

"잊을 수가 있나요!"

"그리고 마리안," 패트 도노반이 말했다. "앨머에게서는 무슨 소식이 없었소?"

"결혼했어요." 마리안이 대답했다. "인디애나에서 휘발유 판매소 연쇄점을 경영하고 있는 사람과."

"놀랬는데!" 패트 도노반이 말했다. "그녀가 호텔 하녀로 위장하여 특종을 얻어냈던 일은 평생 잊을 수가 없을 것 같소······."

"신문사 일은 꽤 재미있겠지요?"

빌 스미스가 부자연스러운 목소리로 말했다.

"말할 수 없이 재미있답니다!" 마리안이 말했다. "패트, 짐이 비행기를 사용하는 밀수단의 기사로 크게 특종을 건졌던 걸 기억하고 있어요?"

"포사이트에서 있었던 일 말인가요? 기억하고 있지요! 그런데 그는 지금 어떻게 되었는지 모르겠소······."

"미시간에서 신문사를 경영하고 있어요." 마리안이 말했다. "아주 잘돼 가고 있나 봐요. 그리고 패트······."

"여러 가지로 흥미있는 사람들과도 만나게 되겠지요?"

빌 스미스는 커피 잔을 내려 놓으면서 말했는데, 그 목소리가 아까보다도 훨씬 더 부자연스러웠다.

"이런 건 아무것도 아닙니다." 패트 도노반이 말했다. "마리안, 저 하바나에서 만난 금발의 백작 부인을 기억하고 있소? 코뚜레를 꿰어 길들인 표범을 쇠사슬로 끌고 다녔었지요······."

"말씀 중이지만," 빌 스미스가 일어섰다. "이미 늦었기 때문에 나는 그만······."

모퉁이에서 다이나가 에이프릴을 쿡 찔렀다.

"질투하고 있어!" 하고 속삭이는 그녀의 목소리는 무척 즐거운 모양이었다.

에이프릴이 아치를 팔꿈치로 찔렀다.

"방으로 달려가, 어서! 그리고 소리를 지르는 거야! 큰소리로 몇 번이나 되풀이해서 말이야!"

"왜?" 아치는 반쯤 계단을 오르면서 작은 소리로 물었다.

"허깨비가 나왔다고 해!" 에이프릴이 조그맣게 외쳤다. 아래 거실에서는 마리안이 일어나며 말했다.

"어머나, 스미스 씨, 돌아가시게요?"

"네, 늦었기 때문에……." 빌 스미스가 말했다.

에이프릴이 마른침을 삼켰다.

"하지만." 빌 스미스가 다시 말했다. "하지만……."

이때 아치가 소리를 질렀다. 에이프릴은 안도의 한숨을 내쉬었다. 자칫 잘못했더라면 빌 스미스는 "하지만 내일 저녁 식사 때에 찾아뵙겠습니다"라고 말해 버릴 참이었던 것이다.

다이나는 단숨에 위로 뛰어올라갔다. 에이프릴은 난간 뒤에 숨었다.

"엄마!" 다이나가 불렀다. "아치가 허깨비를 보았대요!"

이때 어머니는 벌써 계단을 반쯤 올라가 있었다. 에이프릴은 천천히 웃는 모습으로 나타나 빌 스미스와 패트 도노반이 2층으로 올라가지 못하도록 "아치 녀석은 정말 장난꾸러기야!" 하고 그들에게 들리도록 말했다.

"마리안!" 빌 스미스가 흥분하여 소리를 질렀다.

"아무것도 아니예요!" 어머니의 말소리가 들려왔다. "꿈을 꾸었나 봐요. 안녕히 돌아가세요, 스미스 씨."

"안녕히 돌아가세요." 에이프릴도 기쁜 목소리로 말했다. "그리고 내일 저녁에 기다리고 있겠어요. 잊지 마세요."

에이프릴은 그를 현관으로 끌고 나갔다.

"아, 물론이지."

빌 스미스의 눈은 계단 쪽으로 향해 있었다. 에이프릴은 문을 열어 주었다.

"정말 아치가 괜찮을까?"

"네에!" 에이프릴이 기운차게 대답했다. "허깨비는 언제나 나오는 거예요. 말씀을 안 드렸는지 모르지만, 아마도 두세 마리 붙어 살고 있는 모양이에요. 그럼, 안녕!"

마리안이 내려온 것은 에이프릴이 막 문을 닫아버리고 난 참이었다.

"스미스 씨는 돌아가셨어요, 엄마."

"미안하게 됐구나." 마리안이 말했다. 그녀는 머리를 한번 쓰다듬더니 앉아서 말했다. "도무지 요즘 아치가 하는 행동은 믿을 수가 없어."

에이프릴은 모퉁이를 돌아 계단 있는 곳으로 갔다. 다이나와 아치가 기다리고 있었다.

"이것으로 상차림은 끝났어." 에이프릴은 기쁜 듯이 속삭였다.

"사랑의 적수까지 나타났으니! 이제 다 된 거야."

"이제 그만 돌아가야지……."

패트 도노반이 말하는 소리가 들렸다.

"어머나, 패트! 내일 저녁 식사에 오지 않겠어요?"

"이제 본격적이로군." 다이나가 속삭였다. "머리도 올렸고 매니큐어도 되어 있고 미트 로프는……."

세 아이는 기대에 들떠서 귀를 곤두세웠다.

"모처럼이지만," 패트 도노반이 말했다. "오늘 한밤중에 비행기를 타도록 예약해 놓아서요. 에드나와 아이들이 반년 동안이나 내가 이 일을 끝내기를 산타페에서 목을 늘이고 기다리고 있지요."

어린 세 남매는 얼굴을 마주 보고 발소리를 죽여 위로 올라갔다.

"괜찮아." 에이프릴이 위로하듯 말했다. "빌 스미스 씨의 오늘 밤 눈빛을 볼 때, 우리들의 지혜와 엄마의 예쁜 모습만 갖춰져 있으면 질투심이라는 수단을 쓸 것까지는 없다고 생각해!"

24

 어린 카스테어즈 세 남매는 화요일 아침에 일찍 눈을 떴다. 흥분된 기분이 느껴졌다. 뭔가 중대한 사건이 곧 일어날 것만 같은 느낌이었다. 학교가 쉬는 날이라든가, 시내에서 서커스가 열리고 있을 때에 느껴지는 기분과 같았다. 세 아이는 엄마가 깨지 않도록 아기고양이처럼 소리없이 살금살금 걸었다. 이러한 때 1시간 더 주무시도록 하면 저녁 식사무렵엔 여느 때보다 더한층 예쁘게 보일 것이다.
 아침 식사 도중에 에이프릴이 좋은 방법을 생각해냈다. 그녀는 포크를 내려놓고 숨을 헐떡이며 말했다.
 "다이나, 홀부룩 씨의 딸!"
 "뭐라고?" 다이나가 말했다. 아치는 눈을 크게 떴다.
 "그 여자의 사진을 봐야 해." 에이프릴이 말했다. "오늘이야, 당장." 그리고는 잠시 입을 다물었다. "그녀는 어쩌면 스트립 극장의 배우였는지도 몰라."
 "⋯⋯였는지도?" 다이나가 앵무새처럼 되풀이했다. 도무지 짐작이 안 가는 모양이다.
 "베티 리모도 스트립 극장의 배우였어. 에이프릴이 아주 극적인 말을 했다. "그리고⋯⋯ 만일 그녀가 홀부룩 씨의 딸이라면?"
 다이나는 우유에 목이 메어 신음 소리를 냈다.
 "에이프릴! 아아!"
 그녀가 숨을 내쉴 수 있을 때까지 아치가 등을 두드려주었다.
 "홀부룩 씨의 집은 어디지?" 에이프릴이 물었다.
 "워싱턴 드라이브의 위쪽이야." 다이나가 대답했다.
 "여기서 네 구획쯤 떨어진 곳이지. 가정부가 있어. 심술쟁이야. 조엘라와 내가 전에 한 번 PTA의 원유회 표를 팔러갔더니 우리를 15분이나 세워 두고서 사지 않는 이유를 설교하지 뭐야."

"마침 잘됐어." 에이프릴이 말했다. "멋있는데, 그거야말로 안성맞춤이야!" 그녀는 포크로 썬 달걀을 찍으면서 말했다. "학교가 끝나거든 바로 가자. 언니와 아치가 현관의 초인종을 누른 다음 그 가정부에게…… 잡지를 구독하라고 권하는 거야. 그 사이에 나는 뒷문으로 숨어 들어가서 사진을 찾겠어."

"아아, 멋있는 데!" 아치가 기뻐하며 소리쳤다. 다이나가 내키지 않는 얼굴을 했다.

"만일 붙들리면?"

"그러면 유치장에 들어가는 거지, 뭐." 에이프릴은 태연히 말했다. "그렇게 걱정할 것 없어, 다이나. 내가 붙들리지 않고 용케 사진을 찾아냈다고 생각해 봐."

"사진을 찾고 있는 동안 내가 가정부를 잘 붙들고 있으면 되잖아." 아치가 자신 있게 말했다. "붙들리지 않아. 문제없어. 나는 잘 알고 있어. 그 집에는 아주 훌륭한 화단이 있어. 그러니까 나는 플래쉬라이트의 개를 빌려가지고 데리고 가겠어."

"아치!" 에이프릴이 말했다. "너는 천재로구나. 정말 훌륭해. 그러니까 내 몫까지 잼을 먹어도 좋아."

아치는 코웃음치며 잼으로 손을 내밀었다.

"이런 종류의 잼은 누나가 싫어한다는 걸 알고 있어."

다이나가 끼여들었다.

"하지만 에이프릴, 오늘은 화요일이잖니."

"그래서 어쨌다는 거야?" 에이프릴이 말했다. "언제든 마찬가지잖아."

"비가 오고 있을 때는 문제가 다르지." 아치가 말했다. "그때는 언제나 토요일이거든."

"하지만 한쪽 눈을 감고 보면 핑크색으로 보이는 거야."

에이프릴이 대답했다.
"다만 나는 심줄이 들어 있는 것을 제일 좋아해." 아치가 말했다.
"그런데도 안 된대…… 화요일이라서." 에이프릴이 말했다.
"조용히 해!" 다이나가 화를 냈다. "오늘은 화요일이야!"
에이프릴과 아치는 그녀를 빤히 쳐다보며 입을 모아 말했다.
"누가 그렇지 않다고 했어?"
둘이 같은 말을 해버렸을 경우에 하게 되는 아주 정성스러운 의식이 행해졌다. 새끼손가락을 서로 거는 것이다.
"기도를 드려라."
"빵과 버터."
그리고 나서 아치는 잼 병의 밑바닥을 긁기 시작했다. 에이프릴이 말했다.
"화요일이 그것과 무슨 관계가 있다는 거지?"
"화요일에는 방과 후에 체조가 있어." 다이나가 대답했다.
"그러니까 4시 반까지는 학교에서 나올 수가 없어."
"저런, 어쩐담!" 에이프릴이 말했다. "언제나 고장이군!"
에이프릴은 잠시 생각에 잠겨 있다가 말했다.
"체조를 빼먹으면 돼."
"그건 안 돼." 다이나가 풀죽은 목소리로 말했다. "이번 학기에 벌써 세 번이나 빼먹었거든. 한 번은 아치가 로이 로저스의 영화를 보고 싶다고 했을 때였고, 또 한 번은 너무 날씨가 좋기 때문에 수영하러 갔었고, 또 한 번은……."
"잠깐!" 에이프릴이 말했다. "알았어. 발목을 다쳤다고 하면 어때?"
다이나는 반사적으로 발목을 내려다보았다. 아무렇지도 않다.
"아치!" 에이프릴이 말했다. "반창고를 가지고 와. 걸 스카우트의 구급교육이 이런 때 도움되는군!"

다이나는 잠시 어리둥절해 있었으나 이윽고 "아아!" 하고 조그맣게 외쳤다.

10분 뒤 에이프릴은 발목에 보기 좋게 붕대를 감아놓았다. "집을 나올 때는 엄마가 아직 주무시고 있었기 때문에 조퇴 신청서를 써오지 못했다고 말하면 돼. 그 체조 선생은 잘 잊어버리는 사람이니까. 다음 체조 시간에는 기억하지 못할 거야. 기억하고 있다 해도 그때까지는 우리 셋이서 엄마에게 설명할 수 있잖아? 알겠어?"

다이나는 고개를 끄덕였다.

"4시 정각에 홀부룩 씨 집으로 침입하는 거야." 에이프릴이 말했다. "그리고 절룩거리는 것을 잊어버리면 안 돼!"

4시 2분 전에 다이나와 아치는 위싱턴 드라이브에 있는 그 집을 향해 걷고 있었다. 다이나는 여전히 발을 절고, 아치는 플래쉬라이트의 커다란 갈색 개를 쇠사슬에 매어서 끌고 가고 있었다. 에이프릴은 두 아이와 떨어져 옆골목으로 걸어 갔다.

"농업부인일보(農業婦人日報)의 구독에 관한 건데," 하고 다이나가 중얼거렸다. "구독한다고 하면 정말 곤란해."

"내일 신청서를 가지고 다시 온다고 하면 돼." 아치가 가르쳐 주었다. "그리고 내가 샘손을 풀어놓으면 그 여자도 바빠질 거야."

다이나는 한숨을 내쉬었다. 두 아이는 정면의 통로를 돌았는데, 뒤쪽 덤불 속에서 기다리고 있는 에이프릴의 모습이 보였다.

홀부룩 변호사는 보통 크기의 꾸밈이 없는 회칠한 방갈로에 살고 있었다. 정원은 청소가 잘되어 있었고, 흔히 볼 수 있는 구조로서 한쪽에 잘 꾸며진 화단이 만들어져 있었다. 심술궂게 생긴 커다랗고 하얀 고양이가 해시계 옆에서 낮잠을 자고 있었다. 샘손이 으르렁거렸다.

아치는 쇠사슬을 힘껏 당기며 "가만 있어!" 하고 말했다. 그리고는 다이나를 향해 빙긋 웃으면서 말했다. "됐어. 샘손을 놓아 주면 곧장 저 고양이를 뒤쫓을 거야……."

다이나는 초인종을 눌렀다. 1분쯤 지나자 키가 크고 뼈대가 굵은 백발의 여자가 나와 "뭐냐?" 하고 물었다.

"농업부인일보를 1년 동안 구독해 주시지 않겠습니까?"

다이나가 조심조심 말했다.

백발의 여자는 눈을 흘기면서 말했다.

"내가 농사꾼 마누라로 보이니? 여기가 농사꾼의 집처럼 보여?"

"아뇨." 다이나는 작은 목소리로 말했다. "하지만……."

"열 집 구독 예약을 받게 되면 진짜 다이아몬드 반지를 얻게 되거든요." 아치가 거들었다.

백발 여자의 입술이 꽉 다물어졌다. 그리고 그녀는 농업부인일보를 구독하지 않는 이유와, 요즘 건방진 아이들이 구독 예약을 받으러 돌아다녀서 근처 사람들이 고통을 받고 있다는 것과, 일반적으로 요즘 아이들은 예의범절이 뒤떨어져 있다는 것에 대해 10분쯤 논평하기 시작했다. 마지막 말은 "자, 그 개를 데리고 당장 돌아가 줘!"였다.

다이나는 오도가도 못하게 되었다. 에이프릴은 아직 집 안에 있을 것이다. 밖으로 나오면 곧 옆 골목의 적당한 지점에서 신호해 줄 텐데, 아직 아무 소리도 들리지 않는 것이다.

홀부룩 변호사의 가정부는 집 안으로 들어가서 문을 닫아버리려고 했다. 이때 아치가 샘손의 줄을 놓았다. 샘손은 곧장 고양이를 향해 뛰어들고 고양이는 비명을 지르면서 달아났다. 아치와 다이나는 가정부의 뒤를 쫓아 달렸다.

계속되는 혼란은 꼬박 5분이나 걸렸다. 결국 고양이는 뒤뜰 전신주 중간까지 도망쳐 올라갔고, 샘손은 그 기둥 밑에서 무섭게 짖어댔던 것이다. 가정부는 다이나와 아치를 향해 소리를 질렀다. 그녀는 다이나와 아치를 보고 마구 호통쳤다.

그 소동이 한창 벌어지는 가운데 에이프릴이 옆 창문으로 빠져나와 집모퉁이를 돌아 여럿이 있는 곳으로 와서는 큰소리로 말했다.

"아치, 무슨 짓이니! 그런 무서운 개를 저 작은 아기고양이에게 돌려대다니!"

작은 아기고양이는 벌써 기둥을 2미터쯤 올라가서 샘손을 향해 욕을 퍼붓고 있었다.

에이프릴은 샘손의 줄을 잡아 아치의 손에 들려 주며 엄격한 말투로 나무랐다.

"얼른 집으로 돌아가, 당장!"

아치는 아직 짖고 있는 샘손을 끌면서 정신없이 달아났다. 다이나도 아치의 뒤를 쫓았다. 에이프릴은 얼른 그 집을 나오며 가정부에게 동정하듯 말했다.

"소방서에 전화를 하는 게 좋을 거예요. 저 고양이는 혼자서는 기둥에서 내려오지 못할 테니까요."

에이프릴은 쫓아와 도중에서 다이나와 아치에게 닿았다. "어떻게 됐니?" 다이나가 캐물었다. "찾아냈어?"

에이프릴은 고개를 끄덕였다.

"찾아냈어. 있으리라 짐작하고 있던 책상 서랍 속에 있었어. 하지만 증거물이 되지 않기 때문에 그대로 두고 왔어."

"증거물이 안 돼?" 다이나가 물었다.

에이프릴은 한숨을 내쉬었다.

"홀부룩 씨의 딸은 사진으로 보니 유리구슬과 공작 깃털이 어울릴 것 같은 타입이었어. 그렇지만 큰체구에 금발로 좀 뚱뚱한 여자였거든. 베티 리모와는 닮지 않았어. 아치가 그녀와 닮지 않은 정도로 말이야."

다이나는 그녀를 노려 보았다. 아치도 줄을 놓고 말았다. 샘손은 이제 전혀 기운이 없어져서 슬금슬금 자기 집 쪽으로 가 버렸다.

"그럼, 이렇게 애쓰고 한 일들이 고양이를 전신주 위로 쫓아올리고, 나는 온종일 절름발이 시늉을 한 결과가 아무것도 아니란 말이니?"

에이프릴이 말했다.

"들어 봐, 다이나. 아주 중대한 사실을 발견한 거야. 베티 리모가 홀부룩 씨의 딸이 아니었다는 것은 크게 도움이 되는 사실이지. 지금으로서는 샌포드 부인이 베티 리모 사건에 관계하고 있었다고 해서 홀부룩 씨가 그녀를 죽일 리 없다는 것을 안 셈이야. 이제는 누군가 샌포드 부인을 정말로 죽인 사람을 찾아내면 돼."

다이나는 기분이 좋지 않아 대답도 하지 않았다.

"자, 그 붕대를 발목에서 떼어내. 집에 돌아가서 엄마가 보게 되면 무얼 했느냐고 물으실 테니까."

붕대를 벗기는 데는 상당한 시간이 걸렸으며, 벗기는 방법에 대해서도 꽤 많은 토론이 벌어졌다. 에이프릴은 아치의 보이 스카웃 나이프를 빌어 옆에서 자르려고 했다. 그러나 잘라지지 않았다. 다이나는 손톱의 제광액(除光液)을 발라 느슨하게 하자고 말했다. 에이프릴이 제광액 같은 것은 여기에 없다고 말했다. 결국에는 아치가 약이 올라 반창고 끝을 잡고 힘껏 잡아당겼다. 다이나가 외마디 비명을 질렀다. 붕대는 떨어졌다.

다이나는 양말과 구두를 신었다. 세 아이는 집으로 향했다. 현관에서 에이프릴이 작은 소리로 말했다.

"이제 절룩거리지 않아도 돼."

"버릇이 되었어." 다이나가 우울한 듯이 중얼거렸다. "나는 아마 평생 절름거릴 거야. 모두 네가 나빠서 그래."

집에 들어오자 세 아이는 부엌으로 향했다. 조리대 위에는 큰 레몬 파이가 식혀져 있었다. 보기 좋게 엷은 갈색이 된 메렝게도 두껍게 발라져 있고 미트 로프는 오븐에 넣기만 하면 되게끔 되어 있었다. 그 기막힌 냄새! 그 옆에는 부채 모양으로 자른 감자 스튜가 불에 얹히도록 되어 있고, 게다가 기막히게도 양파 수프가 약한 불에 올려져 보글보글 끓고 있었다. 에이프릴은 황홀하게 냄새를 맡으면서 말했다.

"정말 멋져!"

젠킨즈와 잉키와 스팅키가 부엌 바닥에 앉아서 먹고 싶은 듯이 조리대 위를 보고 있었다. 먹음직한 샐러드 재료가 수도 위 선반에 얹혀 있다. 비스킷은 벌써 잘려 있어서 오븐에 넣기만 하면 되었다.

"에이프릴!" 다이나가 기쁜 듯이 말했다. "이제 그분을 잡은 거나 마찬가지야."

에이프릴은 이상한 표정을 지었다.

"잠깐, 저건 전기 세탁기 소리 아냐?"

세 아이는 귀를 기울였다. 틀림없이 전기 세탁기였다. 어머니는 휘파람으로 '구식 97형 기관차의 전복'을 커다랗고 명랑하게 부르고 있었다.

큰일났다는 듯이 에이프릴은 뒤뜰로 뛰어들었다. 다이나와 아치가 곧 뒤를 따랐다. 베란다를 지나가는 순간 아이들은 어이가 없어 소리쳤다.

"엄마도 참!"

"어서 오너라." 어머니가 말했다. "날씨가 너무 좋은 데다 시간이 남아서 헌 담요를 빠는 거란다. 이제 모두 다 빨았어. 말리는 걸 도와 주겠니?"

"하지만 엄마!" 다이나가 말했다. "엄마는 매니큐어를 금방 했잖아요!"

어머니는 다이나의 얼굴을 바라보았다. 그리고는 입을 딱 벌리며 손을 보았다.

"깜박 잊었구나."

## 25

"에스텔이 이것과 같은 색의 매니큐어를 한 병 억지로 사게 해두었기 때문에 다행이었어요." 에이프릴이 의젓하게 말했다. "정말 엄마는 나이드신 보람도 없어!"

"나는 아직 젊기 때문에 생각이 부족한 거란다." 어머니는 솔직히 말했다. "하지만 정말 미안하구나. 다시는 이러지 않으마."

"엄마, 가만히 계셔요." 에이프릴이 나무라며 매니큐어를 바른 손톱을 이리저리 살펴보고 나서 말했다. "이제 원래처럼 되었어요."

"고맙다. 너는 매니큐어를 고쳐 주고……." 어머니가 말했다. "다이나는 담요를 말려 주었으니…… 정말이야, 난 그만 매니큐어한 것을 잊어버렸지 뭐니. 그리고 너무도 날씨가 좋기 때문에……."

"어디 담요라도 빨아 볼까 하는 생각이 들었단 말이지요?" 에이프릴이 말했다. "바닥에 페인트 칠을 할까 하는 생각이 들지 않아서 다행이었어요. 실제적이 아닌 사람은 딱 질색이라니까!"

마리안 카스테어즈가 말했다.

"에이프릴, 내가 보다 실제적이 되면 너희들이 나를 더 좋아해 주겠니? 나는 실제적이 되려고 애쓰고 있단다."

에이프릴은 남은 손톱을 마저 칠했다.

"이 이상 더 좋아질 수는 없어요." 에이프릴은 천천히 말했다.

"자, 가만히 앉아서 매니큐어가 완전히 마를 때까지 아무것에도 스치면 안 돼요."

어머니는 손가락을 벌린 채 가만히 아주 얌전하게 앉아 "알겠습니다" 하고 말했다.

"그리고 적어도 1주일 동안은 담요를 빨거나 할 생각을 해서는 안 돼요." 에이프릴이 어머니의 머리 핀을 뽑으면서 말했다.

"네, 알았습니다." 어머니는 여전히 얌전하게 말했다. "머리를 빗질해 드릴 테니까 가만히 앉아 있어야 해요." 에이프릴이 다시 말했다. "움직이면 위험해요." 그녀는 한줌의 머리카락을 쥐고 빗질을 했다. "그리고 오늘 저녁 식사 때에는 제일 좋은 홈드레스를 입는 거예요. 조금 빛이 바랜 그 장밋빛 홈드레스, 목 주위에 레이스가 달린 것을요."

대체 빌 스미스가 온다는 이야기를 어떤 식으로 어머니에게 말해야 할까?

"글쎄……." 어머니는 말했다. "하지만 요리를 만들면 더러워질지도 몰라."

"오늘 요리는 벌써 다 되어 있어요." 에이프릴이 말했다. "미트 로프는 굳어져 가고 있고, 글레비는 겹냄비에 들어 있으며, 샐러드도 다 되었고, 수프는 금방이라도 먹을 수 있게끔 되어 있고, 부채꼴로 자른 감자는 오븐에 들어 가 있고, 아치가 지금 식탁 준비를 하고 있으니까요……."

그녀는 마지막 머리핀을 꽂고 모양새를 살펴보려고 한 걸음 뒤로 물러섰다.

낡은 핑크색 플란넬 실내복을 걸치고, 매니큐어를 말리느라 두 손을 부채처럼 펴고, 얼굴에는 콜드 크림이 번쩍번쩍 발라져 있었지만, 어머니는 굉장히 아름다워 보였다!

에이프릴은 숨을 헐떡이며 말했다. "어머나, 엄마!"

"아니, 엄마가 어쨌기에?" 마리안이 말했다.

에이프릴은 기뻐서 웃었다.

"손톱이 마를 때까지 움직이면 안 돼요. 그리고 머리와 홈드레스와 매니큐어와 저 미트 로프에 어울리게끔 화장도 정성들여 하지 않으면 우리들은 모두 집을 나가고 말 테예요. 아셨지요, 엄마?"

마리안은 웃었다. 에이프릴도 생각이 나서 웃었다. 아치가 마구 화를 낸 끝에 집을 나가겠다고 결심했을 때의 일이었다. 그때 어머니는 아치를 도와 주겠다고 고집부렸었다. 그의 소지품 가운데 가장 중요한 것을 큰 사라사 보자기에 싸서 막대기를 찔러 어깨에 멜 수 있도록 만들어 주었던 것이다. 아치는 놀림당하고 있다는 것을 눈치채고 더욱 고집스러워졌다. 결국 어머니와 아치는 손을 마주 잡고 집을 나가게 되었는데, 그 가는 길은 3부로 된 서부극을 상영하고 있던 영화관에서 끝나고 말았다. 두 사람은 밤 9시에——걱정하고 있던 다이나와 에이프릴은 안도의 숨을 내쉬게 되었다——햄버그 스테이크를 질리도록 먹고 나서 싱글벙글하며 돌아왔던 것이다.

"걱정하지 않아도 돼요, 엄마." 에이프릴이 말했다. "우리들이 집을 나갈 때는 엄마도 데려가 드릴 테니까요. 하지만 지금은 잊어서는 안 돼요…… 눈 화장도 해야 되고 다른 것도……그럼, 나는 다이나에게 가서 담요 세탁하는 일을 도와 주고 오겠어요."

그녀는 문 있는 데서 다시 한 번 고개를 돌려 어머니를 보았다. 갑자기 가슴이 뜨겁게 치밀어 올라 울음이 터질 것만 같았다. 지금 세 남매가 하고 있는 일이 정말 어머니의 소망과 같은 것이라면 얼마나 기쁠 것인가! 어머니가 정말 그 호남인 경감을 남편으로 맞아 행복하게 된다면!

"왜 그러니, 에이프릴?" 어머니가 말했다.

"저, 엄마." 치밀어 오르는 뜨거운 것을 억지로 삼키고 에이프릴이 말했다. "속눈썹도 칠해야 돼요. 그리고 이제 곧 손톱이 마르면 수돗물을 틀어놓고 조금 식히는 게 좋아요. 매니큐어를 오래 가도록 할 수 있으니까요."

그녀는 계단을 뛰어내려가 여러 가지를 점검했다. 아치는 더할 나위 없이 훌륭하게 식탁을 차려 놓았다. 남은 타리스만 장미에서 골라낸 것을 화분에 심어 식탁 한가운데 놓은 것이 아주 멋들어진 효과를 나타내 주었다. 새 양초, 닦아둔 촛대. 빌 스미스는 엄마의 맞은편 자리에 앉도록 해두었기 때문에 장미 너머로 보게 된다.

부엌의 일들도 모두 잘 되어가고 있었다. 다이나는 미트 로프에 버터를 바르고 있고, 아치는 한참 끙끙거리면서 무를 씻고 있었다.

"엄마에게 이야기했어?" 다이나가 물었다.

에이프릴은 머리를 저었다.

"하지만 지금부터 이야기할 거야, 곧. 그리고 우리도 옷을 갈아입어야 해."

무엇을 입느냐로 한바탕 의논했다. 핑크색 스웨터에 줄무늬 스커트를 입는 게 좋겠다고 다이나가 말했다. 그러나 에이프릴은 반대였다. 이윽고 그녀가 좋은 생각을 해냈다.

"다이나, 흰 물방울 무늬 옷을 입고, 파란색 벨트와 파란색 나비 모양의 리본을 달지 않겠어?"

"나는 싫어!" 다이나는 오븐의 뚜껑을 탁 닫으며 말했다. "그러면 우리들이 마치 어린애처럼 보이지 않겠니?"

"그게 바로 노리는 점이야." 에이프릴이 말했다. "그것도 몰라? 그렇지 않으면 너무 큰 아이들이 있는 여자라는 인상을 엄마에게 준단 말이야!"

"글쎄……." 다이나는 말했다. "그럼, 좋아, 이번만……."

에이프릴이 아치에게 말했다.

"그리고 너는 깨끗이 씻어야 해!"

그녀는 계단을 천천히 다시 올라갔다. 그녀는 엄마에게 손님이 온다는 것을 어떤 식으로 말할까 곰곰이 생각하면서 올라갔다. 아무튼 어젯밤 그런 식으로 헤어졌으니 만큼 정말 쉬운 일은 아니다.

세 아이가 한 일과, 내친 김에 그 이유까지도 말해 버릴까? 안 돼! 그러면 엄마가 긴장하고 말 것이다.

셋이서 멋대로 손님을 초대했다——좋아하기 때문에——이렇게 말하면? 안 돼, 안 돼! 엄마가 크게 화를 내실지도 모른다.

그가 오고 싶다고 말했다고 하면, 서투르다. 아주 서투르다.

에이프릴은 어머니 방 밖에 선 채 5분이나 생각하고 있다가 좋은 생각이 떠올랐다.

어머니는 장밋빛 홈드레스를 옷걸이에서 벗기려 하고 있다가 에이프릴을 보자 자랑스러운 듯이 손가락을 펴보이며 말했다.

"어떠냐? 잘 말라서 흠집 하나 없지!"

"멋있어요, 엄마." 에이프릴이 칭찬했다. "저, 엄마······." 여간 잘하지 않으면 안 된다! "저, 엄마······ 빌 스미스 경감님이 말이에요, 오늘 밤 이 근처에 볼일이 있어 오신대요. 아무 데도 식사할 곳이 없으니까 부엌에서 샌드위치를 대접해 드려도 될까요?"

"에이프릴!"

어머니는 홈드레스를 떨어뜨렸다. 에이프릴은 마른침을 삼켰다. 몇 년이나 되는 듯 긴장된 시간이 지나갔다.

"부엌에서 샌드위치를 드린다고?" 어머니가 말했다. "무슨 소리를 그렇게 하니! 물론 식당으로 오시라고 해서 같이 먹도록 해야지!"

"네, 알았어요!" 에이프릴이 대답했다.

그녀는 복도를 뛰쳐나오자 그대로 계단을 달려 내려갔다. 막 밑에

와 닿았을 때 위층의 방문이 열리며 어머니의 목소리가 들렸다.
"에이프릴! 레이스 테이블보를 덮고, 뭔가 싱싱한 꽃이라도 좀 꽂아 두렴."
"네, 엄마!" 에이프릴이 대답했다.
레이스 테이블보는 벌써 되어 있고 장미꽃도 화분에 심어져 있다.
에이프릴은 다이나와 옷을 갈아입는 동안 엄마 방과의 사잇문을 열고 엿보았다. 엄마는 거울 앞에 앉아 지금까지 본 적이 없을 만큼 정성들여 눈썹을 그리고 있었다. 그 기뻐하는 듯한 얼굴, 장밋빛 홈드레스와 같은 빛깔의 꽃이 한 송이 보기 좋게 머리에 꽂혀 있었다. 에이프릴은 소리가 나지 않도록 문을 닫고 나서 옷을 갈아입기 시작하며 말했다.
"나는 아기고양이였으면 좋겠어."
"아니, 왜?" 다이나가 물었다.
"목구멍을 골골거릴 수 있으니까."
에이프릴은 방긋 웃으면서 대답했다.
시간은 더할 나위 없이 잘 맞아들어갔다. 무엇이든지 다 식탁으로 가져올 수 있게 되었을 때 어머니가 내려 오고, 그것과 거의 동시에 빌 스미스 경감이 초인종을 눌렀다.
그는 새로 맞춘 듯한 옷을 입고 있었으며 머리도 틀림없이 방금 깎은 모양이었다. 겨드랑이에 커다란 상자를 끼고 있다가 그것을 엄마에게 건네주었다. 식당문 뒤의 감시대에서 에이프릴은 넋을 잃고 말했다.
"초콜릿이다!"
어머니가 아까 에이프릴이 부엌에서 샌드위치를 대접하겠다고 말한 데 대한 이야기를 꺼내거나, 빌 스미스가 초대에 대한 인사를 꺼내기 전에 뭔가 해야 했으므로 아치가 잉키와 스팅키와 젠킨즈와 헨더슨을 일제히 거실 바닥 위에 풀어놓았다. 그 소동이 한바탕 끝난 뒤 또 그 화제가 나올 염려가 있었으므로 다이나가 어서 식당으로 드시라고 말했다.

세 아이는 식당에서 나눌 대화도 미리 연습해 두었었다. 식사를 완전히 다 나른 다음 비스킷 접시가 식탁을 한바퀴 돌자 다이나가 기쁜 듯이 한숨을 내쉬며 말했다.

"어머나 엄마, 정말 훌륭하게 미트 로프를 만드셨네요!"

"맛있는데요." 빌 스미스도 동의했다.

아치는 자기 차례에 실수하지 않고 말했다.

"이번에는 엄마가 만든 비프 스테이크 파이를 먹었으면 좋겠어요."

3, 4분 지나서 에이프릴이 말했다.

"이 비스킷 참 잘 구워졌어요, 엄마!"

빌 스미스는 세 번째 비스킷에 버터를 바르면서 말했다.

"이렇게 훌륭한 비스킷은 먹어 본 일이 없습니다."

"그리고 엄마는 머핀 만드는 솜씨도 아주 좋답니다."

다이나가 말했다.

어린 세 아이는 어머니와 빌 스미스가 정치며 책이며 영화이야기를 하고 있는 동안에 용케도 잠자코 있었다. 대화가 약간 지루해졌다고 생각되면 아치는 에이프릴의 신호를 받아 "글레비를 좀더 줄 수 있어? 정말 맛있는데!" 하고 말했다.

"스미스 경감님도 좀더 드릴까요?" 에이프릴이 접시를 빌 스미스 쪽으로 돌렸다. "엄마가 만드신 글레비는 정말 최고지요?"

"그리고 스테이크 소스도요." 다이나가 얼른 덧붙였다. "꼭 한번 잡수셔야 해요. 아주 기막혀요!"

식사하면서 마리안 카스테어즈는 한 가지 이상한 생각이 머리를 떠나지 않았다. 어린 세 아이의 행동이 지나치게 얌전했던 것이다. 행동이 얌전한 데다 말수가 적고, 게다가 입만 열면 요리를 칭찬해대었다. 아치가 잘하는 "이봐, 이거 알아?"가 한 번도 나오지 않았으며, 다이나는 비스킷을 새로 돌릴 때마다 "드시지 않겠어요?"라는 말을 꼬박꼬박 잊지 않았다.

그러나 에이프릴이 "엄마, 이 맛있는 샐러드 소스를 엄마가 손수 만드신 거예요?" 하고 물었을 때까지는 그다지 이상하게 생각지 않았었는데, 그것을 다이나가 얼른 가로채어 "물론이지, 엄마는 언제나 손수 샐러드 소스를 만드셨잖아?"라고 말했을 때는 마침내 뭔가 있구나 하고 생각했던 것이다. 왜냐하면 자신도 알고 있었고, 다이나와 에이프릴도 이 샐러드 소스는 집에서 만든 게 아니라는 것을 잘 알고 있을 터였기 때문이다. 그리고 에이프릴이 슬쩍 아치를 쿡 지르는 것이 눈에 띈 순간 아치가 귀여운 목소리를 높여 "엄마는 마요네즈도 만들지, 맛있는 마요네즈를!" 하고 말했던 것이다.

마지막으로 레몬 파이가 뽐내는 모습으로 나왔다. 벌써 마리안 카스테어즈는 자신이 뭔가 하나의 커다란 음모의 표적이 되어 있는 게 아닌가 하는 생각이 들기 시작했다. 만일 아이들 중 누군가가 이 파이를 칭찬한다면……

그런데 칭찬을 한 것은 빌 스미스였다.

"너희들 어머님은 정말 훌륭한 레몬 파이를 만드시는구나."

테이블 너머로 마리안의 눈이 그의 눈과 마주쳤다. 그의 눈은 미소 짓고 있었다. 그녀도 웃음이 나올 것 같은 것을 참으며 말했다.

"내가 만든 진저브레드를 한 번 드셔보아야만……"

어린 세 남매는 눈을 크게 뜨고 먼저 그를 쳐다보고, 그러고 나서 어머니를 보았다.

파이가 끝나자──빌 스미스는 세 사람 몫을 먹었다──세 아이는 얼른 아까의 태도로 돌아갔다.

"커피는 거실에서!" 에이프릴이 말했다.

에이프릴이 난로 위의 양초에 불을 붙이자 다이나가 커피쟁반을 가지고 왔다. 보라! 커피와 부드러운 불빛과 그 멋있는 홈드레스가 잘 조화된 엄마의 아름다운 모습을!

그리고 그녀는 아치를 부엌으로 쫓아 버리고 다이나와 둘이서 남은 접시를 치웠다. 아치는 골이 나서 투덜거렸다.

"이봐, 나도 듣고 싶단 말이야!"

다이나는 테이블보를 접고 테이블 위를 닦았다. 그리고 에이프릴을 향해 탄식했다.

"내가 그에게 하기로 되어 있었던 대사를 하나 빼먹고 말았어. '매일 저녁 혼자서 식사하려면 쓸쓸하시겠지요?' 하는 것을."

"괜찮아." 에이프릴이 말했다. "모든 일이 잘돼 가고 있으니까."

에이프릴은 손가락을 입술에 대고 앞장서서 거실 쪽으로 걸어갔다. 다이나와 아치도 발끝을 세우고 따라가서 귀를 곤두세웠다.

부드럽고 정다운 웃음 소리가 났다. 엄마의 목소리가 들렸다.

"빌, 정말……"

"진실된 이야기요, 마리안, 꼭 들어 주시오……" 하는 그의 목소리.

그때 바깥 초인종이 울렸다.

"내가 나갈게요." 에이프릴이 큰소리로 말하며 거실을 달려 빠져나가서 문을 열었다. "아마 신문배달부겠지."

신문배달부가 아니었다. 오헤이어 경사였던 것이다. 게다가 그는 걱정스러운 얼굴이었다. 숨이 찬 듯 헐떡였으며 둥근 얼굴이 빨갛게 상기되어 있었다.

"여어, 안녕. 저……" 그때 그는 빌 스미스의 모습을 발견하고 말했다. "아, 여기 계셨군요."

에이프릴은 오헤이어 경사가 방해하기 전에 얼른 거실 안의 움직이는 그림을 바라보았다. 파란색 소파에 앉아 있는 엄마는 정말 아름다웠다. 빌 스미스는 앉기 편한 커다란 팔걸이의자에 앉아 엄마를 바라보고 있었는데, 진실된 빛이 눈에 넘쳐 흘렀다. 에이프릴은 오헤이어 경사에게 뭐라고 말해 주려고 생각했지만, 어느 것이건 유쾌한 이야기는 아니었다.

"샌포드 씨를 발견했습니다." 오헤이어 경사가 숨을 몰아쉬며 말했다. "자기 집의 찻길 끝 가까운 덤불에서 발견했습니다. 방금 전에요. 그래서 플래너건을 시켜 지키게 해두었습니다."

빌 스미스는 벌떡 일어나 하마터면 커피를 뒤엎을 뻔했다.

"피살되었나?"

"아니, 그러나 거의 죽어갑니다." 오헤이어 경사가 대답했다. "살아날 수 있으리라 생각합니다만. 권총입니다. 우선 구급차를 부르고, 본서로 연락하는 게 좋을 것 같습니다."

마리안이 벌떡 일어나 "전화는 여기 있어요" 하고 말했다.

에이프릴은 부엌으로 달려가 "빨리 나가!" 하고 속삭이더니 다이나와 아치를 데리고 뒤뜰로 달려갔다. 샌포드네 집 찻길에 닿기 전에 그녀는 일을 대강 설명했다. 그리고 나서 말했다.

"아치, 경관이 한 사람 지키고 있는데 얼른 유인해 주지 않겠니?"

"좋아!" 아치가 말했다.

그는 떨기나무 덤불로 숨어들어갔다. 다이나와 에이프릴은 샌포드 집 잔디밭을 가로질러 주의깊게 찻길로 나갔다. 찻길 끝에 오자 경관 한 사람이 서 있고, 그 발치에 축 늘어진 몸이 담요에 싸여 누워 있었다.

갑자기 풀덤불 속에서 기분 나쁜 무서운 외침 소리가 들렸다. 경관은 훨쩍 뛰어오르며 후딱 몸을 돌리더니 소리가 난 쪽으로 달려갔다.

에이프릴과 다이나는 담요에 싸인 사람쪽으로 달려갔다.

월레스 샌포드의 눈이 뜨여지면서 두 소녀를 보았다. 그의 얼굴은 창백했다.

"당신은 죽지 않을 거예요. 오헤이어 경사가 그렇게 말했어요. 그저 맞았을 뿐이에요. 그러니까 걱정할 필요없어요."

"당신은 살 수 있어요."

그는 뭔가 말을 하려고 했으나 소리가 나오지 않았다. 눈을 감았다가 다시 떴다.

"무리하지 않는 게 좋아요." 다이나가 말했다.

"저어……." 그는 괴로운 숨결을 토하면서 말했다. "저, 두 사람 모두…… 비로소 알았어…… 플로라를 죽인 사람은……."

눈이 또다시 감기고 말았다.

"누구지요?" 에이프릴이 낮은 소리로 물었다. "누구예요?"

그는 겨우 조금 눈을 떴다.

"그건…… 몸값을 치른 사나이야. 그 사나이는 그녀의……."

그의 눈은 다시 감겼다. 그리고 이번에는 더 이상 뜨여지지 않았다.

다이나가 그의 위로 몸을 구부렸다.

"살아 있어." 그녀는 속삭였다. "다만 기운을 잃었을 뿐이야."

풀덤불에서 버석버석 하는 소리가 들렸다.

"그 경관이 돌아왔어." 에이프릴이 속삭였다. "도망치자!"

두 아이는 찻길을 달려 올라갔다. 두 아이가 막 문간까지 왔을 때, 아치가 나무 그늘에서 나왔다. 어딘가 아래쪽에서 경관이 호각을 불었다. 빌 스미스와 오헤이어 경사와 어머니가 달려왔는데, 그것은 세 아이가 막 부엌문이 있는 곳으로 왔을 때였다.

다이나는 숨을 헐떡이며 접시 씻는 일을 계속하기 시작했다.

"아슬아슬한 고비였어!"

"내가 외치는 소리 어땠어?" 아치가 자랑스러운 얼굴로 물었다.

"훌륭했어" 다이나가 대답했다.

"그 가운데 울부짖는 소리도 들어 주었으면 했는데." 아치가 말했다. "에이프릴, 어때?"

에이프릴은 대답하지 않았다. 그녀는 부엌의 둥근 의자에 앉아 두 손으로 턱을 괴었다.

"에이프릴." 다이나가 불렀다.

"가만 있어." 에이프릴이 말했다. "나 귀찮게 굴지 마." 그녀는 당혹감과 쓸쓸함을 느끼고 있는 것 같았다. "나 말이야, 생각하고 있으니까."

### 26

"플래너건이 들은 것은 아마 올빼미 소리였을 겁니다."

오헤이어 경사가 말했다.

어머니는 기쁜 듯이 그와 빌 스미스를 번갈아 보았다.

"어찌되었든 찾고 있던 샌포드 씨가 발견되어 다행이군요. 자, 커피를 새로 끓이겠어요. 금방 끓을 테니까."

"벌써 끓고 있어요." 다이나가 부엌에서 소리질렀다. "곧 가져 가겠어요."

그녀는 쟁반을 들고 왔다. 에이프릴과 아치도 들어왔다. 일부러 눈에 띄게 설탕과 크림을 들고 있었지만, 사실은 상황을 보러 온 것이었다.

어머니의 머리는 약간 헝클어져 있고 거기에 꽂은 장미꽃은 가엾게도 비뚤어지고 말았다. 그래도 볼이 발그스름했으며, 눈이 생기 있게 빛나고 있었다.

빌 스미스는 숨을 거칠게 쉬며 좀 걱정스러운 것 같았다. 오헤이어 경사는 태연한 모습이었다. 그는 세 아이에게 미소를 던지며, 다이나와 에이프릴의 앞치마를 흐뭇한 눈으로 쳐다보았다.

"어머님을 도와 드리는 모양이지? 대견스럽군그래" 하며 그는 몸을 돌려 상냥하게 어머니 쪽을 향했다. "아이들을 기르는 데는 꼭 이래야만 합니다. 나는……."

"9명의 아이를 손수 돌보셨다는 말씀이지요?" 하고 어머니가 말했다.

"잘 아시는군요!"

빌 스미스가 싱글벙글 웃었다.

"당신이 천리안이거나, 아니면 경사가 이미 당신에게 이야기했거나 둘 중의 하나겠지요." 그러더니 그의 얼굴이 진지하게 변했다. "역시 본서로 곧장 가야 되겠습니다. 이 커피를 들고 나서 곧……."

오헤이어 경사는 촛불을 켜놓은 것이라든가, 마리안 카스테어즈의 장밋빛 홈드레스라든가, 빌 스미스의 갓 이발한 머리 등을 보고 눈치를 챈 모양이었다.

"괜찮습니다." 오헤이어 경사가 말했다. "아침까지 기다리게 해두지요. 대단한 상처는 아니니까 하룻밤 푸욱 자고 나면 말을 할 수 있게 될 겁니다. 마침내 체포하게 되었으니 마음 편히 축하라도 하시는 편이……."

"그렇지만……." 빌 스미스는 애매한 표정을 지으며 말을 꺼냈다.

"그 사람이 샌포드 부인을 쏘았을 리가 없어요. 만일 그렇다면 누가 그 사람을 쏜 거지요?" 다이나가 말했다.

"그리고 누군가가 경관을 끌어내려 하고 있었던 것 같아요."

어머니가 말했다.

"그 외침 소리는 말이야……." 아치는 말했는데, 당연한 일이긴 하지만 약간 자랑스러운 말투였다. "아무래도 올빼미 우는 소리 같지는 않았어요."

"게다가 우리는 두 발의 권총 소리를 들었거든요." 에이프릴이 말했다. "다이나가 마침 안에 들어가서 시간을 본 거예요, 감자를 올려놓을……."

빌 스미스가 입속으로 한 마디 중얼거렸다. 세 아이에게는 들리지 않았지만, 결국 그 편이 좋았는지도 모른다.

"자……." 어머니가 말했다. "지금은 그 사람 일을 잊도록 합시다. 오헤이어 경사님께서 말씀하신 대로예요, 빌. 조용히 하룻밤 자게 한 뒤에 샌포드 씨를 신문하는 편이 훨씬 나을 거예요. 그리고 커피 더 드릴까요? 초콜릿 상자를 어디다 두었는지 모르겠네. 오헤이어 경사님, 틀림없이 저녁 식사 때의 레몬 파이가 하나 남아 있으리라고 생각됩니다만……."

아치가 파이를 가지러 갔다. 에이프릴은 커피를 더 따랐다. 다이나는 초콜릿을 돌렸다. 그리고 세 아이는 아치를 가운데 두고 보기 좋게 소파에 나란히 앉았다.

오헤이어 경사는 파이를 한참 칭찬했다. 그는 자기 아내가 만든 파이와 비슷하게 좋은 솜씨라고 선언했던 것이다.

"그리고," 그는 덧붙였다. "집사람이 만든 초콜릿 케이크를 꼭 한 번 보여 드리고 싶군요."

세 아이는 똑바로 정면을 보고 있었다. 어머니와 빌 스미스는 주의하여 시선이 마주치지 않도록 하고 있었지만, 어머니의 볼은 핑크빛으로 한결 짙어져갔다. 오헤이어 경사는 돌아가려고 일어섰다. 그는 이 장면을 한 바퀴 빙 둘러보았다. 촛불이며 다이나와 에이프릴의 파란 나비리본이 달린 흰 드레스, 그리고 장밋빛 홈드레스를 입은 마리안 카스테어즈의 모습. 그는 깊이 숨을 내쉬고 빌 스미스에게로 몸을 돌렸다.

"부인도 아이도 없다는 것은 딱한 일입니다. 호텔 생활은 쓸쓸하시겠지요? 그럼, 여러분, 안녕히 쉬십시오."

다이나와 에이프릴과 아치는 입 밖으로 내지는 않았지만, 그에게 축복을 보냈다.

빌 스미스는 커피 잔을 내려 놓으며 말했다. "마리안……."

"에이프릴." 다이나가 말했다. "접시를 마저 치우자."

식당을 반쯤 지나왔을 무렵 빌 스미스의 목소리가 들렸다.

"마리안…… 이야기하고 싶은 것은……."

그때 전화벨이 울렸다.

다이나와 에이프릴은 전화로 달려갔다. 어머니에게 걸려온 것이었다. 그 목소리는 몹시 당황해 있어서 제정신이 아닌 것 같았다.

어머니가 수화기를 들고 말했다.

"그렇습니다…… 네? 어머나, 정말 안됐군요! 네, 기꺼이 곧 가겠습니다…… 스미스 경감님 말씀인가요? 마침 여기에 와 계세요. 네, 그러지요, 곧."

어머니가 전화를 끊었을 때에는 이미 어린 세 아이와 빌 스미스 경감이 책상 주위에 모여 있었다.

어머니가 설명했다.

"첼링턴 씨가 심장 발작을 일으켜 부인이 혼자 당황하고 있다는군요. 그리고 무엇 때문인지 그가 당신에게 할 이야기가 있다고 한대요, 빌."

"어머나!" 에이프릴이 소리쳤다. "어머나, 설마!" 그녀는 새파래졌다. "사실이겠지만, 이렇게 만들고 싶지는 않았어!"

"에이프릴!" 가슴이 철렁하여 다이나가 다급하게 불렀다.

에이프릴은 손을 흔들어 그녀를 옆으로 비켜서게 하고 나서 말했다.
"엄마, 엄마는 베티 리모의 유괴사건을 다루었었지요? 이야기해 줘요. 베티 리모의 본명이 뭐였지요?"
엄마는 당황한 모양이었다.
"저어…… 본명은…… 로즈 뭐라든가였어. 잘 기억하고 있지 않지만."
"그러리라고 생각했어요!" 에이프릴이 울 것 같은 목소리로 말했다. "틀림없이 그럴 거라고 생각했어요! 게다가 몸값이 꼭 만 5천 달러여서 공금 유용과 액수가 맞고, 그리고 그 사람은 전에 육군에 있었으니까 45구경 권총을 가지고 있음직하고…… 더욱이 첼링턴 부인의 눈빛은 다갈색이 아니라 푸른색이거든요."
"에이프릴!" 어머니가 걱정스러운 듯이 그녀의 이마를 만져 보았다. "괜찮니? 목구멍은 아프지 않아?"
"목구멍 같은 건 아프지 않아요." 에이프릴이 말했다. "열도 있지 않아요. 그리고 첼링턴 씨의 본명은 챈들러로 육군 장교였어요. 그리고 로즈라는 이름의 딸이 있었는데, 그 여자는 무대로 나가 이름을 베티 리모라고 바꾸었던 거예요. 그녀가 유괴를 당했기 때문에 그는 딸의 몸값을 치르기 위해 만 5천 달러를 훔쳤지요. 그러나 딸은 결국 살해되고, 그 사람은 붙들려 육군에서 쫓겨나게 된 데다 감옥에까지 갔어요. 그때부터 그는 유괴범을 찾아내려고 결심하고, 이리로 이사를 왔지요. 그 집을 빌려서, 그리고……."
"천천히 말해." 다이나가 말했다.
에이프릴은 이야기를 계속했다.
"그것은, 프랭키 라일리가 감옥에서 나온 것과 관계가 깊은 거예요. 그는 유괴를 도왔거든요. 그러나 돈은 그녀가 모두 차지해 버린 게 틀림없어요. 그러므로 그는 강도짓을 하지 않으면 안 됐지요. 그 때문에 감옥에 갔으니까요. 그런데 그가 감옥에서 나와 이리로 왔기 때문에, 즉 그것이 첼링턴 씨——챈들러 대령——가 기다리고 있었던 확증이 되었지요. 그래서 샌포드 부인을 쏜 거예요. 딸은 살해당하고 자신의 일생도 망치고 말았으니까요. 그리고 프랭키 라일리를 쏜 것도 같은 이유였는데, 자동차에 실어서 그 연못으로 버리러 갔겠지요. 사실은 그다지 노인도 아니고, 아직 50대이므로 힘도 셀 거예요. 그리고 샌포드 씨를 찾아다니다가 죽일 생각으로 오늘 밤 쏜 거겠지요. 그러나 죽지 않은 것이 기뻐요. 샌포드 씨는 사실 유괴사건과 아무 관계도 없으니까요. 그런 일로 해서 첼링턴 씨는 심장 발작이 일어난 걸 거예요. 자, 어찌되었든 그렇게 된 거니까 빨리 가서 자백을 들어 주세요."

에이프릴은 와락 울음을 터뜨리고 말았다.

어머니는 에이프릴을 두 팔에 끌어안고 말했다.

"내 귀여운 에이프릴!"

에이프릴은 흐느껴 울었다.

"복도의 사진…… 그 사진은 첼링턴 부인과 비슷하지만 눈이 검어요. 그리고 로즈라고 서명되어 있고, 베티 리모의 모습과 닮아 있어요."

다이나와 아치는 눈을 크게 뜨고 마주 볼 뿐이었다.

어머니는 에이프릴의 머리를 쓰다듬으며 말했다.

"울지 마라. 그 사람은 전부터 심장이 나빴고, 그리고……."

"마리안……." 빌 스미스가 쉰 목소리로 말했다. "카스테어즈 부인, 당신은 이 사실을 전부터 알고 있었습니까? 그래서 거절하셨던 거로군요, 내가 협력을 요청했을 때?"

"짐작하고 있었어요. 나도 그 사진을 보았었지요."

에이프릴은 얼굴을 들어 어머니와 빌 스미스 사이에 오가는 표정을 살폈다. 그녀는 일어나서 말했다.

"어서 그 집으로 가서 첼링턴 씨와 이야기하는 편이 좋을 거예요."

"에이프릴이 말한 대로인가요?" 빌 스미스가 물었다.

"이 아이가 말한 대로예요…… 모두 전부."

어머니가 말했다.

그녀는 에이프릴의 이마에 입을 맞추었다.

### 27

카스테어즈 세 남매가 침대에 든 것은 새벽 4시였다. 빌 스미스가 깊이 잠든 아치를 계단 위로 안아 올렸다. 그러나 다이나와 에이프릴은 아직은 조금도 자고 싶지 않았다.

어머니는 부엌으로 가서 코코아를 만들었다. 머리가 완전히 헝클어지고 얼굴은 피로해서 창백했지만, 빌 스미스는 여전히 그녀의 얼굴에서 눈길을 떼지 않았다.

첼링턴은 고백했다. 그리고 그 고백은 에이프릴의 말과 완전히 들어맞았다. 그는 경찰 구급차로 병원에 보내졌으나, 담당의사가 공판 때까지는 살아 있지 못할 거라고 말하였다. 첼링턴 부인은 씩씩한 태도로, 어딘지 모르게 도리어 홀가분해진 듯이 보였다. 이제 이렇게 된 이상 어쩔 수 없다고 생각했는지 무엇이든 다 털어놓았다.

과연 그는 딸의 몸값 때문에 공금을 횡령한 것이었다. 그러므로 딸이 살해됐을 때 그 자신도 살해된 거나 마찬가지였다. 그 뒤로는 이제 무슨 일이 일어나든 상관없다는 기분으로 살았다. 다만 딸을 장미가 가득 심어진 곳에 편안히 묻어 주려는 생각뿐이었다. 그러나 공금 횡령이 알려지게 될까봐 정식으로 유해를 인수할 수는 없었다. 하지만 결국 그것은 들통이 나버리고 그는 감옥으로 끌려갔다.

석방되었을 때는 병들고 지친 노인이 되어서 살아가는 목적은 오직 하나뿐이었다. 이제 그것을 달성했으므로, 모든 일은 끝난 것이다.

"이제 만족하고 눈을 감겠지요." 첼링턴 부인이 말했다.

어머니는 코코아를 만들면서 모두에게 그 이야기를 했다.

"그런데 너희들은 어떻게 해서 모두 이 사건에 관련하게 되었지?"

"엄마를 위해서예요." 다이나가 졸린 듯이 말했다. "선전을 위해서요."

"엄마에게 진짜 살인사건을 해결하게 하고 싶었던 거예요." 에이프릴이 코코아를 스푼으로 저으면서 말했다. "하지만 엄마가 일로 바쁘시기 때문에 우리들이 대신 해결해드리려고 생각했어요. 어머나…… 아치가……."

그때 빌 스미스가 아치를 안아다 침대에 뉘었던 것이다. 경감은 내려 와서 다이나와 에이프릴을 바라보며 말했다.

"너희들도 이제 자거라. 그렇지 않으면 내가 안아다가 뉘지 않으면 안 되게 돼. 그리고 카스테어즈 부인……."

"네." 어머니가 대답했다.

"오늘 밤은 벌써 늦었습니다만…… 당신에게 하고 싶은 이야기가 있습니다…… 아주 중요한 일입니다. 바쁘실 줄은 압니다만, 내일 저녁 찾아뵈어도 좋겠습니까?"

어머니는 여학생처럼 뺨이 발갛게 물들었다.

어머니는 경감과 함께 현관으로 갔다고 되돌아오더니 다이나와 에이프릴에게 말했다.

"내일은 학교를 쉬고 집에 있거라. 얼마든지 늦잠을 자도 괜찮다."

모두 낮이 되도록 잤다. 일어나 보니 신문 기자들이 현관 앞에 모여 있었다. 미스터리소설 작가 마리안 카스테어즈가 거의 혼자 힘으로 샌포드 살인사건을 해결했다고 빌 스미스가 발표했던 것이다. 신문 기자들은 회견 기사와 사진을 원했다. 다이나와 에이프릴과 아치는 그들을 모두 집 안에 들여 놓고 말았다. 마리안은 싫어했지만, 어린 세 남매는 강경했다. 이토록 애를 썼으니까, 그만한 선전을 해두지 않으면 안 된다는 것이었다.

"내일 이 시간쯤 되면……." 에이프릴이 쾌활하게 말했다. "영화에 나와 달라고 말해 올지도 몰라요."

"그리고 새 책이 팔려나가는 것도 생각해 줘요." 다이나가 말했다.

"쓸데없는 소리 그만해라." 어머니가 말했다.

그러나 상대가 어린 세 아이라 당해낼 수가 없었다.

세 아이는 크게 활약했다. 에이프릴은 어머니의 머리를 고치고, 다이나는 거실을 청소하고 여러 곳에 새로운 꽃을 꽂았다. 아치는 젠킨즈와 잉키와 스팅키에게 솔질을 해주고 달래고 얼러 거실 바닥 위에 잠들게 했다.

〈가제트〉지의 사진반이 카메라를 돌리는 순간 잉키와 스팅키가 엄마의 무릎 위로 뛰어 올랐기 때문에 아주 잘되었다.

에이프릴은 다이나와 아치를 바깥 베란다로 데리고 가서 어머니 혼자 기자들 사이에 남도록 했다.

"에이프릴." 다이나가 말했다. "그것 말이야, 알지? 샌포드 부인 집에서 발견한 그것 태워 버리자."

"글쎄……." 에이프릴이 말하며 시무룩한 얼굴을 지었다. "생각해 보고."

"모두 조용히 해." 아치가 말했다. "에이프릴 님이 생각하시는 중이니까."

에이프릴이 그를 툭 쳤으나 허공을 스쳤을 뿐이었다.

"이건 중대한 문제야. 그 사람들…… 식당인 줄 알고 들어갔다가 도박꾼 검거에 말려든 학교 선생, 술집에서 일하고 있는 걸 부모에게 알리고 싶지 않은 남자 등……은 샌포드 부인이 살해된 뒤로 누군가가 지금이라도 이것을 발견해내지 않을까 하고 무척 걱정하고 있을 테니까.”

"그들 모두에게 편지를 내면 돼." 다이나가 제의했다. "그리고 증거물과 사진을 전부 보내 주면……."

"우표 값이 큰일이야." 에이프릴이 말했다. "우리들에게는 지금 한 푼도 없어."

잠시 우울한 눈길로 경치를 바라보고 있던 그녀의 얼굴이 밝아졌다.

"좋은 수가 있어! 이번에 나오는 기자를 붙잡아줘."

15분인가, 아니 좀더 기다렸을까, 사진 기자 한 사람이 나갔다. 그리고 다른 사진 기자가 들어갔다. 이윽고 회색 옷을 입은 뚱뚱한 사나이가 종이를 접어 주머니에 넣으며 나왔다.

"잠깐만요!" 에이프릴이 불러세웠다.

그는 에이프릴을 보자 둥근 얼굴을 밝게 빛내며 말했다.

"난 또 누구라고! 믿을 만한 증인 아가씨가 아닌가!"

에이프릴은 눈을 깜박였다.

"당신이군요! 당신은 가게에 숨어서 남의 이야기를 훔쳐들었지요? 또 한 가지 특종을 원하지 않아요? 이름은 밝힐 수 없지만, 믿을 만한 증인의 이야기예요."

"고맙군 그래."

뚱뚱한 사나이가 말하며 접은 종이를 주머니에서 꺼냈다.

"저, 샌포드 부인이 여러 사람들을 협박하고 있었다는 것은 알고 계시지요? 그런데……." 그녀는 샌포드 부인 집에서 협박 자료가 된 물건이 많이 발견되었다는 것을 진실로 생각하게끔 길게 늘어놓았다. "그 가운데에는 학교 선생님이라든가, 여러 죄없는 사람들이 포함되어 있었어요."

그녀는 계속해서, 경찰이 이 자료를 발표하면 갖가지 불필요한 불행이 생기게 될 터이므로 일체 공표하지 않기로 결정했다고 이야기했다. 그리하여 그 서류는 한 장도 남기지 않고 불태워 버렸다고 하며 "우리 집 쓰레기 태우는 가마에서 태웠어요" 하고 그녀는 마지막으로 덧붙였다.

뚱뚱한 사나이는 요점을 적고 나서 말했다.

"모두 정말이겠지?"

"정말이에요." 다이나가 말했다. "우리들이 보았는걸요."

그러나 그 자료를 본 것인지, 태우는 것을 본 것인지, 그 점에 대해서는 언급하지 않았다.

"저 말이에요." 에이프릴은 무슨 비밀이야기나 되는 것처럼 말했다. "경찰은 그것이 발견되었다는 사실마저 아무에게도 알리지 않을 작정이었어요. 그러나 결국 살인범은 이미 잡혔으니까요. 우리는 줄곧 여기 서서 모든 것을 다 보고 있었기 때문에 그것을 아는 거예요. 그러니까 이거야말로 당신이 말하는 특종기사 아니예요?"

"맞았어!" 뚱뚱한 사나이는 크게 기뻐했다.

"다만," 에이프릴은 진심어린 얼굴로 말했다. "어디서 들었는지 말하면 안 돼요! 그렇지 않으면…… 그렇지 않으면……." 엄마의 요전번 책 속의 인물이 뭐라고 말했던가 생각해 보았다. "……우리들은 모두 부인하겠어요. 알았지요?"

"이름은 지금 밝힐 수 없지만, 믿을 만한 증인의 이야기에 따르면……" 하고 뚱뚱한 사나이는 활짝 웃으면서 말하고 발꿈치를 돌리더니 계단을 쿵쿵 뛰어내려갔다.

"그리고 말이에요!" 에이프릴이 소리쳤다. "루크네 가게에 들러 우리들이 조금 있다가 크림 소다를 한 잔씩 마시러 간다고 전해 주세요. 계산은 당신이 하는 거예요."

뚱뚱한 사나이는 1분쯤 그녀를 쳐다보고 있더니 이윽고 말했다.
"요전번 이야기가 정확하지 않은 것이었다면 싫다고 했겠지만……
좋아! 크림 소다를 한 잔씩 말이지!"
"초콜릿도요!" 에이프릴이 뒤에서 소리쳤다. "크림 넣은 걸로
요!"
"초콜릿 크림은 좋아하지도 않으면서."
아치가 작은 목소리로 말했다.
"그 대신에 만화책 2권과 껌을 하나 얻는 거야."
에이프릴이 가르쳐 주었다.
다이나는 시무룩해졌다.
"다른 이야기란 뭐지?"
"아, 뭐 대단한 건 아니야." 에이프릴은 들뜬 목소리로 설명했다.
"자, 이제 정말로 그것을 태워 버리는 게 좋겠어. 그 사람이 하는
일이니까 틀림없이 큼직하게 쓸 거야. 자신의 명예를 걱정하고 있
는 사람들은 마음이 아주 편하게 되겠지."
"모닥불을 피우자." 아치가 말했다. "쓰레기 가마에 태우면 재미
없어."
다이나가 주의를 주었다.
"저번에 모닥불 피웠을 때, 윌리엄슨 씨의 고양이가 꼬리를 태웠기
때문에 엄마가 우리를 소년원으로 보내겠다고 위협했잖아?"
"혹시나 불낼까봐 걱정하는 거야." 에이프릴이 생각에 잠기면서
말했다. "그런데 다이나, 홀부룩 씨……"
"홀부룩 씨가 어떻게 했어?" 다이나는 절름발이 시늉을 했던 일
과, 집 주위를 고양이와 개가 쫓기 장난을 쳤던 일을 생각하며 물었
다.
"그 사람의 딸 사진은 직접 건네주는 편이 좋다고 생각해. 그 편지

와 함께 말이야."

다이나는 기가 막혔다.

"너 정신이 멀쩡한 거니?"

"무엇보다도 첫째," 에이프릴이 계속해서 말했다. "딸의 사진이니까 갖고 싶어하겠지. 둘째, 신문기사를 읽지 못하고 언제까지나 계속 걱정할지도 몰라. 그러니까 직접 건네주어야만 해."

다이나와 아치가 대답할 사이도 없이 그녀는 집 주위를 돌아 뒷문으로 들어가 버렸다.

"다이나." 아치가 말했다. "이거 알아? 이거 알아?"

"알고 있어, 아치." 다이나는 귀찮은 듯이 말했다. "잠자코 있어."

5분쯤 지났을 무렵, 에이프릴은 아주 얌전하게 포장한 꾸러미를 들고 돌아왔다.

"변변치 못한 물건이지만 부디 받아 주세요, 하고 돌려주는 거야." 에이프릴은 앞장서서 길로 나서며 말했다. "우리들이 이 사진과 편지를 보았다는 것을 알게 될 테니, 다시는 우리들을 '머리좋은 아가'니 어쩌니 하고 부르지 않을 거야!"

홀부룩 변호사의 집에 닿을 때까지 모두 말이 없었다. 심술사나운 흰 고양이가 계단에 앉아 있었다. 쉬익 하고 소리치자 고양이는 재빨리 달아나 버렸다.

"대단한 환영이로군." 에이프릴이 중얼거리며 벨을 울렸다.

키가 크고 아름다운, 회색이 섞인 금발의 부인이 나와 방긋 웃으며 말했다.

"무슨 일이지?"

에이프릴은 그 부인을 바라보며 얼굴이 창백해져서 "어머나!" 하고 외쳤다.

복도에서 "무슨 일이냐, 할리에트?" 하는 소리가 들렸다. "홀부룩 씨······." 에이프릴은 말을 더듬었다.
 "무슨 일이지?" 부인은 이상한 듯이 말했다.
 이제 물러설 수는 없었다.
 "아버님을 뵐 수 있을까요?"
 에이프릴이 모기가 우는 것 같은 낮은 소리로 말했다.
 헨리 홀부룩 씨가 문간에 나타났다. 여느 때의 좋지 못했던 혈색은 어디론가 사라져 버린 것 같았다. 그는 파이프를 물고 싱글벙글 웃고 있었다.
 "아니, 너희들이 웬일이지?" 헨리 홀부룩 씨가 말했다. "우리 어린 친구들! 내 딸 할리에트를 소개하마. 아니, 유명한 디자이너 아디나라고 하는 편이 잘 통하겠지."
 "어머나!" 에이프릴은 어리둥절했다. "그럼, 저 최고 레뷔의 최고 의상을 모두 만드는 분?" 그녀는 정신을 가다듬고 말을 이었다. "정말 자랑스럽겠네요, 홀부룩 씨!"
 "자랑스럽다마다!" 홀부룩 변호사는 밝은 얼굴로 말했다. "나도 깜짝 놀랐단다. 찾아올 때까지 전혀 모르고 있었으니까 말이야."
 에이프릴은 재빨리 이 미인에게로 시선을 던졌다. 그렇다, 공작 깃털 3개와 유리구슬 목걸이를 걸고 있던 바로 그 사람이다.
 "이런 딸을 두고 있으면 어떤 사람이라도 자랑하고 싶어지지"라고 말하며 홀부룩 변호사는 딸의 어깨로 팔을 돌렸다. "무얼 가지고 왔지, 아가야?"
 에이프릴은 '아가야'라는 말에 질색이었지만, 지금은 그런데 신경 쓸 때가 아니었다.
 "설명하기가 좀 어려워요. 어떤 사정······ 저······ 우연히 우리는 이걸 발견했어요. 샌포드 부인 집에 숨겨져 있었어요. 그래서 저······ 혹시 당신께서······."

여기까지 말하고 난 뒤 그녀는 처음으로 뭐라고 해야 좋을지 모르게 되었다. 아치가 싼 것을 들어 홀부룩 변호사의 손에 밀어넣으며 말했다.

"자, 받으세요."

헨리 홀부룩 씨는 포장된 종이를 찢었다. 그 사진이 떨어졌다. 할리에트 홀부룩, 별명 아다나가 그것을 주워들고 기쁜 소리를 질렀다.

"어머나, 정말 반갑다! 이 사진을 여러 방면으로 찾고 있었어! 선전 광고에 쓸까 하고! 스트립 극장에서 여러 가지로 고생한 끝에……"

그리고 이때 헨리 홀부룩은 편지를 바라보고 있었다. 눈에는 기쁜 듯한, 그러나 얼마쯤 어이없는 것 같은 빛이 보였다.

"할리에트, 너는……"

"자, 우리는 가자!" 다이나가 말했다.

카스테어즈 세 남매는 그들이 알아채지 못하게 큰길로 달려 나왔다. 에이프릴이 말했다.

"왠지 나는 앞으로 2, 3년 걸려서 할 좋은 일들을 한꺼번에 해버린 것 같은 기분이야."

"루크네 가게에서 크림 소다를 마실 수 있나 없나 물어보자."

다이나는 머리를 내저었다.

"집으로 돌아가야 해. 어서 빨리. 엄마는 오늘 밤 약속이 있잖아. 기억하고 있어? 이제 신문 기자들도 돌아가 버렸을 거야."

"그렇지. 그러니까……" 에이프릴이 한숨을 쉬며 말했다. "여러 가지로 준비해 두지 않으면 안 되겠군. 돌아가자. 그리고 아치, 홀부룩 씨의 고양이에게 돌을 던지는 건 그만둬. 할퀴는 것쯤은 괜찮잖아."

오늘 밤 어머니의 약속은 아주 중대한 것이다. 무엇을 입게 할까? 파란색 옷을 입어야 한다고 다이나는 주장했다. 남자들은 파란색 계통을 제일 좋아하니까. 전에 한 번 유행잡지에서 그런 것을 읽은 적이 있었다. 에이프릴은 장밋빛을 주장했다. 엄마는 장밋빛 옷을 입고 있으면 정말 두드러져 보인다. 둘은 의논을 하면서 샌드위치를 2개씩 먹어 치우고 남아 있던 코카콜라를 모두 마셔 버렸다. 저녁 식사를 준비하면서도 계속 의논했다. 그리고 테이블에 모든 것을 다 갖다 놓고 난 뒤에야 아까부터 계속해서 귀에 익은 소리가 2층에서 들려 오는 것을 알아차렸다. 너무 귀에 익었기 때문에 미처 몰랐던 것이다.

두 아이는 계단을 뛰어올라가 노크도 하지 않고 들어갔다. "엄마!" 다이나가 힘찬 목소리로 불렀다.

어머니는 얼굴도 들지 않았다. 책상 위에는 종이며 원고며 노트며 참고서며 써버린 카본 종이며 빈 담뱃갑 등이 자그마치 6인치나 두텁게 수북이 쌓여 있었다. 두 다리는 구두를 벗어 버린 채 작은 타이프라이터의 받침대에 다리를 휘감고 있었는데, 그녀가 타이프를 두드리는 데 따라 그 받침대까지도 뛰고 있는 것 같았다. 까만 머리카락은 핀으로 아무렇게나 머리 꼭대기에 잡아매어져 있고 코끝에는 까만 얼룩까지 하나 묻어 있었다. 게다가 구식 작업복 바지를 입고 있었다.

"잠깐만, 엄마!" 에이프릴이 소리쳤다.

어머니는 잠시 타이프치던 손을 멈추고 얼굴을 들어 건성으로 미소 지었다.

"새 책을 쓰기 시작한 거란다. 기분이 아주 좋구나."

다이나는 깊숙이 숨을 들이마셨다.

"배 안 고프세요, 엄마?"

어머니는 멍하니 두 아이를 쳐다보았다.

"그 말을 듣고 보니 좀 고픈 것 같은데, 점심 먹는 걸 잊었구나. 일러 줘서 고맙다."

어머니는 구두를 신고 원고지를 한 웅큼 손에 들더니 아래층으로 내려가기 시작했다.

잉키와 스팅키가 의자 밑에서 기어나와 뒤를 따랐다. 두 아이도 따라갔다.

어머니는 식당문 앞을 지나서 부엌으로 들어갔다. 그리고 아이들에게 멍하니 미소를 지어 보이며 말했다.

"점심은 무엇이든 너희들이 좋아하는 것을 먹어라. 나는 달걀을 하나 먹으면서 이것을 고칠 테니까."

"하지만 엄마!" 다이나가 말했다. "점심이 아니예요, 벌써……."
에이프릴이 뒷말을 이었다.

"조용히! 방해하면 안 돼! 엄마는 지금 바쁘시니까!"

아이들은 계속하는 엄마의 행동에 감탄하면서――약간 겁을 집어먹고――지켜보았다.

어머니는 달걀을 한 개 작은 스튜 냄비로 익혔다. 그녀는 접시 하나, 포크 1개, 빵 한 조각. 그리고 버터와 우유를 유리잔에 담아 조리대 위에 늘어놓았다. 가끔 원고지로 눈길을 보내며 주머니에서 연필을 꺼내 한 자 고쳐 썼다. 그동안에 냄비에 켜져 있는 가스를 끄고 눌러앉아 원고지를 보는 일에 몰두하고 말았다.

"에이프릴." 아치가 속삭였다.

"쉬잇!" 에이프릴이 속삭였다.

어머니는 원고를 읽으며 버터 바른 빵을 먹고 우유를 마셨다. 마지막 페이지가 끝나자 그녀는 접시와 잔을 손에 들고 개수대로 가져가서 씻었다. 그리고 나서 2층으로 다시 올라가는 것이었다. 달걀은 스튜 냄비 채로 그대로 남겨놓고.

다이나는 연거푸 한숨을 내쉬며 달걀을 잉키와 스팅키에게 나누어 주었다. 두 마리는 게걸스럽게 먹기 시작했다.

"좋아, 배가 고프면 틀림없이 잡수실 거야. 이런 일은 전에도 있었어. 우리끼리 저녁 식사를 하자."

"하지만 빌 스미스 씨는 어떻게 할 생각이지?" 에이프릴이 물었다. "그리고 엄마의 머리는? 화장은? 그리고 장밋빛 홈드레스는……."

"파란색 홈드레스야" 다이나가 고쳐 말했다. "그 무렵까지는 일이 일단 끝나게 되겠지."

"하지만 이거 알아?" 아치가 의자에 미끄러지면서 말했다. "이거 알아? 일단 끝나지 않으면 어떻게 하지?"

"끝나게 되어 있어."

그런데 저녁 식사를 하고 있는 동안에도 타이프라이터는 쉬지 않고 높은 소리를 내고 있었다. 세 아이가 먹은 접시를 부엌으로 옮겨와서 씻으려고 하는데도 그 소리는 계속되었다.

이때 현관의 초인종이 울렸다. 다이나와 에이프릴은 얼굴을 마주 보았다.

"괜찮아." 에이프릴이 말했다. "우리들끼리 해치울 수밖에."

빌 스미스는 새 넥타이를 매고 있었다. 머리는 단정히 빗겨져 있고, 약간 들떠 있는 듯해 보였다.

"안녕, 어머니 계시냐?"

"앉으세요." 다이나가 말했다.

그는 눈을 두리번거렸다.

"앉으세요." 에이프릴이 힘차게 말했다. "우리도 할 이야기가 있어요."

10분 뒤 어린 카스테어즈 세 남매는 엄마의 방으로 들어갔다. 어머니는 새 종이를 타이프라이터에 끼우고 있는 참이었다.

"엄마!" 다이나가 말했다. "빌 스미스 씨가 와 계세요."

어머니는 끼우던 종이를 롤러 중간에서 멈추었다. 볼이 핑크빛으로 물들었다. 그리고 구두로 손을 뻗었다.

"곧 내려가마."

"잠깐만 기다려요, 엄마." 에이프릴이 말했다. "할 이야기가 있어요."

"그래요." 아치도 거들었다. "엄마, 엄마……."

"너는 잠자코 있어." 다이나가 말했다. "엄마, 들어 보세요. 엄마는 빌 스미스 씨를 좋아하세요?"

어머니는 깜짝 놀랐다. 그리고 천천히 고개를 끄덕였다.

"물론 좋아하지."

"그럼……." 에이프릴은 숨을 길게 들이마셨다. "사랑에 빠질 만큼 좋아하세요?"

어머니는 소스라치도록 놀랐다. 그리고 세 아이의 얼굴을 바라보았다.

다이나가 말했다.

"엄마, 만약에 그분과 사랑에 빠진다면 결혼할 생각이 있으세요?"

어머니는 얼굴이 새빨개졌다. 그녀는 더듬거리면서 말했다.

"저…… 하지만…… 그분은 나와 결혼하고 싶어하지 않을지도 몰라."

"그렇지 않아요. 그분은 결혼하고 싶어하세요."

다이나와 에이프릴은 입을 모아 말했다.

"너희들이 어떻게…… 그걸…… 알지?"

"우리는 알아요!" 아치가 말했다. "벌써 물어 본 걸요!"

어머니는 세 아이를 둘러보았다. 그리고 벌떡 일어나 계단을 향해 달려갔다.

"엄마!" 다이나가 불렀다. "파란색 홈드레스······."

"엄마!" 에이프릴이 우는 소리로 말했다. "머리를······ 화장을······."

그러나 아무 소리도 들리지 않는지 어머니는 계단을 내려가 거실로 들어가 버렸다. 세 아이는 살금살금 뒤에서 계단을 내려갔다. 가슴이 팔딱팔딱 뛰었다.

"마리안!" 빌 스미스가 반가워하며 말했다. "저애들이······ 아아, 마리안······ 당신은 아름다워!"

어린 세 아이가 그의 어깨 너머로 그녀의 얼굴을 보니 정말 아름다웠다. 세 아이는 살금살금 부엌으로 들어가 재치 있게 문을 꽉 닫았다.

이윽고 오헤이어 경사가 뒷베란다에 모습을 나타냈다.

싱글벙글 웃으며 겨드랑이에 커다란 초콜릿 상자를 끼고 있었다.

"축하한다!" 그는 커다랗게 말했다. "드디어 너희들이 목적을 이루었구나!"

"어떻게 그걸 알았지요?" 세 아이는 거의 동시에 말했다. 그의 얼굴 위로 미소가 활짝 퍼져갔다.

"아아, 나는 처음부터 다 알고 있었단다. 나를 속이려고 해도 안 되지. 나는 9명의 아이를 길러왔으므로, 뭐든지 다 아는 거란다!"

## 즐거움이 넘치는 쾌작

 '애거서 크리스티의 독창성, 더실 해미트의 속도감, 도로시 L. 세이어스의 위트를 독선적이기는 하지만 독창적인 어투로 결합시켰다'고 평가받는 크레이그 라이스(Rice, Craig 미국. 1908~1957). 1940년대에서 50년대에 걸쳐 미국을 대표하는 여류작가로 평가받는 그녀는 도회적인 빛과 그림자를 유머와 페이소스로 그려낸 작품들로 다양한 계층에서 사랑받고 있다.

 크레이그 라이스, 본명 조지아나 앤 랜돌프(Georgiana Ann Randolph)는 1908년 시카고에서 태어났다. 그녀의 어린 시절은 무책임한 부모 탓에 필설로는 이루 다 형용할 수 없을 정도로 비참하였다. 라이스는 끝내 보헤미안적인 생활을 하는 양친으로부터 버림받고 숙부의 양녀로 입양되었다. 그녀의 문학적 소양은 이 양부모의 영향이 지대했다고 알려져 있다. 그녀가 18살에 이미 시카고의 갖가지 직업을 전전하면서 독립을 꿈꾸었던 것도 이 불행한 가정환경이 배경이 되었다고 짐작되는데 프로레슬링 단체의 광고담당, 신문 기자, 라디오 프로그램 각본가 등과 같은 이 즈음의 경험들은 뒷날 탐정소설 작가로 대성하는 데 크게 기여하게 된다. 그러나 그 당시 여자 혼자 힘으로 문필가로 자립한다는 것은 결코 쉬운 일이 아니었다. 라이스도 상당한 스트레스를 받고 있었던 것인지 30살 무렵에는 이미 알코올 의존증까지 갖게 되었다. 두 번이나 자살을 시도했고 1949년에는 입원도 했으며, 결국 이것이 원인이 되어 1957년에 49살이라는 아까운 나이로 세상을 떠났다. 술에 절어 있는 변호사 말론을 필두로 그녀의 작품에 주정뱅이에 대한 동정이 지나칠 정도로 많이 보이는 것도 그녀의 체험이 바탕이 되었다고 짐작할 수 있다.

라이스의 독특한 성격을 둘러싼 이야기도 가지가지여서 평생 4번 결혼했다는 둥 7번 결혼했다는 둥, 심지어는 동전을 던져 결혼을 결정했다는 만화 같은 에피소드도 남아 있다. 소녀 시절에 얻지 못한 가정에 대한 안주를 구하느라 결혼과 이혼을 되풀이했지만 그렇다고 결코 그녀의 가정생활이 최악이었다는 말은 아니다. 《스위트 홈 살인사건(1944년)》에서 활약하는 세 아이의 모델이 된 낸시, 아이리스, 데이비드라는 1남 2녀를 두었으며 좋은 엄마 노릇도 훌륭히 해내었다.

라이스는 한때 전설적인 스트립의 여왕 집시 로즈 리의 광고담당 겸 매니저를 맡은 적이 있었는데 이때 그녀는 일찍이 들어보지 못한 독특한 광고를 고안해냈다. 집시 로즈 리가 주인공 겸 화자가 되어 이야기를 이끌어가는 미스터리를 리의 이름으로 작품을 발표했던 것이다. 이 《G 스트링 살인사건(1941년)》은 라이스가 생각했던대로 베스트셀러가 되었다. 이뿐 아니라 그녀는 할리우드에도 진출하여 조지 샌더스가 주연한 스릴러 영화 〈파르콘 시리즈〉의 대본도 대필했다.

수많은 필명을 구사했던 라이스의 인기 절정기는 1940년대부터 50년대 초로 하드커버는 평균 14만 부, 전부 400만 부가 넘는 판매 부수를 기록했다. 당시 미국에서 가장 인기 있는 여류 미스터리 작가였던 그녀는 1946년 1월 28일자 〈타임〉지의 표지를 장식했고 커버스토리가 실렸다.

크레이그 라이스는 천부적인 특별한 재능으로 독자들의 기억에 길이 남을 몇몇 캐릭터를 탄생시켰다. 시카고의 술 취한 변호사 존 J. 말론, 신문 기자에서 프레스 에이전트가 되는 제이크 저스터스, 그의 미인 아내로 대부호의 딸이자 살인적인 운전기술을 자랑하는 헬렌 저스터스. 이들 세 사람이야말로 아무리 설명 불가능한 대혼란도 명쾌하게 해명해 주는 사상 최강 탐정 트리오라고 할 수 있다.

늘 은퇴 후의 생활을 꿈꾸는 시카고 시의 폰 프라나건 경감, 말론의 단골집 바텐더인 천사표 조, 갱 두목 맥스 훅, 《빗나간 살인사건(1940)》에서 제이크와 황당한 내기를 하는 모나 맥클레인 등, 이 시리즈를 장식하는 조역들도 흠잡을 데 없이 개성적이고 매력적이다. 참고로 덧붙이자면 말론은 스튜어트 파머가 만들어낸 노처녀 교사 탐정인 힐디가드 위더스와 함께 중편집 《People vs. Withers and Malong (1963)》에 수록된 여러 작품에서도 함께 등장한다.

말론&저스터스 시리즈에는 탐정소설의 전형적인 수수께끼와 해결방법이 들어 있고, 헬렌과 제이크로 대표되는 어지럽고 정신없는 코미디를 연상시키는 로맨스며 해피엔드, 또한 마르크스 형제며 아보트 코스테로가 콤비를 이룬 영화를 보고 있는 듯한 슬랩스틱(slapstick. 무성영화에서 쉽게 볼 수 있는 격렬한 움직임, 과장된 연기, 발작적인 전개를 특징으로 하는 희극), 알기 쉬운 유머 같은 것들이 절묘하게 조화를 이루고 있다.

시리즈 제1부 《시계는 3시에 멈춘다(1939)》는, 수많은 출판사들이 손을 내저은 뒤 사이먼&슈스터 사의 명편집자인 리 라이트의 눈에 들어 세상에 빛을 보았다. 시리즈물은 연대기적인 요소가 있어서 제1

편부터 발표순으로 읽는 것이 독서의 즐거움을 배가시키는 경우가 많은데, 말론과 저스터스 시리즈야말로 바로 그런 작품에 해당한다.

범행이 있었던 새벽 3시에 시계가 일제히 멈춘 것은 무슨 까닭일까. 이 매력적인 수수께끼를 내세운 탐정소설이 바로 《시계는 3시에 멈춘다》이다. 이 소설은 한편으로는 별 볼 일 없는 프레스 에이전트 제이크 저스터스가 대부호의 딸 헬렌 브랜드를 만나 사랑에 빠지는 이야기가 동시에 진행되는 로맨스 소설이기도 하다. 다행히 이 두 사람은 결혼으로 이어지지만, 이어지는 작품 《산보하는 시체(1940)》에서는 제이크가 느닷없이 시체와 만나기도 하고 그 시체가 또 실종되는 등 도무지 이해할 수 없는 상황에 부딪치게 된다.

제이크가 헬렌과의 결혼 파티에서 시카고 사교계의 넘버원 모나 맥클레인과 행한 도박의 진상을 그린 것이 바로 시리즈 최고 걸작이자 베스트셀러인 《빗나간 살인사건》과 《적중한 살인사건》이라는 두 작품이다. 내기의 내용은 모나가 저지를 살인의 꼬리를 제이크가 과연 잡을 수 있느냐 없느냐하는 것인데, 만약 제이크가 성공하면 모나가 소유하고 있는 시카고 유수의 나이트 클럽을 자기가 갖게 되는 것이다. 아내의 재산에 기대지 않고 결혼 생활을 시작하고픈 제이크에게는 그야말로 천우신조의 기회이기도 했다. 그러나 이 내기가 헬렌과 말론을 함께 끌어들이면서 대소동으로 발전한다.

이상의 작품들과 비교할 때 조금도 손색이 없으면서도 흥미진진한 작품으로는 《재판소동(1941)》. 저스터스 부부가 신혼 여행지에서 일어난 살인사건의 주요 용의자로 지목되면서 말론은 그 위기를 구하기 위해 부랴부랴 달려간다. 라이스도 좋아했다고 전해지는 장편 《난쟁이 살인사건(1942)》은 저스터스 부부와 말론이 난쟁이 엔터테이너의 시체를 발견하고 그 시체를 감추려고 전전긍긍하면서도 범인 찾기에 동분서주하는 모습을 그리고 있다.

이 트리오에 비해 지명도에서는 좀 떨어지지만 《센트럴 파크 사건(1942)》《칠면조 살인사건(1943)》《에이프릴 로빈 살인사건(1958)》이라는 세 작품에 등장하는 사진사 빙고 리그스와 그의 단짝 핸섬 쿠작도 잊혀지지 않는 매력적인 콤비이다. 언변이 뛰어나고 손재주가 많은 한 친구와 머리회전은 좀 떨어지지만 초인적인 기억력을 가진 핸섬이라는 언밸런스한 콤비가 주는 재미는 빙 크로스비와 봅 호프의 〈달리는 중〉이라는 코미디 영화 시리즈와도 일맥상통한다. 거의 빈 털터리로 출발한 두 사람이 살인사건을 해결하면서 점점 돈을 불려나가는 일종의 성공 스토리인 셈이다.

라이스를 인기작가로 만들어 낸 화려한 작품들과는 대조를 이루면서 그녀의 또 다른 면을 표출한 작품으로는 《잠꾸러기 아저씨(1942)》를 비롯한 멜빌 페어 시리즈와 그밖에 몇몇 작품들이 있다.

마이클 베닝이라는 이름으로 발표한 멜빌 페어 시리즈는 장중한 분위기의 작품들로, 펄프매거진을 떠올리게 하는 하드 보일드 터치의 대담한 의외성 등은 당시의 미국 미스터리가 잃어가던 매력을 새삼 되새기게 해준다. 잿빛으로만 휘감은 작은 남자, 사립탐정 멜빌 페어의 이미지도 매력적이고 이 세상 유일한 친구가 오직 고양이 '미스터 토머스'밖에 없는 현실에서 굴하지 않고 인간을 더없이 사랑하는 그의 따스한 행동들은 우리의 가슴을 찡 울리는데, 말론과도 닮은 다정한 캐릭터이다.

이 시리즈 제1편인 《잠꾸러기 아저씨》는 자기 방 침대에서 목이 잘려 쓰러져 있는 집주인을 마침 그곳에 머물고 있던 손님 가운데 하나인 젊은 여성이 발견하는 쇼킹한 장면에서 시작된다. 혹시 사랑하는 남편이 이 사건과 관련된 것은 아닐까 우려한 그녀는 저녁 열차로 집으로 돌아갈 때까지 사건을 덮어두려고 애쓴다. 이윽고 그녀의 남편과 피해자에게 협박을 받고 있던 다른 두 부부가 증거품을 되찾으려고 침실에 들어가게 되는데, 모두 사건을 덮어두기 급급했으므로 긴장감은 높아만 간다. 술 취한 척 연극하는 집사를 비롯한 등장인물 하나하나에 대한 묘사가 탁월하며 놀라운 결말도 성공적이다.

그녀의 또다른 면모를 보여주는 작품으로는 비시리즈물 가운데 최초의 장편인 《텔레페어(1942)》는 텔레페어(Telefair)족이 대대로 소유하고 있는 한 섬을 무대로 펼쳐지는 고딕 로망풍의 미스터리이다. 한밤중에 어디선가 들려오는 여성의 흐느낌, 지하 예배당, 아내의 정부를 죽이고 교수형에 처해진 텔레페어 집안의 한 선조의 에피소드 등 곳곳에 흥미로운 이야깃거리가 잔뜩 포진하고 있다. 작가의 의도는 이 작품을 통하여 경애하는 에드거 앨런 포에게 헌사를 바치고 싶었을 뿐이었으므로 전체적으로 음침한 느낌은 전혀 없고 뒤끝 없는 산뜻한 맛을 준다.

이 책에서 소개한 《스위트 홈 살인사건》은 작가의 훌륭한 면모가 잘 드러난 걸작이다. 베스트셀러 인기작가 미망인과 그의 14살, 12살 난 딸들, 그리고 10살 난 아들을 주요 인물로 배치한 것은, 앞에서도 말했듯이 작가 자신의 아이들을 모델로 했다. 이 소설은 신선하고 생기 있는 가정적 미스터리라고 할 수 있다. 우연히 옆집에서 살인사건이 일어나는데, 세 아이들은 어머니를 도와 사건을 해결하면서 동시에 수사를 담당하던 한 경찰과 어머니를 엮어주려고 노력한다. 이 눈물겨운 분투가 때로는 독자들을 미소짓게 하고 또 때로는 유머 가득한 대사로 웃음을 자아내게 한다. 그야말로 라이스의 솔직한 진면목과 정수가 유감 없이 발휘된 장편이라고 할 수 있다.